Die Profilerin Barbara Pross hat der Polizei den Rücken gekehrt und ihren Psychologie-Doktortitel in der Tasche. Durch den angeblichen Selbstmord von Christina Wehling wird sie jedoch wieder mit ihrer früheren Tätigkeit konfrontiert. Für die Ermittler ist die Tote keine Unbekannte, seit vor einigen Jahren ihre kleine Schwester Jenny spurlos verschwand. In der Psychiatrie sitzt ein Täter, der den Mord an Jenny und Morde an anderen Kindern gestanden hat. Doch nun stellt sich heraus, dass Jenny lebt und Christina sie gefunden hatte. In Barbara reift der Verdacht, dass der harmlos-schwachsinnige Mann vielleicht keinen der Morde begangen hat.
Gibt es am Niederrhein einen Serienmörder, der seit über dreißig Jahren immer wieder unbehelligt Kinder tötet? Je tiefer Barbara gräbt, desto ungeheuerlichere Fakten fördert sie zutage. Und die Uhr tickt, denn wieder ist ein Kind verschwunden.

Silvia Kaffke, geboren 1962 in Duisburg, studierte Publizistik und Germanistik in Bochum und arbeitete u.a. als Texterin, Lektorin, Sekretärin und PR-Referentin. Ihr Erstling ›Messerscharf‹ mit der Heldin Barbara Pross erschien 2000 im Fischer Taschenbuch Verlag (Bd. 14489). Der Roman wurde 2001 verfilmt und für den FrauenKrimiPreis 2001 nominiert. Silvia Kaffke ist Trägerin des Kulturförderpreises der Stadt Düsseldorf. Sie lebt in Duisburg und arbeitet in Erkrath bei Düsseldorf.

Unsere Adresse im Internet: www.fischer-tb.de

Silvia Kaffke

Herzensgut

Roman

Fischer Taschenbuch Verlag

Die Frau in der Gesellschaft
Herausgegeben von Ingeborg Mues

2. Auflage: Mai 2003

Originalausgabe
Veröffentlicht im Fischer Taschenbuch Verlag,
einem Unternehmen der S. Fischer Verlag GmbH,
Frankfurt am Main, November 2002

Satz: Pinkuin Satz und Datentechnik, Berlin
Druck und Bindung: Clausen & Bosse, Leck
Printed in Germany
ISBN 3-596-15674-2

Dies ist ein Kriminalroman. Fiktion. Deshalb taucht zum Beispiel ein Wäldchen mit einem Teich auf, das es in Wirklichkeit gar nicht gibt. Aber ein Restaurant, das es gibt und das ich unbedingt empfehlen kann. Und ein paar andere erfundene und reale Orte.
Man findet in Büchern und Filmen oft den Satz: »Ähnlichkeiten mit lebenden oder verstorbenen Personen sind zufällig und nicht beabsichtigt.« Dies trifft auch auf dieses Buch zu. Die Kempener und sonstige Niederrheiner sind nette Menschen. Aber irgendwo musste die Geschichte ja spielen.
Ich habe leider die traurige Erfahrung machen müssen, dass meine Phantasie während der Entstehung meines Buches viel zu oft von der Wirklichkeit überholt wurde – wie im Fall Ulrike oder des kleinen Sedat. Jedem, der ›Herzensgut‹ liest, sollte das in Erinnerung bleiben.
Ich habe vielen Menschen zu danken – sie aufzuzählen würde den Rahmen des Buches sprengen –, und ich hoffe, ich kann das persönlich tun. Aber meine Eltern möchte ich doch nennen, denn sie haben sich viele Jahre Sorgen um mich und meine Zukunft gemacht (und tun das vielleicht jetzt noch).
Und zum Schluss noch ein Dank an Horst Eckert, der mir freundlicherweise seine wunderbare Kommissarin Ela Bach ausgeliehen hat. Wer mehr über sie und Thilo Becker erfahren möchte, sollte ›Finstere Seelen‹ und ›Die Zwillingsfalle‹ lesen, die im Grafit-Verlag erschienen sind.

Silvia Kaffke

1

Barbara hatte trotz des Nachmittagsstaus keinen Blick für die eindrucksvolle Kulisse zu beiden Seiten der A 59, die mit einer kilometerlangen Brücke den Süden Duisburgs mit dem Norden verband. Nur flüchtig fiel ihr Blick auf die bunten Bögen über der Ruhr und den Kanälen. Bald würde es dunkel sein. Sie erinnerte sich, diese Strecke schon einmal gefahren zu sein. Damals hatte Thomas ihr die Lichtkunst am Hochofen des alten Hüttenwerks im Landschaftspark Nord zeigen wollen. Auf den Hochofen waren sie nicht geklettert. Thomas wusste gut, wo seine Grenzen lagen.
Der Gedanke an Thomas ließ ihre Stimmung noch tiefer sacken. Was sie vorhatte, war Verrat, feige und unehrlich, und bis jetzt hatte sie immer noch keine Vorstellung davon, wie sie ihm das sagen sollte. »Thomas, ich suche mir eine Wohnung« wäre eine Möglichkeit gewesen. »Ich habe viele auswärtige Bewerbungen laufen, ich würde ohnehin weggehen …« war eine andere. Am liebsten hätte sie nur still und heimlich ihre Sachen gepackt und wäre verschwunden. Sie fürchtete den Schmerz in seinem Blick. Sie fürchtete, seinem schwachen Herzen zu schaden. Und am meisten fürchtete sie sein Schweigen.
Jetzt rollte sie im Schritttempo zu ihrer ersten Wohnungsbesichtigung. Auf Duisburg hatte sie ein Kommilitone aus dem Doktorandenseminar gebracht. Es sei billiger dort und längst nicht so hässlich, wie immer behauptet wurde. Vor allem im

Norden. Nun, schön musste es auch nicht sein. Sie wollte nur ein Plätzchen, an dem sie die Ergebnisse ihrer Bewerbungen abwarten konnte. Eine Zwischenstation.
Endlich hatte sie die Abfahrt erreicht. Am nahen Horizont ragten Industrieanlagen auf. Aber die Nebenstraßen waren fast hübsch: sorgfältig renovierte Altbauten, Kinderspielstraßen mit Grünanlagen. Sie fand das Haus, der Vermieter war auch schon da, ein Yuppie-Typ mit Aktentasche.
»Sind Sie Frau Dr. Pross?«, fragte er. Barbara zuckte immer noch zusammen, wenn sie jemand mit ihrem frisch erworbenen Titel ansprach. »Brücker mein Name. Dann gehen wir mal rauf.«
Die Gardine im Erdgeschoss bewegte sich. Kaum hatten sie den Hausflur betreten, schoss eine ältere Frau aus ihrer Wohnung. »Herr Brücker, gut, dass Sie da sind. Ich hätte Sie sonst heute noch angerufen. Diese Katze, die Frau Wehling hält ...«
»Wehling?«
»Sie wissen doch, die junge Frau im zweiten Stock. Sie hält eine Katze. Und die Hausordnung sagt klar, dass keine Haustiere ...«
Brücker seufzte. »Ich werde mit ihr reden, Frau Reimer. Obwohl eine Katze ...«
»Die Mülltonnen sind schon voll genug. Bei drei Babys im Haus fallen eine Menge Windeln an. Und dann noch die Katzenstreu!« Die Alte war ganz so, wie Barbara sich einen Hausdrachen vorstellte. »Und außerdem stinkt es seit Tagen bestialisch aus der Wohnung.«
»Ich werde mich darum kümmern, Frau Reimer. Wir müssen ja ohnehin in den zweiten«, sagte Brücker.
»Wissen Sie, die macht einfach nicht auf, wenn ich da anschelle. Egal zu welcher Tageszeit. Aber das kenne ich schon von ihr – selbst wenn das Radio läuft, tut sie so, als wäre sie

nicht zu Hause …« Den letzten Satz rief die Alte hinter ihnen her, denn Brücker hatte es eilig, die Treppe hinaufzukommen.
»Diese Haustierregelung … wir wollen keine Hunde hier, das stimmt, die machen Lärm … aber gegen Katzen haben wir nichts.«
»Ich habe keine Haustiere«, sagte Barbara.
»Umso besser.«
Schon auf der Treppe zum zweiten Stock mussten sie aber feststellen, dass Frau Reimer Recht hatte. Irgendetwas stank hier. Es war noch nicht sehr stark, aber deutlich zu bemerken. Barbara blieb auf der letzten Stufe stehen. Das war ein Geruch, den sie nur zu gut kannte.
»Haben Sie starke Nerven, Herr Brücker?«, fragte sie.
»Starke Nerven … wieso denn?«
»Wir sollten diese Wohnung aufbrechen, und zwar sofort.« Sie ging zur Tür und besah sich das Schloss. »Nicht gerade der neueste Stand der Sicherheitstechnik. Können Sie mir einen Schraubendreher besorgen?«
»Aber …«
»Ich war früher bei der Polizei. Und ich weiß, was dieser Geruch bedeutet.«
Brücker sah sie entsetzt an. »Sie meinen …?« Er wurde blass.
Barbara nickte. »Wir können natürlich auch den Schlüsseldienst …«
»Nein, ich frage Herrn Reimer nach dem Schraubendreher.« Er rannte fast die Treppe hinunter und stand wenige Minuten später mit dem Schraubendreher und Herrn Reimer vor der Tür. Frau Reimer war auf der Treppe stehen geblieben.
Reimer bestand darauf, die Schrauben des Schlosses selbst zu entfernen, wahrscheinlich traute er es einer Frau nicht zu.
Dann war die Tür offen. Drinnen war der Geruch stärker.
Barbara trat in den Flur, Brücker und Reimer folgten ihr.

Noch bevor Barbara ihn zurückhalten konnte, öffnete Brücker die Küchentür und schreckte zurück. In der Ecke bei den beiden Fressnäpfen lag eine verendete Perserkatze. Barbara ging näher heran und betrachtete sie genau. »Es wäre besser …«, begann sie.
»So eine elende Schweinerei«, fluchte Brücker, rannte mitten durch die Küche und riss das Fenster auf.
»… wenn Sie hier nicht so viel anfassen würden«, beendete Barbara ihren Satz. Die Katze musste sich in ihrer Todesangst wie tollwütig aufgeführt haben. Es gab tiefe Kratzer an den Schränken, jeder erreichbare Streifen Tapete war zerfetzt, die Gardinen zerrissen.
»Ich habe ja gesagt, die Katze …«, das kam von Frau Reimer, die in der Küchentür stand.
»Sie ist verhungert und verdurstet«, sagte Barbara. Sie beugte sich über das Tier. Es ging nur ein leichter Verwesungsgeruch von ihm aus. Sie schätzte, dass die Katze seit ein paar Tagen tot war. Und das erklärte nicht den Geruch im Hausflur.
Barbara ließ Brücker, der mit leicht grünstichigem Gesicht am Fenster nach Luft schnappte, stehen und ging zurück in den Flur. Hier hatte sich der Geruch regelrecht festgesetzt. Sie hatte den Eindruck, er wurde stärker, je weiter sie in die Nähe des nach hinten heraus gelegenen Schlafzimmers kam.
»Ich meine, ich bin ja gegen die Katze, aber so ein Tier verhungern zu lassen und sich einfach aus dem Staub zu machen!« Frau Reimer blickte angeekelt auf den Kadaver.
»Wenn sie weg ist«, sagte Barbara langsam.
»Wie meinen Sie das – *wenn* sie weg ist …?« Brücker wurde noch ein wenig blasser. »Sie … sie ist doch sicher auf und davon und hat die Katze …«
Barbara schüttelte den Kopf. Sie drehte sich zu Reimer und seiner Frau um. »Sie sollten jetzt besser gehen. Und fassen Sie bitte nichts an …«

Die beiden traten widerwillig den Rückzug an. Barbara zog ein Taschentuch heraus. »Ich werde allein dort hineingehen, Herr Brücker. Ich sehe so etwas nicht zum ersten Mal.«
»Was … was …« Brücker verstummte, denn Barbara öffnete, das Taschentuch in der Hand, die Schlafzimmertür. Dann presste sie es sich vor Mund und Nase und betrat den Raum.
Der Geruch war unerträglich, selbst durch das Taschentuch. Er schlug Barbara wie in einer Welle entgegen. Das Schlafzimmer war dunkel, das Rollo war heruntergelassen. Barbara zog ihren Sweatshirt-Ärmel über die Hand und drückte den Lichtschalter.
Christina Wehlings Leiche lag auf dem Bett, die Gesichtszüge, obwohl verschwommen durch die beginnende Verwesung, schienen entspannt zu sein. Auf dem Nachttisch stand ein Glas mit einem dicken weißen Bodenbelag, daneben lagen ein Tablettenröhrchen und eine Schachtel Valium. Barbara, das Taschentuch immer noch vor dem Mund, beugte sich herunter, um das Röhrchen näher zu betrachten, es war ein starkes Schlafmittel.
»Was ist?«, fragte Brücker mit gepresster Stimme aus dem Flur. »Der Gestank ist ja entsetzlich …«
Barbara kam zurück in den Flur und schloss die Tür hinter sich. »Sie ist tot. Schätzungsweise drei bis vier Wochen.«
»Woher …« Brücker hielt inne. »Ach ja, Sie sagten ja, dass Sie mal bei der Polizei waren. Und Sie haben so etwas schon öfter gesehen?«
»Ja. Leider.«
»Hat sie denn jemand umgebracht?«
Barbara schüttelte den Kopf. »Es sieht nach Selbstmord aus. Die Tabletten … Genaueres wird allerdings erst die Polizei sagen können.«
»Ist das denn nötig? Reicht nicht ein Arzt?«

Barbara schüttelte nur den Kopf und schob ihn aus der Wohnung. Die Tür lehnte sie an.
»Was für ein Gestank … Werde ich den je wieder aus der Wohnung bekommen?«
Ja, Brücker, du bist eine Seele von Mensch, dachte Barbara, machst dir Sorgen, ob du die Wohnung schnell wieder vermieten kannst …

Innerhalb der nächsten zwei Stunden rollte die gesamte Polizeimaschinerie in Meiderich an. Barbara hatte Brücker klargemacht, dass sie eine Weile dableiben mussten. Herr und Frau Reimer baten sie in ihre Wohnung. Dort musste Brücker sich erst einmal übergeben. Danach hatte er sein Handy gezückt und lautstark ein paar wichtig klingende Telefonate geführt. Als er in die Küche kam, wo Frau Reimer gerade Kaffee kochte (Viel Kaffee, hatte Barbara gesagt, die Jungs von der Spurensicherung, die ich kenne, leben davon.), saß Barbara bereits seit einer Viertelstunde auf der rustikalen Eckbank und betrachtete sich die übrige Einrichtung. Alles penibel sauber, alles ein bisschen altmodisch, bis auf die zahlreichen elektrischen Küchengeräte, die Barbara manchmal nicht einmal identifizieren konnte. Es gab Sandwich-Toaster, Waffeleisen, eine Joghurtmaschine und tatsächlich zwei Mikrowellengeräte.
Herr Reimer hatte sich verabschiedet und war in den Keller gegangen, wo er eine kleine Werkstatt unterhielt. Die Spuren seiner Arbeit konnte man in der ganzen Wohnung finden: überall merkwürdige Hakenkonstruktionen, Regale, Gestelle. Alles gut durchdacht, aber nicht gerade ansehnlich.
Frau Reimer redete ununterbrochen. Über Christina Wehling, die Katze und andere Nachbarn. Ihre direkte Nachbarin, die die Kleidung ihrer beiden Kleinkinder wusch und ständig den winzigen Trockenraum blockierte. Über die

neuen Mieter im ersten Stock, die sich nicht der Sitte im Haus angeschlossen hatten, sie dafür zu bezahlen, dass sie den Hausflur putzte. »Jetzt putze ich im ersten Stock nur alle vierzehn Tage, aber denken Sie, die hat in der Woche dazwischen geputzt? Ich bekomme kein Geld mehr dafür, aber habe trotzdem die ganze Arbeit. Der müssen Sie mal einen Brief schicken, Herr Brücker.«

Abgesehen von den Klagen über die Katze, die sich ja nun erübrigt hatten, wusste sie erstaunlich wenig über Christina Wehling, und man merkte deutlich, dass sie das missbilligte. »Außer ›guten Tag‹ auf der Treppe wurde man von ihr nichts gewahr. Sie arbeitete, aber wohl nur halbtags. Der alte rote Golf da draußen ist ihr Auto, und meistens war sie unterwegs. Besuch bekam sie nur ganz selten. Frau Hellmich, die wohnt ja direkt unter ihr, die sagte immer, sie ist so ruhig, als wäre die Wohnung leer. Deshalb ist ja auch keiner auf die Idee gekommen, dass da etwas nicht stimmt.« Sie ging ins Wohnzimmer, um Tassen zu holen. Im Vitrinenschrank in der Küche stand zwar ein buntes Sammelsurium aus Resten alter Services, aber für Gäste mussten es die guten sein.

Brücker nutzte die Gelegenheit: »Nun, Frau Dr. Pross, ich nehme mal an, das Interesse an der Wohnung ist Ihnen vergangen?«

Barbara sah ihn erstaunt an. »Nein, wieso?«

»Na, eine Leiche direkt daneben …«

»Wie alt ist das Haus, Herr Brücker?«

»1889.«

»Glauben Sie, hier ist noch nie jemand gestorben? Vielleicht sogar in dieser Küche, wo wir gerade sitzen? Die Toten sind tot. Glauben Sie mir, ich weiß das sehr gut.«

Es klingelte an der Tür, und Frau Reimer öffnete und brachte den neuen Gast in die Küche. Es war ein großer jüngerer Mann mit halb langen dunkelblonden Locken und strahlend blauen Augen. Er trug Jeans und ein kariertes Hemd, das ihn noch breitschultriger aussehen ließ. Offensichtlich pflegte er ein sorgfältig kalkuliertes Abenteurer-Image. »Hallo. Ich bin Kriminalhauptkommissar Sven Heyer.« Sein Lächeln erinnerte Barbara an Werbespots für Rasierwasser. Allerdings trug er einen Dreitagebart.

»Kripo Duisburg«, fuhr er fort und wandte sich an Frau Reimer. »Ich wollte Sie nur fragen, ob Sie vielleicht eine Kanne Kaffee für uns hätten – nach zwei Stunden außerhalb des Büros kriegen wir langsam Entzugserscheinungen ...«

»Ja, sicher«, sagte Frau Reimer, nicht ohne Barbara anerkennend zuzunicken. »Ich habe hier schon eine Kanne vorbereitet.«

»Sie beide haben die Leiche gefunden?«, fragte er Barbara und Brücker. Die nickten.

»Ich werde gleich Ihre Aussage aufnehmen. Ich bringe den Kollegen nur schnell den Kaffee, dann bin ich wieder da. Schließlich wollen Sie nicht den ganzen Nachmittag hier vertrödeln.«

Frau Reimer gab ihm ein Tablett mit Tassen aus dem Küchenschrank. Fünf Minuten später war er wieder da.

»Sie haben also den Geruch bemerkt ...«, begann er, und Frau Reimer mischte sich gleich ein.

»Das roch schon seit ein paar Tagen so, nicht sehr stark, aber deutlich. Ich habe ja gedacht, das ist die Katze ...«

Heyer lächelte sie an. »Der penetranteste Kater könnte nicht so riechen, selbst wenn er die Wohnung komplett markiert hätte.« Er hätte Frau Reimer sonst etwas sagen können, bei diesem Lächeln schmolz sie dahin.

»Frau Dr. Pross hat den Geruch erkannt«, warf Brücker ein. »Sie sagte sofort, wir müssten die Tür aufbrechen. Sie war früher bei der Polizei.«

Heyer merkte sichtbar auf. »Ein Bulle mit Doktortitel?«

Barbara lächelte verlegen. »Der ist ganz frisch. Ich war bis vor drei Jahren beim BKA. Gruppe Becker.«
Heyer pfiff durch die Zähne. »Die legendäre Serienmordeinheit?« Er runzelte die Stirn. »Jetzt dämmert es mir. Sie ... Sie haben Rottländer, den Düsseldorfer Serienmörder, gefasst, oder? Pross, Barbara Pross.«
»Ich weiß, wie ich heiße. Und wenn man es genau nimmt, war er es, der mich geschnappt hat.«
»Nun stellen Sie Ihr Licht mal nicht so unter den Scheffel. Das war tolle Arbeit. Ich habe damals alles gelesen, was ich über den Fall bekommen konnte.« Heyer schien richtig begeistert. »Und dann hieß es, Sie hätten alles hingeschmissen. Warum?«
Eigentlich wollte Barbara ihm freundlich sagen, dass ihn das nichts anginge, doch dann fand sie es unfair, seine Frage nicht zu beantworten. Er war offen und freundlich, warum sollte sie ihn vor den Kopf stoßen?
»Profiling ist ein harter Job, und ich war emotional sehr angeschlagen. Eigentlich wollte ich schon vor dem Düsseldorfer Fall nicht mehr. Und dann ... dann ergab sich ein Ortswechsel aus privaten Gründen ...« Sie kam sich schäbig vor, ihre Liebe zu Thomas mit solch dürren Worten zu beschreiben. »Ich bin für kurze Zeit zum LKA in Düsseldorf gewechselt, bevor ich endgültig ausgestiegen bin. Ich wollte mich einfach nicht mehr mit diesen Psychopathen herumschlagen.«
»Das ist schade«, meinte Heyer. »Leute mit einem so guten Instinkt sind selten ...«
»Instinkt? Instinkt ist eine Legende. Wir sind doch hauptsächlich damit beschäftigt, Methoden zu entwickeln, die Instinkt überflüssig machen.«
Heyer betrachtete sie genau, und sie wusste, er glaubte ihr kein Wort. Brücker und Frau Reimer hatten das Gespräch interessiert verfolgt. Barbara fragte sich, ob Brücker noch an

ihr als Mieterin interessiert war, nachdem er wusste, womit sie sich so beschäftigte.
»Möchten Sie auch einen Kaffee?«, fragte Frau Reimer.
»Ja, natürlich, gern.«
Sie holte für Heyer noch eine gute Tasse.
»Profiling …«, sagte Brücker nachdenklich. »Da gibt es doch jetzt diese Serien im Fernsehen … ich dachte immer, das gäbe es nur in den USA.«
»Wir sind hier auch noch längst nicht so weit«, erklärte Barbara.
Frau Reimer kam mit der Tasse und goss Heyer ein.
»Dann haben Sie also in der Zwischenzeit studiert?«, fragte Heyer plötzlich, während er sich Zucker in den Kaffee häufte. Barbara zählte drei Löffel.
»Nein, ich hatte schon ein abgeschlossenes Studium. Ich hatte es abgebrochen, bevor ich zur Polizei gegangen bin, und habe es dann parallel zur Ausbildung für die höhere Laufbahn beendet – ich musste nur noch durchs Examen. Jetzt habe ich meinen Doktor gemacht.«
»Welches Thema?«
Barbara nahm einen Schluck Kaffee. »Beurteilung der Rehabilitation psychisch kranker Straftäter.«
Heyer pfiff durch die Zähne: »Die Wiederholungstäterproblematik? Und dann wollen Sie nichts mehr mit Serienmördern zu tun haben?«
»Ich wollte mir für die Doktorarbeit nicht ein Thema von null erarbeiten«, sagte Barbara mit einem Seufzer. »Aber vermutlich haben Sie Recht. So leicht lassen einen die bösen Jungs nicht los.«
Brücker sah plötzlich auf seine Uhr. »Ich will ja nicht hetzen, aber ich kann heute nicht noch einen Termin absagen. Und wenn Frau Dr. Pross die Wohnung noch besichtigen möchte …«

»Ja, beeilen wir uns«, stimmte Heyer zu. »Eigentlich haben wir Wichtigeres zu tun, als einen möglichen Selbstmord zu untersuchen. Seit gestern Abend wird ein Kind vermisst, acht Jahre alt, es wohnt ganz hier in der Nähe. Ich bin auch nur hier, weil ich gerade mit der Mutter sprechen wollte. Bei der Vermisstenstelle grassiert die Grippe, da helfe ich aus. Eigentlich bin ich bei den Tötungsdelikten, deshalb haben sie mich gleich hierher geschickt.«

»Ein Kind?«, fragte Frau Reimer neugierig.

»Ein kleines Mädchen, Jessica Wolter.«

»Die Jessica?« Frau Reimer wurde ganz blass und setzte sich. »Ich kenne die Kleine. Die Mutter arbeitet im Mehrmarkt gleich um die Ecke. Das ist ja furchtbar!«

Heyer nickte. »Ich hasse diese Fälle.«

Barbara wusste, was er meinte. Sie hatten noch heute und vielleicht morgen. Wenn sie Jessica dann nicht gefunden hatten, konnte man von einem Verbrechen ausgehen. Tote Kinder. Das Schlimmste, was einem Polizisten passieren konnte.

»Sie ist gestern vom Spielen nicht nach Hause gekommen, und es fehlt jede Spur von ihr und ihrem Fahrrad.« Heyer seufzte, und dann begann er, seine Routinefragen an Brücker und Barbara zu stellen.

»Es sieht doch sehr eindeutig nach Selbstmord aus«, meinte er, als sie fertig waren. »Keine Spuren eines gewaltsamen Eindringens, sieht man vom abmontierten Schloss ab.« Er zwinkerte Barbara zu. »Die Tabletten, das friedliche Bild der Leiche …« Er wandte sich an Frau Reimer: »Sie sollten Ihren Mann mal holen, wir brauchen seine Fingerabdrücke …«

Sie sah ihn entsetzt an: »Ja, denken Sie denn, mein Mann …«

Barbara lachte. »Herr Heyer braucht die Abdrücke, weil Ihr Mann die Tür aufgebrochen hat. Falls noch andere Abdrücke drauf sind …«

Frau Reimer sah erleichtert aus und ging, um ihren Mann

aus dem Keller zu holen, aus dem die Geräusche einer kleinen Holzsäge tönten. Auch von Barbara und Brücker wurden Fingerabdrücke genommen, dann verabschiedeten sie sich von Heyer und stiegen noch einmal in den zweiten Stock, um die leere Nebenwohnung zu besichtigen. »Wir haben alles frisch renoviert, denn die Vormieter haben hier gehaust wie die Vandalen. Sie haben sich bei Nacht und Nebel aus dem Staub gemacht, keine Kündigung, keine neue Adresse, nichts …«

Die Wohnung war um die fünfzig Quadratmeter groß, hatte eine geräumige Küche und zwei mittelgroße Zimmer. Das Badezimmer stammte aus den Siebzigern, doch die Badewanne war neu. Die ganze Wohnung war weiß gestrichen, und man hatte Laminat verlegt. Wenn Barbara sich hier hätte auf Dauer niederlassen wollen, hätte sich schon etwas daraus machen lassen. Das Schlafzimmer bot noch genügend Platz für einen Schreibtisch, und es gab einen hübschen kleinen Erker im Wohnzimmer. Ihre immer noch in Frankfurt eingelagerten antiken Schränke und die Sessel aus ihrer alten Wohnung hätten sich hier sicher gut gemacht. Aber sie hatte nicht vor, lange hier zu bleiben. Die Single-Miniküche aus dem Baumarkt mit zwei Herdplatten, einem Kühlschrank und – welch ein Luxus – einem kleinen Geschirrspüler, die sie sich vor kurzem angesehen hatte, würde in der großen Küche zwar etwas verloren aussehen …

»Ich nehme die Wohnung. 680 warm, hatten Sie gesagt?«

»Ja, 500 kalt plus 180 Nebenkosten. Wir hatten ja schon überlegt, ob wir mehr nehmen sollten, aber das ist hier nicht die Gegend dafür, und solange nicht ein neuer Mietspiegel kommt …« Brücker versuchte seit einer Viertelstunde vergeblich, seine von der Stempelfarbe schwarzen Finger abzuwischen.

»Wann kann ich hinein?«

Brücker überlegte kurz. »Heute haben wir Freitag ... unser Büro ist nur donnerstags geöffnet. Kommen Sie doch am nächsten Donnerstag vorbei, unterschreiben Sie den Vertrag, und dann bekommen Sie gleich den Schlüssel. Die Miete berechnen wir ab dem Ersten.« Jetzt war Monatsmitte, und Barbara sah ihm an, für wie großzügig er sich hielt.
»Einverstanden«, meinte sie. Eine Woche ... Eine Woche, bis sie Thomas endlich sagen musste, dass sie ihn verließ.

Die Wohnung an der Sternstraße in Düsseldorf hatte sich durch Barbaras Einzug vor drei Jahren kaum verändert. Lediglich das Gästezimmer war als Arbeitszimmer für sie hergerichtet worden. Sie hatte nur wenige persönliche Sachen und keine Möbel aus ihrer Frankfurter Wohnung mitgebracht, und es hätte sie auch nie gestört. Thomas' Wohnung war so perfekt eingerichtet, dass jedes andere Stück die Harmonie nur gestört hätte. Allerdings war auf Barbaras Bitte hin der Totenschädel von der Truhe im Flur verschwunden. Thomas hatte stattdessen eine mittelalterliche Handschrift mit wunderschönen Miniaturen darauf ausgelegt. Von Zeit zu Zeit blätterten sie gemeinsam darin, um eine neue Seite aufzuschlagen. Ein Archivar hätte sich mit Grausen abgewandt, weil das wertvolle Stück so ungeschützt dort lag, aber Thomas hasste es, wenn Bücher nicht gelesen wurden, mochten sie noch so kostbar sein.
Barbara liebte die Wohnung. Es widerstrebte ihr, demnächst in fast leeren, kahlen, weiß gestrichenen Zimmern hausen zu müssen, selbst wenn es nur für kurze Zeit war. Du könntest einfach hier bleiben und gehen, wenn du einen Job hast, sagte eine böse kleine Stimme in ihr. Aber sie verletzte Thomas auch so schon genug. Sie wollte ihn nicht noch ausnutzen.
Wie üblich hatte er nicht auf sie gewartet. Wann sie kam und

ging, war ihre Sache, er machte ihr da keine Vorschriften. Sie fragte manchmal, ob er etwas Besonderes kochen wollte, dann war sie pünktlich. Thomas war ein hervorragender Koch, und Barbara aß viel zu gerne gut, als dass sie sich ihre eigenen Kochkünste zugemutet hätte.
Barbara erzählte ihm nichts von der Leiche. Sie hätte zu sehr lügen müssen. Oder ihm gleich beichten, dass sie ausziehen wollte. Ich werde es ihm sagen, bald, aber nicht heute, dachte sie.
Sie saßen gemeinsam am Küchentisch und aßen Brot und ein wenig Salat. »Ich habe morgen einen Termin in der Klinik«, sagte er plötzlich und fügte gleich hinzu: »Die vierteljährliche Routineuntersuchung.«
»Ist irgendetwas zu befürchten?«, fragte Barbara.
Er schüttelte den Kopf. »Die Untersuchungen sind ganz früh. Wenn du lange schlafen möchtest, bringe ich Brötchen mit, und wir frühstücken zusammen.«
»Gute Idee.« Was sollte sie auch anderes tun, als lange zu schlafen – ohne Job oder irgendeine andere Aufgabe. Sie könnte sich höchstens um ein paar billige Möbel für die neue Wohnung kümmern: Tisch und Stühle für die Küche, ein Schlafsofa fürs Wohnzimmer, einen Kleiderschrank, vielleicht tat es eine Kleiderstange ja auch …
Sie bemerkte, dass Thomas sie ansah. Er registrierte ihre Abwesenheit, sagte aber nichts. »Möchtest du noch etwas Salat?«, fragte er.
Sie nickte. Es kam ihr vor, als müsse sie jeden Bissen genießen.

Barbara war noch nicht angezogen, als Thomas von der Untersuchung kam und die versprochenen Brötchen mitbrachte. Er hatte die Zeitung mit hereingebracht, und Barbara entdeckte, dass die Nachricht über das Verschwinden des

kleinen Mädchens nun an die Öffentlichkeit gegeben worden war. Die Polizei bat Zeugen, sich zu melden.
Die kleine Jessica war abends gegen fünf noch gesehen worden, als sie auf dem wenig frequentierten Parkplatz des Mehrmarktes allein mit ihrem Rad herumfuhr. Das war nichts Besonderes, ihre allein erziehende Mutter war Kassiererin bei dem Discounter, und die Kleine spielte oft dort, bis ihre Mutter Feierabend hatte. Um halb sechs hatte es zu regnen begonnen. Die Mutter war auf den Parkplatz gelaufen, weil sie Jessica nach Hause schicken wollte, sie wohnten nur zwei Straßen weiter, und die Kleine war es gewöhnt, auch allein zu Hause zu sein. Sie galt ohnehin als sehr selbständig für ihr Alter. Und deshalb wunderte die Mutter sich nicht, als der Parkplatz leer war. Sie vermutete, dass Jessica bereits bei den ersten Tropfen nach Hause gefahren war. Umso größer war der Schock, als sie die Wohnung leer fand und auch Anrufe bei Freundinnen und Nachbarn nichts fruchteten. Jessica war verschwunden, und leider deutete alles auf ein Verbrechen hin.
»Ist irgendwas?«, fragte Thomas plötzlich. Er hatte bemerkt, dass Barbara schon eine ganze Weile nicht mehr von ihrem Brötchen abgebissen hatte und in die Zeitung starrte.
»In Duisburg ist ein Kind verschwunden. Es sieht nicht gut aus.«
»Du meinst, es ist nicht weggelaufen?«
Barbara schüttelte den Kopf. »Das wird in dem Artikel als sehr unwahrscheinlich angesehen. Und jetzt wird sie schon drei Tage vermisst. Das bedeutet selten etwas Gutes.«
Sie legte die Zeitung beiseite. »Du hast gar nichts über die Untersuchung erzählt.«
Thomas zuckte die Schultern. »Es war das Übliche. Und die Ergebnisse kommen noch.«
Barbara fragte nicht weiter. Thomas sprach nicht gern über seine Gesundheit. »Du behandelst mich dann immer gleich

wie einen Invaliden«, pflegte er zu sagen. Und das war das Letzte, was er sein wollte.

Nachmittags wusste Barbara nichts Rechtes mit sich anzufangen. Sie hatte keine Lust, sich um die Ausstattung der neuen Wohnung zu kümmern, und Thomas arbeitete. Sie setzte sich an ihren PC und begann, im Internet zu surfen. Auf der Homepage des LKA suchte sie nach Informationen zu vermissten Kindern. Es gab noch nichts über Jessica. Aber sie kannte die Zahlen: Mehr als zweitausend Kinder galten in Deutschland als vermisst. In den meisten Fällen waren es Ausreißer im Teenageralter, die auf der Straße landeten. Bei kleineren Kindern gab es häufig Entführungen durch einen Elternteil, vor allem, wenn er anderer Nationalität war. Diese Kinder waren meist wohlauf und lebten bei der Familie des leiblichen Vaters oder seltener der Mutter.
Und dann waren da noch die anderen Fälle. Kinder, bei denen man davon ausgehen konnte, dass sie einem Verbrechen zum Opfer gefallen waren. Gerade war noch der Fall des kleinen Türken durch die Presse gegangen, dessen Mörder die Leiche fast ein Jahr lang in seiner Tiefkühltruhe aufbewahrt hatte.
Zwei Kinder auf der Internetseite des LKA erregten Barbaras Aufmerksamkeit. Es handelte sich um einen Jungen und ein Mädchen im Alter von sechs und neun Jahren. Barbara wusste: Die Wahrscheinlichkeit, dass auch nur eines dieser Kinder noch lebte, war sehr gering. Der sechsjährige Junge, Timo Kreisler, stammte aus Ostwestfalen, er war im Februar 1998 zuletzt auf einem Spielplatz gesehen worden. Das neunjährige Mädchen, Annika Mohr, war im November 1999 in Neuss auf dem Weg zum Martinszug verschwunden, die Mutter hatte sie nicht begleiten können, weil der Bruder der Kleinen krank war.

Es gab detaillierte Beschreibungen zu beiden Fällen, Fotos, Listen darüber, was die Kinder angehabt hatten, ihre besonderen Kennzeichen und Eigenheiten, es gab verdächtige Autos, nach denen gesucht wurde, und es waren Belohnungen ausgesetzt. Zwei ungelöste Vermisstenfälle – zwei ungelöste Kindermorde, dachte Barbara. Sie wusste, für die Eltern war es fast besser zu ertragen, wenn sie wussten, ihr Kind war tot. Die Ungewissheit, in der sie jetzt leben mussten, brachte manche von ihnen um den Verstand. Sie druckte die Seiten aus, verließ die Homepage des LKA und suchte nach den Tageszeitungen in den Orten. Alles, was sie in den Archiven zu den beiden Fällen fand, druckte sie aus.
Sie zuckte zusammen, weil Thomas plötzlich in der Tür stand. »Hast du noch eine Druckerpatrone?«, fragte er und kam herein.
»Sicher.« Sie öffnete eine Schublade im Rollcontainer, dann die nächste. »Ich weiß genau, dass ich noch eine habe ...«, murmelte sie.
»Lass dir Zeit«, meinte er. »Ich wollte sowieso Pause machen.«
Als sie die Patrone endlich gefunden hatte, saß Thomas in der Bibliothek, die Augen geschlossen, als lausche er einer für Barbara unhörbaren Musik.
Sie störte ihn nicht und ging stattdessen in sein Arbeitszimmer, um die Patrone gleich einzusetzen. »Du kannst wieder drucken«, schrieb sie auf einen Klebezettel und pappte ihn auf den Bildschirm.

Eine Woche später hatte Barbara ihre Wohnungsschlüssel und war mit einem Klapptisch, zwei Stühlen und einer Kaffeemaschine in ihre neue Wohnung gekommen. Thomas wusste immer noch nichts von ihren Plänen, und sie hasste sich für ihre Feigheit. Irgendwann im Laufe des Vormittags würde die

Miniküche angeliefert werden und später das Bettsofa. Sie hatte im Möbelhaus auch zwei Garnituren Bettwäsche und ein bisschen Geschirr und Besteck erstanden, außerdem ein paar Flickenteppiche.
Sie war noch ganz aus der Puste, als es an der Tür klingelte. Es war Frau Reimer. O Gott, hoffentlich wird sie hier nicht Dauergast, dachte Barbara.
»Es riecht gar nicht mehr«, sagte Frau Reimer mit einem Seitenblick zur Wohnungstür der Nachbarwohnung. Sie hatte Recht, doch Barbara war sich nicht sicher, ob man das vom Inneren der Wohnung auch sagen konnte.
»Guten Tag, Frau Reimer.«
»Ja, guten Tag. Sie senkte ihre Stimme und sah sich um, als müsse sie sichergehen, dass niemand lauschte. »Ich habe nur geklingelt, weil ich Sie mal was fragen muss.«
»Möchten Sie nicht hereinkommen?«, fragte Barbara. Frau Reimer folgte ihr in die leere Küche und starrte dann entgeistert auf das Klapptischchen.
»Ich hatte vorher eine sehr kleine Küche«, versuchte Barbara zu erklären.
Frau Reimer nickte. »Also, ich muss Ihnen was erzählen. Weil … weil ich nicht weiß, was ich da machen soll.«
»Möchten Sie einen Kaffee?«, fragte Barbara, aber Frau Reimer schüttelte den Kopf.
»Nein, ich habe nicht so viel Zeit, der Vatter kommt gleich aus dem Keller, dann will er sein Essen.« Sie senkte die Stimme wieder. »Also, ich war heute im Drogeriemarkt um die Ecke. Ich hab Bilder abgeholt, die der Vatter auf meinem Geburtstag gemacht hat. Die sind da nach Endnummern geordnet, aber die Namen und Adressen stehen drauf, für alle Fälle. Und wissen Sie, was ich da gesehen habe?« Jetzt flüsterte sie fast. »Drei Tüten. Christina Wehling. Thionville-Straße 15.«
»Warum haben Sie sie nicht mitgebracht?«, fragte Barbara.

»Na, hören Sie mal. Drei Tüten! Und wer weiß, ob die Polizei mir die bezahlt.«
»Das werden sie ganz sicher. Aber wenn es Ihnen lieber ist, werde ich die Bilder abholen. Wissen Sie die Nummern noch?«
Frau Reimer nickte aufgeregt. »Ich habe sie mir notiert.« Sie wühlte in der Tasche ihrer Kittelschürze und zog einen Zettel heraus. »752, 53 und 54 war das.«
»Gut, ich werde mich darum kümmern. Aber Sie können sich ruhig direkt an die Polizei wenden, wenn so etwas ist ...«
»Ach, wissen Sie, mit der Polizei habe ich als anständige Frau nicht gern was zu tun. Ihre Vormieter, die hatten sie zwei- oder dreimal hier. Häusliche Auseinandersetzungen nennt man das wohl. Das war ein Pack.« Sie schüttelte vielsagend den Kopf. »Ich muss jetzt das Essen machen. Wiedersehen.«
»Wiedersehen.« Barbara brachte sie noch an die Wohnungstür.

Drei Stunden später stand die Miniküche fertig angeschlossen da. Barbara hatte das Geschirr eingeräumt, die Kaffeemaschine hingestellt. Der Raum schien auf saalartige Ausmaße anzuwachsen. Der Flickenteppich unter dem Klapptisch und den Stühlen machte es auch nicht erträglicher. Barbara überlegte, ob noch genug Zeit blieb, bis das Bettsofa angeliefert wurde, und entschloss sich, schnell zum Drogeriemarkt zu laufen. Sie musste wissen, was auf diesen Bildern war.
Sie fand die von Frau Reimer angegebenen Nummern und nutzte die Gelegenheit, sich rasch mit Duschgel, Zahnbürsten und Putzutensilien zu versorgen. An der Kasse beschlich sie ein unangenehmes Gefühl, so als könnte die Kassiererin sie jeden Augenblick darauf ansprechen, dass es nicht ihre Fotos waren, aber natürlich geschah nichts dergleichen.
Zu Hause stellte sie die Einkäufe ab, holte die Tüten mit den

Bildern hervor und riss die erste auf. Die Fotos zeigten ein junges Mädchen in einer Stadt, meist von hinten. Das Mädchen, Barbara schätzte sie auf etwa fünfzehn oder sechzehn, machte einen ausgedehnten Bummel. Sie blieb an Kleiderständern vor Läden stehen, betrachtete Schaufenster, aß einen Hamburger.
Barbara öffnete die nächste Tüte – die Bilder unterschieden sich in nichts von den anderen. Auch auf dem dritten Film war dasselbe Motiv, aber ein paar Fotos waren anders. Es gab Bilder von einem Hauseingang, einem bestimmten Fenster desselben Hauses. Und dann zwei Großaufnahmen vom Gesicht des Mädchens. Auf den ersten Blick zeigten sie einen typischen Teenager: die Augen von dicken Balken umrahmt, die an die Sechziger erinnerten. Das Mädchen trug Piercings an der Nase, den Brauen und den Ohren, die Haare waren rot gefärbt. Auf den anderen Bildern konnte man ihre Kleidung sehen: ein bauchfreies T-Shirt, das ein Nabelpiercing präsentierte, die Beine steckten in einer Schlaghose, riesige Plateauturnschuhe ließen sie noch dünner erscheinen. Trotzdem hatte sie nichts von der Unbeschwertheit eines jungen Mädchens, selbst unter der Schminke wirkten die Augen teilnahmslos und irgendwie traurig.
Barbara verteilte die Fotos, sorgfältig Film für Film getrennt, auf dem kleinen Klapptisch. Alle waren mit mehr oder weniger starkem Teleobjektiv aufgenommen. Kein Zweifel: Christina Wehling – sofern sie die Fotografin war – hatte das Mädchen beschattet. Eine merkwürdige Beschäftigung für eine kleine graue Maus wie Christina Wehling.
Barbara überlegte, ob sie Heyer anrufen sollte, aber dann entschied sie sich dagegen. Der Film an sich war nicht interessant genug, zumindest gab er keine Anhaltspunkte, weshalb Christina Selbstmord begangen haben könnte. Andererseits – den Film zum Entwickeln zu geben war vermutlich eine

ihrer letzten Handlungen vor ihrem Tod. Wenn sie herausfinden könnte, was Christina mit dem Mädchen auf dem Foto zu tun hatte, würde das vielleicht ein wenig Licht in die Angelegenheit bringen. Sie nahm eine der Großaufnahmen, griff sich die gerade erstandenen Gummihandschuhe und horchte, ob sie allein im Flur war.
Die Wohnung war nicht versiegelt und die Tür nur zugezogen worden, also hatte Barbara leichtes Spiel mit dem alten Scheckkarten-Trick. Der Leichengeruch war immer noch penetrant, obwohl in jedem Raum zumindest ein Fenster gekippt war. Die Wohnung musste komplett saniert werden, damit hier wieder jemand wohnen konnte. Barbara streifte die Gummihandschuhe über und begann, sich umzusehen.
Die Polizei hatte das Wohnzimmer zwar in Augenschein genommen, aber es war nicht systematisch durchsucht worden, was Barbaras geübter Blick anhand einer unversehrten dünnen Staubschicht erkennen konnte.
Sie sah sich um, entdeckte nach kurzer Zeit zwei Fotoalben und begann, darin zu blättern. Das erste enthielt Urlaubsfotos, Landschaften, Strandszenen. Das zweite war aufschlussreicher, genau danach hatte Barbara gesucht: Christina Wehlings Familienalbum. Die Großaufnahme hielt sie in der Hand, um sie mit den Bildern im Album zu vergleichen. Sie zeigten eine ganz normale Familie: Christina Wehling, vielleicht vierzehnjährig, Mutter, Vater und eine kleine Schwester, Barbara schätzte sie auf sechs oder sieben Jahre. Sie stutzte und sah sich das Bild näher an. Woher kenne ich dieses Bild?, dachte sie. Sie war sich sicher, dieses Foto schon einmal gesehen zu haben.
Die beiden Kinder waren völlig unterschiedlich: Christina hager, dunkelhaarig, ernst und irgendwie unansehnlich, die Jüngere hellblond, lebhaft und bildhübsch. Ein Kind, das in jedem Werbespot hätte auftreten können. Eine Seite weiter

untermauerte die Aufnahme eines Profifotografen noch einmal diesen Eindruck, und jetzt dämmerte es Barbara. Sie wusste, woher sie das Bild kannte: Es war ein Fahndungsfoto gewesen, das wochenlang durch die Presse gegangen war. Der Name des Kindes war Jenny Reichert, es war damals spurlos verschwunden. Barbara versuchte sich den Zeitpunkt ins Gedächtnis zu rufen. Waren es sieben Jahre? Nach Jennys Verschwinden hielten vier weitere derartige Fälle die Polizei in Atem, bis man etwa drei Jahre später einen Mann praktisch auf frischer Tat mit einer Kinderleiche erwischte. »Heiner Grigoleit«, murmelte sie. Obwohl nur eine weitere Leiche gefunden wurde, gestand der Mann insgesamt fünf Morde, darunter auch den an Jenny. Es war einer der spektakulärsten Fälle in den Neunzigern gewesen.

Und nun stolperte sie hier über Jennys Foto, im Familienalbum von Christina Wehling. War Jenny Christinas kleine Schwester? Sie starrte auf das Porträt und stutzte. Am Hals des Kindes gab es ein kleines braunes Muttermal. Sie sah sich das Foto aus der Tüte noch einmal an. Es war an dieser Stelle schon ein wenig verschwommen, aber Barbara war sich sicher, dass der kleine dunkle Fleck da war. Das Mädchen auf dem Foto musste Jenny sein, die angeblich vor Jahren von Heiner Grigoleit ermordet worden war. Sie lebte. Und irgendwie wunderte sich Barbara auch nicht mehr, warum aus dem fröhlichen kleinen Mädchen ein frühreifer, trauriger Teenager geworden war.

Plötzlich hörte sie, wie sich ein Schlüssel im Schloss der Wohnungstür drehte. Sie steckte das neue Bild weg, ließ das Fotoalbum aber liegen und duckte sich hinter das Sofa.

Wer immer gerade gekommen war, er ging schnurstracks ins Schlafzimmer. Dort hielt er sich eine Weile auf, verrückte mal einen Stuhl und öffnete die Schranktüren. Barbara verhielt sich ganz still und hoffte, der ungebetene Gast würde schnell wieder verschwinden. Doch er tat ihr den Gefallen nicht, sondern kam jetzt auch ins Wohnzimmer. Verdammt, dachte Barbara, er wird mich hier entdecken. Doch dann erkannte sie das Rasierwasser. Es war Sven Heyer. Sie stand auf, und er zuckte zusammen.

»Meine Güte, haben Sie mich erschreckt …«, meinte er. Er sah auf das Album. »Was machen Sie denn hier?«

»Was hatte Christina Wehling mit Jenny Reichert zu tun?« Barbara tat so, als sei es völlig normal, dass sie in der Wohnung der toten Nachbarin herumstöberte.

»Das haben Sie herausgefunden?« Heyers Blick zeigte mildes Erstaunen. »Sie war ihre Halbschwester. Das hat mich endgültig misstrauisch gemacht. Alle Fakten sprechen für Selbstmord. Aber die Katze …«

»Die Katze?«

»Überlegen Sie mal. Ein Haustier verhungern zu lassen, da gehört eine Menge dazu …«

Barbara überlegte einen Moment. »Sie hat ihre Katze geliebt. Sie hätte sie weggegeben oder mitgenommen«, murmelte sie. Heyer hatte Recht.

»Die Gerichtsmedizin war ganz erbost, weil ich wollte, dass sie sich auch die Katze ansahen, samt toxikologischem Befund.«

»Und?«

»Nichts. Nicht eine Spur von Gift. Sie ist verhungert.« Er hob hilflos die Hände. »Frau Pross, meine Vorgesetzten wollen, dass ich den Fall so schnell wie möglich abschließe, wir konzentrieren uns zurzeit sehr auf die Suche nach der verschwundenen Kleinen … Aber irgendetwas sagt mir, dass hier etwas nicht stimmt.«

»Sie könnten Recht haben.« Barbara zog das Foto aus der Tasche und warf es auf Jennys Porträt. »Ich bin deswegen hier. Sehen Sie genau hin.«

Heyer beugte sich über die Fotos. »Hmm … eine gewisse Ähnlichkeit ist da.«
»Achten Sie vor allem auf den Leberfleck. Und das Mädchen auf dem Bild könnte ungefähr sechzehn sein – so alt, wie Jenny heute wäre.«
Heyer hielt die Fotos nebeneinander: »Also da müssten wirklich Experten ran … Woher haben Sie das Foto?«
»Christina Wehling hat Bilder entwickeln lassen, dieses und andere – wahrscheinlich hat sie sie sogar selbst fotografiert. Sie muss das Mädchen regelrecht beschattet haben.«
»Und woher wissen Sie das?«, fragte Heyer mit einem Seufzer.
»Sie hat die Bilder nicht mehr abholen können. Frau Reimer von unten hat die Fototüten zufällig im Drogeriemarkt entdeckt. Sie wollte nicht selbst zur Polizei und hat es lieber mir gesagt.«
»Wo sind die anderen Bilder? Bei Ihnen drüben?«
Barbara nickte. »Ich wüsste nur gern, ob sie die Bilder wirklich selbst geschossen hat. Wir müssten uns nach einer Kamera umsehen.«
Im Schlafzimmer war das Bett bis auf den Rahmen abgeräumt worden, Matratze und Bettzeug hatte man zur Untersuchung abtransportiert. Barbara öffnete den Kleiderschrank – nichts. Heyer schloss die letzte Schublade der Kommode. »Also hier ist keine Kamera«, meinte er.
»Ich habe eine andere Idee.« Barbara ging zurück ins Wohnzimmer, und Heyer folgte ihr. »Ich habe einen Ordner mit Rechnungen gesehen. Sie scheint der Typ gewesen zu sein, der alle wichtigen Dinge sorgfältig und systematisch aufbewahrt.«
Barbara nahm den Ordner aus dem Regal. Nach einigem Blättern stieß sie auf die Rechnung einer teuren Kamera und eines noch teureren Teleobjektivs.

»Das ist eine richtige Profiausrüstung«, meinte Heyer. »Ich wäre froh, wenn ich so etwas hätte …«
»Aber wo ist die Kamera?«, fragte Barbara. »Sie hat sie erst vor ein paar Monaten gekauft.«
»Vielleicht hat sie sie verliehen, was weiß ich …«
Barbara holte die Quittungen aus dem Ordner und wollte ihn wieder ins Regal zurückstellen, da entdeckte sie plötzlich ein schmales Ringbuch, das hinter den anderen Ordnern quer ins Regal geschoben war. Sie zerrte es heraus. Es war angefüllt mit Material über Jenny Reichert – alle erdenklichen Presseberichte waren sorgfältig aufgeklebt, auch Berichte über Heiner Grigoleit, der den Mord an Jenny und vier weiteren kleinen Mädchen gestanden hatte.
»Das können wir uns auch bei Ihnen drüben näher ansehen«, sagte Heyer. »Ich brauche dringend einen Kaffee.«
»In Ordnung. Aber erwarten Sie kein ›Schöner Wohnen‹ …«
Barbara lächelte, als Heyer diesmal Christinas Wohnung sorgfältig abschloss. »Nicht, dass ich glaube, dass Sie nicht in die Wohnung hineinkommen könnten, wann immer Sie wollen …«, sagte er mit einem Augenzwinkern.
»Ehrlich gesagt, ich war froh, dass es mit der Scheckkarte geklappt hat«, sagte Barbara. »Ich halte mich nicht gerade für eine professionelle Einbrecherin.«

Während Barbara die Kaffeemaschine in Gang setzte, studierte Heyer die Fotos, die auf dem Küchentisch ausgebreitet waren. »Ich denke, Sie könnten Recht haben damit, dass Jenny Reichert noch lebt. Aber ich lasse das von einem Experten untersuchen. Der kann vielleicht herausfinden, wo die Fotos aufgenommen wurden.«
»Sie könnten auch noch einmal nach Fahrkarten oder Quittungen suchen.«
»Könnte ich, wenn ich Zeit dazu hätte.«

»Die kleine Jessica? Gibt es etwas Neues?«
Heyer schüttelte den Kopf. »Keine Spur. Wir haben den Vater in die Mangel genommen, nachdem er der Mutter übel zugesetzt hatte – und deren neuen Freund. Das Übliche halt.«
Barbara schob ein paar Fotos zusammen, um Platz für die Tassen zu machen. Inzwischen war auch der Kaffee fertig, und sie goss ein.
Heyer sah sie nachdenklich an. »Was geht Ihnen gerade durch den Kopf?«
»Das hier.« Sie deutete auf den Ringordner und blätterte zu den Berichten über die Verhaftung und den Prozess von Heiner Grigoleit. »Wenn Jenny noch lebt, warum hat er dann den Mord gestanden?«
»Also, so weit ich mich an den Fall erinnern kann, war der Typ ziemlich verwirrt. Er wurde für unzurechnungsfähig erklärt und in die Psychiatrie eingewiesen aufgrund der zwei Morde, bei denen die Leichen gefunden wurden – er wurde dabei gestellt, als er die letzte begraben wollte. Er hat den ermittelnden Beamten bereitwillig ein weiteres Grab gezeigt, aber bei den drei anderen, wozu auch Jenny gehörte, hat er sich stur gestellt. Das passte genau zu seinem übrigen Verhalten. Hat man das BKA damals nicht hinzuzogen?«
»Nein. Der Fall war ja auf Nordrhein-Westfalen beschränkt, und die hiesige Polizei hat ihn gelöst. Ich erinnere mich, dass ich damals den Prozess beobachten wollte, aber dann ist mir ein anderer Fall dazwischengekommen.« Barbara stockte. Schmidtmann. Schmidtmann war der Fall gewesen. »Die Genehmigung, Grigoleit im Landeskrankenhaus zu besuchen, habe ich nicht bekommen. Die Ärzte wollten ihn ganz für sich.«
Sie nahm geistesabwesend einen Schluck Kaffee. Ihr war beklommen zumute. Kindermorde waren ihr ganz persönlicher Albtraum. Da gab es den Mord an ihrer Freundin Ina, den sie

als Kind mit angesehen hatte. Und da gab es den Fall Schmidtmann, für dessen letztes Opfer sie sich immer noch verantwortlich fühlte, weil sie zu spät geschaltet hatte. Aber wenn sie das alles hier zu Ende dachte, dann lief ein Serienmörder frei herum – einer, für dessen Taten ein vielleicht Unschuldiger in der Psychiatrie saß.

Als sie die Tasse wieder absetzte, sah sie Heyer direkt ins Gesicht. »Können Sie mir die Akten besorgen? Es war doch die Duisburger Staatsanwaltschaft, die ermittelt hat, oder?«

»Ja, das war ein Duisburger Fall.«

»Besorgen Sie mir die Akten?«

Heyer runzelte die Stirn. »Was versprechen Sie sich davon? Der Fall ist doch lange abgeschlossen – und selbst wenn nur zwei Leichen gefunden wurden, an Grigoleits Täterschaft besteht nicht der geringste Zweifel.«

Barbara tippte heftig auf die Fotos. »Wenn das hier Jenny ist, dann hat er gelogen – vielleicht bei den anderen Mädchen, deren Leichen nicht gefunden wurden, auch? Wo sind diese Mädchen dann? Und dann sind wir nicht weit davon entfernt, dass Grigoleit Morde gestanden haben könnte, die er nicht begangen hat.«

»Er wurde erwischt, als er eine Leiche verschwinden lassen wollte. Eindeutiger geht es doch wohl nicht.« Heyer sah Barbara an und seufzte: »Aber wenn es Sie glücklich macht, werde ich Ihnen die Akte besorgen – ich habe ja guten Grund, sie mir wieder anzusehen.«

Er stand auf und raffte die Fotos auf dem Tisch zusammen. »Um diese Sache hier werde ich mich kümmern. Mir tun Christinas Eltern so Leid. Vielleicht ist es wenigstens ein kleiner Trost, wenn sie Jenny zurückbekommen.«

»Wollen Sie sie gleich aufsuchen? Ich meine, wer kann sie besser identifizieren?«

Heyer schüttelte energisch den Kopf. »Ich werde erst zu ih-

nen gehen, wenn wir ganz sicher sind. Stellen Sie sich doch einmal vor, wir haben uns geirrt, Christina hätte sich geirrt. Und wir wühlen die ganze Sache auf ...«
»Das kann doch aber sehr lange dauern ...« Barbara wusste, sie war zu ungeduldig.
»Ich werde die Eltern in ihrer Trauer um Christina jetzt nicht aufstören.« Heyers Ton ließ keinen Zweifel, dass dies sein letztes Wort zu dem Thema war.
»Kann ich Christinas Ordner hier behalten?«, fragte Barbara.
»Vorläufig schon. Ich werde mich melden, wenn ich ihn brauchen sollte.«
Heyer verabschiedete sich und ging. Als Barbara zurück in die Küche kam, fiel ihr die Papiertüte auf, die unter den Tisch gerutscht war – eine der Filmtüten. Und darin waren noch alle Negative. Sie griff nach ihrer Jacke. In der Innenstadt gab es einen Laden, der Fotos innerhalb von zwei Stunden entwickelte. Denn sie war ganz sicher, dass Heyer das Fehlen der Negative rasch bemerken und ganz schnell wieder vor ihrer Tür stehen würde.

Barbara hatte die zwei Stunden, die der Fotoladen für die Entwicklung gebraucht hatte, in einem Internet-Café verbracht und hatte versucht, etwas über Heiner Grigoleit zu finden. Aber sie kam nur quälend langsam vorwärts, und als die Zeit um war, hatte sie gerade zwei Zeitungsartikel gefunden, die sie natürlich genauso gut in Christinas Mappe hätte nachlesen können.
Sie brachte die Tüte mit den Negativen im Duisburger Polizeipräsidium vorbei. Heyer war nicht da, aber man versprach ihr, ihm die Tüte zu übergeben. Obwohl sie nie dort gewesen war, kam ihr das Präsidium merkwürdig vertraut vor. Diese alten Backsteinbauten waren irgendwie alle gleich. Das war die Luft, die sie immer geatmet hatte, viele Jahre lang.

Sie fuhr nach Hause – nach Düsseldorf. Bis jetzt hatte sich das Gefühl, in der Sternstraße zu Hause zu sein, noch nicht verändert.
Thomas arbeitete an seinem neuen Buch, und seit einer Woche tat er das mit einer Verbissenheit, die Barbara lange nicht mehr an ihm gesehen hatte.
»Magst du einen Tee?«, fragte sie. Vielleicht könnte sie ihm bei einer ruhigen Tasse Tee endlich sagen, dass sie ihn verlassen wollte.
»Gern.«
Sie füllte den Wasserkocher, klemmte einen Teefilter in den Halter und zählte sorgfältig die Löffel ab.
Thomas kam herein. Sein Blick stellte ihr eine deutliche Frage. Wo warst du? hätte sie lauten können. Oder: Was hast du den ganzen Tag so gemacht? Aber wie üblich schwieg er, und Barbara wusste auch nicht, wie sie anfangen sollte mit ihrer Beichte.
Bis das Wasser heiß war und Barbara es in die Kanne goss, schwiegen sie. Urplötzlich beschlich Barbara ein Anflug von Vertrautheit. Wie viele verschiedene Gefühle für sie mit diesem Schweigen verbunden waren! Sie konnte sie kaum benennen. Lange war es ein Zeichen der wachsenden Nähe zwischen ihnen gewesen, der Fähigkeit, einander ohne Worte zu verstehen. Später beschlich Barbara der Verdacht, dass Thomas es sich mit seinem Schweigen sehr leicht machte. Und mit der Zeit hatte sie es gehasst, nicht einfach mit ihm reden zu können. Sie sprachen schon miteinander – über ihre Arbeit, über Menschen, sogar manchmal über ihre, Barbaras, Befindlichkeit –, aber Thomas selbst und ihre Beziehung war nie ein Thema.
»Da ist heute ein Brief für dich gekommen. Aus München. Bewerbungsunterlagen?« Thomas ließ sie nicht aus den Augen.

»… Ja …«
Thomas holte den Teefilter aus der Kanne und goss für beide ein. Barbara fühlte sich gezwungen, unbedingt etwas sagen zu müssen, ein Gefühl, dass sie hasste. Sie wusste, er wollte mehr wissen, aber er fragte nicht. Er wartete einfach ab und gab einen Löffel Zucker in den Tee.
»Ich habe mich auch anderswo beworben. Hamburg zum Beispiel. Auch im Ausland.«
Ein Beobachter hätte an Thomas keine besondere Regung entdeckt, aber Barbara bemerkte sofort, dass ihm diese Nachricht ganz und gar nicht passte. Es war nur eine kleine Falte, die sich bei dieser Andeutung von Stirnrunzeln ein wenig vertiefte, während er den Tee umrührte. »Und – wie stehen deine Chancen?«
»Na ja. Ich habe mich auf Forschungsjobs beworben, mit meinem Background und dem Thema der Doktorarbeit will mich in der Therapie ohnehin niemand haben. Vielleicht habe ich das alles damals etwas überstürzt in Angriff genommen.«
Er hörte auf zu rühren und sah ihr direkt ins Gesicht: »Und was ist mit der Polizei, dem BKA? Hat dich das Jagdfieber noch nicht wieder gepackt?«
Barbara schüttelte den Kopf. »Ich habe gekündigt, da ist es unwahrscheinlich, dass sie mich wieder einstellen. Und inzwischen bin ich längst nicht mehr so unentbehrlich wie damals – wenn ich das je war. Es gibt jetzt einige sehr gute Profiler beim BKA und bei den LKAs. Das Klassifizierungssystem wird endlich eingeführt … da bin ich ganz überflüssig.«
Thomas hatte sie unverwandt angesehen. Jetzt blickte er in seine Teetasse, als würde er seine Frage dort ablesen. »Aber was willst *du*?«
Barbara überlegte einen Moment, dann meinte sie: »Ich weiß

nicht, ob ich diesen Sachen noch gewachsen bin. Das kleine Mädchen zum Beispiel, das verschwunden ist. Das geht mir sehr nahe – zu nahe für einen Polizeijob, wenn du mich fragst. Zumal es nicht sehr wahrscheinlich ist, dass die Kleine noch lebt.«

»Kindermord solltest du vielleicht nicht als Maßstab für deine Widerstandsfähigkeit nehmen.« Thomas begann, seinen Tee zu trinken. Er hatte versucht, sie zu überreden, wegen ihrer als Kind ermordeten Freundin Ina eine Therapie zu machen, aber Barbara hatte sich geweigert. Damals, nachdem sie ihren Nervenzusammenbruch wegen des Kindermörders Schmidtmann hatte, war sie eine Zeit lang zu einem Psychiater gegangen, doch das hatte sie nicht davor bewahrt, vollends depressiv zu werden. Sie war der Meinung, dass sie sich nur selbst helfen konnte. Thomas hatte ein- oder zweimal versucht, sie zu überzeugen, und dann nicht mehr darüber gesprochen. Aber wenn die Rede auf dieses Thema kam, konnte ein einziger Blick von ihm in Barbara seine komplette Argumentation wachrufen.

»Um Kindermord unerträglich zu finden, muss man nicht dasselbe durchgemacht haben wie ich.« Barbara konzentrierte sich auf ihren Tee.

Plötzlich sah sie auf und blickte ihm direkt in die Augen. »Warum fragst du mich eigentlich nicht danach, warum ich mich außerhalb bewerbe? Ich meine, du hast doch verstanden, was das bedeutet?« Sie konnte nicht verhindern, dass ihre Fragen wie ein Angriff klangen.

Aber Thomas sagte nichts, senkte nur den Blick.

»Ich werde ausziehen. In den nächsten Tagen«, sagte sie leise.

»Dann hast du also einen Job?« Thomas sah wieder hoch.

Barbara schüttelte den Kopf. »Nein, noch nicht. Aber ... ich will dich nicht ausnutzen.«

Von einem Moment zum nächsten wurde Thomas kühl. Sie wusste, er hatte kein Verständnis für ihre Skrupel, sein Geld anzunehmen. Es war für ihn immer selbstverständlich gewesen, sowohl sie als auch die wenigen Freunde, die er hatte, großzügig zu unterstützen. Dieses Thema war dann auch eines der wenigen, um die sie sich jemals wirklich gestritten hatten. Geld hatte für Thomas einfach nicht die Bedeutung, die ihm alle anderen zumaßen. Für einen Mann seines Reichtums lebte er bescheiden, aber wenn er etwas ausgeben wollte, dann tat er es, ohne lange zu überlegen.
»Auch nicht emotional«, fügte sie hinzu und konnte nicht verhindern, dass ihre Stimme ein wenig zitterte.
»Wie lange planst du das schon?«
»Noch nicht sehr lange. Aber ich wusste auch nicht, wie ich es dir sagen sollte. Ich kann ja nicht einmal richtig erklären, warum ich wegmuss ...«
Er nickte nur.
»Ich habe mir eine Wohnung gemietet. In Duisburg. Da sind die Mieten billiger. Ich werde ja nicht lange dort bleiben, da werden meine Ersparnisse schon reichen.«
Thomas runzelte die Stirn. »Habe ich dich je eingeengt oder dir Vorschriften gemacht, was du tun oder lassen sollst?«
»Nein.«
»Glaubst du, ich würde dich daran hindern, einen guten Job in Hamburg, München oder sonst wo anzunehmen?«
»Nein.«
»Warum dann diese Trennung? Ich meine, ich bin wirklich nicht erpicht auf eine Wochenendbeziehung, aber ich sehe ein, dass ein Job wichtig ist für dich.«
»Das hatten wir doch schon, Thomas. Damals, als ich nach dem Fall Rottländer wieder für das BKA gearbeitet habe ...«
»Ich habe nicht verlangt, dass du den Job aufgibst und hierher ziehst.«

Barbara legte eine Hand auf seinen Arm. »Das ist sehr wichtig für dich, oder? Mich nie zu etwas zu zwingen.«
»Ich kenne dich, Barbara. Wenn du das Gefühl hast, dass jemand Druck auf dich ausübt ...«
»Vielleicht übst du ja mehr Druck aus, als du denkst, auf deine sanfte Art.« Sie seufzte. »Ich will aber nicht unfair sein. Ich weiß, dass du das nicht absichtlich tust. Es liegt an mir. Ich fühle es einfach so. Vielleicht setze ich mich auch nur selbst unter Druck.«
»Und wenn du gehst, ist dieser Druck weg?«
»Ich weiß es nicht. Ich weiß es einfach nicht.« Ungewollt war Barbara laut geworden.
Er stand abrupt auf. »Ich habe noch eine Menge zu tun,« sagte er.
Barbara wusste, er wollte sich nicht streiten. In ihr kam etwas wie Wut hoch, zu oft hatte er sich aus drohenden Konflikten auf diese Art zurückgezogen. Es dauerte einen Moment, bis ihr einfiel, dass das jetzt wohl keine Rolle mehr spielte. Ich lebe bald nicht mehr mit Thomas zusammen, ging es ihr durch den Kopf. Und plötzlich kam ihr der Gedanke, dass sie kein Wort über Liebe gesagt hatten. Der Gedanke war ihr unangenehm, sie hatte ihn weggeschoben, seit sie sich entschlossen hatte, Thomas zu verlassen.

Später am Abend saß Barbara in der Küche und aß ein Brot. Thomas war seit ihrem Gespräch nicht mehr aus seinem Arbeitszimmer gekommen. Jetzt hatte er den PC ausgeschaltet und stand in der Küchentür.
»Wir sind wohl beide ziemlich festgefahren«, meinte er. »Warum bleibst du nicht einfach, bis du eine Zusage hast, und ziehst dann um?«
Barbara schüttelte den Kopf. »Ich muss irgendetwas tun, etwas ändern, sonst ersticke ich.« Sie sprach nicht weiter.

»Und deshalb recherchierst du Fälle von verschwundenen Kindern?«, fragte er in ihr Schweigen hinein. »Ich habe heute Mittag die Ausdrucke gesehen.«

»Das hat nichts damit zu tun. Ich bin da in etwas hineingeraten … Es ist nicht wegen der kleinen Jessica. Interessiert es dich?«

»Ja, sicher.«

Barbara holte die Fotos von Jenny Reichert und erzählte von ihrer Entdeckung. Als sie zu dem Leichenfund in der Nachbarwohnung kam und ihm ganz ruhig und sachlich den Zustand der Leiche beschrieb, huschte ein kleines ironisches Lächeln über sein Gesicht.

»Was?«, fragte Barbara ungeduldig.

»So ganz entwöhnt bist du wohl noch nicht.« Er sah wieder ganz ernst aus, und Barbara fuhr mit ihrem Bericht fort.

»Ich kann mir nicht helfen – mir geht nicht aus dem Kopf, dass der Falsche in der Psychiatrie sitzt«, schloss sie.

»Aber dieser Polizist meint, es sei eindeutig erwiesen, dass dieser Grigoleit die beiden Kinder, deren Leichen gefunden wurden, auf dem Gewissen hat, oder?«

Barbara machte eine hilflose Geste. »Natürlich ist es ein erdrückender Beweis, wenn jemand ertappt wird, während er eine Kinderleiche vergräbt. Aber, Thomas, ich weiß doch, wie damals, vor fünf Jahren, noch gearbeitet wurde. Selbst heute würde keiner auf die Idee kommen, in einer solch eindeutigen Situation einen Profiler oder Psychologen hinzuzuziehen. Wozu auch?«

»Gehörte Grigoleit zu denen, die du für deine Doktorarbeit interviewt hast?«

»Nein. Er gehörte zu einer anderen Kategorie Täter – fast debil, völlig unfähig zu einer geplanten Tat.«

»Also ganz anders als die intelligenten Täter, die auch fähig sind, einen Psychiater zu täuschen …«

»Ja. Aber einen Täter wie Grigoleit zu verhören ist noch schwieriger. Er folgt keinerlei Logik, seine Motive sind kaum nachvollziehbar. Weißt du, dass Täter, die ohne Plan vorgehen, im Schnitt zwei bis drei Jahre später gefasst werden als die intelligenten?«
»Ja, das hast du mal erwähnt.«
Barbara musste lächeln. Thomas hatte sich, höflich wie er war, das »mehrmals« verkniffen. »Aber ich werde mir den Fall noch näher ansehen. Heyer will mir die Akten besorgen«, meinte sie.
»Das ist schon verrückt …«, sagte Thomas plötzlich. Er hielt eines von Christina Wehlings Fotos in der Hand.
»Was?«
»Nun, ich spiele schon seit einiger Zeit mit dem Gedanken, etwas über vermisste Kinder zu schreiben oder, vielmehr, über ihre Angehörigen. Ich habe sogar schon einmal mit meinem Verleger darüber gesprochen.«
Barbara war verblüfft. Die Themen von Thomas' Sachbüchern waren weit gestreut, hatten aber doch meistens etwas mit seinen Fachgebieten Germanistik und Altphilologie zu tun. Als sie ihn kennen lernte, schrieb er zum Beispiel über Hexenverfolgung und hielt gleichzeitig an der Uni ein Seminar über Friedrich Spee, der dagegen kämpfte. »Habe ich dich inspiriert?«, fragte sie.
Er schüttelte den Kopf: »Ehrlich gesagt, nicht sehr. Ich werde es dir vielleicht mal erzählen.«
Barbara fragte nicht weiter. Er würde nicht mehr zu dem Thema sagen, dazu kannte sie ihn gut genug.
Thomas stutzte plötzlich und betrachtete das Foto, das er immer noch in der Hand hielt, genauer. Er deutete auf eine Spiegelung in einem Schaufenster. »Ich glaube, das ist Brügge«, sagte er. »Sieh her, dieser Turm … das ist der Campanile. Brügge, ich bin mir ganz sicher.«

»Brügge …«, murmelte Barbara. Belgien wäre nicht unwahrscheinlich als Ziel einer Verschleppung, nach allem, was durch die Dutroux-Affäre ans Tageslicht gekommen war. »Ich werde das nachprüfen lassen. Aber Heyer muss sich erst einmal von den Spezialisten bestätigen lassen, dass dieses Mädchen hier wirklich Jenny Reichert ist. Das kann ewig dauern.«

In Thomas' Mundwinkeln erschien ein kleines Lächeln. »Es hat dich also doch wieder gepackt.«

»Mag sein«, gab Barbara zu. »Aber die Sache ist so ungeheuerlich, der muss ich einfach nachgehen. Die Polizei wird kaum Zeit haben, einen abgeschlossenen Fall neu aufzurollen.«

»Ich könnte dir helfen …«

»Und das neue Semester?«, fragte Barbara.

»Ich habe mein Seminar gestrichen. Hatte ich das nicht erzählt?«

Barbara schüttelte den Kopf.

»Das Thema war ohnehin so exotisch, dass sich nur zehn Studenten gemeldet hatten. Die Vorlesung wird wahrscheinlich auch kein Renner. Also habe ich Zeit genug.«

»Willst du mir helfen oder willst du mich hier halten?«, fragte Barbara.

»Es ist nur ein Angebot. Du musst es nicht annehmen.«

Ich kenne deine Angebote, schoss es Barbara durch den Kopf. Eines dieser Angebote hatte sie zusammengebracht. »Sie können hier wohnen, solange Sie wollen«, hatte er damals gesagt, an dem Morgen, nachdem er Barbara in der Kneipe an der Grupello-Straße aufgelesen hatte. Sie war depressiv, hungrig und völlig durchnässt gewesen, und er hatte ihr ein Essen bezahlt und einen Schlafplatz angeboten. »Sie können hier wohnen, solange Sie wollen.« Jetzt wollte sie nicht mehr.

»Ich denke, ich werde heute Nacht auf dem Klappbett schlafen«, sagte sie leise.
Thomas schwieg.

2

Heyer traf sich mit ihr in der Innenstadt, um ihr die kopierten Akten des Falls Grigoleit zu übergeben. Selbst die Gerichtsakten waren dabei. Es war ein dicker Stapel Papier, den er sicher nicht auf einmal aus dem Präsidium geschmuggelt hatte. Barbara kam sich vor wie bei einem konspirativen Agententreffen, denn die Übergabe fand in einem Parkhaus statt.
Heyer lud Barbara zu einer Tasse Kaffee ein. Eigentlich hätte sie sich lieber gleich auf die Akten gestürzt, aber sie wollte ihn nicht vor den Kopf stoßen, nachdem er ihr einen so großen Gefallen getan hatte. So schlenderten sie vorbei am Livesaver-Brunnen zum Café Dobbelstein neben der Sparkasse. Barbara hatte nicht das Gefühl, dass Heyer oft hierher kam. Sie warteten auf ihren Kaffee und beobachteten die Leute, die an diesem Vormittag ihre Einkäufe machten.
»Die Stadt auf den Bildern könnte Brügge sein«, sagte Barbara.
»Wie kommen Sie darauf?«
»Ich habe sie jemandem gezeigt …« Sie stockte. Sie hatte Thomas Bilder gezeigt, die sie gar nicht haben durfte.
Aber Heyer lächelte nur. »Hätte ich mir denken können, dass Sie sich Abzüge von den Negativen haben machen lassen. Und wer ist dieser Jemand?«
»Thomas. Mein …« Barbara zögerte, bevor sie es aussprach. »Mein *Ex*freund.«

Für einen Augenblick hatte sie das Gefühl, Heyer sei diese Information wichtiger als die Tatsache, dass das Geheimnis um die Stadt möglicherweise gelüftet war. Aber dann wurde er wieder auffallend geschäftsmäßig. Solange die Experten sich nicht zu den Bildern und der Identität des Mädchens geäußert hatten, wollte er nichts unternehmen. Auch im vereinten Europa waren grenzüberschreitende Aktionen immer noch mit großem bürokratischen Aufwand verbunden.

Jetzt, wo sie endlich mit Thomas geredet hatte, beschleunigte sie ihren Auszug. Außer ihren Kleidern, den Akten und dem Computer aus ihrem Arbeitszimmer gab es ja nicht viel, das sie mitnehmen musste. Thomas sah stumm zu, wie sie die letzten Kisten hinuntertrug.
Sie verabschiedete sich mit einer Umarmung, die ihr steif und fremd erschien. Sie hoffte, er würde nicht bemerken, dass ihr die Tränen kamen. Thomas entging nie etwas. Aber er ignorierte es – widerwillig, kam es ihr vor. »Wenn du etwas brauchst, du weißt, wo ich bin«, sagte er nur.
Auf der Fahrt nach Duisburg heulte sie sich richtig aus. Du tust das, was du für richtig hältst, sagte sie sich. Ein wenig Erleichterung kam auf, aber eigentlich hatte sie sich mehr versprochen vom Tag ihres Umzugs. Heute Abend würde sie nicht mehr in einer wunderschönen gemütlichen Wohnung sitzen, sondern in fast leeren Räumen und ganz allein mit sich. Aber sie hatte schon das richtige Rezept gegen aufkeimende Einsamkeit und Langeweile. Ganz oben in einer der Kisten lag die Akte Grigoleit.

Zunächst war da noch ein Schreibtisch aus dem Mitnahmemöbelmarkt aufzubauen und der Computer anzuschließen. Die Telekom hatte ihr Telefon freigeschaltet. Der Kühl-

schrank war noch leer, und ihr Magen knurrte. Sie ging zum Mehrmarkt, um ein paar Lebensmittel zu kaufen.
Obwohl der Billigmarkt bis sieben Uhr geöffnet hatte, galten die alten Stoßzeiten immer noch. Jetzt um sechs Uhr standen lange Schlangen vor den geöffneten Kassen. Barbara hatte ihren Einkauf schnell erledigt und reihte sich rechts ein. Dort saß eine zierliche Frau an der Kasse, die Barbara bekannt vorkam. Sie sah übernächtigt aus und erledigte verbissen ihre Arbeit. Das muss Jessicas Mutter sein, schoss es Barbara durch den Kopf. Sie hatte ihr Bild in der Zeitung gesehen. Die Polizei hatte immer noch keine Spur von der Kleinen. Der Polizeisprecher hatte sich wiederholt an die Bevölkerung gewandt und um Hinweise gebeten.
Vor Barbara stand eine alte Frau, unter ihrem Mantel sah eine Kittelschürze hervor, sie hatte abgetragene Pantoffeln an den Füßen. »Schieben Sie auch meinen Wagen weiter, bitte? Ich glaube, ich habe etwas vergessen.«
Barbara nickte freundlich. Die Frau ließ ihren Wagen stehen und ging zurück in den Verkaufsraum. Wenig später kam sie mit einem dicken Stück Speck zurück. »Ich will morgen Bohnensuppe kochen – und ohne Speck schmeckt die ja nicht. Oder mögen Sie sie ohne Speck?«
Barbara wusste, egal, was sie antwortete, die Frau würde sie in ein Gespräch verwickeln. Sie zuckte die Schultern: »Ich mag Bohnensuppe überhaupt nicht.«
»Ja, junge Leute kochen eben ganz anders. Also – auch lecker. Ich esse schon mal bei meiner Enkelin. Viel Nudeln und Gratengs und immer alles so hübsch angerichtet. ›Das Auge isst mit, Oma‹, sagt sie. Aber wer weiß, ob die sich noch so große Mühe macht, wenn sie erst mal Mutter ist … Ich werde nämlich Uroma, noch vor Weihnachten.«
Sie waren weiter vorgerückt, und die Alte unterbrach ihren Redefluss, um ihre Einkäufe auf das Band zu legen. »Guten

Tag«, sagte sie freundlich zu der Kassiererin, als diese begann, die Sachen über den Scanner zu ziehen.
»Tag, Frau Giskowiak.« Die Kassiererin brachte ein kleines Lächeln zustande.
»Haben Sie denn schon was von Ihrer Kleinen gehört, Frau Wolter?«
Barbara merkte, wie Frau Wolter schluckte und nur stumm den Kopf schüttelte.
»Ach, ich kann Ihnen das so nachfühlen, diese Ungewissheit! Als mein Mann im Krieg …« Sie stockte, weil Barbara ihr sanft, aber nachdrücklich mit dem Einkaufswagen in die Hacken gefahren war.
»Entschuldigen Sie bitte«, sagte Barbara höflich. Die Alte grummelte etwas, aber führte ihre Unterhaltung mit der Kassiererin nicht weiter. Als Barbara bezahlte, warf Frau Wolter ihr einen dankbaren Blick zu.

Sie hatte eigentlich vorgehabt, den Abend gemütlich zu verbringen – so gemütlich es in der neuen Wohnung werden konnte. Aber der Anblick der verzweifelten Frau Wolter, die so verbissen versuchte, die Normalität aufrechtzuerhalten, ging ihr nicht aus dem Kopf. Sie dachte an frühere Fälle, etwa an Schmidtmanns Opfer. Der erste kleine Junge war ein knappes Jahr verschwunden, bevor Schmidtmann festgenommen wurde. Ein Jahr voller Ungewissheit und falscher Hoffnungen für die Eltern. Auch Jenny Reicherts Eltern hatten das durchgemacht, was Frau Wolter gerade erlebte. Christinas Tod war schlimm, aber es gab eine Leiche, von der sie sich hatten verabschieden können, und es würde ein Grab geben, an dem sie trauern konnten.
Christina war tot, aber Jenny lebte. Die Ungewissheit war vorbei, und sie hatte ausnahmsweise ein glückliches Ende gefunden. Heyer mochte noch so sehr darauf pochen, die

Ergebnisse der Expertenuntersuchung abzuwarten, es war einfach nicht richtig, die Eltern im Unklaren zu lassen. Wenn jemand sagen konnte, ob das Mädchen auf den Fotos Jenny war, dann waren sie es. Und wenn Jenny lebte, war es höchste Zeit, sich um den Fall Grigoleit zu kümmern.
Sie blätterte in der Akte und hoffte inständig, dass die Adresse von Jennys Eltern noch stimmte. Sie hießen Wagner, Silke und Lutz. Lutz Wagner war Anwalt. Die Angabe genügte. Über das Internet fand Barbara heraus, dass sie umgezogen waren. Sie war drauf und dran anzurufen, aber dann machte sie sich auf den Weg. Man sollte ihnen schon persönlich sagen, dass ihre Tochter Jenny möglicherweise noch lebte.

Die Wagners wohnten in Unterbach. Ganz in der Nähe des Sees hatten sie ein schönes altes Haus. Als Barbara ihren Wagen parkte, überkamen sie für einen Moment Zweifel. Was war, wenn Heyer Recht behielt, wenn sie sich womöglich geirrt hatten? Durfte sie die Eltern diesem Druck aussetzen? Früher hätte sie diese Art Skrupel nicht gehabt, schoss es Barbara durch den Kopf. Als Polizistin war ihr die Wahrheit wichtiger gewesen als Rücksichtnahme. Und auch jetzt drängte sich der Gedanke an Grigoleits möglicherweise falsche Geständnisse vor ihre Bedenken. Sie musste Klarheit haben.
Barbara klingelte, und es dauerte eine Weile, bis jemand an die Tür kam. Es war eine schwarz gekleidete dürre Frau. Auch das gepflegte Äußere konnte nicht überdecken, dass sie in ihrem Leben mehr gelitten hatte, als ihr gut tat. Für einen Moment überlegte Barbara, ob sie einfach sagen sollte, sie hätte sich geirrt, aber die Frau sprach sie an. »Ja bitte?«
»Ist das wieder ein Reporter?«, rief eine männliche Stimme von hinten.
»Nein, nein«, sagte Barbara hastig. »Ich bin nicht von der Presse. Frau Silke Wagner?«

Die Frau nickte.
»Ich bin Barbara Pross. Ich habe Ihre Tochter Christina gefunden.«
»Oh.« Ein kleiner Ausdruck des Erstaunens huschte über ihr Gesicht.
Hinter ihr tauchte ein Mann auf, sehr groß, kräftig, aber schlank, mit einem markanten Gesicht und sehr dekorativ wirkenden grauen Schläfen. »Lassen Sie uns in Ruhe. Wir sind schon genug belagert worden, seit die Presse weiß, wer Christina war.«
»Das ist keine Reporterin, Lutz«, sagte Silke Wagner beschwichtigend. »Das ist die Frau, die Christina gefunden hat.«
»So.« Er wirkte fahrig. »Dann entschuldigen Sie bitte …«
»Nein, schon gut. Ich weiß, wie das ist.«
»Kommen Sie doch herein.« Frau Wagner zog sie in den Flur und zeigte auf die Wohnzimmertür. »Wir haben uns gerade einen Tee gekocht, mögen Sie einen?«
Barbara nickte und folgte Lutz Wagner ins Wohnzimmer. Sie wartete, bis seine Frau mit dem Tee kam.
So recht wusste Barbara nicht, wie sie beginnen sollte. »Ich wollte Ihnen persönlich mein Beileid aussprechen.«
»Danke.«
Für einen Moment herrschte betretenes Schweigen, dann kramte Barbara in ihrer Jackentasche. »Nun, mein Beileid hätte ich Ihnen auch schriftlich mitteilen können. Weshalb ich gekommen bin, ist das hier.« Sie tippte auf die Fotos. »Christina hatte vor ihrem Tod Fotos zur Entwicklung gegeben, die zufällig in meinen Besitz gelangt sind. Natürlich habe ich sie der Duisburger Polizei ausgehändigt. Die Polizei will erst prüfen, ob meine Vermutung richtig ist. Ich bin jedoch der Meinung, dass Sie es unbedingt erfahren müssen, selbst wenn noch eine gewisse Unsicherheit besteht.« Barba-

ra beugte sich zu Frau Wagner herüber und gab ihr die Fotos. »Bitte erschrecken Sie nicht – aber ich glaube, dass diese Fotos ihre Tochter Jenny zeigen.«
Silke Wagner starrte zuerst Barbara und dann die Fotos an. Ihr Mann rutschte zu ihr herüber und legte seinen Arm um ihre Schulter. »Liebes, bitte, reg dich nicht auf. Das kann nur ein Irrtum sein.«
»Nein, das ist kein Irrtum, Lutz. Sieh doch genau hin. Das ist sie, das muss Jenny sein!«
»Nun, sie ist jetzt ein Teenager ...«, warf Barbara ein.
»Ja.« Silke Wagners Augen waren voller Tränen, als sie aufsah. »Ja, ein Teenager. Aber das ist meine Kleine, da bin ich mir ganz sicher. Das Muttermal, sehen Sie? Und wie sie hier den Kopf hält ... Und dort, sie spielt mit ihren Haaren, das hat sie schon als Kind immer getan. Sag doch auch mal was, Lutz.«
Lutz Wagner schien weniger euphorisch. »Ja«, meinte er gedehnt. »Sie hat schon Recht damit. Das könnte wirklich Jenny sein.«
»Wo ist sie?«, fragte Silke Wagner. »Wo wurden diese Fotos gemacht?«
»Wahrscheinlich in Brügge.«
»Sie lebt, Lutz, sie lebt! Wann können wir sie sehen?«
»Das wird nicht so einfach sein«, meinte Barbara. Sie fühlte sich plötzlich unbehaglich. Sie hatte die Gewissheit, die sie brauchte, aber nun hatte sie die Eltern am Hals und müsste sich der Duisburger Polizei gegenüber rechtfertigen. »Zunächst müssen die Experten beim LKA bestätigen, dass es sich um Jenny handelt ...«
»Sie meinen, vorher wird nicht nach Jenny gesucht?«, fragte Lutz Wagner empört.
Barbara nickte. »Ein paar Tage kann das noch dauern. Und denken Sie bitte daran, auch im vereinigten Europa mahlen die bürokratischen Mühlen langsam. Es kann Zeit vergehen,

bis die Belgier aktiv werden können. Und Sie sollten nichts auf eigene Faust unternehmen.«

»Das überlege ich mir noch«, meinte Lutz Wagner. Er sah aus, als hätte er etwas ganz Bestimmtes im Kopf.

»Mein Mann hat als Anwalt gute Beziehungen zu Detekteien«, erklärte Silke Wagner.

»Ich muss jetzt gehen. Vielen Dank für den Tee.« Barbara stand auf. »Bitte tun Sie nichts Unüberlegtes.«

»Ich bringe Sie zur Tür.« Lutz Wagner begleitete Barbara durch den Flur.

»Warum hat sie das wohl gemacht?«, fragte sie plötzlich.

»Wer?«

»Christina. Warum hat sie Jenny beschattet?«

»Beschattet?« Wagner sah sie entgeistert an. »Ich habe nicht die geringste Idee. Sie hat uns nichts davon gesagt, dass sie so etwas vorhatte.«

»Es war ja auch völlig abwegig zu glauben, dass Jenny noch lebt. Grigoleit hat doch gestanden, sie umgebracht zu haben …«

»Wissen Sie, man wusste nie, was in Christina so vorging. Ich war weder ihr noch Jennys Vater. Na ja, meine Frau hatte ein ziemlich wildes Leben hinter sich, erst mit mir ist sie ein wenig zur Ruhe gekommen – das heißt, sie wäre es, wenn Jenny nicht tot … verschwunden wäre. Die Kleine war vier, als ich meine Frau kennen lernte, und sie nannte mich später Papa. Zu Christina hatte ich nie einen richtigen Draht. Es gab keinen Streit oder große Konflikte, wir waren uns einfach nur fremd. Wer weiß da schon, was ihre Motive waren.«

Barbara sah ihn an. »Aber ihr Motiv ist die interessanteste Frage dabei. Warum hat sie nach Jenny gesucht? Und warum hat sie Selbstmord begangen, nachdem sie sie offensichtlich gefunden hatte? Wenn es Selbstmord war.«

»Gibt es da denn Zweifel?« Lutz Wagner schien entsetzt bei

dem Gedanken, dass es kein Selbstmord gewesen sein könnte.

»Bis jetzt nicht. Und wenn die Gerichtsmedizin nichts findet ... Zeit, ihre Freunde und Bekannten zu befragen, hat die Polizei ohnehin nicht. Vielleicht könnten Sie ...?«

Lutz Wagner schüttelte den Kopf: »Ich sagte ja, wir standen uns nicht sehr nahe. Ich glaube kaum, dass sie viele Freunde hatte. Und wenn, dann wären meine Frau und ich die Letzten, die sie kennen würden. Ehrlich gesagt, so verschlossen und verdreht, wie sie war, wundert mich ein Selbstmord nicht. Es tut weh, dass wir ihr nicht helfen konnten, aber sie hat sich nie helfen lassen. Jennys Verschwinden hat auch ihr Leben verpfuscht.«

Die Selbstverständlichkeit, mit der er das sagte, schmerzte Barbara. »Auf Wiedersehen. Und danke.«

Barbara war schon fast am Ende der Stufen, da fragte Lutz Wagner plötzlich: »Würden Sie mit zur Beerdigung gehen? Ich meine, wenn Christinas Leiche freigegeben ist? Ohne Sie hätte man sie vielleicht immer noch nicht gefunden.«

»Sicher.« Barbara drehte sich um, holte einen alten Kassenzettel und einen Stift aus der Tasche und kritzelte ihre beiden Telefonnummern darauf. »Festnetz und Handy. Sie können mich jederzeit anrufen.«

»Danke. Auf Wiedersehen, Frau Pross.«

Zu Hause angekommen, überlegte sie, ob sie Heyer gleich ihre Eigenmächtigkeit beichten sollte. Aber wahrscheinlich wäre es immer noch früh genug, die Zerknirschte zu spielen, wenn die Wagners tatsächlich in Duisburg vorsprachen. Nicht, dass sie es wirklich bereute. Nur eines zählte: die Gewissheit, dass Grigoleit einen Mord gestanden hatte, den er nicht begangen hatte.

Barbara schmierte sich Brote und brütete über der Akte Gri-

goleit. Grigoleits Aussagen vor Gericht hinterließen einen zwiespältigen Eindruck bei ihr. Zum einen war klar, dass es sich um einen Mann von niedriger Intelligenz und fast kindlichem Gemüt handelte, dessen wirre Einlassungen nur wenig Erhellendes zum Fall beitrugen. Zum anderen aber hatte er viele Fragen auch sehr präzise beantwortet – mit einfachen Worten und Bildern zwar, aber durchaus treffend, wie etwa ein Kind aussagen würde.
Zwei Dinge störten Barbara an dem Bild, das sich aus den Akten herauskristallisierte: Es fehlte jegliches Motiv, und er äußerte sich auch nie dazu. Und dann schien er keinerlei Reue zu zeigen. Das fand Barbara ungewöhnlich. Sie hätte viel eher erwartet, dass es ihm um seine Opfer Leid tat. Denn so viel war klar – was Heyer als »Leichenbeseitigung« bezeichnet hatte, glich eher einem feierlichen Begräbnis. Grigoleit war dabei sehr behutsam mit den toten Körpern umgegangen, er hatte ihnen sogar ihre Kleider angezogen, wie er der Polizei sagte. Vor Gericht war das aber nie zur Sprache gekommen.
Die Gutachter waren sich in diesem Punkt einig – aufgrund seiner geringen Intelligenz und emotionalen Unreife sei er nicht fähig dazu, Reue zu empfinden. Das fehlende Motiv interpretierten sie ähnlich: Grigoleit war intellektuell nicht in der Lage, die Morde zu planen, also war er auch nicht in der Lage, aus einem bestimmten Motiv heraus zu handeln.
»Schwachsinn«, murmelte Barbara, die die Gutachten zum dritten Mal gelesen hatte. Wenn sich nur einer der Gutachter wenigstens für einen Moment wirklich auf Grigoleit eingelassen hätte, sich auf seine Ebene begeben hätte, wären sie wahrscheinlich auf das Motiv gestoßen. Er hätte es ihnen einfach erzählt.

Am nächsten Tag richtete sich Barbara auf einen wütenden Anruf von Heyer ein, doch es tat sich nichts. Also ergab sich

immer noch keine Möglichkeit, die Duisburger Polizei wieder auf den alten Fall zu stoßen. Aber irgendetwas musste sie tun.
Kurz entschlossen rief sie in der Langenfelder Forensischen Psychiatrie an und versuchte einen Besuchstermin bei Grigoleit zu bekommen. Und was ihr zu ihrer aktiven Polizeizeit verwehrt worden war, ging jetzt ohne große Probleme. Als Wissenschaftlerin gab man ihr die Erlaubnis, und sie durfte sogar sofort kommen.
Die Klinik lag auf einer Anhöhe über einem idyllischen Tal. An den Hang auf der einen Seite des Berges drängte sich ein kleiner Ort, der ganz allmählich in einer Kleinstadt aufging. Barbara kannte sich gut aus. Hier hatte sie, während sie an ihrer Doktorarbeit schrieb, mehrfach einen Serienmörder und mehrere andere notorische Gewalttäter besucht. Sie hatte damals zwar gewusst, dass auch Heiner Grigoleit hier untergebracht war, doch ihr Interesse hatte nicht den offensichtlich Geistesgestörten gegolten, sondern den erschreckend normal wirkenden, intelligenten Tätern, einigen Vergewaltigern und einem Soziopathen, der drei junge Männer getötet hatte und sich allen Menschen überlegen fühlte – Barbara eingeschlossen.
Als sie bei der Klinikleitung angerufen hatte, um den behandelnden Arzt um einen Gesprächstermin mit Grigoleit zu bitten, war man ihr gegenüber zwar grundsätzlich entgegenkommend, aber doch merklich kühl geblieben. Damals hatte man ihre Forschung unterstützt, doch seit der Veröffentlichung ihrer Arbeit waren die meisten Psychiater, die in den forensischen Kliniken mit Gewalttätern umgingen, nicht mehr gut auf Barbara zu sprechen. Zu pessimistisch hatte sie sich zu den Heilungschancen dieser Täter geäußert, und zu drastisch hatte sie auf die Gefahren hingewiesen, die eine Entlassung mit sich brachte. Sie hatte einige böse Reaktio-

nen in Fachzeitschriften geerntet, bei denen sich die Ärzte vor allem darüber aufregten, als reine Bewacher ihrer gefährlichen Klientel fungieren zu sollen. Sie fühlten sich schlicht in ihrer Ehre gekränkt, weil Barbara ihre Fähigkeiten, einen wirklichen Soziopathen heilen zu können, anzweifelte. Aber sie hatte genügend Beispiele angeführt, bei denen die Ärzte sich völlig überschätzt hatten. Manche dieser Experimente hatten den Tod unschuldiger Menschen zur Folge gehabt.
Barbara war sich klar, dass vieles, was sie geschrieben und auch mehr oder weniger nachgewiesen hatte, von Anhängern der »Kopf-ab«-Fraktion missbraucht werden konnte. Sie hielt nichts von der Todesstrafe, schon gar nicht in Fällen, wo eine angebliche Abschreckung ohnehin nichts brachte. Diese Täter waren von einem dunklen Mordtrieb besessen, dessen Ursachen man zwar manchmal erklären konnte, der aber erschreckend unkontrollierbar blieb. Kontrolle konnte vorgetäuscht werden, oder der Täter glaubte selbst daran – das war der Kern der Therapieerfolge. Aber Barbara waren in ihrer Zeit als Serienmord-Spezialistin beim BKA zu viele Morde untergekommen, die auf das Konto von Wiederholungstätern gingen. Ihre gesamte Doktorarbeit war ein leidenschaftliches Plädoyer dafür, solche Täter für immer unter Verschluss zu halten.
Trotzdem fühlte man sich in der Klinik offensichtlich genötigt, schnell auf ihre Bitte einzugehen, weil man sich nicht den Anschein geben wollte, ihre Arbeit wegen ihrer kritischen Haltung zu behindern. Bei ihren früheren Besuchen hatte sie Dr. Peter Hansen, Grigoleits behandelnden Arzt, nicht kennen gelernt. »Guten Tag, Frau Dr. Pross«, begrüßte er sie, als sie sein Büro betrat. Ein Aufstehen deutete er nur an. »Ich war ziemlich überrascht, als die Klinikleitung mir Ihr Anliegen vortrug. Heiner Grigoleit gehört wohl kaum zu den Patienten, für die Sie sich bisher interessierten.«

Barbara schüttelte ihm die Hand. »Wenn man es richtig betrachtet, ist es für einen Praktiker, einen Profiler, fast noch wichtiger, sich näher mit so genannten planlosen Tätern zu befassen. Da sich ihre Handlungen der Logik entziehen, müssen wir sie studieren, um in anderen Fällen schneller zu sein.«

»Ach ja, Sie waren ja mal Polizistin«, sagte Hansen. »Aber aus Grigoleit werden Sie gar nichts herausbekommen. Er ist jetzt schon fünf Jahre hier, doch bis heute haben wir keinen blassen Schimmer, was sein Motiv gewesen sein könnte. Wann immer wir ihn auf die Sache ansprechen, macht er sofort zu.«

»Auch bei meiner anderen Studie hatte ich öfter unkooperative Partner. Aber manchmal ist auch das sehr aufschlussreich. Heiner Grigoleit ist mein erster Gesprächspartner bei dieser neuen Studie.«

Peter Hansen stand auf: »Ich lasse ihn in das Zimmer bringen, in dem gewöhnlich die Gesprächstherapie stattfindet. Möglicherweise ist er dann ein wenig gesprächiger. Eine fremde Umgebung ängstigt ihn.«

Er öffnete eine Tür gleich neben seinem Büro, es war ein freundliches, helles Zimmer mit zwei bequemen Stühlen an einem kleinen Tisch. Barbara setzte sich mit dem Rücken zum Fenster und wartete.

Heiner Grigoleit kam in Begleitung eines Pflegers, der ihn mit sanfter Gewalt durch die Tür schieben musste. Der Pfleger schloss die Tür, und Grigoleit blieb direkt dort stehen – ein kleiner, schmächtiger Mann mit schütterem blonden Haar. Er war schlecht rasiert und wirkte, obwohl man hier sicher auf die Hygiene achtete, irgendwie schmuddelig. Barbara hatte Bilder aus der Zeit des Prozesses gesehen, damals waren seine Haare mehr als schulterlang gewesen. Er war schon bei seiner Festnahme Brillenträger gewesen, aber ent-

weder hatte er früher seine Augen jahrelang nicht untersuchen lassen, was bei seiner Lebensweise nicht unwahrscheinlich war, oder sie hatten sich seitdem extrem verschlechtert, denn die dicken Gläser vergrößerten seine Augen so sehr, dass sein Gesicht etwas Kindliches hatte. Er hatte Barbara nur einmal kurz angesehen und starrte nun auf den Boden.
»Herr Grigoleit ...« Sie sah, dass er nicht reagierte. »Heiner ... Sie sollen wissen, dass das hier ganz freiwillig ist. Niemand kann Sie zwingen, mit mir zu reden.«
Er nickte, sah sie aber immer noch nicht an.
»Möchten Sie sich nicht setzen?«, fragte sie ihn.
Ohne aufzusehen, ging er zu dem freien Stuhl und setzte sich.
»Wie geht es Ihnen heute?«
Ganz leicht hob er den Kopf, sodass er sie gerade ansehen konnte. »Hast du mir was mitgebracht?«, fragte er. Seine Stimme klang heiser, so als gebrauche er sie nicht oft. Er senkte den Blick nicht und sah sie erwartungsvoll an.
Barbara ärgerte sich, dass sie nicht an ein kleines Mitbringsel gedacht hatte. Sie griff in ihre Jackentasche und zog ein Bonbon hervor. »Ich wusste nicht, was Sie so mögen. Aber wenn Sie mir sagen, was Sie sich wünschen, bringe ich es beim nächsten Mal mit.«
Er starrte das Bonbon an. »Was hast du da?«
Barbara hielt es ihm hin. »Ein Lakritzbonbon. Mögen Sie die?«
Zögernd näherte sich seine Hand ihrem ausgestreckten Arm, fast als wäre sie ein scheues Tier, dem man Futter hinhielt. Die halb gesenkte Kopfhaltung veränderte er nicht. Fast erwartete Barbara, er würde blitzschnell nach dem Bonbon schnappen, aber er nahm es ganz ruhig, wickelte es aus und schob es sich in den Mund.
Barbara hatte noch eins in ihrer Jackentasche entdeckt. Sie

überlegte, ob sie es ihm auch anbieten sollte, aber dann besann sie sich und aß es selbst. Er beobachtete sie genau dabei.

»Weshalb sind Sie hier, Heiner?«, fragte sie vorsichtig.

Sein Blick glitt von ihr ab. »Du bist doch Doktor. Du musst das doch wissen.«

»Ich bin neu. Ich kenne Sie ja noch gar nicht.«

»Dann fragen Sie den anderen Doktor.«

Barbara ärgerte sich, dass sie sich nicht besser auf das Gespräch vorbereitet hatte. Ohne es zu wollen, hatte sie sich gleich in eine Sackgasse geredet. Wenn sie jetzt zugab, dass sie doch etwas über ihn wusste, hätte sie verspielt. »Ich möchte es aber gern von Ihnen wissen. Doktoren sehen so etwas oft anders als Patienten. Und anders als andere Doktoren.«

Er sah sie nicht wieder an, änderte stattdessen seine Sitzhaltung, lehnte sich weit zurück und starrte an die Decke. »Ich bin nicht richtig.«

»Nicht richtig im Kopf?«

»Überhaupt nicht richtig.«

Barbara runzelte die Stirn. »Erklären Sie mir bitte, was Sie damit meinen.«

Grigoleit seufzte ungeduldig. »Bist du denn dumm? Die andern sind richtig, aber ich nicht. Bin ich nie gewesen. Deshalb haben immer alle über mich gelacht.«

»In der Schule?«

»Überall.«

»Was glauben Sie, warum Sie ausgelacht wurden?«

»Aber das habe ich doch schon gesagt.« Grigoleits Ton glitt ins Schmollen ab.

Barbara spürte, dass sie sich schon nach diesen wenigen Minuten im Kreis drehte. Ich bin eben keine Therapeutin, dachte sie. Und sie war nicht einmal eine Verhörspezialistin, das hatten früher im BKA-Team meist Philipp Lachmann und ihr Chef Becker übernommen. Sie hatte zugehört und später die Informationen neu zusammengesetzt. Die Zeiten, in denen sie sich in ihrem Studium mit Gesprächstechniken befasst hatte, waren auch lange vorbei.

Wenn du das hier heute ohnehin versiebt hast, dachte sie, dann kannst du jetzt auch richtig ins Fettnäpfchen treten. »In Ihrer Akte steht, Sie hätten Kinder ermordet.«

Grigoleit sah augenblicklich auf den Boden. Seine Hände ballten sich zu Fäusten.

»Das ist der Grund, weshalb Sie hier sind – sagen die Ärzte.«

Jetzt drehte er den gesenkten Kopf zur Seite, als wolle er sich noch weiter von ihr entfernen.

Barbara ließ nicht locker: »Stimmt das, Heiner? Haben Sie die Kinder ermordet?«

»Wenn das da drin steht ...«

Er hatte leise gesprochen, das gab Barbara die Gelegenheit so zu tun, als hätte sie ihn nicht verstanden. »Bitte? Was haben Sie gesagt?«

»Ich ... ich glaube schon. Wenn das da drin steht, mein ich ...«

»Können Sie sich denn daran erinnern?«

Er reagierte nicht.

»Sie müssen sich doch erinnern können, ob Sie die Kinder ermordet haben.«

Immer noch sah Grigoleit zur Seite. Barbara versuchte es anders. »Wie war das damals? Sie haben in einer Hütte im Wald gelebt. Wie sah es dort aus?«

Ohne sich zu rühren, sagte Grigoleit: »Da war alles, was ich brauchte. Alles, was ich hatte. Mehr brauchte ich nicht.« Er flüsterte fast.

»Können Sie es mir beschreiben? Ich kann es mir dann besser vorstellen.«

»Da war ein Raum. Ein Fenster.« Er hob den Kopf und sah sie wieder an. »Dort stand mein Bett«, er wies mit der linken

Hand in die linke Ecke des Zimmers. »Ich hatte einen Tisch und einen Stuhl und einen Ofen, wenn es im Winter kalt war. Und meine Sachen.«

»Was waren das für Sachen?«

»Sachen eben.«

Barbara wusste, er war immer durch die umliegenden Orte gezogen und hatte aus Sperr- und Hausmüll mitgenommen, was immer ihm gefiel. Seine Hütte war voll gestopft gewesen damit.

»Würden Sie gern wieder dort wohnen?«

»Weiß nicht.«

»Dort oder an einem anderen Ort, aber allein, wie früher. Sie könnten wieder neue Sachen sammeln.«

Für einen Moment huschte ein kleines Kinderlächeln über Grigoleits Gesicht, doch es erlosch gleich wieder. »Dann würde ja keiner auf mich aufpassen. Die sagen, ich kann nicht allein leben.«

Barbara nickte zustimmend. »Wenn Sie die Kinder umgebracht haben, sicher nicht.«

Sie schämte sich fast für diese durchsichtige Manipulation. Wenn er jetzt sagen würde, dass er es nicht war – hätte diese Aussage überhaupt einen Wert?

Doch er blickte sie nur nachdenklich an. »Ist wohl besser, wenn ich hier bin«, sagte er traurig. »Hast du mich jetzt genug gefragt?«

Barbara nickte resigniert. »Ja, für heute ist es genug. Aber ich würde gern noch einmal wiederkommen. Ich bringe Ihnen dann auch etwas mit. Wünschen Sie sich etwas Bestimmtes?«

»Mein Schlummerle.«

»Was ist das?«, fragte Barbara, dann erinnerte sie sich. Ein Schlummerle war eine Schlenkerpuppe mit weichem Körper und Kopf, Händen und Beinen aus Vinyl. Sie hatte als Kind selbst eine besessen. »Sie meinen die Puppe?«

Grigoleit nickte.
»Die ist schwer zu bekommen«, meinte Barbara. »Man kann sie nicht mehr kaufen.«
»Ich hätte aber gern eine.«
»Ich werde es versuchen«, versprach Barbara, doch Grigoleit sah sie nur zweifelnd an.
»Du musst jetzt den Pfleger rufen«, sagte er ungeduldig. »Mit dem Telefon.« Er deutete auf den Apparat, der auf der Fensterbank stand.
Barbara wusste die Nummer nicht, aber sie probierte die »0« und landete in der Telefonzentrale. »Herr Grigoleit möchte gern abgeholt werden«, erklärte sie. Kurze Zeit später kam der Pfleger und brachte Grigoleit zurück auf seine Station.
Barbara selbst wurde von Dr. Hansen in Empfang genommen. »Und?«, fragte er erwartungsvoll.
»Ich hatte nicht erwartet, beim ersten Gespräch etwas zu erreichen«, antwortete Barbara ausweichend.
Hansen konnte sich ein zufriedenes Lächeln nicht verkneifen. Barbara wusste, was klinische Psychiater von Psychologen hielten.
»Ich hatte es Ihnen ja gesagt – wenn die Rede auf seine Verbrechen kommt, macht er sofort zu. Im Grunde verschwenden Sie hier nur Ihre Zeit.« Sie gingen zusammen zum Ausgang.
»Hat er sich eigentlich jemals aggressiv verhalten, seit er hier ist?«, fragte Barbara und tat, als hätte sie Hansens Bemerkung überhört.
»Es gibt manchmal Streit mit anderen Patienten – um Dinge oder etwas, das gesagt wurde. Aber das ist eigentlich im Rahmen der üblichen Querelen, die an einem solchen Ort auftreten.«
»Ist er da handgreiflich geworden?«
»Einmal. Ein anderer Patient hatte ihm eine Puppe wegge-

nommen, an der er sehr hing – er hat sie vollkommen zerfetzt. Das hatte etwas von einer Rauferei unter Kindern, obwohl Bärenkräfte in diesem schmächtigen Männchen stecken, man sollte es nicht für möglich halten.« Hansen blieb mitten auf dem Gang stehen. »Worauf wollen Sie eigentlich hinaus?«
»Nichts Besonderes. Er erschien mir nur so sanft und kindlich …«
Hansen lachte kurz auf. »Und das aus Ihrem Mund. Die Frau, die am liebsten alle Forensik-Patienten in dunklen Verliesen schmachten ließe, weil ihnen ohnehin nicht zu helfen ist!«
»So etwas habe ich nie gesagt.« Barbara war empört über Hansens verkürzte Sicht der Dinge.
»Ich weiß, ich weiß«, beschwichtigte er. »Ich bin schließlich mit der Problematik vertraut – ein Grund übrigens, warum ich recht selten als Gerichtsgutachter arbeite.«
»Aber Ihre eigenen Patienten müssen Sie schon begutachten.«
»Wissen Sie, Grigoleit wird bestimmt nie wieder auf die Menschheit losgelassen …« Er sagte das leichthin, aber Barbara wusste, es war ihm ernst. Ein intelligenter Sexualverbrecher würde eher als geheilt freigelassen, als dass man sich bei einem armen Teufel wie Grigoleit darum bemühte herauszufinden, was eigentlich hinter seinen Taten steckte – ob er sie überhaupt begangen hatte. Doch es war ungerecht, Hansen einen Vorwurf zu machen. Grigoleit war vom Gericht eingewiesen worden, und niemand hatte Grund, dieses Urteil anzuzweifeln.
»Frustriert es Sie nicht, ihn hier einfach nur zu verwahren, ohne wirklich an ihn heranzukommen und ihm helfen zu können?«, fragte sie.
»Aber das ist doch genau das, was Sie in Ihrer Doktorarbeit fordern, nicht wahr? Dass wir Psychiater aufhören, uns ein

Urteil anzumaßen, wer gefährlich und wer ungefährlich ist. Bei Heiner Grigoleit kann ich keinesfalls sicher sein. Und deshalb verwahre ich ihn hier und versuche, ihm auf die eine oder andere Art ein wenig zu helfen.«

Auf der Rückfahrt von Langenfeld nach Hause überlegte Barbara die ganze Zeit, ob sie sich Hansen hätte anvertrauen sollen. Niemand kannte Grigoleit besser als er, wahrscheinlich war er der einzige, der ihm die Wahrheit entlocken könnte. Denn wenn der Verdacht erst einmal da war, dass die Geständnisse falsch waren, hätte er einen Ansatzpunkt gehabt. Aber würde Hansen ihren Verdacht nicht auch wieder nur als Überheblichkeit einer fachfremden Besserwisserin auslegen? Für einen klinischen Psychiater war sie doch ohnehin nur jemand, der in fremden akademischen Gefilden wilderte.

Auf dem Anrufbeantworter hatte Heyer eine Nachricht hinterlassen: »Hallo, Frau Pross. Ich habe endlich jemanden gefunden, der die Bilder begutachtet. Nachdem ich ihn gefunden hatte, habe ich Bekanntschaft mit dem Ehepaar Wagner gemacht. Verdammt, was haben Sie sich dabei gedacht? Melden Sie sich, sobald Sie wieder da sind.«

Sie griff zum Telefon und wählte seine Nummer. »Ich bin's, Barbara Pross. Hallo, Heyer.«

»Hallo. Wo waren Sie denn heute Nachmittag, als ich Sie zusammenscheißen wollte?«

Angesichts seiner von ihr verursachten schlechten Laune entschied Barbara, nicht auch noch zickig zu sein. »Ich war in Langenfeld. Landeskrankenhaus.«

»Bei Grigoleit?«

»Ja. Ich habe einen kurzfristigen Termin bekommen.«

»Und natürlich weiß inzwischen das ganze Personal dort ...«

»Niemand weiß etwas.«

»Ich dachte nur, weil Sie doch so gern schlafende Hunde wecken.«

»Ich wollte schnell Gewissheit wegen Jenny Reichert haben. Wenn man auf die Experten wartet …«

Heyer seufzte: »Ich dachte eigentlich, dass ich mich deutlich ausgedrückt habe. Wenn es nur um die Eltern ginge, wäre es ja o. k. Aber die beiden werden seit Tagen von der Presse belauert, und wenn da etwas durchsickert … Die Journalisten können auch zwei und zwei zusammenzählen, und dann haben wir Schlagzeilen wie ›Unschuldiger wegen Kindermorden im Knast‹ und ›Serienmörder auf freiem Fuß‹.« Er machte eine Pause und fuhr dann fort: »Aber passiert ist passiert. Wir werden die Konsequenzen tragen müssen. Sie waren also bei Grigoleit? Wie wäre es, wenn ich Sie auf ein Bierchen abhole, und Sie erzählen mir, was Sie herausbekommen haben?«

Barbara fand, dass das ein ziemlich eleganter Schlenker zu einer privaten Einladung war. »Ehrlich gesagt, ich habe nichts aus Grigoleit herausbekommen, und so wie der behandelnde Arzt es darstellt, wird das auch kaum etwas werden.«

»Na dann …« Heyer klang enttäuscht.

»Wissen Sie …«, meinte Barbara, »ein Bierchen ist vielleicht gar keine so schlechte Idee. Ich komme viel zu selten unter Menschen. Und außerdem habe ich noch ein paar Fragen zu den Grigoleit-Akten.«

»Gut, dann hole ich Sie um sieben ab. Bis dann.«

»Bis dann, Heyer.«

Heyer kam über eine Stunde zu spät, aber Barbara machte sich keine Gedanken – sie wusste, es konnte nur etwas Berufliches dazwischengekommen sein. Er hatte es sich jedoch nicht nehmen lassen, vor der Verabredung noch nach Hause zu fahren, denn er kam frisch geduscht, in einem sauberen

hellen Hemd und umweht vom Hauch eines dezenten Rasierwassers bei Barbara an.
»Kann es auch Essen statt Bier sein?«, fragte er. »Ich habe seit dem Frühstück keine Zeit dazu gehabt.«
Sie fuhren Richtung Norden auf der Stadtautobahn. Heyer wirkte entspannt. »Es ist kaum zu glauben«, meinte er, »aber es waren tatsächlich noch zwei Plätze frei heute Abend. Dieses Restaurant ist gewöhnlich auf Wochen ausgebucht. Ein ganz legendäres Fischrestaurant.«
Barbara fühlte sich plötzlich unwohl. »Wir fahren doch nicht zum Walsumer Hof?«, fragte sie.
»Kennen Sie ihn etwa?«
»Ja.«
»Und er gefällt Ihnen nicht? Oder mögen Sie keinen Fisch?«
»Nein, nein, alles in Ordnung.« Sie wollte Heyer die gute Laune nicht verderben. Er konnte ja nicht wissen, dass Barbara häufig mit Thomas dort gegessen hatte, der die gemütliche Atmosphäre des Duisburger Kultrestaurants liebte.
»Ich werde eine große Portion Muscheln verdrücken, und du?« Er duzte sie ganz ungezwungen, und Barbara sah keinen Grund, dagegen zu protestieren. Daran, ihn Sven zu nennen, musste sie sich aber noch gewöhnen. Sie hatte Polizisten, mit denen sie zusammenarbeitete, meist nur mit dem Nachnamen angeredet.
»Ja, ich wohl auch. Ich bin ziemlich hungrig. Seit ich allein lebe, esse ich sehr unregelmäßig.« Sie fügte nicht hinzu, wie sehr sie die gemeinsamen Mahlzeiten mit Thomas vermisste.
Heyer bekam keinen Parkplatz vor dem alten Haus und bestand darauf, sie vor der Tür abzusetzen und dann den Wagen zu parken. Matthias »Mattes«, der Wirt, stand an der Tür und begrüßte sie. »Hallo, Barbara.«
»Hallo, Mattes.«

»Fährt Thomas etwa?«
Barbara schüttelte den Kopf. In diesem Moment kam Heyer schon hinzu. »Mattes, das ist Sven Heyer.« Hätte sie mehr sagen sollen? Ein Bekannter? Ein Kollege?
Mattes schüttelte Sven die Hand. »Und wie geht's Thomas?«, fragte er Barbara.
»Ganz gut, denke ich.«
Mattes fragte nicht weiter, aber ein kurzer Blick verriet Barbara, dass er ihren Auftritt etwas merkwürdig fand. Einen Moment lang herrschte verlegene Stille, dann wurde Mattes wieder geschäftig. »Kommt rein. Euer Tisch ist noch nicht so weit, setzt euch ein Weilchen an die Theke.«
Dort wartete bereits der obligatorische Teller mit Krabben zum Selberpulen auf sie. »Du hast also nichts aus Grigoleit herausbekommen?«, fragte Heyer.
»Er ist wie ein Kind. Fragte, ob ich ihm etwas mitgebracht hätte, wünscht sich eine Puppe von mir.«
»Denkst du denn, dass er unfähig ist, solche Morde zu begehen? Leute wie er sind doch unberechenbar, in einem Moment sanft, im nächsten rasend.«
»Das ist mir schon bewusst. Zwei Kinder sind definitiv tot, aber Jenny Reichert lebt noch – und die beiden anderen, Anna-Lena Maschewski und Luisa Sarvini, vielleicht auch. Ihre Leichen wurden ja nicht gefunden.«
Heyer drehte der letzten Krabbe Kopf und Schwanz ab. »Wir haben zwei Möglichkeiten – falls das Mädchen auf den Bildern Jenny Reichert ist. Bei den Eltern könnte immer noch der Wunsch der Vater des Gedankens sein, ich vertraue lieber auf die Meinung der Experten. Entweder Grigoleit hat vier Morde begangen, oder nur die zwei, bei denen wir Leichen gefunden haben …«
»… oder er ist unschuldig«, ergänzte Barbara.
Aber diese Möglichkeit schien Heyer nach wie vor zu ge-

wagt. »Selbst wenn Grigoleits Intelligenz zu wünschen übrig lässt – welches Motiv hätte er, diese Morde zu gestehen?«
»Vielleicht sollten wir einfacher fragen, Sven«, sagte Barbara nachdenklich. »Es besteht kein Zweifel, dass er zwei der Kinder begraben hat – weshalb?«
Mattes unterbrach sie und brachte sie an ihren Tisch. Er war bereits mit einer Gruppe von jungen Leuten besetzt, keine Chance, sich weiter über den Fall zu unterhalten. Barbara vermied es, Mattes ins Gesicht zu sehen, und ärgerte sich dann darüber. Verdammt, dachte sie, das ist doch so etwas wie ein Arbeitsessen, und ich tue so, als sei es ein Date. Schlimmer noch: Sie hatte das Gefühl, Thomas zu betrügen.
Der Kellner fragte nach Getränken und wollte dann das Tagesangebot aufzählen, aber Barbara unterbrach ihn. »Wir möchten zweimal Muscheln rheinisch, bitte.«
Über den dampfenden Schüsseln mit den Muscheln kamen sie locker ins Gespräch über Belangloses. Barbara merkte, wie sehr sie in der letzten Zeit Gesellschaft vermisst hatte, auch als sie noch bei Thomas war – und Heyer war nicht der schlechteste Gesellschafter. Für ihn gab es offensichtlich trotz seines großen beruflichen Engagements noch ein Leben außerhalb der Polizei und Interessen, die wenig mit dem Job zu tun hatten. Erstaunt erfuhr Barbara, dass er Musik machte – er spielte Bass in einer Duisburger Band.
»Nichts Dolles, wir covern nur«, erklärte er bescheiden. »Und zum Proben komme ich auch nur selten. In letzter Zeit hat mein Ersatzmann öfter gespielt als ich.«
Im Walsumer Hof gab es Muscheln bis zum Abwinken, aber beide waren mit zwei Portionen mehr als satt. Die jungen Leute an ihrem Tisch hatten sich bereits verabschiedet, jetzt konnten sie wieder andere Themen anschneiden. Barbara fragte sich, ob sie sich ebenso ungezwungen beim Essen über

pathologische Befunde unterhalten hätten, wenn sie den Tisch für sich allein gehabt hätten.
»Du sagtest am Telefon, du hättest noch Fragen zu den Akten.«
Heyer reinigte sich die Finger mit einem Zitronentuch.
»Als ich die Akte las, vor allem die Berichte aus der Gerichtsmedizin über die zwei Leichen, kam mir der Gedanke, dass der Täter eigentlich schon ziemlich weit war mit der Zelebrierung seiner Tötungsphantasien. Zugegeben, bei der älteren Leiche war es mehr als schwierig, das herauszuarbeiten, aber bei ihr konnte zum Beispiel auch dieses merkwürdige Muster mitten auf dem Bauch nachgewiesen werden – wie bei der frischen Leiche.«
Heyer nickte. »Diese Löcher stammten wahrscheinlich von einer Stricknadel. Er hat eine Art Zick-Zack-Muster in die Körper gestochen – nachdem er sie erwürgt hatte. Bei Grigoleit wurden Stricknadeln der passenden Größe gefunden.«
»Im Bericht steht nichts darüber, ob es diese Stricknadeln waren, mit denen ...«
»Sie waren sauber. Grigoleit hatte damit gestrickt. Es gab Schals von einer Gesamtlänge von rund dreißig Metern in der Hütte.«
»Du weißt aber gut Bescheid«, meinte Barbara. Davon hatte sie im Bericht nichts gefunden.
»Ich hatte damals gerade beim Einbruchsdezernat angefangen, aber ich wusste, dass ich irgendwann zu den Tötungsdelikten wollte – oder wenigstens zur Drogenfahndung. Und ein solcher Fall interessiert einen eben.« Er bestellte noch ein alkoholfreies Bier, das es hier vom Fass gab. »Im Grunde hat mich meine Neugier dann auch tatsächlich dahin gebracht, wo ich hinwollte. Grundemann, der damals die Ermittlungen leitete, wurde auf mich aufmerksam und hat mich unter seine Fittiche genommen.«
Der Kellner stellte das frisch gezapfte Pils auf den Tisch, und

Heyer nahm einen kräftigen Schluck. »Aber worauf willst du hinaus, wenn du sagst, er wäre weit mit seinen Tötungsphantasien?«

»Wenn ein Serienmörder zu töten beginnt, dann realisiert er meist eine lang gehegte und gewachsene Phantasie. Sie gibt ihm den Kick, sie erregt und befriedigt ihn – auch sexuell –, und er schreitet zur Tat, weil er sich von der Realität den größeren Kick erhofft.«

»Und wenn der dann nicht kommt, macht er immer weiter …«

»Nicht unbedingt. Jedenfalls nicht sofort.« Barbara trank einen Schluck Altbier. »Es ist überwältigend für ihn. Ein Rausch. Eine Befriedigung. Und oft kehrt er zum Tatort zurück und durchlebt das Verbrechen dort wieder und wieder. Aber letztlich ist es nie so großartig, wie er es sich erhofft hat. Wenn die direkte Wirkung verklingt, dann bekommt es einen schalen Nachgeschmack. Und das Hirn beginnt zu arbeiten. Was ist, wenn du es beim nächsten Mal anders machst – eine andere Art von Opfer, eine langsamere Art der Tötung, ein verändertes Ritual … Oder ganz praktisch: Was muss ich tun, um das Risiko einer Entdeckung zu vermeiden? Töte ich sie an einem anderen, weniger zugänglichen Ort? Verstecke ich die Leichen, oder sorge ich dafür, dass sie rasch gefunden werden? Mit welcher Strategie suche ich mein Opfer aus?

Aber eines ist allen diesen Tätern gemeinsam: Die Wirklichkeit kann die Phantasie nie überholen. Und die Phantasie entwickelt sich ja auch weiter. Das ist es, was die meisten Serienmörder antreibt.«

Heyer runzelte die Stirn. »Du sprichst jetzt aber von den so genannten planvollen Mördern. Grigoleit gehört nicht dazu.«

»Eben.«

»Das schließt aber nicht aus, dass er die zwei – vielleicht auch die beiden anderen Mädchen – umgebracht und ihre Leichen aus welchem kranken Grund auch immer, mit einem Stricknadelmuster verziert hat.«
»Nein, nicht unbedingt. Nicht, bevor wir nicht weitere Beweise gefunden haben«, gab Barbara zu. »Aber ich will noch auf etwas anderes hinaus: Wenn auch das andere Opfer, das Kind, das 1993 verschwand, dieses Muster trägt – und der Gerichtsmediziner spricht in seinem Bericht von einer achtzigprozentigen Wahrscheinlichkeit, dass dem so ist –, ist es nicht unmöglich, dass es weitere Opfer gibt, vor diesem Zeitpunkt. Und aus den Berichten geht nicht hervor, ob eine solche Möglichkeit überprüft wurde.«
»Da kannst du aber sicher sein, dass sämtliche Vermisstenfälle der – sagen wir mal – letzten fünf Jahre, also seit 88/89, in Duisburg und Umgebung überprüft worden sind.«
»Und davor? Und was ist mit anderen Gerichtsbezirken?«
Heyer zuckte die Schultern. »Keine Ahnung. Wir würden jedenfalls so vorgehen. Irgendwo muss schließlich eine Grenze gezogen werden, wir können nicht alles überprüfen.«
»Ich wollte der Duisburger Polizei auch keine Vorwürfe machen. Sie haben getan, was in einer solchen Situation üblich ist: Der Täter wurde in flagranti erwischt, beim Entsorgen der Leiche, und der Fall wurde natürlich wie ein ganz normaler Mordfall behandelt. Wir haben es aber mit einem Serienmörder zu tun, und da gelten andere Regeln.« Barbara lehnte sich zurück. »Wie gesagt, kein Vorwurf. 1994 hatte hierzulande kaum jemand das Wort Profiler gehört. Da musste erst die Welle aus den USA herüberschwappen.«
»Du denkst also, es macht Sinn, nach Vermisstenfällen vor 1988 zu forschen?« Heyer fuhr sich übers Gesicht. »Ehrlich gesagt, ich finde den Gedanken recht verlockend. Aber ich werde kaum die Zeit dazu finden …«

»Dann verschaffe mir die Möglichkeit. Wir sagen einfach, es sei ein neues Forschungsprojekt …«

Heyer schüttelte den Kopf. »Du wirst nie Zugang zu allen Akten bekommen, die nötig wären. Bis du da auch nur einen Bruchteil ansehen konntest, hast du einen Job und bist ganz weit weg. Und das Duisburger Archiv allein wird auch nicht sehr ergiebig sein – du müsstest in der ganzen Region recherchieren. Schließlich kam nur das letzte Opfer aus Duisburg.«

»Also das LKA.« Barbara leerte ihr Glas. »Ich werde meinen alten Freund Heinz Wersten anrufen.« Dass dieses Gespräch ein wenig peinlich werden könnte, weil sie sich seit längerem nicht mehr bei Heinz gemeldet hatte, verschwieg sie.

Sie zahlten und verließen das Lokal. Wie üblich verabschiedete Mattes sie herzlich an der Tür. »Grüß Thomas von mir!«, rief er ihnen noch nach.

»Warst du eigentlich oft mit ihm hier?«, fragte Heyer, als sie zum Auto gingen.

»Ja. Es ist eines unserer Lieblingslokale.«

Er fragte nicht weiter, war aber sehr schweigsam, bis er sie vor der Haustür absetzte. »War ein netter Abend«, sagte er leise.

»Ja, fand ich auch.« Barbara schwieg einen Moment, dann meinte sie: »Wir sollten das bei Gelegenheit wiederholen.«

Heyer nickte nur und lächelte sein hinreißendes Lächeln, das Barbara inzwischen gar nicht mehr eitel fand. »Ich rufe dich an«, rief er, als sie ausstieg. Und sie wusste, sie konnte sich darauf verlassen.

Gleich am nächsten Morgen rief Barbara beim LKA an. Sie war froh, direkt bei Heinz zu landen. Es gab im LKA noch immer Leute, die ihr weder ihre seltsame Rolle bei der Aufklärung des Falls Rottländer verzeihen konnten noch ihr zweimonatiges Zwischenspiel beim LKA, bevor sie endgültig aus dem Polizeidienst ausgeschieden war. Heinz' Chef Lohberg war einer von ihnen. Er hatte Himmel und Hölle in Bewegung gesetzt, um ihr einen Job in seiner Abteilung zu verschaffen, den sie dann einfach wieder hingeworfen hatte, weil sie sich nicht mehr sicher war, dem Job gewachsen zu sein. Er hatte es als persönlichen Triumph für sich verbuchen wollen, die Top-Profilerin des BKA nach Düsseldorf geholt zu haben, und stand dann mit leeren Händen da. Aber es war ohnehin nicht sein Verdienst. Wenn sie einer an Düsseldorf gebunden hatte, dann war es Thomas gewesen.

»Hallo, Barbara.« Täuschte sie sich, oder klang Heinz' Stimme ein wenig kühl?

»Entschuldige bitte, dass ich so lange nichts habe von mir hören lassen. Und entschuldige bitte auch, dass ich jetzt anrufe, weil ich deine Hilfe brauche.« So ganz konnte Barbara ihrem schlechten Gewissen doch nicht entkommen. Heinz war einer der wenigen Freunde, die Thomas und sie gemeinsam hatten.

»Thomas deutete an, dass ich von dir hören könnte. Ein neuer Fall.«

Das war echt Thomas. Obwohl gar nicht davon die Rede gewesen war, dass sie wirklich Nachforschungen anstellen würde, hatte er Heinz schonend darauf vorbereitet. Barbara wusste nicht, ob sie sich darüber freuen oder ärgern sollte, dass Thomas sie offensichtlich besser kannte als sie sich selbst.

»Es ist kein neuer Fall, sondern ein alter. Aber das ist nichts fürs Telefon. Könnten wir uns treffen?«

»Ich habe sehr viel zu tun im Moment ...«

»Es ist wirklich wichtig. Ich komme einfach nicht weiter ohne Hilfe.«

Heinz überlegte kurz. »In der Mittagspause. Am Rheinufer in der Altstadt.«

»Gut. Um eins?«
»Besser halb eins. Bis dann.«
»Bis dann.«

Barbara fand zu ihrem eigenen Erstaunen einen Parkplatz in der Nähe der Museen und lief die Rheinpromenade entlang. Heinz wartete schon auf sie. Ein leichter Regen hatte eingesetzt, und die beiden beschlossen, sich ins G@rden, das Internet-Café, zu setzen. Sie orderten Cappuccino, aber Heinz machte den Eindruck, nur wenig Zeit zu haben.
»Du hättest mir gleich sagen können, dass es um Heiner Grigoleit geht.«
»Hat Thomas dir von den Bildern erzählt?«
»Ja. Aber ich habe die Bilder gestern auch selbst gesehen, unsere Experten begutachten sie.«
»Ist dir klar, welche Konsequenzen das haben könnte, wenn es wirklich Jenny Reichert ist?«, fragte Barbara. »Sven Heyer von der Kripo Duisburg ist noch nicht ganz überzeugt, er denkt nach wie vor, dass Grigoleit der Täter war und sich nur das Geständnis im Fall Jenny Reichert – und vielleicht auch das in den Fällen Anna-Lena Maschewski und Luisa Sarvini – aus den Fingern gesogen hat.«
Heinz ertappte sich dabei, wie er ungeduldig auf dem Tisch herumtrommelte, und nahm die Hand weg. »Und du bist anderer Ansicht?«
»Da passen eine Menge Dinge nicht zusammen. Obwohl es auch Ausnahmen von der Regel gibt, deutet alles darauf hin, dass die beiden Kinder von einem planvollen Täter, einem intelligenten Täter umgebracht worden sind, keiner, dem irgendwelche Stimmen etwas einflüsterten oder Ähnliches. Grigoleit ist kein solcher Täter. Aber es ist schwer, so etwas plausibel zu machen, wenn er mit einer der Leichen ertappt wurde und auch die andere begraben hat. Die Kon-

sequenzen, die sich aus allem ergeben, machen mich unruhig.«

»Du glaubst, ein Kinderserienmörder läuft frei herum«, brachte Heinz es auf den Punkt.

»Ja.« Barbara gab Heinz Zeit nachzudenken. Dann fuhr sie fort: »Wenn ich Recht habe, dann bin ich sicher, dass er schon vor 1988 zugeschlagen hat.«

»Und was soll ich für dich tun?«

Barbara wunderte sich, dass Heinz fragte. Aber dann begriff sie plötzlich: Er wollte ihr nicht helfen. »Ich brauche die Akten ...«, versuchte sie es.

»Nein, Barbara. Ich werde nicht bergeweise Akten aus dem LKA herausschaffen. Schlag dir das aus dem Kopf.«

»Aber macht das für dich keinen Sinn, dass möglicherweise der wahre Mörder noch frei herumläuft?«

»Doch, doch ...«

Sie sah ihn bittend an und hoffte, er würde entsprechend reagieren, aber er winkte ab. »Barbara, ich kann dir damit nicht helfen, tut mir Leid. Du bist keine Polizistin mehr. Und wenn Lohberg davon erfährt, kann ich meinen Hut nehmen.«

»Seit wann ist das ein Grund ...« Sie brach ab. Als sie weitersprach, sah sie Heinz nicht an. »Es geht gar nicht um Akten oder Lohberg, oder? Du bist wütend, weil ich Thomas verlassen habe ...«

»Ich konnte es kaum glauben, als Thomas mich anrief und es mir erzählt hat.«

»Mich wundert eher, dass Thomas dich angerufen hat.« Barbara klang eine Spur zu sarkastisch.

»Barbara, wir beide kennen uns zwar länger, aber Thomas ist mir ein guter Freund geworden. Und ich nehme an, er hat nicht viele Freunde.«

»Nein, die hat er ganz bestimmt nicht.«

»Ich verstehe dich nicht. Du und Thomas, das war doch etwas Besonderes! Thomas hat so viel für dich getan. Und er hat dich niemals eingeengt. Er sagte, er wisse nicht, wie du auf die Idee gekommen bist, er könnte dich daran hindern, einen Job außerhalb anzunehmen.«

»Er hätte mich nicht gehindert. Und er hat mich nicht eingeengt. Und vielleicht war es gerade das, was so erdrückend war ...«

Heinz sah sie verständnislos an. Barbara sah sich zu einer Erklärung genötigt. Aber wie sollte sie etwas erklären, das sie selbst nicht ganz verstand? »Als Thomas und ich zusammenkamen, da waren wir wie zwei Verwundete. Wir gingen vorsichtig und behutsam miteinander um, wir respektierten jede Grenze, die der andere zog. Wir waren beide schwach, aber stark genug, um uns aneinander aufzurichten. Doch die Dinge haben sich geändert. Ich trage immer noch genug Gespenster mit mir herum, aber meine Wunden sind verheilt. Es gibt Narben, doch damit lässt sich leben. Es ist nicht mehr alles so tief und schwer.« Sie machte eine Pause, bevor sie weitersprach. »Thomas ist immer noch der Verwundete von damals, und damit meine ich nicht seine Herzkrankheit.«

»Aber es ist doch die Krankheit, die ihn zu dem gemacht hat, der er ist.« Heinz sah sie scharf an. »Du bist unfair. Er kann doch nicht anders, er ist darin gefangen.«

»Willst du mir ein schlechtes Gewissen einreden? Nur, weil ich sein Schweigen nicht mehr ausgehalten habe, sein grenzenloses Verständnis für alles, sein ...«

»Wonach sehnst du dich denn? Normalität?«

Barbara fühlte sich getroffen und hilflos. »Ja. Normalität. Vielleicht ...«

Heinz schüttelte den Kopf: »Du kennst Normalität doch gar nicht. Und würdest du ihr begegnen, glaub mir, du könntest sie gar nicht ertragen.«

»Vielleicht muss ich das selbst herausfinden.« Barbaras Stimme versagte fast. »Für mich ist es auch nicht so einfach. Obwohl ich mich irgendwie erleichtert fühle. Und gleichzeitig fühle ich mich schuldig deswegen. Bin ich so ein gefühlloses Aas?«

»Nein. Du hast nur mehr Gefühle, als du denkst. Und damit bist du noch nie klargekommen.«

Sie tranken ihren Cappuccino aus und zahlten. Die Verabschiedung fiel frostig aus. Barbara sah Heinz nach, der das Lokal verließ. Sie blieb noch einen Moment sitzen. So war das wohl, wenn man sich trennte – auch die Freunde wählten die Seiten. Aber Heinz zu verlieren tat sehr weh.

Ohne die Akten konnte Barbara wenig tun. Nicht einmal das Internet half weiter, wenn sie ältere Fälle recherchieren wollte. Datentechnisch würde sie sich in die Steinzeit begeben müssen, in Zeitungsarchive zum Beispiel. Ihr graute davor.

Es klingelte an der Tür. Barbara griff nach dem Hörer der Gegensprechanlage.

»Ja, mir sin von dä Spedition Landwehr. Mir han 'ne Lieferong för Sie.«

»Lieferung? Was für eine Lieferung?«

»Dä Möbel.«

»Das muss ein Irrtum sein. Ich komme runter.«

Barbara rannte die Treppe herunter. Der Mann stand mit dem Lieferschein in der Haustür, der Möbelwagen parkte direkt vor der Tür, und zwei kräftige Männer warteten darauf, ausladen zu können.

»Ich habe keine Möbel bestellt.«

»Dat is ene Överraschung, het dä Mann jesacht, bei demm wer injeloden haben hück morjen en Kaiserswerth.« Er schaute auf den Lieferschein. »Hielmann, Thomas Hielmann.«

Barbara blickte in den offenen Wagen und sah die Möbel.

Drei ausgesprochen schöne antike Schränke – eine Anrichte, ein Küchenschrank und ein Kleiderschrank – sowie eine Ledergarnitur standen in dem geräumigen Transporter. Barbara erkannte die Sitzgarnitur. Sie hatte bis vor einem halben Jahr im Wohnzimmer von Thomas' Mutter in der Kaiserswerther Familienvilla gestanden, bis sie umdekorierte und von klassischem Landhausleder auf weiße Designersofas umgestiegen war. Barbara überlegte, ob sie alles zurückschicken sollte, aber dann dachte sie an die kahle Wohnung und besann sich anders.

»In Ordnung, schaffen Sie die Sachen rauf.«

Die Möbelpacker arbeiteten schnell, und in den Tiefen des Wagens kamen noch ein Teppich und ein Fernseher zum Vorschein. Sie kochte den Packern einen Kaffee und gab ihnen ein kräftiges Trinkgeld.

Dann rief sie bei Thomas an.

»Du hast doch sicher auf meinen Anruf gewartet.« Sie konnte sich das kleine Lächeln vorstellen, das jetzt um seine Mundwinkel spielte. Sie hatte dieses Lächeln immer geliebt.

»Die Sachen stehen bei Mutter zuhauf im Keller herum, du weißt, sie dekoriert ständig um, aber sie kann sich von nichts wirklich trennen. Ich dachte, ich leihe sie dir – bis du ganz wegziehst.«

»Das ist sehr nett von dir. Aber du weißt, wenn die Wohnung nicht so schrecklich leer wäre, hätte ich es abgelehnt.«

»Wenn ich nicht vermutet hätte, dass die Wohnung leer wäre, hätte ich dir die Sachen nie geschickt.«

Barbara seufzte: »Thomas, hast du vor, dich weiter in mein Leben zu mischen?«

»Nur, wenn ich es für nötig halte.« Er machte eine Pause, als müsse er diesen Satz besonders betonen. »Kommst du voran mit deinem Fall?«

»Nein, leider gar nicht. Ich komme nicht an die Akten der

alten Fälle. Heinz will sie mir nicht besorgen, weil er sauer auf mich ist.« Sie machte eine kurze Pause und erwartete, dass Thomas etwas dazu sagte, aber er schwieg. »Und Heyer könnte nur Duisburger Akten besorgen«, fuhr sie fort.
»Vielleicht kann ich dir helfen.«
»Du?«
»Wenn du das nicht für Einmischung in dein Leben hältst.«
Barbara wusste nicht, was sie darauf antworten sollte. Sie kannte Thomas lange genug, um zu wissen, dass er nicht scherzte. »Nun, dich lassen sie vielleicht Einblick nehmen.«
»Das muss ich gar nicht mehr. Aber das möchte ich dir nicht am Telefon erklären. Darf ich vorbeikommen und mir deine Wohnung ansehen?«
Es war Barbara nicht recht, und sie wusste, dass er es ihrer Stimme anhören konnte, doch sie sagte: »Gut, komm vorbei.«

Es dauerte eine gute Stunde, bis Thomas da war. Als Barbara die Tür öffnete, stand sein Fahrer neben ihm, beide trugen Kartons. »Hallo, Herr Weise.«
»Tag, Frau Pross. Darf ich das eben abstellen? Herr Hielmann meinte, ich könne ein paar Einkäufe erledigen, während er hier ist.« Er wartete Barbaras Erwiderung gar nicht ab, stellte den Karton hin und verabschiedete sich. Auch Thomas stellte seinen ab. Er war offensichtlich schwer – wenn auch nicht so schwer, wie der, den Weise getragen hatte –, und es hatte ihn angestrengt, ihn in den ersten Stock zu tragen.
»Was ist das?«, fragte Barbara.
»Kopien von Akten. Zeitungsausschnitte. Mein Projekt über vermisste Personen.«
Barbara sah auf die sorgfältig beschrifteten Kartons. »Die sind von 1993. Aber du hast nie ein Buch daraus gemacht.«
»Nein.« Thomas war immer noch außer Atem. »Darf ich mich setzen?«, fragte er.

Barbara deutete auf das Wohnzimmer. »Du hast ja dafür gesorgt, dass man dort sitzen kann.«
»Wahrscheinlich wirst du mir das immer vorhalten«, meinte er. »Ich brauche ein Glas Wasser.«
»Ja, sofort.« Wenn Thomas ein Glas Wasser verlangte, dann war sie immer alarmiert. Sie brachte es ihm, er nahm eine Tablette aus einem kleinen, antiken Pillendöschen. »Die Kiste war einfach ein bisschen schwer, Barbara, kein Grund zur Sorge, wirklich nicht.«
Langsam kam er wieder zu Atem. Er deutete auf die Kisten: »Ich habe kein Buch daraus gemacht, weil mein Verleger der Meinung war, es nicht verkaufen zu können. Aber völlig beiseite geschoben habe ich das Projekt nie.«
Barbara ließ sich ebenfalls in einen der riesigen Sessel fallen. Sie waren urgemütlich, und sie hatte sie immer gemocht, wenn sie Annette Hielmann besuchten. Ihr Verhältnis zu Thomas' Mutter war nicht das beste, sie konnte Barbara ihre Rolle in dem Drama um den Selbstmord von Thomas' jüngerem Bruder Wolfram nicht verzeihen. Aber Thomas hatte oft darauf bestanden, dass sie ihn begleitete. »Du gehörst zu mir«, pflegte er zu sagen, »und daran muss sie sich gewöhnen.«
»Das ist ein seltsames Thema für dich«, sagte Barbara. »Bisher hatten die meisten deiner Bücher wenigstens entfernt mit Germanistik oder Altphilologie zu tun.«
»Ich hatte ein persönliches Interesse daran.« Er lehnte sich zurück. »Als ich ein kleiner Junge war – du weißt, ich hatte keine Freunde. Es gab nur meine Eltern und meinen Bruder.«
Barbara nickte. Er hatte ihr die Geschichte seiner trostlosen Kindheit erzählt, die ständige Sorge um seine Gesundheit, die grenzenlose Einsamkeit, aus der er sich nie ganz hatte befreien können, selbst als es ihm besser ging.
»Es gab noch jemanden, aber …« Er zögerte. »Die Roses ka-

men aus Krefeld, Horst Rose war ein Geschäftsfreund meines Vaters. Meine Eltern hatten nicht viele private Freunde, hauptsächlich meinetwegen, denke ich. Aber die Roses wurden ihre Freunde, und nachdem Mutter ihre Angst, es könnten Keime eingeschleppt werden, überwunden hatte, brachten sie manchmal ihre Tochter mit, Katja. Wir waren etwa gleichaltrig. Das waren die schönsten Nachmittage damals. Wir spielten, lachten, redeten …« Er hielt einen Moment inne in Erinnerung an das bisschen Glück.

»Ich habe sie nicht vergessen. Niemals. Aber an sie zu denken oder darüber zu sprechen war so schwer. Und ich wollte dich nicht an deine Freundin Ina erinnern.«

Ina. Barbara zuckte immer noch zusammen, wenn sie den Namen hörte. Ihr Therapeut bezeichnete das, was damals geschehen war, mit dem schlichten Wort »Kindheitstrauma«. Doch dieser Begriff beschrieb nicht annähernd, was es in Barbara ausgelöst hatte, den Mord an ihrer Freundin als Zehnjährige heimlich mit ansehen zu müssen.

Thomas schien endlich zur Sache zu kommen. »Eines Tages fragte ich meine Mutter, wann die Roses uns wieder besuchen würden, wann Katja wieder kommen würde. Zuerst wollte meine Mutter einer Antwort ausweichen, aber dann habe ich mich ein wenig hysterisch gestellt, und sie versuchte, es mir schonend beizubringen.« Er seufzte. »Danach hatte ich dann wirklich einen Schwächeanfall. Arme Mutter.«

»Ist Katja ermordet worden?«, fragte Barbara leise. Der Name »Ina« klang ihr noch in den Ohren.

»Das hat nie jemand herausgefunden.« Thomas rutschte auf die Sofakante. »Hast du einen Cognac?«

»Ich habe keinen Cognac. Und du hast gerade eine Tablette eingenommen. Und du wirst jetzt zu Ende erzählen.« Barbara erschrak selbst über den barschen Ton, in dem ihr die Sätze herausgerutscht waren.

»Du hast Recht.« Thomas versuchte wieder, sich zu entspannen. »Sie ist verschwunden und nie wieder aufgetaucht. Es ist wahrscheinlich, dass sie ermordet wurde, aber man hat ihre Leiche nie gefunden. Das war vermutlich für die Roses das Schlimmste. Bis heute leben sie in dieser Ungewissheit.«

»Und deshalb möchtest du mir helfen?«, fragte Barbara sanft.

Er nickte.

»Aber ich suche nicht nach dem kleinen Mädchen, das gerade in Meiderich verschwunden ist. Wenn meine Vermutung stimmt und Grigoleit keines der Kinder ermordet hat, dann suche ich nach einem Serienmörder.«

»Aber du tust, was du tust, weil damals diese *Sache* mit Ina geschehen ist. Katja ist mir so plötzlich wieder ins Bewusstsein gekommen, als wollte sie mir sagen: Tue etwas. Barbara, du brauchst doch Hilfe. Du hast keinen Polizeiapparat mehr, den du herumjagen kannst.«

Er stand plötzlich auf, ging zu der ersten Kiste und nahm etwas heraus. Er hielt Barbara einen vergilbten, zerfledderten Zeitungsartikel hin. Das Foto zeigte ein ausgesprochen hübsches Mädchen mit dunklem Haar und Mittelscheitel, die dicken Zöpfe waren zu Schnecken aufgesteckt.

»War das Katja?«

»Ja. Meine Mutter hob Zeitungen immer eine Weile auf, und ich habe sie alle durchwühlt, weil ich wusste, dass etwas darüber drin stehen musste. Wolfram stand damals Schmiere, damit Mutter nicht herausbekam, dass ich im Keller war. Zu kalt und zu viele Keime da unten, das war absolut verboten für mich.«

Barbara überflog den Artikel. »Wann war das?«

Thomas lächelte. »Ich war neun, ich hatte keine Ahnung, dass man das Datum auf Zeitungsausrisse schreibt. Es war im Juni 1967.«

»Hier steht, es sei noch ein Mädchen verschwunden, Oktober 1966.«

»Und es verschwand noch eines im März 1969.«

In Barbaras Kopf begann es zu arbeiten. »Es kann durchaus sein, dass ich völlig auf dem Holzweg bin«, meinte sie, »aber vielleicht schadet es nichts, sich auch mit diesen ganz alten Fällen zu befassen, auch wenn fast dreißig Jahre zwischen ihnen und Grigoleits Verhaftung liegen.« Sie stockte. »Aber das ganze Polizeiarchiv durchwühlen, und möglicherweise ist gar nicht alles beim LKA, sondern auch noch lokal archiviert …«

»Du musst nicht suchen. In diesen beiden Kisten ist alles, was du brauchst. Allerdings gibt es auch Recherchen über ältere Personen, die spurlos verschwunden sind, und über Jungen. Außerdem endet es 1993.«

»Vielleicht bekomme ich Heinz dazu, mir wenigstens ab da zu helfen. Oder Sven Heyer …«

»Wie wäre es mit der Rheinischen Post in Düsseldorf? Sie erscheint fast überall am Niederrhein, und ich bin dort bekannt …«

Barbara überlegte: »Ja, so könnten wir es machen. Du arbeitest dich im Zeitungsarchiv von 1993 bis heute durch …« Sie stockte. »Natürlich nur, wenn es dir gut geht, Thomas.«

»Lass das meine Sorge sein«, erwiderte er kühl.

»Ja, sicher. Nur nicht über deine Gesundheit reden.«

»Ich bin o. k.« Er stand auf. »Ich werde jetzt Weise anrufen. Und morgen werde ich dem Archiv einen Besuch abstatten.«

Als er gegangen war, ließ sich Barbara auf das Sofa fallen. Hier war sie, in Duisburg-Meiderich, in ihrer eigenen kleinen Wohnung, in ihrem eigenen kleinen Leben, und überall war Thomas. Sie lag auf dem Sofa seiner Mutter, und die Informationen, die sie so dringend brauchte, hatte er ihr besorgt. Eigentlich war er jetzt mehr in ihrem Leben als vor ihrem Umzug.

Nach Thomas' Besuch hatte Barbara beschlossen, einen größeren Einkauf zu machen. Sie hatte schon herausgefunden, dass die schnellste Verbindung zwischen Unter- und Mittelmeiderich eine Abkürzung über die Stadtautobahn war. Die Auffahrten folgten so dicht aufeinander, dass die Beschleunigungsspur der Auffahrt gleichzeitig die Verzögerungsspur der Abfahrt war und man somit gar nicht erst richtig auffahren musste.

Aber auf dem Rückweg blockierte ein liegen gebliebener Laster die Fahrbahn, und sie entschloss sich, lieber innerstädtisch zu fahren. Auf Höhe des in Untermeiderich eher unauffälligen Eingangs zum Landschaftspark Nord gab es noch einen kleinen Verkehrsstau. Barbara entdeckte schnell die Ursache: Die Autofahrer fuhren langsam, um zu gaffen, denn vor dem Eingang standen mehrere grün-weiße Kleinbusse und Streifenwagen. Viele Uniformierte wimmelten dort herum, ein paar von ihnen versuchten die Schaulustigen zu vertreiben und die Autos durch heftiges Winken zum zügigen Vorbeifahren aufzufordern.

Plötzlich entdeckte Barbara Heyers schwarzen Honda-Akkord. Er war wohl gerade angekommen und stieg aus dem Auto. Barbara störte sich nicht an dem wild gestikulierenden Beamten, der sie anwies weiterzufahren. Sie kurbelte das Fenster herunter und rief: »Heyer!«

Er entdeckte sie schnell und sagte etwas zu dem Beamten. Dann kam er zu ihrem Auto.

»Was ist los?«, fragte sie.

»Jemand hat heute Morgen das Rad des vermissten Mädchens im Landschaftspark gefunden.«

»Könnte die Kleine selbst dorthin geradelt sein?«

Heyer schüttelte den Kopf. »Unmöglich ist es zwar nicht, aber wenn sie allein hierher gefahren und ihr im Gelände irgendetwas passiert wäre, hätte das Fahrrad sicher offen dagelegen. Aber jemand hatte sich richtig Mühe gegeben, das Rad zu verstecken. Wir verhören natürlich den Jugendlichen, der es gefunden hat, aber ich denke, der ist sauber. Der schwänzt gern die Schule und klettert überall herum.«
»Und jetzt sucht ihr nach der Kleinen.« Barbara sah Heyer ins Gesicht. »Ist das etwa schon eine offizielle Morduntersuchung?«
»Nein, nein. Aber bei einer solchen Aktion wird jeder gebraucht. Ich habe heute eigentlich frei. Wie wär's, wenn ich hier fertig bin, komme ich noch auf einen Kaffee vorbei ...«
»Gern. Es gibt etwas Neues. Ich bin unverhofft an Material gekommen – Akten, Zeitungsartikel, alles Mögliche. Ich habe es aber noch nicht sichten können.«
Glücklicherweise fragte Heyer nicht nach ihrer Quelle. »Ich habe auch nachgedacht, wie ich dir bei deinen Nachforschungen helfen könnte, und habe mit einem Kollegen geredet, der damals bei der Grigoleit-Verhaftung dabei war.«
»Du hast ihm doch nichts gesagt?«, fragte Barbara hastig. Sie hatte keine Lust, sich mit beleidigten Polizisten herumschlagen zu müssen, vor allem, solange es keinerlei Beweise für den Zusammenhang der Fälle untereinander und gar mit dem Fall Grigoleit gab.
»Nein, nein, natürlich nicht. Er bearbeitet den aktuellen Vermisstenfall, und so hatte ich Gelegenheit zu einem eleganten Schlenker.«
»Entschuldige.« Barbara wusste, dass sie anderen oft das Gefühl gab, nur sie allein wüsste, wo es lang ging, und das hatte ihr schon oft Leid getan.
»Feldkamp – der Kollege, mit dem ich gesprochen habe – wusste übrigens von einigen anderen Fällen am Niederrhein

Anfang der Achtziger und sogar in den Sechzigern. ›Der alte Leiß‹, meinte er, ›hat immer gesagt, die Fälle hängen zusammen.‹ Ich muss wohl ein wenig ratlos geguckt haben, denn er lachte und sagte: ›Du Küken kannst den alten Leiß ja nicht kennen.‹«

Barbara lachte in sich hinein, weil jemand ausgerechnet Sven mit seinen einsneunzig und einem Kreuz wie ein Kleiderschrank als Küken bezeichnete. Sie konnte einen Gluckser nicht unterdrücken.

»Ja, lach nur«, sagte er, aber er war auch nicht ganz ernst. »Feldkamp steht kurz vor der Pension, und vieles von dem, was ich heute kann und weiß, habe ich von ihm – und von Grundemann natürlich. Die beiden waren meine Ziehväter. Wenn einer das Recht hat, mich so zu nennen, ist er es.«

»Und was ist mit diesem Leiß?«

»Er war Kriminalhauptkommissar, erst in Moers und später in Duisburg. Moers war in den Sechzigern noch Kreisstadt, nach der Kommunalreform kam es zum Kreis Wesel. Er hat damals einen Teil der Fälle in den Sechzigern bearbeitet. Laut Feldkamp, der unter ihm in Moers angefangen hat, stand Leiß allein auf weiter Flur mit seiner Ansicht, dass die Fälle zusammenhängen. Serienmörder, die gab es in der großen Stadt, Haarmann in Hannover, Kürten in Düsseldorf ... Ende der Sechziger dann Bartsch, aber das hat die verschiedenen Staatsanwaltschaften auch nicht überzeugt. Offiziell hat er dann resigniert, aber Feldkamp sagt, er war nicht der Typ, der aufgibt. Allerdings hätte er es sich mit so vielen Leuten damals verscherzt, dass er geradezu nach Duisburg auswandern musste.«

Barbara überlegte einen Moment. »Und Anfang der Achtziger? War er da noch im Dienst?«

»Ja. Es war mit ihm wohl etwa so wie mit Feldkamp heute – er stand kurz vor der Pension. Feldkamp sagt, er sei allen damit auf die Nerven gefallen, weil er wollte, dass die alten Fälle wieder ausgegraben wurden …«

»Er war also überzeugt davon, dass es einen Zusammenhang gab?«

»Ja. Und nicht nur das. Als sie Grigoleit schnappten, stand der Alte wieder auf der Matte. Feldkamp hat ihm sogar Material zugespielt, er sagte, das sei er ihm schuldig gewesen.« Heyer machte eine Pause. »Und nun halt dich fest – der alte Leiß lebt noch. Er ist putzmunter und wohnt in einer Altenwohnung in Moers. Ich habe seine Telefonnummer.« Er wühlte in der Innentasche seiner Jacke herum und zog einen leicht zerfledderten Zettel hervor, auf dem viele Telefonnummern standen. »Hier. Die anderen Nummern brauche ich nicht mehr.«

»Das ist großartig, Sven.« Barbara war wirklich begeistert. Sie merkte kaum, dass er seine Hand auf ihren Arm gelegt hatte.

»Wahrscheinlich willst du ihn gleich besuchen …«

»Vorher muss ich mich noch durch die Akten wühlen, sonst macht das keinen Sinn.«

»Ja, sicher.« So als hätte er sich ertappt, zog er seine Hand zurück und machte Barbara dadurch erst auf die Berührung aufmerksam. Beide lächelten verlegen.

»Heyer!«, schrie jemand vom Parkeingang herüber. »Kommst du jetzt?«

»Ich muss los«, sagte er. »Hoffentlich finden wir sie lebend.«

»Ja, hoffentlich.« Barbara kurbelte ihr Fenster wieder hoch und fuhr los. Alle, die jetzt den Park durchkämmten, hatten diese Hoffnung, obwohl die Tatsache, dass das Fahrrad versteckt worden war, dagegen sprach. Der Park war eigentlich eine riesige Industriebrache, in der alte Produktionsanlagen, wie etwa ein Hochofen und die alte Kraftzentrale, zu Freizeitattraktionen gemacht worden waren. In einem Gasometer wurde getaucht und an den Wänden des Möllerbunkers geklettert. Einem Kind, das allein unterwegs war, konnte hier leicht etwas passieren. Vielleicht saß das Mädchen nur in einer Falle, aus der es sich nicht selbst befreien konnte. Aber irgendeine Stimme in ihr sagte kalt: Mach dir nichts vor. Sie ist tot.

3

Barbara erwachte am nächsten Morgen spät, aber in bester Laune. Heyer hatte nach dem Einsatz im Landschaftspark plötzlich vor ihrer Tür gestanden. Es war schon nach acht. Barbara hatte sich gerade durch die ersten Akten aus Thomas' Kisten gewühlt. Sven war müde und deprimiert, die Suche war erfolglos geblieben, nicht eine Spur hatte man entdeckt. »Aber es ist ein riesiges Gelände«, hatte er gesagt. »Morgen wird noch weitergesucht …«

Das Schweigen danach sprach Bände, niemand glaubte noch daran, das Mädchen dort zu finden – vor allem nicht lebend. Für einen Kaffee war es entschieden zu spät, und so hatte Heyer sie überredet, mit ihm zum »Steinbruch« zu fahren, der sich als eine Art Studentenkneipe entpuppte. Barbara kam sich ziemlich alt vor, als sie mit Heyer an einem der Tische hockte. Heyer hingegen schien hier ein- und auszugehen, ständig kamen Bekannte an ihren Tisch, um ihn zu begrüßen, darunter viele junge Frauen.

Barbara hatte ihm nur kurz von Thomas' Akten erzählt, aber er wirkte nicht sehr aufnahmefähig dafür. Irgendwie hatten sie es geschafft, weder über den Vermisstenfall noch über Heiner Grigoleit oder andere Serienmörder zu reden. Das Gespräch war sogar sehr persönlich geworden, sie sprachen über Beziehungen und die Schwierigkeiten, die ein Polizist damit hatte. Er lebte seit fast zwei Jahren getrennt von seiner Frau.

»Irgendwie haben wir beide noch keine Zeit gefunden, endlich die Scheidung zu beantragen«, sagte er. Er hatte zwei kleine Töchter, an denen er sehr hing, die er aber selten sah, weil seine Frau auf festen Besuchszeiten bestand, die er kaum einhalten konnte.

»Deswegen hat sie ja auch die Trennung verlangt«, sagte er traurig, »und sie ist nicht bereit, jetzt noch Rücksicht zu nehmen auf meinen Job.«

Und Barbara, ja, sie hatte von Thomas erzählt, wieder einmal vergeblich versucht, ihre Unzufriedenheit in Worte zu fassen. Es war für Außenstehende ja auch schwer verständlich, dass sie einen reichen Mann, der sie aufrichtig liebte und alles für sie tun würde, verlassen hatte. Auch Sven schien nicht sehr überzeugt, was ihn nicht davon abhielt, ihr sein Interesse an ihr deutlich zu signalisieren.

Aber Barbara registrierte das zunächst kaum. Erst im Laufe des Abends wurde ihr plötzlich klar, dass sie sich im schummrigen Licht in die Augen sahen und zu vergessen begannen, dass um sie herum das Duisburger Kneipenleben tobte. Sven konnte zuhören, über seine eigenen Gefühle sprechen, er konnte hinreißend lächeln und ebenso hinreißend komische Geschichten erzählen. Sie fragte sich, warum er nicht wieder gebunden war – er war sechsunddreißig, ausgesprochen gut aussehend und ein wirklich netter, einfühlsamer Mann. Aber ohne Zweifel war er ein Romantiker, der – vielleicht nicht nur in Bezug auf Frauen – seinen Idealen nachjagte.

Ihre gute Stimmung heute Morgen konnte sich Barbara nicht ganz erklären. Sie hatten einander nicht einmal berührt, weder versehentlich noch absichtlich, sie hatte nur dieses Kribbeln gespürt, etwas lag in der Luft. Nein, sie hatten einander nicht berührt, aber es war klar, sie würden es tun. Früher oder später und vielleicht ganz unabsichtlich wie am

Nachmittag vor dem Parkeingang. Oder war das vielleicht doch Absicht gewesen?
Barbara war selten verliebt gewesen, nicht einmal als Teenager. Schwärmereien für Filmschauspieler oder Popstars waren ihr ebenso fremd wie das sehnsüchtige Verfolgen des Klassenschwarms. Sie hatte immer als hübsch gegolten und war dann und wann selbst das Ziel von Schwärmereien gewesen, doch die wenigsten hatten sich an sie herangetraut. Sie trug ihre Sprödigkeit wie einen Mantel um sich gebreitet. Wenn es dann doch einmal zu einer näheren Bekanntschaft kam, sie mit einem Jungen ging, dauerte es nie lange. Sie hatte so gar nichts von der Leichtigkeit ihrer Altergenossinnen, sie war immer ernsthaft, und was die Schule betraf, war sie eine geradezu ekelhafte Streberin gewesen – so empfand sie es heute.
Als Erwachsene hatte sie nur eine nennenswerte Beziehung gehabt, bis sie Thomas traf: ihren Kollegen Philipp Lachmann. Sie arbeiteten zusammen, sie lebten ein wenig zusammen, aber das war nie offiziell. Bei den unregelmäßigen Arbeitszeiten war eine Beziehung zu einem Kollegen praktisch und stressfreier. Heute wusste sie, dass sie in Philipp nicht einmal verliebt gewesen war, und schämte sich dafür. Immerhin hatte sie ihn wirklich gemocht und bedauerte, ihn, seit sie mit Thomas zusammengekommen war, auch als Freund verloren zu haben. Sie hatte eben nie bemerkt, dass unter Philipps kühlem Äußeren eine viel tiefere Leidenschaft steckte, als sie sich hatte vorstellen können. Und er hatte geglaubt, sie empfände ebenso tief für ihn.
Thomas, ja, Thomas war ein ganz anderes Kapitel. Er hatte sich sozusagen durch die Hintertür in ihr Herz geschlichen. Eines Morgens war sie dann neben ihm aufgewacht und hatte gewusst, das war Liebe. Thomas hatte sie nie zu etwas überredet, sie nie zu etwas gezwungen, ihre Entscheidungen

immer respektiert, gleichwohl auch immer getan, was er für richtig hielt – er war ihr Zuhause geworden. Nicht seine Luxuswohnung, er als Person.
Aber Barbara war nie irgendwo zu Hause gewesen. Eine Zeit lang genoss sie das Gefühl, dann wurde es ihr gleichgültig. Immerhin, Thomas hatte dafür gesorgt, dass sie sich nicht eingesperrt fühlte. Und jetzt? Jetzt sehnte sie sich wieder nach einem Zuhause, und ihr wurde schmerzlich klar, dass sie es nur in einem Menschen finden konnte.
Nein, an diesem Morgen wollte sie nicht darüber nachdenken, was sie verloren hatte und wessen Schuld es gewesen war, warum sie gegangen war und warum ihr so merkwürdig zumute war, wenn sie an Thomas dachte. Obwohl Sven Heyer alles andere als simpel gestrickt schien, war ihr das Zusammensein mit ihm leicht gefallen, ohne den Zwang, zwischen den Zeilen lesen oder etwas interpretieren zu müssen. Und sie musste zugeben: Mit vierzig Jahren war sie verliebt wie ein Teenager. Ein kleines bisschen vielleicht nur. In sein Lachen, seine blauen Augen und das wirre dunkelblonde Haar. Nur ein bisschen.

Sie hatte sich am Abend zuvor von den jüngeren Fällen, die Thomas gesammelt hatte, zu den älteren vorgearbeitet. Es gab eine Menge auszusortieren: Erwachsene, die von heute auf morgen verschwunden waren, darunter auch die bekannten Fälle von Männern oder Frauen, die »mal eben« Zigaretten holen gingen und nie mehr zurückkehrten, Fälle von Kindesentziehung und Fälle, die später mit einem Leichenfund endeten und aufgeklärt waren.
Der Fall, bei dem sie aufgehört hatte, weil Sven Heyer klingelte, schien ihr interessant: Ein neunjähriges Mädchen aus Dinslaken, Duisburgs Nachbarstadt im Norden, war im April 1984 spurlos verschwunden. Eine Entführung aus familiären

Gründen konnte ausgeschlossen werden. Interessant war vor allem, dass sie aus Duisburg verschwunden war: Sie war in den Osterferien zu Besuch bei ihrer Großmutter in Duisburg-Hamborn gewesen. Die Kinder, mit denen sie draußen gespielt hatte, waren nachmittags mit ihren Eltern weggefahren, und die Großmutter war zunächst der Meinung, sie hätten die Kleine mitgenommen. Als die Familie jedoch gegen acht Uhr abends zurückkehrte, war klar, dass die kleine Melanie verschwunden war. Es wurde fieberhaft nach ihr gesucht, Zeugen, die sich später meldeten, sagten aus, sie noch um 16 Uhr am Hamborner Stadtpark gesehen zu haben. Aber alle Bemühungen waren erfolglos. Melanie war und blieb verschwunden, und bis zum heutigen Tag gab es keine Spur von ihr.

Barbara schoss plötzlich durch den Kopf, dass die kleine Jessica möglicherweise auch so enden könnte: als ungelöster abgeschlossener Fall in einem staubigen Archiv. Wie viel Trauer und Leid war mit den wenigen Blättern zwischen diese Aktendeckel gezwängt worden! Sie legte die Akte beiseite. Dies könnte ein erster Hinweis auf eine frühere Tat des Mörders sein.

Wieder musste sie viel aussortieren. Doch dann stieß sie auf zwei Fälle in den Jahren 1980 und 1981, die ganz ähnlich wie der der kleinen Melanie lagen. Wieder waren es zwei kleine Mädchen, sieben und neun Jahre alt, die beim Spielen verschwunden waren, Sarah Bornheim im August 1981 in Kamp-Lintfort im Kreis Wesel, Patrizia Dohmen im März 1980 in Viersen. Auch hier gab es keine Spuren, und die Fälle waren zwei Jahre später vorläufig zu den Akten gelegt worden.

Sie beschloss, die Akten nicht mehr gründlich zu lesen, sondern nur noch in Hinblick auf mögliche Ähnlichkeiten durchzusehen, um sich schneller einen Überblick verschaffen zu können. Sie suchte nach Mädchen zwischen sieben und elf Jahren, deren Leichen nicht gefunden wurden. Doch es gab keine derartigen Fälle in den Siebzigern – jedenfalls nicht in Thomas' Sammlung. Bald hatte sie sich durch die letzten Akten gewühlt und die Fälle aus den Sechzigern gefunden, von denen Thomas gesprochen hatte. Noch ein Jahr vor Katja Rose, nämlich 1966, war ein Mädchen namens Marion Riedel in Kempen verschwunden, 1969 die kleine Renate Festing aus Moers. Sie sah auf den Stapel. Sechs unaufgeklärte Fälle vor denen, für die Grigoleit verurteilt worden war. Sechs kleine Leichen, die irgendwo versteckt worden waren ... oder lebten die Mädchen vielleicht noch wie Jenny Reichert?

Während der Arbeit hatte sie weder Hunger noch Durst verspürt, doch jetzt merkte sie, dass sie sehr hungrig war. Außerdem tat ihr jeder Knochen weh vom unbequemen Sitzen. Sie holte die Post und ärgerte sich, dass der Briefträger zurückgeschickte Bewerbungsunterlagen so in ihren Briefkasten gequetscht hatte, dass sie nicht noch einmal verwendet werden konnten. Die Absage kam aus Zürich. Ins Ausland würde sie so bald nicht gehen.

Sie machte sich rasch ein Brot, und dann legte sie sich in die Badewanne. Gerade hatte sie es sich so richtig gemütlich gemacht, als das Telefon klingelte. Sie unterdrückte den Impuls, sofort aus dem Wasser zu springen. Sollte derjenige doch auf den Anrufbeantworter sprechen.

Als sie ihn eine halbe Stunde später abhörte, ärgerte sie sich ein bisschen, nicht doch abgehoben zu haben, denn es war Heyer.

»Hallo, Barbara.« Seine Stimme klang ein wenig enttäuscht. »Schade, dass du nicht zu Hause bist. Also, wenn du innerhalb der nächsten Stunde kommst – es ist jetzt halb sechs –, dann ruf mich doch an.«

Er nannte ihr seine Privatnummer und wollte wohl auflegen, aber dann berichtete er noch: »Übrigens – die Suchaktion im Landschaftspark wurde heute abgeschlossen – kein Ergebnis. Aber dann ist ja vielleicht noch Hoffnung … Ach ja, das Wichtigste hätte ich glatt vergessen: Die Experten beim LKA sind sich zu neunzig Prozent sicher, dass das Mädchen auf den Bildern Jenny Reichert ist. Jetzt werden die Kollegen in Brügge informiert. Bis dann, tschüs.«
Barbara spielte die Aufnahme noch einmal ab, um sich die Nummer auf dem Briefumschlag aus Zürich zu notieren, und rief ihn dann zurück.
»Das ging ja doch noch schnell mit den Experten vom LKA«, meinte sie.
»Vielleicht hat da einer Dampf gemacht.« Heyer wechselte das Thema. »Hättest du Lust auf Kino heute Abend?«
»Kino?«
»Ja, ein ganz besonderer Film. Lass dich überraschen.«

Der ganz besondere Film war ein amerikanischer Stummfilm, »Robin Hood« mit Douglas Fairbanks, und das kommunale Kino präsentierte ihn mit Liveklavierbegleitung.
Kino, eigentlich der klassische Ort für zwei Verliebte, dachte Barbara, obwohl der knallbunte Film – eine frühe Technicolor-Kopie mit französischen Untertiteln unter den originalen Zwischentiteln und einem Douglas Fairbanks, der wie ein Wilder durch die Kulissen turnte – nicht unbedingt romantische Gefühle hervorlockte. Aber es war ein ähnlich schöner Abend wie zuvor, und weil es nicht sehr kalt und auch trocken war, entschlossen sie sich noch zu einem kleinen Spaziergang durch die Stadt.
Als Sven sie nach Hause brachte, machte er vor der Tür den Motor aus.
»Möchtest du noch mit hinaufkommen?«, fragte Barbara. Sie

hatte die ganze Heimfahrt überlegt, ob sie ihn das fragen wollte, und war froh, dass sie es ganz beiläufig herausgebracht hatte.

Aber er schüttelte den Kopf. »Es ist schon ziemlich spät, ich muss morgen früh raus.« Er sah sie prüfend an. »Hättest du denn gern, dass ich mitkomme?«

Barbara musste ein wenig nach Luft schnappen bei dieser direkten Frage. Dann nickte sie.

Heyer schien irgendwie erleichtert. »Ehrlich gesagt, ich wusste nicht, wie ich es dir sagen sollte. Dass ich dich mag. Da knisterte etwas, aber ich war mir einfach nicht sicher, ob du es auch gespürt hast.«

»Doch, hab ich. Aber ich ...« Sie wusste gar nicht, wo sie hinsehen sollte. »Ich bin ein wenig verkorkst. Und völlig aus der Übung.« Nie gewesen, dachte sie sich.

»Ich habe morgen Abend zu tun«, sagte Heyer. »Aber übermorgen würde ich dich gerne sehen ...«

»Gut.«

Barbara wollte aussteigen, aber er hielt sie fest und küsste sie leicht auf die Wange. »Gute Nacht«, flüsterte er.

»Gute Nacht.« Und plötzlich packte er sie fester, und sie küssten sich, bis Barbara beinah nach Atem rang.

Gleich am nächsten Morgen stürzte Barbara sich wieder in die Arbeit und nahm die einzelnen Fälle genauer unter die Lupe. Es war bereits 16.00 Uhr, als Thomas anrief.

»Wie kommst du voran?«, fragte er.

»Eigentlich ganz gut. Du hast erstaunlich viel zusammengetragen ...«

»Ich habe jetzt die Artikel aus dem Zeitungsarchiv. Es sind nur zwei Fälle – der eine gehört zum Komplex Grigoleit, der andere war letztes Jahr.«

»Annika Mohr?«, fragte Barbara.

»Ja, genau.«
»Hatte ich schon aus dem Internet.«
»Ich habe noch etwas gefunden, allerdings nichts wirklich Neues«, erzählte er. »Da war noch eine kleine Kiste im Keller, die ich übersehen habe. Keine vollständigen Akten, nur, was ich noch gesammelt hatte, bis der Verleger das Projekt ablehnte. Am besten, du kommst vorbei.«
Barbara verspürte Widerwillen, nach Düsseldorf zu fahren, aber sie sagte es nicht. Wahrscheinlich würde Thomas ohnehin merken, dass irgendetwas vorgefallen war. Aber was war das schon? Ein Kuss, nur ein harmloser Kuss, mehr nicht.

Als sie bei Thomas ankam, drückte er ihr gleich einen kleinen Stapel mit Fotokopien in die Hand. »Das sind noch ein paar Zusatzinformationen.«
»Danke. Ich denke, ich habe die Fälle, die interessant sein könnten, herausgeholt. Es sind drei in den Sechzigern, darunter deine Freundin Katja. Und drei Anfang der Achtziger, dann kommen die Grigoleit-Fälle – wenn nicht zwischen 1984 und 1991 noch etwas war.« Sie runzelte die Stirn. »Das ist eine ziemlich große Lücke von 1969 bis 1980 …«
»Gibt es so etwas nicht?«
»Doch. Manchmal stabilisiert sich ein Täter über lange Zeit. Vielleicht hat er geheiratet, Kinder bekommen, ein bürgerliches Leben geführt. Und dann ist etwas geschehen, das ihn wieder morden ließ.« Sie seufzte. »Aber es ist völlig müßig, jetzt darüber zu spekulieren. Wir haben nicht einmal Anhaltspunkte, ob die Mädchen wirklich tot sind oder wie Jenny Reichert verschleppt wurden. Und wir haben keinen direkten Zusammenhang zwischen den Fällen, außer, dass die Opfer, was das Alter betrifft, in etwa übereinstimmen.«
Thomas deutete auf den Papierstapel. »Erstaunlicherweise haben bereits früher Leute Überlegungen angestellt, ob zwi-

schen den Fällen ein Zusammenhang besteht – zumindest zwischen denen der einzelnen Wellen. Aber die Polizei hat nie etwas davon wissen wollen.«

Barbara überflog die Artikel. Thomas hatte Recht, selbst als der Reporter die Polizei auf einen möglichen Zusammenhang zwischen den beiden Fällen 1966 und 1967 ansprach, leugnete der Polizeisprecher dies. Es sei nicht unwahrscheinlich, dass beide Fälle nur Unglücke gewesen seien, denn die Kinder waren von Baggerlöchern verschwunden.

»Die haben die Baggerlöcher Zentimeter für Zentimeter abgesucht«, meinte sie. »Wenn die Kinder dort ertrunken wären, hätte man sie auf jeden Fall gefunden.«

Thomas schob sie in die Bibliothek und setzte sich neben sie auf das Sofa. Er wühlte sein Exemplar der Artikel durch. »Das hier ist interessant.« Er zog ein Blatt heraus. »Hier hat sich ein Journalist 1969, nach dem dritten Fall mit genau der Frage auseinander gesetzt. Es gibt insgesamt drei Fälle von vermissten Kindern in unserer Region, schreibt er, wieso fragt sich niemand, ob es da Zusammenhänge gibt? Die Polizei hat jedoch auf alles eine Antwort. Es gäbe keine Parallelen zwischen den Fällen, abgesehen davon, dass die Kinder spurlos verschwunden seien. Weder das Alter – Katja und Marion waren elf, Renate neun – noch Herkunft oder Art des Verschwindens wären in irgendeiner Weise vergleichbar. Katja und Marion stammten aus dem Mittelstand, und Renate war ein Arbeiterkind.«

»Das muss auch mit den Zuständigkeiten zu tun haben«, meinte Barbara. »Wenn sie Zusammenhänge zugegeben hätten, hätten sie die Fälle womöglich abgeben müssen.«

Thomas sah sie zweifelnd an. »Ist das ein Grund, so offensichtlich gegen den gesunden Menschenverstand zu handeln?«

»Du glaubst gar nicht, was für Dinge bei solchen Ermittlungen hinter den Kulissen abgehen können! Und ich denke, vor der großen Terroristenhatz Anfang der Siebziger muss das noch schlimmer gewesen sein. Jetzt hat das BKA mehr Möglichkeiten, einzugreifen.«

»Aber da gibt es drei Fälle in den Achtzigern.«

»Damals steckte die Forschung in Sachen Serienmörder noch in den Kinderschuhen. Weißt du, Thomas, möglicherweise sind wir es ja auch, die Phantomen nachjagen. Es gab auch einen Artikel, der die Fälle aus den Sechzigern Kroll anzuhängen versuchte. Und so unwahrscheinlich wäre das nicht. Er lebte ja in Duisburg und hat mehr Morde zugegeben als die, für die er verurteilt wurde. Es ist nicht unmöglich, dass er noch mehr begangen hat.«

Sie fuhr sich mit den Händen durchs Gesicht. »Ich werde irgendetwas unternehmen müssen«, sagte sie leise. »Wir haben sechs unaufgeklärte Vermisstenfälle, acht, wenn man die beiden Mädchen, die Grigoleit auch umgebracht haben soll, mitzählt. Irgendjemand muss sich doch darum kümmern.«

»Und wo willst du anfangen?«

Sie zuckte wieder die Schultern. »Ich werde mit Sven darüber sprechen. Nicht, dass ich glaube, die Polizei könnte diese uralten Fälle wieder aufrollen. Aber vielleicht hat er eine Idee.«

Sie sah Thomas' fragenden Gesichtsausdruck und ergänzte: »Du weißt doch, Sven ... Heyer ist der Duisburger Polizist, der den Selbstmordfall bei mir nebenan bearbeitet hat.«

Für einen Moment kam es ihr vor, als sei Thomas' Blick eine Spur schärfer geworden. Aber wahrscheinlich bildete sie sich das nur ein. Sie hatte sich so daran gewöhnt, jede kleine Mimik bei ihm deuten zu müssen, dass sie vielleicht manchmal zu viel hineininterpretierte.

Sie blätterte in dem Stapel, fand aber auf Anhieb nichts Interessantes mehr. »Heyer sagte mir gestern, die Experten vom

LKA hätten bestätigt, dass das Mädchen aus Brügge Jenny Reichert ist.«
»Und was werden sie tun?«
»Erst einmal höchst offiziell Kontakt mit den Kollegen in Brügge aufnehmen, denke ich. Und die Eltern werden sich reinhängen.«
»Und in Sachen Grigoleit?«
»Ich habe keine Ahnung. Wahrscheinlich bleibt alles beim alten. Schließlich halten sie die Beweise gegen ihn immer noch für ausreichend.« Barbara schlug mit der Faust auf den Tisch. »Weißt du, wenn die Polizeikollegen damals, als sie Grigoleit fassten, wirklich auf Zack gewesen wären, hätten sie ihm die drei Fälle Anfang der Achtziger, die ich gefunden habe, auch noch gleich anhängen können.«
Thomas überhörte die zynische Bemerkung. »Und wie geht es weiter?«
»Heyer hat mir eine Telefonnummer gegeben, ein pensionierter und wahrscheinlich steinalter Kriminalhauptkommissar, der auf der gleichen Spur wie wir war. Das hat ihn fast die Karriere gekostet. Mit dem will ich mal reden.«
»Und du denkst, das bringt was?«
Barbara zuckte die Schultern. »Wenn ich noch bei der Polizei wäre, würde ich die Eltern aufsuchen und noch einmal mit ihnen sprechen. Vielleicht käme noch irgendetwas zutage.«
Thomas sah sie zweifelnd an: »Nach über dreißig Jahren?«
»Ja, ich weiß, das wäre sehr schwierig. Aber ich habe noch nie einen Fall bearbeitet, der so weit zurück lag. Und hier gibt es verschiedene Möglichkeiten. Entweder es sind drei Mörder, die zu unterschiedlichen Zeiten gemordet haben, was sicher die wahrscheinlichste Theorie wäre, denn solange man keine Leichen hat und nichts darüber sagen kann, wie die Kinder umgebracht wurden, kann man kaum einen Zu-

sammenhang herstellen. Oder es handelt sich um drei Wellen eines einzigen Mörders …«
»… oder sie sind auch gar nicht alle tot«, warf Thomas ein. »Denk an Jenny Reichert.«
Sie nickte. »Aber eins steht für mich fest: Der Mörder der beiden Kinder, die Grigoleit begraben hat, läuft noch frei herum.«
»Wie wäre es mit einem Tee?«, fragte Thomas plötzlich. »Und wie ich dich so kenne, hast du den ganzen Tag nichts gegessen.«
Barbara fühlte sich ertappt, aber sie war tatsächlich zu hungrig, um Thomas etwas vorzuflunkern. Das hätte er wahrscheinlich ohnehin bemerkt, sagte sie sich. Und hätte sich selbstverständlich nichts anmerken lassen.
Thomas' wunderbare Salate waren etwas, das Barbara seit ihrem Umzug sehr vermisst hatte. Er liebte die einfachen Genüsse, nichts, was den Eigengeschmack der Speisen überdeckte. Sie saßen in der Küche und aßen schweigend, und für einen Moment schien es Barbara, als sei die Zeit um ein Jahr oder mehr zurückgedreht. Diese gemeinsamen Mahlzeiten ohne viel Worte, diese tiefe Zufriedenheit, die sie dann immer erfüllt hatte, alles war plötzlich wieder ganz nah, und sie spürte die alte Sehnsucht, es könnte wieder so sein wie damals.
Was war es gewesen, wann hatte sie begonnen, diese leichte, zunächst kaum wahrnehmbare Unzufriedenheit? Wann war der Moment, als sie Schweigen als Last zu empfinden begann? Sie hatte oft genug darüber nachgedacht, aber nie einen Zeitpunkt gefunden, einen Auslöser, einen Moment, von dem sie sagen konnte: Hier fing es an, ab hier ging es bergab.
Sie spürte, dass Thomas sie beobachtete. Er tat es nicht verstohlen, das hatte er nie getan. Er sah ihr zu, während er selbst

seinen Salat aß. Einen Augenblick lang war sie versucht zu fragen, was er dachte, aber dann ließ sie es. Es war seine Art herauszufinden, wie es ihr ging. Und sie wusste, auf diese Art bekam er oft mehr Antworten – und wahrheitsgemäßere –, als wenn er sein Gegenüber ausfragte. Das war so seit dem Tag, an dem sie sich kennen gelernt hatten.
Plötzlich fühlte Barbara sich unwohl an diesem Tisch. Gestern hatte Sven sie geküsst, heute saß sie hier mit Thomas und seiner Illusion, sie würde noch bei ihm leben …
»Der Salat war gut«, sagte Barbara und stand auf.
Thomas sagte nicht »Bleib noch ein bisschen« oder »Musst du schon gehen?« Er nahm ihren Aufbruch hin. Einerseits war Barbara erleichtert, doch irgendwo gab es einen Teil von ihr, der sich darüber ärgerte.
»Nochmal danke fürs Essen.«
»Ja, bis dann.« So wie er es sagte, hörte sie eine Menge anderer Dinge heraus – pass auf dich auf, fahr vorsichtig, komm gut heim. Das zumindest war gleich geblieben – so wie sie sich stets um seine Gesundheit sorgte, so sorgte er sich um sie.

Um elf Uhr am Sonntagmorgen suchte Barbara in einer Seniorenwohnanlage in Moers das Haus, in dem Hauptkommissar a. D. Leiß wohnte. Sie war einigermaßen pünktlich, obwohl es nicht ganz einfach war, unter den vielen gleichartigen Bauten die richtige Adresse zu finden. Trotz der Gleichförmigkeit machten sie einen freundlichen Eindruck – das kleine Plus, das die Architektur der späten Achtziger den Plattenbauten der Siebziger voraushatte.
Der Zugang zu den unteren Wohnungen war ebenerdig, rollstuhlgerecht, und es gab einen Lift, den Barbara jedoch nicht benutzte, denn Leiß wohnte im ersten Stock.
Er begrüßte sie an der Tür, ein großer, schwerer Mann mit vollem weißen Haar und einem mächtigen Schnurrbart.

Trotz des beachtlichen Bauches machte er einen preußisch-militärischen Eindruck. Er maß Barbara mit einem abschätzenden Blick, dann lächelte er freundlich, und der Anschein von Strenge verflog augenblicklich.
»Es ist Zeit für meinen Morgenspaziergang«, sagte er. Seine Stimme klang erstaunlich jung. »Lassen Sie den schweren Ordner hier, Frau Pross. Die Fakten hab ich im Kopf. Wir können unterwegs reden.« Er griff nach einem dicken Stock, doch Barbara hatte nicht den Eindruck, dass er ihn wirklich brauchte. Er schritt weit ausholend voran und schwang den Stock ein bisschen dabei.
Unten meinte er: »Wenn mich schon mal jemand mit einem Auto besucht, will ich das auch ausnutzen. Waren Sie schon mal in Orsoy?«
Barbara verneinte.
»Dann mal los«, sagte der Alte. Er musterte ihren schmutzigen Fiesta zwar etwas misstrauisch, aber dann dirigierte er sie sicher zu dem kleinen Ort, der ein Stadtteil von Rheinberg war, wie er ihr erklärte.
Sie parkten in der Nähe des Stadtwalles und begannen ihren Spaziergang. Vom Rhein her wehte ein kühler Wind.
»Am besten ist, Sie erzählen mir erst einmal, was Sie so haben«, meinte Leiß. Dann schüttelte er den Kopf: »Wenn ich Sie mir so ansehe, bin ich immer versucht, Kindchen zu Ihnen zu sagen. Dabei haben Sie es faustdick hinter den Ohren, ich habe mich erkundigt.«
»Wo?«, fragte Barbara.
»Da brauchte ich nicht lange zu suchen. Sie sind überall bekannt – spätestens seit der Rottländer-Sache. Kompliment.«
Barbara schilderte ihm die Geschehnisse, angefangen bei Christina Wehling und Jenny Reichert. Als sie bei ihrem Besuch bei Grigoleit angelangt war, unterbrach Leiß sie.
»Diese Idioten, die ihn damals vernommen haben! Geständ-

nis, dass ich nicht lache. Jedes Häppchen haben sie ihm in den Mund gelegt, und er war so eingeschüchtert, der hätte auch den Mord an seiner Großmutter gestanden.«
»Aber damals waren Sie doch gar nicht mehr bei der Polizei …«
»Ich habe die besten von denen rangezogen. Feldkamp. Und Grundemann, der die Ermittlungen leitete. Wenn ich etwas wissen will, kriege ich es noch heute raus. Ich habe eine Abschrift der Tonbänder von den Grigoleit-Verhören. Ich wette, die ist nicht in der Akte, die Sie von diesem …«
»Sven Heyer.«
»Diesem Heyer bekommen haben. Oder?«
Barbara schüttelte den Kopf. »Da gibt es nur reine Protokolle, die Grigoleit unterschrieben hat.«
Leiß lachte grimmig. »Wenn die Abschrift in die Unterlagen gelangt wäre, hätte selbst der unterbelichtetste Anwalt einen Freispruch herausgeholt – ob Grigoleit nun bei einer Leiche entdeckt wurde oder nicht. Die Leute hatten keine Ahnung, wie man mit so einem beschränkten armen Teufel umgehen muss, um etwas aus ihm herauszubekommen. Und sie waren so begierig, den Fall zu lösen, dass sie auch keinen Psychologen hinzuziehen wollten. Immerhin haben sie ihm, bevor er die Protokolle unterzeichnete, einen Anwalt besorgt.«
»Sie sind also der Meinung, dass Grigoleit die Morde nicht begangen hat?« Barbara sah Leiß gespannt an.
»Nein, er war es nicht. Das war ein Mörder, der seit den Sechzigern hier am Niederrhein sein Unwesen treibt, möglicherweise auch woanders. Oder vielleicht auch eine ganze Bande. Welche Fälle kennen Sie?«
Barbara versuchte, alle aus dem Gedächtnis zu schildern, aber es stellte sich heraus, dass ihr Leiß hier weit überlegen war.
»Also kommen wir auf insgesamt zehn Fälle«, schloss sie. »Acht unaufgeklärte Vermisstenfälle und zwei Leichen, die

Grigoleit begraben hat – elf, wenn der Fall Jenny Reichert dazugezählt wird.«

»Falsch«, sagte Leiß. »Es gibt mehr, das konnte Ihr Freund, der die Sachen zusammengetragen hat, aber nicht wissen, weil er sich auf den unteren Niederrhein samt Düsseldorf beschränkt hat. 1975 und 1977 im Kreis Heinsberg, genauer in Erkelenz und Hückelhoven.«

»75 und 77. Das würde die große Lücke schließen ... zwölf Fälle ...« Barbara schluckte.

»Vielleicht sogar vierzehn. Denken Sie an das kleine Mädchen, das letztes Jahr verschwand, und das, was gerade gesucht wird. Es kann sein, dass ich mich wirklich in etwas hineinsteigere, wie alle Kollegen früher immer sagten, aber es ist gut möglich.«

Barbara wunderte sich, dass ihr selbst dieser Gedanke noch nicht gekommen war. Trotzdem fragte sie den Alten: »Was ist der Grund für Ihre Vermutung? Ich meine, irgendetwas muss Sie doch darauf gebracht haben.«

Er blieb stehen. »Wenn Sie Beweise meinen – die habe ich nicht. Wenn ich welche gehabt hätte, auch nur den kleinsten, glauben Sie mir, ich hätte eine Untersuchung durchgesetzt, egal was diese aufgeblasenen Staatsanwälte, die um ihre Zuständigkeiten kämpften, auch gesagt oder getan hätten. Aber es ist doch so: Man muss annehmen, dass die Kinder tot sind. Morde werden früher oder später aufgeklärt – bei Mord gibt es die höchste Aufklärungsrate. Wenn also jedes Kind von einem anderen Täter umgebracht worden ist, wieso sind nicht wenigstens einer oder zwei von ihnen gefasst worden? Und es hat andere Kindermorde hier gegeben, die Leichen wurden gefunden, die Täter auch, wäre es so unwahrscheinlich gewesen, dass einer von denen auch das eine oder andere dieser verschwundenen Kinder umgebracht hätte? 1966 bis 1969, bei der ersten Welle, da dachte kaum jemand an einen

Serienmörder, obwohl ich damals schon misstrauisch war. Aber später, spätestens bei der Serie in den Achtzigern, da hätte es eine ordentliche Untersuchung geben müssen.«

Barbara seufzte: »Ich begann 1993 mit den ersten Untersuchungen dieser Art, und ich war wirklich eine Pionierin. Unser Team hatte stets an mehreren Fronten zu kämpfen – und die schlimmsten Feinde waren mitunter die eigenen Leute: die Polizei vor Ort, aber nicht zuletzt die LKAs und verschiedene Abteilungen im BKA selbst. Aber das Problem liegt in diesem Fall woanders.«

Leiß hatte eine Bank entdeckt und sich hingesetzt, obwohl er nicht im Geringsten müde schien. Er hörte Barbara aufmerksam zu.

»Um meine Arbeit so zu machen, wie es sich gehört, brauche ich eine Leiche und einen Tatort oder zumindest einen Fundort«, fuhr sie fort. »Ich kann ja nicht einmal bei den Kindern eine direkte Gemeinsamkeit finden, die uns in irgendeiner Weise weiterbringen könnte. Ich glaube Ihnen, wenn Sie sagen, da draußen läuft ein Serienmörder frei herum, und er wird weiter töten, wenn wir ihn nicht stoppen. Aber ich weiß nicht wie. Ich kann mir kein Bild von dem Mörder machen.«

»Wir haben sein Alter«, sagte Leiß. »Ich habe vieles über Serienmörder gelesen. Am häufigsten beginnen sie Mitte bis Ende zwanzig zu morden. Wenn er vor vierunddreißig Jahren begonnen hat, dann ist er jetzt um die sechzig.«

»Und damit ein absolut untypischer Kandidat.« Urplötzlich fiel Barbara Schmidtmann ein, der Kindermörder, der sie damals so aus der Bahn geworfen hatte. Sie hatte sich an das übliche Schema gehalten und nach einem jüngeren Mann gesucht, aber Schmidtmann war über sechzig. »Was ist mit Ihrer Bandentheorie?«

»Sie wissen es doch selbst am besten: Für Serienmord ist diese Annahme eher untauglich. Wahrscheinlich hätte längst jemand ausgepackt. Andererseits – so viele Morde über so viele Jahre …«

Sie schwiegen. Dann meinte Barbara: »Als Sie damals anfingen, die Fälle zu untersuchen, hatten Sie da einen Verdacht?« Sie sah ihn scharf an. »Ich kenne das von mir selbst. Ein Gedanke setzt sich im Kopf fest. Viel zu absurd und abwegig, um ihn laut auszusprechen.«

Leiß seufzte. »Ja. So etwas gab es. Aber ich hatte nicht den geringsten Anhaltspunkt, außer, dass ich das Verhalten der Beteiligten merkwürdig fand.«

»Und?«

»Ich bearbeitete den Fall Renate Festing, die Kleine aus Moers, die 1969 verschwunden ist. Damals erinnerte ich mich an die beiden anderen unaufgeklärten Fälle in Krefeld und Kempen und suchte die Familien der beiden Mädchen auf. Die Roses – das waren die Bekannten Ihres Freundes, nicht wahr?« Barbara nickte. Er fuhr fort: »Die Roses waren traurig, aber gefasst, vielleicht so weit über den Verlust ihrer Tochter hinweg, wie man nach zwei Jahren sein kann, wenn man es überhaupt je sein kann. Aber die Terbooms …«

Barbara runzelte die Stirn: »Terboom? Habe ich da etwas überlesen? Die Kleine hieß doch Marion Riedel.«

»Ja, sicher. Aber ihre Mutter ist die Tochter von Jupp Terboom, das war der Schrottkönig vom Niederrhein. Sie war damals in der Psychiatrie, ihre Ehe war zerbrochen. Ich sprach mit dem alten Terboom, und der redete so kalt über seine Enkelin, dass es mich fast ekelte. Sein Sohn und seine Frau waren bei dem Gespräch dabei, aber der Alte ließ die beiden kaum zu Wort kommen. Der Sohn – der heutige Schrottkönig – brachte kaum einen klaren Satz heraus, ihn schien das Ganze sehr mitgenommen zu haben. Und seine Mutter war förmlicher und gefasster als die Queen.«

»Ich denke, der Mann betrachtete seine Familie als seinen Besitz«, meinte Barbara.
»Ja, das ist gut möglich. Merkwürdig war nur, dass er die Möglichkeit, dass die Fälle Festing und Rose etwas mit seiner Enkelin zu tun haben könnten, kategorisch zurückwies.«
»Mit welcher Begründung?«
»Eigentlich gar keiner, außer, da wäre die Polizei ja dann schon früher darauf gekommen.« Er schüttelte den Kopf. »Ich hätte nachhaken müssen, irgendetwas stimmte da nicht. Aber er hat mich so von oben herab behandelt. Ich nahm mir fest vor, noch einmal hinzufahren, doch dazu ist es nie gekommen, denn ich wurde von meinen Vorgesetzten zurückgepfiffen.« Er lächelte. »Terboom war schon damals ein mächtiger Mann, wahrscheinlich hat er seine kommunalen Kontakte spielen lassen, die er überall hatte.«
»Und der Vater der Kleinen?«
»Karl Riedel? Der fuhr zur See. Als ihn mein Brief erreichte, schrieb er zurück, was mit Marion passiert sei, interessiere ihn nicht, sie sei ohnehin nicht seine Tochter gewesen.«
»Stimmt das?«
Er nickte. »Marion wurde zwei Jahre vor der Heirat geboren.«
»Na ja, vielleicht liegt da die Erklärung. Eine prüde Familie, ein uneheliches Kind, es gelingt noch, einen Ehemann heranzuschaffen ...«
»Möglich. Aber Sie wollten ja wissen, wobei ich damals Bauchschmerzen hatte«, meinte Leiß ohne einen Vorwurf in der Stimme.
»Vielleicht werde ich die Eltern der Kinder auch noch aufsuchen«, sagte Barbara. »Ich wüsste nicht, wo ich sonst anfangen sollte. Mein Exfreund kennt die Roses gut.«
»So, so, der Freund mit den Unterlagen ist also Ihr Exfreund.«
»Wir haben uns gerade getrennt ...«

Leiß ging nicht weiter darauf ein und dachte einen Moment lang nach. »Das wäre vielleicht ein Weg. Ich habe noch lange nach dem Verschwinden der Kinder Kontakt zu den Eltern gehalten – sie taten mir so Leid. Ich denke auch, ein paar von ihnen wären bereit, mit uns zu reden.«
»Möchten Sie denn mitkommen?«
»Nein.« Leiß lächelte. »Ich denke, das können Sie sehr gut allein.«
»Sie überraschen mich, Herr Leiß.«
»Warum?« In seinen Augen funkelte etwas. »Weil ich einer Frau zutraue, einen Polizeijob zu machen? Ich wünschte mir, zu meiner Zeit hätte es ein paar mehr Frauen im Polizeidienst gegeben. Es ist nicht zu leugnen, dass sie oft anders an eine Sache herangehen – und je mehr Möglichkeiten die Polizei hat, desto besser. Aber eigentlich habe ich Respekt vor Frauen, weil ich mit einer verheiratet war, die die meisten meiner Kollegen spielend in die Tasche steckte. Ich habe meine Fälle immer mit ihr durchgesprochen – und die besten Ideen kamen meist aus diesen Gesprächen.«
»Es geht eben nichts über den richtigen Partner.«
Barbara hatte leise gesprochen, aber er hatte sie gut verstanden. »Sie ist jetzt schon fünfzehn Jahre tot«, sagte er, und Barbara fand ihn noch sympathischer, weil seine Augen jetzt feucht wurden. »Lassen Sie uns zurückfahren – das Essen im Gemeinschaftsraum wird nur bis 13.30 Uhr serviert, und ich esse nicht gern Reste.«

Barbara lieferte Leiß wieder zu Hause ab und machte sich dann selbst auf den Heimweg. Sie holte sich beim Griechen einen Gyrosteller, den sie hastig und nur zur Hälfte aß, und rief dann beim Archiv des Kreises Heinsberg an, um die Zeitungsartikel über die beiden in den Siebzigern dort verschwundenen Kinder zu bekommen.

Die Archivarin war schon etwas älter, sie erinnerte sich sofort, als Barbara die beiden Kinder erwähnte. »Ja, das war eine schreckliche Sache damals«, meinte sie. »Eines der Mädchen wohnte in meiner Straße, deshalb ist es mir so im Gedächtnis geblieben. Die Eltern haben es nie verwunden, sie sind nach ein paar Jahren weggezogen.«
Die Frau war gern bereit, Barbara die Artikel herauszusuchen. »Es ist nicht viel los, ich denke, ich schaffe es noch heute. Soll ich die Artikel dann faxen?«
»Ja, gern, aber ich brauche auch möglichst gute Fotokopien. Könnten Sie sie mir zusätzlich schicken?«
»Natürlich, ich packe sie gleich in die Post, wenn ich sie gefunden habe. Sie forschen über Serienmorde? Glauben Sie denn, das war ein Serienmörder?«
Barbara zögerte mit der Antwort: »Ich sammele im Moment nur unaufgeklärte Vermisstenfälle.«
»Ja, das ist schließlich schon schlimm genug«, sagte die Archivarin.
Barbara bedankte sich bei ihr und legte auf. In wenigen Stunden würde Heyer kommen. Sie hatte einige Neuigkeiten, aber das war ihr plötzlich nicht genug. Sie stellte sich im Schlafzimmer vor den Kleiderständer und rätselte, was sie anziehen sollte. Dann nahm sie Mantel und Tasche und fuhr in die Innenstadt. Sie wollte hübsch aussehen heute Abend.

Als Barbara nach Hause kam, war es bereits dunkel. Eigentlich hatte sie erwartet, eine Nachricht von Heyer auf dem Anrufbeantworter zu finden, doch nichts blinkte. Wahrscheinlich hatte er viel zu tun.
Sie duschte sich und zog sich den neuen Anzug an. Er war schlicht, aus dickem, wintergeeignetem Leinen. Ein wenig glich er denen, die Thomas ihr geschenkt hatte.
Sie betrachtete ihr Gesicht im Spiegel – sie gefiel sich heute

Abend. Die dunklen Augen mit dem leichten Schimmer von Grün, die gerade Nase, die nur eine kleine Spur zu lang war, der weiche Mund, der einen starken Kontrast zu den Wangenknochen bildete – manchmal fand sie dieses Gesicht langweilig, die Augen zu kindlich groß, die Wangenknochen zu hart, den Ausdruck zu verbissen. Aber nicht heute. Du bist wirklich verliebt, dachte sie, als sie ihrem Make-up den letzten Schliff gab.

Sie hockte sich vor den Fernseher und öffnete eine Flasche Rotwein, um ihn atmen zu lassen. Eine halbe Stunde später gönnte sie sich dann ein Glas. Er war trocken, aber weich – Thomas' bevorzugte Sorte für den Alltag –, und Barbara hatte diese Einkaufsgewohnheit beibehalten, obwohl der Wein ihr inzwischen ein wenig zu teuer geworden war.

Der Film, den sie eingeschaltet hatte, langweilte sie, sie begann, sich durch die Programme zu zappen. Mal blieb sie in einer interessanten Reportage hängen, mal in einer Comedy und zappte dann in der nächsten Werbepause weiter. Aber ständig sah sie zur Uhr. Es war nach zehn.

Als das Telefon klingelte, wusste sie, das war Sven, und er würde absagen.

»Hallo«, sagte er und klang ein wenig kleinlaut dabei.

»Hallo.«

»Kein guter Start, was?« Er räusperte sich. »Es ist etwas passiert, Barbara. Die Gerichtsmedizin musste nochmal bei Christina Wehling ran.«

Barbara war plötzlich hellwach: »Und?«

»Das bleibt unter uns, ja?«

»Natürlich.«

»Es hatte wohl Meinungsverschiedenheiten zwischen Dr. Brandel, dem Leiter, und dem Mediziner, der die Obduktion durchgeführt hatte, gegeben. Brandel drängte darauf, bestimmte Stellen nochmals zu untersuchen, und er lag richtig

– obwohl das bei dem nicht mehr so guten Zustand der Leiche hätte übersehen werden können: Es gibt Anzeichen von Gewalteinwirkung, etwa am Hals und Unterkiefer, aber auch an den Armen. Jemand hat sie festgehalten – vermutlich, um ihr den Tablettencocktail einzuflößen.«

»Aber danach hätte ich als Erstes gesehen …«

»Das sagte Brandel auch. Die beiden Ärzte können sich nicht riechen und versuchen sich immer zu übertrumpfen. Das war jetzt unser Glück.« Seine Stimme wurde leiser, als fürchte er, jemand könnte mithören. »Deshalb hatte ich nicht mal Zeit, dich anzurufen. Wir rotieren hier schon den ganzen Tag.«

»Aber das verstehe ich doch«, sagte Barbara. Sie hielt inne. »Das ist nicht alles, oder?«

Er seufzte, und jetzt flüsterte er fast. »Ich hatte einen schlimmen Streit mit Grundemann. Er hält den Fall für nicht so wichtig, meint, die kleinen Blutergüsse könnte sie sich auch anders geholt haben. Kannst du das verstehen? Nach allem, wie es jetzt im Fall Jenny Reichert steht?«

»Nein. Aber vermutlich denkt er nur an seine Personalsituation, wäre ja nicht das erste Mal, dass ein Fall auf diese Weise versandet.«

»Morgen früh fährt ein Kollege nach Brügge – in Begleitung von Jennys Vater.«

»Stiefvater.«

»Ja, Stiefvater. Er ist Anwalt, wusstest du das? Er hat unglaublichen Druck gemacht. Das hat Grundemann noch mehr auf die Palme gebracht.«

»Hmm.« Barbara dachte nach. »Jenny Reichert könnte in Gefahr sein, ist euch das klar?«

»Mir schon. Der Vater soll aber nichts über den Mord an Christina erfahren, bis es offiziell ist. Ist das klar?«

»Ich habe keinen Grund, es ihm zu sagen. Im Moment nicht.«

Er zögerte: »Ich versuche, morgen zu dir zu kommen, Barbara. Versprochen.«
»Versprich lieber nichts. Du bist schließlich Polizist.«
Als sie aufgelegt hatte, goss sich Barbara ein weiteres Glas Rotwein ein, aber sie konnte es nicht genießen. Zu viele Gedanken kreisten in ihrem Kopf. Christina Wehling, ihre Schwester Jenny Reichert, die Fälle, die Thomas und sie recherchiert hatten, Thomas, Heyer ... SVEN, verbesserte sie sich. Heyer war der Polizist, der Kollege. Der Mann war Sven, und sie hätte ihn so gern gesehen heute Abend.
Stattdessen machte sie es sich auf der Couch gemütlich. Die Fotokopien der Akten und Artikel hatte sie auf dem Boden verstreut. Sie vertiefte sich in den Fall Katja Rose. Katja war zuletzt an einem See gesehen worden, obwohl die Eltern ihr verboten hatten, dorthin zu gehen. Es gab Fotos, die sie in ähnlicher Kleidung zeigten, wie sie bei ihrem Verschwinden getragen hatte: eine kurze Jungenlederhose und eine karierte Bluse. Wären die langen, dicken Zöpfe nicht gewesen, man hätte sie für einen Jungen halten können. Die Bilder strahlten eine unglaubliche Vitalität aus – kein Wunder, dass der kranke, schwache Thomas sich von diesem Mädchen angezogen fühlte. Man hatte den Eindruck, sie sei das Leben selbst, und sie schien genug davon zu haben, um anderen davon abzugeben.
Barbara empfand plötzlich eine tiefe Trauer, dass dieses Mädchen nicht hatte heranwachsen können. Wie wunderbar wäre sie wohl geworden, wenn sie sich diese Vitalität auch als Erwachsene hätte bewahren können – ganz zu schweigen von ihrer Schönheit.
Sie griff nach dem Foto von Marion Riedel, dem vermutlich ersten Opfer. Marion war eher blass und sah verschüchtert aus. Sie hatte dünne dunkelblonde Haare und helle Augen, irgendwo zwischen einem verwaschenen Blau und

Grau. Da war etwas in ihren Augen und ihrem Blick, das sich Barbara nicht erklären konnte – Angst, Traurigkeit. Trotz des kleinen Lächelns auf dem professionellen Foto kamen Barbara diese Assoziationen. Dieses Kind war nicht glücklich gewesen.
Renate Festing hingegen, die 1969 in Moers verschwand, machte den Eindruck eines kleinen Sonnenscheins, eines gehätschelten Einzelkindes, in das die Eltern mehr Geld steckten, als sie eigentlich hatten. Sie war hellblond, trug die Haare kinnlang und hielt sie mit einer Spange aus dem Gesicht. Sie hatte ein zuckersüßes Lächeln. Es gab ein Bild mit ihren Eltern, die augenscheinlich unglaublich stolz auf ihre hübsche Tochter waren.
Es fielen tatsächlich keine direkten Parallelen zwischen den Fällen ins Auge, außer der, dass die drei Mädchen offensichtlich allein unterwegs gewesen waren – und an verbotenen Orten: Marion und Katja an den Baggerseen und Renate auf dem Gelände einer Spedition, wo ihr Kinderrad gefunden wurde. Er muss sie beobachtet haben, dachte Barbara. Es war unwahrscheinlich, dass er sie zufällig an diesen einsamen Orten entdeckt hatte. Sie blätterte die Akten durch: Nur im Fall Renate Festing hatte man nach Zeugen gesucht, die einen auffälligen Mann in ihrer Nähe gesehen haben könnten, und keine gefunden. Bei den anderen hatte man gar nicht erst danach gefragt. Renate Festing war Leiß' Fall gewesen, und er war eben ein wenig gründlicher als seine Kollegen.

4

Thomas hatte Barbara einen Termin mit den Roses verschafft. Er hatte darauf bestanden, sie zu begleiten, und seinen Fahrer bestellt. Am frühen Nachmittag holte er Barbara ab.

Die Roses wohnten in Elfrath, ganz in der Nähe des exklusiven Golfclubs. Von außen schien das Haus schlicht, innen jedoch war alles vom Feinsten – Marmor, kostbare Hölzer, edle Möbel. Es kam Barbara vor, als wäre hier die Zeit stehen geblieben – Einrichtung und Ausstattung waren aus den Sechzigern, damals hochmodern, und so geschmackvoll zeitlos, dass die Möbel auch heute noch attraktiv waren. Lediglich Polster und Lampen waren erneuert worden. Doch Barbara fühlte, dass es weder mit Geiz noch mit Stilbewusstsein zu tun hatte, was die Roses an diese Möbel fesselte. Alles hier strahlte unterschwellig Trauer aus, eine Trauer, die nie aufhörte.

Horst und Jutta Rose begrüßten Barbara. Thomas umarmten sie herzlich. Wenn Barbara befürchtet hatte, zwei völlig gebrochene Menschen zu treffen, hatte sie sich geirrt. Ja, die Trauer dieser beiden Menschen um ihre einzige Tochter war da, aber sie standen auch mitten im Leben. Eine Weile saßen die vier beieinander, und Thomas und die Roses sprachen über alte Zeiten, man lachte über Streiche, die Wolfram, Thomas' Bruder, als Kind gespielt hatte, über Geschichten, die Thomas' Vater erzählt hatte, über die hoffnungslosen Koch-

versuche seiner Mutter Annette, über die ebenso hoffnungslosen Reparaturen, die Horst Rose gewöhnlich Haushaltgegenständen angedeihen ließ, und Jutta Roses Tick, in fremden Städten immer die Orientierung zu verlieren.
Als von Wolfram die Rede war, wurde es einen Moment still. Vom lustigen, frechen Jungen aus diesen Geschichten zum Erwachsenen, der seine sadistischen Neigungen ausgelebt hatte und der, nachdem Barbara ihm eine Vergewaltigung nachgewiesen hatte, Selbstmord beging, war ein weiter Weg.
»Seltsam – die meisten, über die wir hier reden, leben nicht mehr …«, sagte Jutta Rose leise. »Wie geht es deiner Mutter, Thomas?«
»Gesundheitlich recht gut. Aber sie hat sich nie ganz von dem Schock damals erholt.«
»Ja, ich weiß.« Jutta Rose sah einen Moment auf den Boden. »Man erholt sich nicht davon, wenn ein Kind stirbt – egal, welches Alter es hat.« Sie lächelte Barbara an. »Sie müssen sich doch langweilen bei all den alten Geschichten.«
»Nein. Ehrlich gesagt, ich habe Aspekte an Annette entdeckt, die ich nie für möglich gehalten hätte.«
»Aber Sie möchten natürlich etwas über Katja erfahren.«
Barbara hatte nicht erwartet, dass sie so direkt zur Sache kommen würde. »Ja, aber …«
»Solange noch jemand nach ihr fragt, ist sie nicht vergessen.« Horst Roses Stimme zitterte ein wenig.
Barbara nickte und holte tief Luft. »Für mich ist so etwas auch nicht leicht. Alte Wunden aufreißen …«
»Da gibt es nichts, womit Sie uns verletzen könnten. Natürlich, manchmal weinen wir, wenn wir an sie denken. Aber unser Leben ist weitergegangen, Katjas nicht – auch wenn wir nicht wissen, wann und wo es endete.« Er stand auf und ging zu einem Schrank, den Barbara zuerst für den Fernsehschrank gehalten hatte. Doch hinter den Türen war so etwas

wie ein Altar für Katja: ein großes Foto, ihr Lieblingsspielzeug, Fotoalben und andere Erinnerungsstücke.
Jutta Rose lächelte schwach. »Sie denken sicher, wir sind ein bisschen verrückt, nicht wahr? Aber andere Eltern verschwundener oder toter Kinder räumen nicht einmal das Zimmer aus. Ich wollte das nicht. Drei Jahre, nachdem sie verschwunden war, haben wir ihre Sachen verschenkt. An ihre Freunde und an Familien, die es gebrauchen konnten.«
Thomas griff in seine Jackentasche und zog einen kleinen Stoffigel heraus. »Den habt ihr mir geschenkt. Zur Erinnerung an Katja.«
»Wie war sie?«, fragte Barbara plötzlich. »War sie so, wie sie auf den Fotos aussieht?«
Jutta Rose schluckte, und Barbara wusste, sie hatte sie verstanden. »Entschuldigen Sie …«
»Nein, nein«, unterbrach Jutta Rose sie. »Ja, sie war so. So voller Leben und Kraft. Ich habe mir später oft gedacht, das war, als wüsste sie, dass sie nur kurze Zeit leben würde und jede Sekunde kostbar war. Dieses Kind war ein Geschenk. Keiner, am allerwenigsten wir, hatten je erwartet, solch ein schönes Kind zu haben. Und ein so wunderbares.«
»Ich nehme an, sie war allen Menschen gegenüber sehr offen?«
»Ja. Obwohl sie natürlich wusste, dass sie nicht mit Fremden gehen durfte.«
Barbara griff nach dem kleinen Stoffigel, den Thomas auf den Tisch gelegt hatte. »Ich glaube nicht, dass sie das getan hat. Sie hat lediglich den Fehler gemacht, allein an einen einsamen Ort wie den See zu gehen. Der Mörder hat sie beobachtet, wahrscheinlich schon Tage vorher. Aber die Polizei hat nicht nach Zeugen gesucht.« Sie legte den Igel wieder hin. »Irgendetwas an ihr hat den Mörder angezogen. Aber so, wie Sie sie beschrieben haben, war das kein Wunder.«

»Die Polizei ist immer davon ausgegangen, dass sie ein Zufallsopfer war. Nachdem sie die Theorie, sie sei ertrunken, aufgegeben hatte.« Man hörte Horst Rose seine Verachtung an.
»Das war nicht der größte Fehler«, sagte Barbara. »Es ist unverzeihlich, dass sie die Fälle nicht miteinander in Beziehung gebracht haben.«
»Sie meinen Marion Riedel?«, fragte Jutta Rose.
Barbara nickte. »Und später Renate Festing in Moers.«
»Nun, wir haben die Festings nie kennen gelernt. Aber wir kannten Marions Mutter, Maria Riedel, gut – das heißt ihre Eltern. Wir haben einen Metall verarbeitenden Betrieb, und Terboom, Terboom ist Marias Mädchenname, ist der größte Schrotthändler am ganzen Niederrhein. Die Terbooms waren mehr als Geschäftsfreunde von uns.«
»Deshalb haben wir uns auch sehr schnell klargemacht, dass Katja nicht mehr auftauchen würde«, warf Horst Rose ein. »Marion war schon fast anderthalb Jahre verschwunden, Maria hatte das so mitgenommen, dass sie in einer geschlossenen Anstalt war.«
Jutta Rose stellte die Kaffeetassen ineinander. »Sie hat sich nie wieder ganz erholt, auch wenn ihre Familie sie nach ein paar Jahren nach Hause geholt hat.«
Thomas hatte die ganze Zeit geschwiegen. Jetzt schüttelte er den Kopf. »Es ist nicht zu fassen. Da gibt es eine Verbindung zwischen den beiden Mädchen, und die Polizei ignoriert sie einfach. Ich kann mich nicht erinnern, davon etwas in den Akten gelesen zu haben.«
Barbara runzelte die Stirn. »Davon weiß nicht einmal der alte Leiß, er hätte es mir bestimmt gesagt.« Sie blickte Jutta Rose an: »Kannten sich die Mädchen gut? Vielleicht so gut, wie Thomas und Katja sich kannten, durch Besuche?«
»Nein. Obwohl wir öfter bei Terbooms waren als bei Tho-

mas' Eltern.« Sie zuckte entschuldigend die Schultern: »Deine Mutter war immer etwas anstrengend, Thomas, wegen der Hygiene, sie hatte immer Angst, jemand könnte eine Infektion einschleppen.«

»Ich weiß«, seufzte Thomas. »Mochte Katja denn Marion nicht?«

Jutta stand auf, um die Tassen wegzuräumen. »Ich erinnere mich, dass Katja mir einmal sagte, Marion sei immer nur traurig, und das könnte sie nicht ertragen. Und das von meiner Katja, die selbst dir bei ein paar Besuchen so nah gekommen ist.«

»Ich weiß, was sie meinte«, sagte Barbara leise. »Ich habe es auf den Fotos von Marion gesehen. Sie sah traurig aus – und ängstlich.«

Während Jutta die Tassen in die Küche brachte, meinte Horst Rose: »Vielleicht hilft es zu wissen, dass Marion nicht Karl Riedels Kind war. Sie wurde unehelich geboren, Maria war erst sechzehn. Keiner weiß, wer der Vater war. Riedel hat Maria geheiratet, als sie achtzehn war, und man sprach davon, dass der alte Terboom sich das eine Stange Geld hat kosten lassen. So ein Würmchen merkt doch, wenn es eigentlich unerwünscht ist.«

»Ja, das ist vielleicht eine Erklärung«, sagte Barbara.

»Ich kann mir denken, dass Sie auch gern mit der Familie Terboom sprechen würden«, meinte Jutta Rose. »Es wäre vielleicht einfacher, wenn wir mit Jupp jr. sprechen und ein gutes Wort für Sie einlegen würden.«

»Das wäre großartig«, sagte Barbara. »Nicht alle sind ohne weiteres bereit, mit Fremden über ihr Leid zu sprechen.«

»Bei Terboom wird es schon schwierig sein, überhaupt einen Termin zu bekommen.« Horst Rose stand auf. »Ich rufe ihn an, er wird noch im Büro sein.«

Auf dem Heimweg musterte Thomas Barbara mit einem kurzen Seitenblick. »Was ist los?«, fragte er.
»Ich glaube nicht, dass wir auf diese Weise weiterkommen.«
»Merkwürdig ist es aber schon, dass ausgerechnet die ersten beiden Opfer sich kannten.«
»Zu Renate Festing gibt es aber keine Verbindung ...« Sie sah aus dem Fenster, am Horizont konnte sie den Turm der Burg Linn sehen.
Weise fuhr ruhig und konzentriert, Barbara wurde fast schon ein wenig ungeduldig.
»Dann willst du also nicht mit Terboom reden.« Eine von Thomas' typischen Feststellungen.
Barbara seufzte. »Das werde ich ja wohl müssen, nachdem die Roses sich so darum bemüht haben. Es würde vielleicht Sinn machen, mit Maria Riedel zu sprechen, aber Josef Terboom hat ja ausdrücklich gesagt, dass wir seine Schwester nicht belästigen dürfen. Ich denke, ich werde Leiß mitnehmen ... oder willst du vielleicht?«
»Nein, nimm den alten Herrn ruhig mit.«
Barbara lächelte. »Du solltest ihn mal kennen lernen. Ganz schön eindrucksvoll und sehr fit für sein Alter.«
Damit verebbte ihr Gespräch. Beide schwiegen, aber Barbara dachte sich nichts dabei. Das war der Normalzustand. Damals war es das, dachte Barbara. Als wir noch zusammen waren.

An diesem Abend hatte Sven endlich Zeit, zu ihr zu kommen. Er kam spät, war müde, verschwitzt und hungrig. Die Polizei hatte den ganzen Tag Menschen in der Nachbarschaft befragt, um herauszufinden, mit wem Christina Wehling Kontakt gehabt hatte. Im Grunde hätten sie schon direkt nach dem Auffinden der Leiche Klinken putzen müssen, um wirklich etwas herauszufinden, jetzt war es viel zu spät dafür.

Gleichzeitig ging die Suche nach der kleinen Jessica weiter. Und überall fehlten Leute.
»Bei dir haben wir auch geklingelt, aber du warst ja nicht da ...«, sagte er fast vorwurfsvoll.
Barbara erzählte ihm von dem Besuch bei den Roses und der Verbindung zu den Terbooms.
»Erstaunlich«, meinte er. »Aber so etwas zu übersehen, könnte auch heute noch passieren. Wer checkt schon alle Freunde einer Familie.«
Barbara schüttelte den Kopf: »Die Roses müssen es der Polizei gegenüber erwähnt haben – das ist doch völlig logisch, wenn zum zweiten Mal ein Kind verschwindet. Aber in den Akten findet sich nichts, ich habe noch einmal nachgesehen. Und dabei müssen doch dieselben Leute an den Fällen gearbeitet haben, schließlich existierte damals noch der Kreis Krefeld-Kempen.«
»Barbara, das ist vierunddreißig Jahre her.«
Sie wollte ihm irgendetwas Heftiges erwidern, doch dann sah sie ihn an. Das Klinkenputzen hatte Spuren hinterlassen, in seinen Jeans und dem karierten Hemd wirkte er wie ein Waldarbeiter nach einem anstrengenden Tag. Sie beugte sich vor und küsste ihn auf die Wange. »Wie wäre es mit einer schönen warmen Dusche? Oder einem Bad?«
Er nickte erschöpft. »Ein Bad wäre großartig.«
Barbara ging ins Badezimmer und ließ das Wasser ein. In der Flasche mit dem edlen Schaumbad, das sie bei Thomas immer benutzt hatte, war noch ein Rest, und kurze Zeit später stieg der elegante Duft aus dem Wasser auf.
Heyer verschwand im Bad, und Barbara überlegte kurz, ob sie etwas kochen sollte, doch der Blick in den Kühlschrank brachte sie schnell von dieser Idee ab. Stattdessen rief sie ein Pizzataxi und stellte ein kleines Menü zusammen – Salat und Pasta, Tiramisu als Dessert. Eine Flasche Wein fand sich noch,

billig, aber gar nicht schlecht. Sie hatte zwar keine Tischdecke, und in ihrer Not-Küche war es nicht gerade gemütlich, doch sie fand zumindest eine Kerze.
Als das Pizza-Taxi kam, war Sven immer noch nicht fertig. Sie schob die Pasta in den Backofen, um sie warm zu halten, und beschloss dann, nachzusehen.
Er war eingeschlafen, einen Arm über dem Wannenrand, den Kopf nach hinten gelehnt. Und er schnarchte nur ganz leise.
Barbara dachte an die Zeiten, als sie noch Haus-zu-Haus-Befragungen hatte durchführen müssen, das war vor ihrem Wechsel zum BKA. Später hatte sie sie nur noch angeordnet und war selten selbst unterwegs gewesen.
Das Wasser war sicher nicht mehr sehr warm. Sie beschloss, ihn zu wecken, beugte sich über ihn. Ohne die Anspannung wirkte sein Gesicht wie das eines kleinen Jungen, die Haare waren schon wieder getrocknet und rahmten es mit sanften Kringeln ein. Barbara konnte nicht widerstehen und küsste ihn auf den Mund.
Er wachte auf, im ersten Moment ein wenig verwirrt, doch das währte nicht lange. »Komm in die Wanne«, sagte er und erwiderte ihren Kuss.
»Aber das Wasser ist doch bestimmt kalt …«
Als Antwort ließ er warmes Wasser nachlaufen. »Komm schon …«
Barbara zog sich aus und war sich seiner Blicke in jeder Sekunde bewusst. Eigentlich war die Wanne viel zu klein für zwei, aber so zierlich, wie sie war, führte es nicht zu einer größeren Überschwemmung. Die verursachte Sven, als er sich zurechtsetzte, um sie in seine Arme zu nehmen. Sie lehnte sich zurück, und er umschloss sie ganz. Eine Weile lagen sie still im Wasser, doch dann begann er, ihre Brüste zu liebkosen. Barbara genoss es, doch mehr noch, als er ihren Nacken küsste.

»Dreh dich einfach um«, flüsterte er. Barbara sah noch, wie eine große Welle über den Wannenrand schwappte.

In der Nacht lag sie lange wach, Svens regelmäßige Atemzüge neben ihr konnten sie nicht beruhigen. Sie hatte mit ihm geschlafen – die Badewanne war nur ein Vorspiel gewesen für das, was im Bett noch folgte. Sie hatte sich wohl gefühlt dabei – es war heiterer, wilder Sex gewesen, so wie sie ihn nie erlebt hatte. Sie hatte sich winzig gefühlt in seinen starken Armen, doch dann war ihr plötzlich Thomas in den Sinn gekommen. Thomas, der gegen Sven eher schmächtig war und in dessen Armen sie sich doch geborgen gefühlt hatte. Es war eine andere Art von Geborgenheit als die durch die körperliche Kraft und Stärke, die sie bei Sven spürte. Mit Thomas war es anders gewesen.
Wieder und wieder tastete sie nach der Narbe, die sich zwischen ihren Brüsten bis kurz unter den Halsansatz zog. Walter Rottländer hatte sie ihr zugefügt, als er sie in seiner Gewalt hatte. Sie glich der Narbe, die Thomas von seiner Herzoperation hatte. Damals war sie ihr wie ein Zeichen vorgekommen, das ihre Verbundenheit besiegelte. Sven hatte die Narbe berührt, aber nicht nach ihrem Ursprung gefragt.
Sie versuchte den Gedanken zu verjagen, Thomas auf irgendeine Weise hintergangen zu haben. Sie hatte sich von ihm getrennt. Sie war in Sven verliebt. Sie hatte jedes Recht auf diese Liebesnacht, verdammt nochmal.

Auf dem Weg zu Leiß, den sie wegen des Termins bei Terboom abholen wollte, hing Barbara ihren Gedanken nach. Es war inzwischen später Nachmittag, es herrschte heftiger Berufsverkehr, aber noch floss alles. Sie war am Morgen spät aufgewacht und hatte einen Zettel von Sven vorgefunden:

»Ich wollte dich nicht wecken. Hab einen schönen Tag, ich rufe dich an, Sven.«

So war ihr nichts anderes übrig geblieben, als sich auf das Gespräch mit Terboom vorzubereiten. Von Zeit zu Zeit glaubte sie, Svens Berührung zu spüren. Sie war erfüllt von dem Gefühl, nach einer langen Hungerzeit wieder richtig satt geworden zu sein, und sie wollte mehr. Sven hatte sich mittags kurz gemeldet, er wusste noch nicht, wann er Feierabend haben würde. Barbara war klar, möglicherweise konnte er gar nicht kommen. Sie kannte eine solche Situation nicht, früher war sie es eigentlich immer gewesen, auf die man warten musste – und mit ihrem Kollegen Philipp hatte sich das Problem gar nicht gestellt. Die Passivität, in die sie gedrängt wurde, ärgerte sie.

Sie war nur wenige Minuten zu spät dran, doch Leiß stand bereits unten an der Haustür und wartete. »Entschuldigung, der Verkehr …«

»Wir sollten besser nicht zu spät kommen, vor allem, weil Terboom uns einen Gefallen tut«, sagte Leiß.

Barbara beschloss, den leisen Vorwurf zu überhören, und fragte: »Kennen Sie Josef Terboom?«

»Bis auf das Gespräch damals nicht. Er war noch sehr jung, jedenfalls unter zwanzig. Ich hatte praktisch nur mit seinem Vater zu tun, Josef senior. Er ist vor etwa zehn Jahren gestorben. Aber die Mutter lebt noch, sie müsste an die neunzig sein.«

»Die werden wir leider nicht sprechen können«, meinte Barbara. »Wir treffen Josef Terboom in der Firma.«

»Und seine Schwester Maria?«

»Das hat er strikt abgelehnt.«

Leiß seufzte. »Dann könnten wir uns das eigentlich sparen, oder?«

»Ja, wahrscheinlich. Aber ich wollte die Roses nicht vor den

Kopf stoßen, sie hatten sich so bemüht.« Barbara fuhr auf die Autobahn. »Was wissen Sie über die Terbooms?«

»Terboom senior war ein absolut unsympathischer Mensch, ein Despot, ein typischer Selfmademan. Er ist wohl noch mit einer Pferdekarre durch die Orte gezogen und hat Schrott gesammelt. Aber er hat es irgendwie geschafft, an die Aufträge großer Firmen zu kommen. Wenn man es beim Namen nennt, hat er den Grundstein für das heutige Imperium des Juniors mit Diebstahl gelegt – er hat in den frühen Fünfzigern stillgelegte oder zerbombte Industrieanlagen illegal ausgeschlachtet und das Zeug gelagert. Und als alles nach Schrott schrie, weil die Hochöfen im Ruhrgebiet gar nicht genug kriegen konnten, da konnte Terboom liefern. Aber im Grunde ist er immer so ein kleiner Lumpenkerl geblieben. Sein Sohn hat den Laden dann groß gemacht, er hatte die richtige Nase, hat reihenweise Schrottplätze aufgekauft, bis ihm die meisten gehörten, und ist ins internationale Geschäft eingestiegen.«

»Und die Geschäfte laufen auch jetzt noch gut?«

»Ja. Er hat die Stahlkrisen überstanden, indem er ins Entsorgungsgeschäft eingestiegen ist – Kühlschränke und Elektronikschrottzerlegung und dann natürlich Autos. Alle seine Betriebe dürfen Autos fachgerecht zerlegen, da hat er fast ein Monopol. Er hat Betriebe am Niederrhein, in der Aachener Gegend, in Nordhessen.« Leiß lachte. »Entschuldigen Sie, ich komme immer schnell ins Erzählen.«

»Nein, es ist interessant. Man muss ja schließlich wissen, womit man es zu tun hat. Woher haben Sie die ganzen Informationen?«

»Woher schon?«, brummte Leiß. »Aus dem Internet natürlich. Und was sich dort nicht findet – ein Altenzentrum ist ein unerschöpflicher Hort von Geschichten. Es leben viele alte Niederrheiner da.«

Barbara konnte nur erstaunt lächeln. Sie hatten die Ausfahrt Kempen erreicht und verließen die Autobahn.
»Wissen Sie eigentlich, wo Sie hinmüssen?«, fragte Leiß ein wenig misstrauisch.
Barbara nickte. »Ich habe mir die Route aus dem Internet ausgedruckt.«
»Ich auch«, meinte Leiß, und dann mussten beide lachen.

Wenig später fuhren Sie auf das Firmengelände. Bei TMS, Terboom Metall Schrott Holding, erinnerte nichts an einen Schrotthandel. Hier war nur die Verwaltung der zahlreichen Zweigbetriebe und Tochterunternehmen. Josef Terboom jr. hatte aus dem gut gehenden Geschäft seines Vaters ein Schrottimperium gemacht und zeigte dies auch deutlich. Er hatte das Gelände einer alten Fabrik aufgekauft und die Gebäude mit viel Geld umbauen lassen. Fenster und Türen strahlten in demselben aggressiven Hellrot wie die Fahrzeuge und das Firmenlogo.
Barbara und Leiß wurden in ein Besprechungszimmer geführt, es gab Kaffee und kalte Getränke, ganz wie bei einer Firmenbesprechung.
Terboom ließ sie warten. Nach zehn Minuten kam seine Sekretärin, eine verhuscht wirkende Mittvierzigerin, herein und bat sie, sich noch eine Viertelstunde zu gedulden. »Es ist viel los heute«, meinte sie entschuldigend.
»Und wir sind nicht wichtig genug«, murmelte Barbara, als sie wieder gegangen war.
»Was haben Sie erwartet?« Leiß goss sich seelenruhig einen Kaffee ein. »Terboom ist ein mächtiger und vor allem wichtiger Mann. Und genau das sollen wir spüren.«
Nach etwa zwanzig Minuten kam Terboom endlich. Was immer Barbara erwartet hatte – einen Schrotthändler oder einen dynamischen Manager – Terboom hatte nichts davon.

Er war groß, sah gut aus und trug eine klassische englische Tweedjacke. Er wirkte wie ein Gutsherr, der gerade vom Pferd gestiegen war.
Er begrüßte Barbara und Leiß jovial und entschuldigte sich noch einmal für die Verspätung. »Wir haben da ein paar Probleme in Singapur.« Er setzte sich und nahm sich einen Kaffee. »Sie wollten mit mir über Marion sprechen? Wenn Horst Rose mich darum bittet, dann tue ich das natürlich, aber ich kann mir nicht vorstellen, was es bringt, diese alten Wunden wieder aufzureißen.«
»Vielleicht erzähle ich erst einmal etwas über mich«, sagte Barbara. »Ich bin Psychologin und war früher beim BKA als Spezialistin für Serienmorde. Hauptkommissar a. D. Leiß hatte schon vor langer Zeit die Vermutung, dass gewisse Fälle von vermissten Kindern hier am Niederrhein auf das Konto ein und desselben Täters gehen könnten. Und ich bin seiner Meinung. Natürlich ist nach so langer Zeit die Spur kalt, aber meine Aufgabe ist es, ein Täterprofil zu erstellen, und da kann der kleinste Hinweis nützlich sein.«
»Ich verstehe.« Terboom lehnte sich zurück. »Was wollen Sie wissen?«
»Wie alt waren Sie, als Marion verschwand?«
»Siebzehn. Ich war im zweiten Jahr meiner kaufmännischen Ausbildung.«
»Wie war das damals? Erinnern Sie sich noch, wie Sie von ihrem Verschwinden erfahren haben?«
Terboom sah sie unfreundlich an. »Sie war nur sechs Jahre jünger als ich, wir waren praktisch Geschwister. Ihre Familie lebte ja mit uns in dem großem Haus. Als uns nach dem Abendessen klar wurde, dass sie nicht da war ...« Er brach ab. »Vielleicht sollten Sie wissen, wie das bei uns zuging. Die Mahlzeiten waren meinem Vater absolut heilig, besonders natürlich das Abendessen, weil dann alle von der Arbeit zu-

rück waren. Er bestand darauf, dass alle daran teilnahmen. Und es war ihm völlig egal, ob ein Halbwüchsiger wie ich vielleicht etwas anderes zu tun hatte oder ein kleines Mädchen wie Marion mal beim Spielen die Zeit vergaß. Ich glaube, ich habe zu Lebzeiten meines Vaters nur zweimal unentschuldigt beim Abendessen gefehlt – und zweimal hat er mich windelweich geschlagen.«

»Hat er auch Marion geschlagen?«

»Wenn er es für nötig befand. Ihr Vater war ein Weichling, ein Waschlappen. Er ließ ihr alles durchgehen – wenn er überhaupt mal da war.« Er seufzte. »Mein Vater war der Chef hier. Und daran hatte sich auch Riedel zu halten.«

Und heute hast du diese Rolle übernommen, kam es Barbara in den Sinn. Aber als prügelnden Patriarchen konnte sie sich Terboom nur schwer vorstellen. Er hatte andere Methoden. »Sie saßen also beim Abendessen, und Marion war nicht da. Wann war Ihnen klar, dass etwas nicht stimmte?«

»Mir sofort. Denn Marion war ein gehorsames Kind. Sie tat, was man ihr sagte. Mein Vater war eher der Meinung, sie hätte die Zeit vergessen und säße irgendwo träumend herum. Er mochte nicht, wenn sie das tat.«

»Warum nicht?«

»Über Träume hatte er keine Macht, und er hasste es, wenn er etwas nicht kontrollieren konnte.«

»Mochten Sie Ihren Vater?«, fragte Barbara und spürte plötzlich, dass Heinrich Leiß ihr unter dem Konferenztisch vorsichtig, aber bestimmt gegen das Schienbein trat.

Terboom schien die Frage jedoch nicht sonderlich aufzuregen. Er lächelte sarkastisch. »Sie können sich die Frage doch schon selbst beantworten. Nein, ich mochte ihn nicht. Ich habe ihn gefürchtet und auch respektiert, aber ich habe ihn nicht geliebt.«

Jetzt mischte Leiß sich erstmals ein: »Und Marion? Sah sie ihn genauso?«
»Ich denke schon. Aber man konnte eigentlich nie sagen, was in ihrem Kopf vor sich ging.« Terboom lehnte sich in seinen Stuhl zurück. »Ich kann mir denken, worauf Sie hinauswollen. Sie fragen sich, ob die Möglichkeit besteht, dass Marion einfach weggelaufen ist, weil sie ihr Zuhause nicht ertrug, oder?«
Barbara traute sich kaum, ihn anzusehen. »Na ja, jedenfalls schienen mir die beiden anderen kleinen Mädchen unbeschwerter zu sein.«
»Das war nicht ihr Charakter. Sie war keine Kämpfernatur, eher wie ihre Mutter, eine von denen, die stumm leiden. Jeder von uns hat meinen Vater auf eine andere Art bekämpft oder ertragen. Ich habe aus seiner Firma, auf die er sehr stolz war, vor seinen Augen in wenigen Jahren ein Imperium gemacht. Und ich weiß, dass er sich grämte, dass ich und nicht er es geschafft hat. Obwohl er sicher auch stolz auf mich gewesen ist. Maria hat sich in sich selbst zurückgezogen, schon bevor Marion verschwand, und danach hat sie dann die Grenze der Normalität überschritten.«
Leiß nahm sich ein Plätzchen. »Die Polizei hat damals vermutet, Marion sei in einem Baggersee ertrunken. Ging Ihre Nichte häufig allein an einsame Orte?«
Terboom nickte. »Sie war ein sehr stilles Mädchen, hatte nicht viele Freundinnen. Sie spielte meist allein und war viel mit ihrem Fahrrad unterwegs. Ich hatte sie öfter an dem Baggersee gesehen – eigentlich hatte ich ihn ihr gezeigt.«
Terboom hatte ihnen eine halbe Stunde gegeben, und es blieb nur noch wenig Zeit, ein paar fragliche Punkte aus den Akten durchzugehen. Er antwortete geduldig, doch er sah häufiger auf seine Uhr. Barbara versuchte ihr Glück. »Herr Terboom, ich weiß, Sie haben wenig Zeit. Es wäre sehr hilf-

reich für uns, wenn wir kurz mit Ihrer Schwester reden könnten. Ich muss die Opfer genau kennen, und wer kennt sein Kind besser als eine Mutter?«
»Das ist völlig ausgeschlossen.« Terbooms Freundlichkeit war von einer Sekunde zur nächsten verschwunden. »Ich habe das schon Horst Rose gesagt. Marias seelischer Zustand lässt nicht zu, sich mit Marions Verschwinden zu befassen. Sie hat mehrere Selbstmordversuche hinter sich, und ich werde nichts tun, um sie erneut zu gefährden.«
Es klopfte an die Tür. Ein großer Mann etwa Mitte fünfzig kam herein. Er trug zwar einen Anzug und Krawatte, wirkte aber eher, als fühle er sich in karierten Hemden wohler. »'tschuldigung, Jupp, aber wenn wir noch rechtzeitig zu unserem Termin kommen wollen …«
»Darf ich vorstellen: Armin Schuster, einer meiner Prokuristen und meine rechte Hand – das sind Hauptkommissar a. D. Leiß und Dr. Barbara Pross, eine Psychologin. Sie beschäftigen sich mit vermissten Kindern und haben mit mir über Marion gesprochen.«
»Schreckliche Sache, damals«, sagte Schuster und schüttelte den beiden die Hand. »Ich hab da schon für Terboom gearbeitet, un dat hat uns alle ganz fertig gemacht, ne.« Schusters Art zu sprechen passte ganz und gar nicht zu seinem Anzug und seiner Stellung. Es war ein breiter Slang, halb Ruhrpott, halb Niederrhein, wie ihn Barbara schon öfter in Duisburg gehört hatte.
Terboom stand auf. »Wir sind hier fertig, Armin.«
Er wandte sich Barbara und Leiß zu. »Ich muss mich nun wieder um meine Geschäfte kümmern. Sie können sich gern an mich wenden, wenn Sie noch etwas wissen möchten. Wenn ich Zeit erübrigen kann, helfe ich gern. Aber sollte ich Sie in der Nähe meiner Schwester erwischen – oder meiner Mutter –, dann werden Sie das bereuen.«

Damit ging er, ohne sich zu verabschieden, aus dem Zimmer. Barbara raffte ihre spärlichen Notizen zusammen. Leiß ließ sie dabei nicht aus den Augen. »Was geht Ihnen durch den Kopf, Frau Pross?«

»Hätten Sie das erwartet?«

»Er hatte gesagt, dass wir seine Schwester …«

»Nein, das meine ich nicht. Ich denke an den Anfang unseres Gesprächs. Die Dinge, die er über seinen Vater gesagt hat. Intime Dinge. Ich hätte nicht erwartet, dass er so etwas erzählt.«

»Ja, das ist schon ungewöhnlich«, meinte Leiß nachdenklich. »Aber Terboom ist ja auch ein ungewöhnlicher Typ.«

Barbara nickte. »Ich kann nicht einmal behaupten, er wäre mir unsympathisch. Dass er seine Schwester schützen will, kann ich sogar verstehen. Dieser Schuster – meinen Sie, der war bestellt, um uns loszuwerden?«

»Ich weiß nicht. Jedenfalls ist der nicht als Prokurist auf die Welt gekommen.«

»Sind Sie ihm damals schon begegnet?«

Leiß schüttelte den Kopf. »Nicht, dass ich wüsste.«

Barbara hatte Leiß nach Hause gebracht. Unterwegs legten sie fest, wie sie weiter vorgehen wollten. Leiß wollte Termine mit den Familien machen, zu denen er damals einen guten Kontakt hatte. Ganz nebenbei erfuhr Barbara auch einiges über das ständige Zuständigkeitsgerangel am Niederrhein. Immer wieder funkten sich die Staatsanwaltschaften gegenseitig in die Ermittlungen. Die Leidtragenden waren oft die ermittelnden Polizeibeamten, die ihre Arbeit von einem Tag auf den anderen zunichte gemacht sahen, wenn wieder ein Fall verlagert wurde.

»Aus heutiger Sicht ist Renate Festing kein Moerser, sondern ein Duisburger Fall. Homberg gehörte vor der Kommunalreform 1975 zum Kreis Moers, danach wurde es ein Duisburger Stadtteil«, erzählte Leiß. »Und so wurde es nach meinem Wechsel zur Duisburger Polizei plötzlich wieder mein Fall, obwohl er nicht offiziell wieder aufgenommen wurde.«

In den nächsten Tagen würde sie viel unterwegs sein, obwohl sie inzwischen zu der Ansicht gekommen war, dass das nicht allzu viel brachte. Die Fälle lagen einfach zu weit zurück.

Abends kam Sven vorbei. Er begrüßte sie mit einem zärtlichen Kuss. »Tut mir Leid, dass ich verschwinden musste ...«

»Im Gegenteil. Es war lieb von dir, mich schlafen zu lassen.«

Sie gingen in die Küche. Barbara räumte gerade den Mini-Geschirrspüler aus. »Hast du Hunger?«, fragte sie.

Er schüttelte den Kopf. »Ich war mit dem Kollegen, der heute Morgen nach Brügge gefahren ist, essen.« Er grinste. »Nicht ganz uneigennützig, muss ich gestehen.«

»Und?«

»Er und Lutz Wagner hatten große Schwierigkeiten dort. Jenny Reichert wollte nicht mit ihnen reden.«

»Nicht einmal mit Lutz Wagner?«

»Der Kollege hatte den Eindruck, gerade mit ihm nicht.«

»Aber das heißt zumindest, dass die belgische Polizei sie gefunden hat, oder?«

Sven nickte. »Das war auch nicht schwierig. Ihre letzte bekannte Adresse ist zwar falsch, in dem Haus auf den Bildern wohnt sie auch nicht. Allerdings ist sie aktenkundig. Obwohl sie unter falschem Namen dort lebt, fiel es der Polizei in Brügge nicht schwer, sie zu identifizieren.«

»Vorbestraft?«

»Nicht direkt. Sie wurde bei zwei Razzien im Rotlichtviertel aufgegriffen. Dass sie auf den Strich geht, ist ziemlich sicher, aber die Polizei hatte keine Beweise dafür und musste sie wieder laufen lassen. Und wahrscheinlich ist sie drogensüchtig, aber sie hatte keinen Stoff dabei und keinen im Haus, daher konnte man ihr auch deswegen nichts.«

»Klingt, als wüsste sie gut Bescheid.«

Sven nickte. »Die Belgier vermuten, dass sie zu einer bestimmten Organisation gehört, die das Aushebeln von Gesetzen bis zur Perfektion beherrscht. Die drogensüchtigen Nutten werden zum Beispiel dezentral mit Stoff versorgt, ein ganz ausgeklügeltes System, bei dem die Dealer einfach nicht gefasst werden können.«

Er setzte sich auf das Sofa. »Was mir Sorgen macht, sind ihre Eltern. Lutz Wagner hat natürlich sehr heftig reagiert und droht mit rechtlichen Mitteln. Was natürlich völlig sinnlos ist. Sie behauptet steif und fest, ihr Name sei Janni Bakker und in Deutschland sei sie nie gewesen. Und zwingen können die Belgier sie nicht – schließlich ist sie belgische Staatsbürgerin, rechtmäßig adoptiert von der Familie Bakker. Sie werden jetzt natürlich die Adoptionsunterlagen prüfen und versuchen, so etwas über ihre Vergangenheit herauszufinden. Aber weder mein Kollege noch Lutz Wagner haben sie zu sehen bekommen.«

Barbara setzte sich auf den anderen Küchenstuhl. »Wir sollten Verständnis für diese Reaktion haben. Wahrscheinlich ist sie der Meinung, ihre Eltern hätten sie im Stich gelassen damals …«

»Nun, der belgische Kollege, der mit ihr gesprochen hat, ist kein Dummkopf. Er hat ihr natürlich gesagt, dass die Eltern überall nach ihr gesucht haben. Aber sie leugnete strikt, deutsche Eltern zu haben. Sie behauptet, sie sei in einem belgischen Waisenhaus aufgewachsen. Er sagte, sie sei völlig uneinsichtig gewesen. Gegen jede Vernunft uneinsichtig, wie er meinte.«

»Habt ihr den Belgiern gesagt, dass sie in Gefahr ist?«

»Ja, sicher. Sie haben versprochen, sie zu beobachten. Aber auf Dauer können sie das auch nicht machen.«
»Und weiß sie es?«
»Dass Christina tot ist?« Sven schüttelte den Kopf. »Der Kollege hielt es für klüger, ihr das nicht zu sagen.«
Er sah sie an und strich plötzlich über ihre Wange. »Wie geht es dir? Bereust du es?«
»Bereuen?« Barbara war verwirrt, dann wurde ihr klar, dass er ihre Liebesnacht meinte. »Nein, ganz bestimmt nicht. Es war schön.«
»Das fand ich auch. Seit meiner Trennung von Michi habe ich es nicht mehr so genossen …«
Barbara konnte sich nicht erklären, warum sie sich über den Kosenamen, mit dem er seine Frau immer noch bezeichnete, ärgerte, aber es war so. Es klang so vertraut, so selbstverständlich. Dabei wusste sie nicht einmal, ob sie sich diese Vertrautheit auch wünschte. Und was erwartete er wohl, sollte sie ihm auf sein Geständnis erwidern?
»Kann ich mir darauf etwas einbilden?«, fragte sie scherzhaft.
»Weißt du das nicht?« Seine Antwort klang unerwartet ernst.
Barbara seufzte. »Ich bin ganz aus der Übung, was Beziehungsgespräche angeht, Sven. Ich hatte nicht viele Beziehungen und längere schon gar nicht. Und mit Thomas habe ich solche Gespräche praktisch nicht geführt.«
»Schon gut, ich wollte dich nicht in Verlegenheit bringen«, meinte Sven mit einem Lächeln. »Ich kann auch nicht lange bleiben. Meine Kinder übernachten heute bei mir, Michi möchte ausgehen. Ich habe sie dann gleich bis zum Wochenende. Tagsüber sind sie bei meiner Mutter.«
»Das heißt, wir sehen uns in den nächsten Tagen nicht …«
»Nicht unbedingt. Wir könnten am Wochenende gemeinsam etwas unternehmen.«
Barbara runzelte die Stirn. »Also sei mir nicht böse, Sven,

aber …« Sie suchte nach den richtigen Worten. »Ich denke, es ist einfach zu früh dafür. Wir wissen doch noch gar nicht, was aus der ganzen Sache mit uns wird. Und da jetzt schon die Kinder mit hineinzuziehen, das wäre einfach nicht richtig.«

»Gut, wenn du nicht möchtest, ist das in Ordnung.« Er sagte es ganz neutral, trotzdem spürte Barbara, dass es ihm nicht recht war.

»Also, ich muss jetzt gehen«, meinte er und stand auf. »Aber nicht, bevor ich dich nochmal richtig umarmt habe. Schließlich sind vier Tage eine lange Zeit, und ich weiß gar nicht, wie ich die ohne dich aushalten soll.«

Er zog Barbara vom Stuhl hoch und küsste sie zärtlich. Eine Weile standen sie eng umschlungen in der Küche, dann klingelte das Telefon.

»Ich muss ran«, sagte Barbara, »ich habe vergessen, den Anrufbeantworter einzuschalten.«

Sven ließ sie los, und sie ging zum Telefon. Es war Thomas.

»Hallo«, sagte sie.

»Ich wollte nur hören, wie dein Gespräch mit Terboom gelaufen ist. Störe ich?«

»Ein bisschen. Kann ich dich in ein paar Minuten zurückrufen?«

»Sicher.«

Sie legte auf.

»War das Thomas?«, fragte Sven.

»Ja. Er fragte nach Terboom. Ich rufe ihn gleich zurück.«

Sven zögerte. »Du siehst ihn noch häufig, nicht wahr? Ich möchte nicht eifersüchtig erscheinen …«

Ein wenig fühlte Barbara sich geschmeichelt. »Thomas und ich haben uns ja nicht gestritten.«

Sven nickte nur. »Dann gehe ich jetzt mal. Ich muss die Kinder abholen.«

Als er fort war, fühlte Barbara sich unbehaglich. Sie musste Thomas anrufen und hatte das Gefühl, sie hätte ihn betrogen – und in Bezug auf Sven war das ganz ähnlich. Sie hasste es, plötzlich so viele ungeklärte Dinge in ihrem Leben zu haben. »Fangen wir mit den vermutlichen Morden an«, murmelte sie. Arbeit war immer noch das beste Mittel gegen schwierige emotionale Situationen.

Leiß hatte eine Menge erreicht in der kurzen Zeit. Offensichtlich hatte er wirklich ein gutes Verhältnis zu den Familien der verschwundenen Kinder. Barbara wunderte das gar nicht. Die Leute waren auf so viel Gleichgültigkeit bei den Behörden gestoßen – es gab ja neue, wichtigere Fälle, um die man sich kümmern musste, und die vielen kalten Spuren führten ohnehin zu nichts –, dass Leiß' Interesse sehr wohltuend für ihre verwundeten Seelen war.
Barbara musste sich am Sonntagabend eingestehen, dass sie Sven in den letzten vier Tagen kaum vermisst hatte. Sie und Leiß hatten vier der Familien besucht. Keiner dieser Besuche war leicht zu verkraften, und die Tatsache, dass es um Allerheiligen herum war und der Totenmonat November begann, trug noch dazu bei.
Da waren die Festings, wo die Mutter selbst nach den vielen Jahren einen hysterischen Weinkrampf bekam, obwohl sie dem Gespräch zugestimmt hatte. Oder die bäuerliche Großfamilie der kleinen Katharina Ellert in Hückelhoven, die seit 1977 dumpf vor sich hin zu brüten schien, teilnahmslos, wie unter einer Glasglocke. Das Verschwinden von Sarah Bornheim 1981, deren Vater Bergmann in Kamp-Linfort war, hatte die Familie gesprengt. Aus der, wie Leiß sich erinnerte, stillen angepassten Frau war eine starke Persönlichkeit geworden, sie hatte Karriere gemacht und war inzwischen wieder Mutter geworden. Der Vater hingegen

war Alkoholiker, immer kurz davor, endgültig ins Bodenlose zu fallen.
Und die Eltern von Patrizia Dohmen aus Viersen, die ein Jahr vor Sarah verschwand, hatten sich ganz in den Schoß der Kirche begeben. Barbara empfand sie als bigott, aber offensichtlich hatte ihnen die Hinwendung zu Gott geholfen.
Sie war mit Leiß übereingekommen, vorerst keine weiteren Eltern aufzusuchen. Die Gespräche hatten sie mehr belastet, als sie zugeben wollte, und neue Erkenntnisse hatten sie nicht gebracht. Nach wie vor fehlten echte Gemeinsamkeiten zwischen den Opfern. Geschlecht und Alter – das war alles.
Sie hatte sich eine große Pinnwand besorgt. Nach alter Gewohnheit schnitt sie die Fotos der Kinder aus und schrieb ihr Alter, den Wohnort und das Jahr ihres Verschwindens auf Karteikarten, die sie zusammen mit den Fotos an die Pinnwand heftete. Die echten Fotos wären sicher hilfreicher gewesen, aber auch die Fotokopien aus den Akten waren deutlich genug. Zuletzt fügte sie die zwei definitiv toten Mädchen aus der Akte Grigoleit hinzu, und versah die beiden anderen, Anna-Lena Malschewski und Luisa Sarvini, mit einem Fragezeichen. Auch Jenny Reichert pinnte sie ganz unten an die Tafel.
Dreizehn fröhliche Kleinmädchengesichter lachten sie an. Sie zog eine Karte von Nordrhein-Westfalen aus einer Plastiktüte, sie hatte sie am Sonntagmorgen am Bahnhof erstanden. Die gesamte Karte hätte nicht auf die Pinnwand gepasst, deshalb schnitt sie sie halb durch. Nur der westliche Teil war wichtig. Sie befestigte sie mit Nadeln an der Wand und markierte die Orte: Krefeld, Duisburg, Moers, Kempen, Viersen, Kamp-Lintfort, Rheinberg, Weeze. Und weiter unten im Kreis Heinsberg Erkelenz und Hückelhoven.
Für Barbara war dieses systematische Vorgehen wichtig, es hatte ihr immer geholfen, die Fakten in ihrem Kopf zu ord-

nen. Manchmal war sie so auch auf Dinge gestoßen, die zu offensichtlich waren und deshalb einfach übersehen wurden. Doch wo auch immer eine Verbindung zwischen den Fällen lag, hier auf dieser Pinnwand konnte sie nichts darüber erfahren.

Es waren wohl behütete Kinder zwischen sieben und zwölf Jahren. Barbara sah sich das Bild der zwölfjährigen Patrizia Dohmen genauer an: Sie wirkte jünger, kindlich. Der Täter war offensichtlich an wirklich kindlichen Mädchen interessiert.

Die meisten der Mädchen spielten nicht gewohnheitsmäßig allein auf der Straße oder an einem einsamen Ort. Meist war das eine Ausnahme, und der Täter hatte sie eiskalt genutzt. Er musste sehr schlau sein und sehr darauf bedacht, nicht aufzufallen. Alle Mädchen waren beobachtet worden, so viel war klar, sonst hätte er nicht in einem dieser seltenen Momente zuschlagen können.

Barbara schleppte die Pinnwand vom Schlafzimmer ins Wohnzimmer und stellte sie so, dass sie sie vom Sofa aus gut im Blick hatte. Sie machte sich ein paar Brote und hockte sich auf das Sofa.

Sie waren hübsch gewesen, diese kleinen Mädchen. Nicht einfach so, wie die meisten Kinder irgendwie ganz niedlich sind. Nein, diese Kinder waren besonders hübsch. Nur eine fiel aus dem Rahmen: das erste Opfer, Marion Riedel. Im Vergleich mit den kleinen Schönheiten wirkte sie nicht nur unscheinbar, nein, sie war beinah hässlich.

Hatte das etwas zu bedeuten? Marion könnte nicht nur das erste Opfer, sondern als solches der auslösende Faktor gewesen sein. War sie ein Zufallsopfer, dem die anderen, sorgfältig ausgewählten, folgten?

Bild für Bild fasste Barbara ins Auge. Rein äußerlich gab es außer der offensichtlichen Schönheit keine Gemeinsamkeiten. Da waren dunkelhaarige Mädchen wie Katja Rose oder die kleine zarte Luisa Sarvini, rothaarige wie Melanie Werdonk und blonde wie Anna-Lena Malschewski und Renate Festing. An ihrem Foto blieb Barbaras Blick hängen. Es erinnerte sie an etwas, das sie nicht greifen konnte. Entnervt stand sie auf und trug ihren Teller zurück in die Küche. Sie setzte ihn irgendwo ab und griff geistesabwesend in die Tüte mit Lakritzbonbons, die auf dem Küchentisch lag. Als sie den Geschmack auf der Zunge spürte, fiel es ihr plötzlich ein, Lakritz und Grigoleit: ein Schlummerle. Renate Festing sah genauso aus wie eine Schlummerle-Puppe, die blonden Haare zu einem kinnlangen Bob geschnitten, leuchtend blaue Augen, runde Wangen und ein irgendwie verschmitztes Lächeln.

Sie ging zurück ins Wohnzimmer und versuchte, sich ihre eigenen Puppen aus den sechziger Jahren ins Gedächtnis zu rufen. Wie sie offiziell hießen, wusste sie nicht, nur die Namen, die sie ihnen gegeben hatte. »Sabinchen«, flüsterte sie und deutete auf Luisa Sarvini mit den niedlichen Grübchen und den kurzen dunklen Locken. »Bärbel«, ihre große Schildkröt-Sprechpuppe, das war Katja Rose. »Du tust mir weh«, wenn die Puppe diesen Satz sagte, klang ihre Stimme immer ganz rau, als wäre das Band abgenutzt. Katharina Ellert hatte unverkennbar Ähnlichkeit mit einem Kullertränchen, dessen Gesicht sich verzog, wenn man den Arm herunterbog, und das dann echte Tränen weinte. Barbara hatte nie eines besessen, ihre Mutter hatte immer erklärt, die Puppe würde mit der Zeit zu riechen beginnen, wenn sie immer wieder mit Wasser gefüllt wurde. Katharina hatte sogar die Kullertränchen-Frisur, einen lustigen kleinen Zopf ganz oben auf dem Kopf.

Die anderen kannte sie nicht, doch sie war sicher, dass sie auf dem richtigen Weg war. Sarah Bornheim und Verena Müller

– eines der Opfer, die Grigoleit begraben hatte – konnten als Käthe-Kruse-Puppen durchgehen. »Ich hätte gern mein Schlummerle«, hörte sie Grigoleit sagen. Sie warf sich aufs Sofa. Lag sie vielleicht falsch mit ihrer Unschuldsvermutung? Aber dann schüttelte sie energisch den Kopf. Grigoleit war zu jung, um Renate Festing umgebracht haben zu können. 1969 war er gerade zehn Jahre alt.
Sven brachte wahrscheinlich gerade seine Kinder zu seiner Noch-Ehefrau. Sie musste mit irgendjemandem über diese Idee sprechen. Barbara rief Leiß an, der war aber nicht zu Hause. Sie schlug mit der Faust auf den Tisch. Schließlich wählte sie Thomas' Nummer. Es klingelte endlos, gerade wollte sie schon auflegen, da meldete er sich.
»Ja?« Das klang verschlafen.
»Habe ich dich geweckt?«, fragte Barbara ungläubig. Es war erst gegen acht, Thomas pflegte zwar meist sehr pünktlich und nach Barbaras Ansicht früh, nämlich um zehn, schlafen zu gehen, aber eigentlich nie so früh – es sei denn, es ging ihm nicht gut.
»Ja. Aber keine Angst«, fügte er hastig hinzu, »ich konnte letzte Nacht nicht schlafen, und da war ich eben sehr müde.«
»Tut mir Leid.«
»Schon gut.«
Es hatte ohnehin keinen Sinn weiterzufragen, deshalb erzählte Barbara ihm von der Idee mit den Puppen. »Natürlich kann ich mich irren, und das Ganze ist ein Zufall, aber …«
»Nein, nein, das könnte schon sein. Katja erinnert dich an deine Schildkröt-Sprechpuppe? So eine große, mit braunem, welligem Haar, und aus dem Rücken hing ein Ring, an dem man ziehen konnte?
»Ja, genau. Man wusste nie, was sie sagen würde.«
»Hmm. Du könntest richtig liegen damit. Zumindest bei Katja bin ich sicher. Sie hatte diese Sprechpuppe auch und

brachte sie mal mit. Wir haben sehr gelacht über die Ähnlichkeit …« Er machte eine Pause. »Es gibt ein Bild von mir, Katja und der Puppe, auf dem man das sehr deutlich sehen kann. Ich kann es dir bringen. Heute noch, wenn du möchtest.«

»Aber du bist müde, und willst du Weise jetzt noch …«

Er lachte leise. »Ich kenne dich doch. Wenn du so einer Sache auf der Spur bist, bist du nicht zu halten. Und ich habe … mein Gott, drei Stunden … geschlafen. Genug, um heute Nacht wieder wach zu liegen, wenn ich nicht noch ein wenig an die Luft komme.«

Barbara gab ihren Widerstand rasch auf, Thomas hatte Recht, sie wollte ihre Theorie so schnell wie möglich überprüfen. Und wenn er das Bedürfnis hatte, heute nicht allein zu sein, nahm sie es ihm nicht übel. Bis er bei ihr war, versuchte sie, im Internet etwas über Puppen aus den Sechzigern zu finden. Aber es war alles Fehlanzeige. Sie fand nur Quellen für Nostalgie- und Sammlerpuppen.

Thomas stand eine Stunde später vor ihrer Tür. Obwohl er drei Stunden geschlafen hatte, sah er müde aus, irgendwie grau. »Ich habe Weise gesagt, er soll mich um halb zwölf hier abholen.«

»Gut.«

»Hier ist das Foto.« Er zog es aus seiner Jackentasche.

»Willst du nicht deine Jacke ausziehen?«

Er nickte. Sie hängte die Jacke über einen Küchenstuhl und kam dann ins Wohnzimmer nach. Thomas stand vor der Tafel mit der Karte und den Bildern.

»Mein Gott, so viele …«

»Ja. Da graut es einem.« Barbara betrachtete das Foto. Zwei fröhliche Kinder und eine Puppe – ein kleiner, schmächtiger Junge, der etwas verhalten lächelte, und das hübsche, vor Leben sprühende Mädchen, das seine Haare genau wie die der Puppe gekämmt hatte. Ja, das war sie, das war ihre geliebte Sprechpuppe. Und sie sah genauso aus wie Katja.

»Die Idee ist mir gekommen, als ich Renate Festing näher betrachtet habe. Der Haarschnitt, das runde Gesicht – sie sieht einem Schlummerle ähnlich.«

Thomas beugte sich herunter, um das Bild genauer anzusehen. »Du meinst dieses Mädchen da?«

Barbara nickte.

»Ja, ganz eindeutig. Ich kenne diese Puppen auch noch.«

»Weißt du jemanden, der Kataloge von Vinyl-Puppen aus den Sechzigern besorgen kann? Ich bin im Internet nicht fündig geworden, aber es muss doch welche geben.«

»Diese Vinyl-Puppen sind nicht gerade Sammlerobjekte. Im Gegensatz zu Porzellan und Zelluloid sehen sie nach ein paar Jahren sehr hässlich aus. Aber ich werde mal bei meinem Antiquitätenhändler nachfragen. Der kann alles besorgen. Oder er weiß, wo man es bekommen kann.«

»Danke, Thomas. Sag mal …«, sie zögerte. »Geht es dir nicht gut? Du siehst nämlich nicht besonders fit aus.«

»Ach, ich habe mir ein bisschen zu viel zugemutet. Wenn ich mich ein paar Tage ausgeruht habe, geht's mir wieder gut.« Er deutete aus dem Fenster. »Es ist trocken draußen. Wollen wir ein wenig spazieren gehen? Ich sagte ja, ich brauche noch etwas Luft, wenn ich heute Nacht richtig schlafen will.«

»Ich kenne mich allerdings hier nicht so gut aus.«

»Dann gehen wir einfach drauflos.«

Wenig später waren sie in ihre dicken Jacken gehüllt unterwegs. Barbara hatte den Weg vorgegeben – die Hauptstraße entlang, nicht Richtung Markt, wo sie schon öfter gewesen war, sondern entgegengesetzt. »Ich glaube, da kommen wir

nach Laar und irgendwann zum Rhein. Aber das ist vielleicht zu weit.«
»Sehen wir, wie weit wir kommen. Ich bin wirklich o. k., und das Laufen wird mir gut tun.«
Kurz hinter der Kirche an der Hauptstraße kamen noch wenige, nicht sehr ansehnliche Häuser, und dann schien die bewohnte Welt hinter ihnen zu liegen. Es war Vollmond, und er tauchte gemeinsam mit der spärlichen Straßenbeleuchtung die Szenerie in gespenstisches Licht. Im Stahlwerk wurde gearbeitet, doch die Straße war völlig ausgestorben. Es gab verwaiste Parkplätze, auf den Schildern stand noch das Thyssen-Logo, doch diese Zeiten waren längst vorbei. »Das Stahlwerk gehört einer indischen Firma«, erzählte Barbara Thomas. Das hatte sie von Frau Reimer erfahren, deren Mann dort gearbeitet hatte.
Die Straße machte einen Knick, und nun kamen sie durch eine Art Schlucht mit fast zehn Meter hohen Mauern links und rechts der Straße. Schweigend gingen sie nebeneinander her, Thomas mit seinen stetigen, niemals hastigen Schritten, Barbara, die sich zurückhalten musste, weil sie immer begierig war zu erfahren, was an der nächsten Ecke auf sie wartete.
Merkwürdigerweise war es Thomas, der zuerst sprach. »Und? Hast du dich eingelebt hier?«
Barbara zuckte die Schultern. »Es ist nicht übel. Ich meine …«, sie deutete auf die Mauern, »die meisten Leute stellen sich Duisburg genau so vor. Aber es ist nicht nur so. Die Straße, in der ich wohne, ist sogar ganz hübsch.«
»Und das Alleinsein?«
Für Thomas war das eine sehr direkte Frage. Was wollte er von ihr hören? Dass sie ihn vermisste? Ja, das tat sie. Obwohl sie sich in den letzten Monaten mit ihm oft einsamer gefühlt hatte als jetzt. Und nun gab es auch noch Sven, aber das

konnte und wollte sie ihm nicht sagen. Irgendwann vielleicht, wenn sie wusste, wohin Sven und sie wirklich steuerten. »Mal so, mal so.«
»Ja, so geht es mir auch«, sagte er. Und nach einer Weile fügte er hinzu: »Ich bin manchmal erstaunt, wie wenig wir einander in unsere Leben gelassen haben. Und darüber, wie sehr du mir trotzdem fehlst.«
Noch bevor Barbara darauf antworten konnte, meinte er: »Wir sollten umkehren.«
Den ganzen Weg zurück überlegte Barbara, was sie erwidern sollte, dann kam sie sich albern vor, noch etwas dazu zu sagen. Sie schwiegen. Das war der Normalzustand.
Als sie in ihre Straße einbogen, zuckte Barbara zusammen. Da parkte ein schwarzer Honda-Akkord. Sven. Und richtig, er wartete in der Haustür, und seine Augen weiteten sich, als er Thomas und Barbara sah.
»Hallo, Sven«, sagte Barbara. Die beiden Männer standen sich abwartend gegenüber. Sven, groß und breitschultrig, wirkte fast ein wenig aggressiv, Thomas, kleiner und beinah schmächtig, ruhig und abwartend, aber irgendetwas sagte Barbara, dass das nur Fassade war. »Thomas, das ist Sven Heyer von der Kripo Duisburg. Sven, das ist Thomas Hielmann.«
Thomas streckte seine Hand aus, aber Sven reagierte zunächst gar nicht darauf. »Ich dachte, ich schaue noch vorbei.« Dann schüttelte er fahrig Thomas' Hand. »Nett, Sie kennen zu lernen.«
Thomas nickte nur. Er zückte sein Handy. »Barbara, es ist ja schon halb elf. Ich rufe Weise an, er kann mich hier abholen.«
»Willst du denn nicht oben warten?«, fragte sie.
»Nein, nein. Geht nur hinauf. Er hatte gesagt, er bleibt in Duisburg, allzu lange kann es nicht dauern.«
»Ja dann … Kommst du, Sven …«

Sven machte einen verwirrten Eindruck, als Barbara ihn durch die Haustür in den Flur zog. Erst oben in der Wohnung fand er seine Sprache wieder. »Das war also Thomas.«
»Ja. Das war Thomas.«
Sven sah sie an, als erwarte er eine Erklärung, und plötzlich hatte Barbara keine Lust dazu.
»Ich habe eine Gemeinsamkeit bei den Mädchen entdeckt«, sagte sie. »Sie sehen aus wie bestimmte Puppen.«
»Was wollte er hier?«
»Thomas?«
»Ja, Thomas.« Sven war nicht wütend. Er wirkte eher verletzt.
»Er brachte mir ein Foto von Katja Rose mit einer solchen Puppe.« Sie ging ins Wohnzimmer und holte es. »Siehst du, was ich meine?«
»Das interessiert mich jetzt nicht.«
»Und was interessiert dich? Ob zwischen mir und Thomas noch etwas ist? Oder hast du Angst, ich hätte mit ihm geschlafen?« Barbara klang aggressiver, als sie wollte. »Ich habe fast vier Jahre mit ihm gelebt, und ich habe ihn verlassen. Aber wir sind keine Feinde. Er hat mir bei diesem Fall geholfen, und er wollte heute mit mir spazieren gehen. Ich sah keinen Grund, es ihm abzuschlagen.«
Svens Feindseligkeit schien in sich zusammenzufallen. Er ließ sich im Wohnzimmer auf die Couch fallen. »Schon gut, schon gut. Ich dachte, du freust dich, wenn ich heute Abend noch komme.«
»Das tue ich auch. Trotzdem wäre es besser gewesen, vorher anzurufen. Ich möchte ihn nicht verletzen.«
»Dass ich verletzt sein könnte, wenn ich dich mit einem anderen Mann sehe, kommt dir nicht in den Sinn?«
»Ich finde es schon ein wenig schmeichelhaft, wenn du so reagierst, Sven. Aber es ist völlig unnötig. Ich habe mich von

ihm getrennt, das habe ich dir gesagt. Und zwischen uns beiden … nun, das muss sich doch erst entwickeln, oder?« Sie setzte sich zu ihm und fuhr ihm übers Haar.
»Deswegen bin ich hier«, sagte er. Und dann bekam sie einen Begrüßungskuss. »Tut mir Leid, wenn ich überreagiert habe. Aber an diesem Wochenende ist wirklich nichts so gelaufen, wie ich wollte. Gestern wurde die bisherige Sonderkommission Jessica aufgestockt – fast die gesamten Todesfallermittler sind jetzt dabei.«
»Habt ihr sie gefunden?«
»Nein. Aber die Verantwortlichen meinten, es sei an der Zeit, der Realität ins Auge zu sehen.«
Barbara nickte. Andere Vermisstenfälle wurden oft schon viel eher den Mordermittlern übertragen.
»Meine Kinder haben das ganze Wochenende mit meiner Mutter verbracht, ich habe sie kaum gesehen. Und Michi hat ein Riesentheater deswegen gemacht. Ich glaube, Thomas hier zu sehen hat mir einfach nur den Rest gegeben.«
»Wer leitet die Soko?«, fragte Barbara.
»Ich nicht. Grundemann. Aber ich habe genug zu tun. Wir haben Stapel von Hinweisen, denen wir nachgehen müssen, und meiner Meinung nach sieht keiner viel versprechend aus.« Er rutschte ein wenig von ihr weg, um sie ansehen zu können. »Weißt du, als ich heute meine beiden kleinen Mäuse im Wagen sitzen hatte und sie zu ihrer Mutter fuhr, musste ich die ganze Zeit daran denken, was ich tun würde, wenn es eine von ihnen wäre, die verschwunden ist. Ich hatte immer Jessicas Bild vor Augen. Sie ist so ein niedliches Püppchen …«
Klick. Es war, als wäre etwas in Barbaras Hirn eingerastet.
»Püppchen …«, flüsterte sie. »Ja, genau das ist sie.«
»Was?« Sven sah sie verwirrt an.
»Das war es, woran mich ihr Bild erinnerte. An eine Puppe. Keine aus den Sechzigern, eher eine modernere.«

»Barbara, das ist Schwachsinn. Du willst bloß, dass ich mich auch noch um den alten Kram kümmere.«

Aber Barbara war schon aufgesprungen und suchte in der Küche nach einem Versandhauskatalog, den sie kürzlich unaufgefordert zugeschickt bekommen hatte. Sie kam zurück und hatte die Spielzeug-Seiten schon aufgeschlagen. »Verdammt, spielen diese Kinder nur noch mit Pokémons und diesen hässlichen Babypuppen?« Sie warf den Katalog entnervt weg. »Vor einigen Jahren gab es Puppen, die ganz frech guckten und wilde rote Locken hatten. Erinnerst du dich?«

Er nickte. »Das ist aber schon länger her.«

»Ja, mag ja sein. Aber genauso sieht Jessica aus, oder?«

»Ja. Aber das bedeutet nicht, dass wir es mit einem Serienmörder zu tun haben. Und wenn es bei den alten Fällen ein Serienmörder war, dann muss es nicht jetzt derselbe Täter sein.«

Sie seufzte. »Ich weiß ja, dass diese Theorie mehr als dünn ist. Aber etwas anderes fällt mir nicht ein. Mit Befragungen der Eltern kommen wir einfach nicht weiter. Und dies ist die erste Gemeinsamkeit, die bei allen Kinder passt … bis auf Marion Riedel vielleicht.«

Sven stand auf und zog Barbara an sich. Gezielt küsste er sie dort, wo sich auf ihrer Stirn eine steile Falte gebildet hatte, wie immer, wenn sie nachdachte.

»Wie wäre es, wenn du für heute Abend einfach mal alles vergisst?« Er zog sie mit sich aufs Sofa und gab ihr einen langen Kuss.

Barbara war am nächsten Morgen schon wach, als Svens Armbanduhr piepste, um ihn zu wecken. Sie schämte sich, aber sie war am Abend zuvor nicht sehr bei der Sache gewesen, und wurde den Verdacht nicht los, dass er es gemerkt hatte. Danach hatte sie sich die halbe Nacht herumgewälzt, war dann für zwei Stunden eingeschlafen und um fünf wieder aufgewacht. Sie fühlte sich wie gerädert, doch sie wusste jetzt, wie sie weiter vorgehen wollte.

Sie saß im Bademantel am Frühstückstisch, Sven hatte geduscht und sich angezogen.

»Du könntest etwas für mich tun«, sagte sie, als er in die Küche kam.

»Hast du das gestern Abend und in der Nacht ausgebrütet?« Er setzte sich, und sie hoffte, er würde lächeln, aber das tat er nicht.

»Entschuldige. Aber du bist auch Polizist. Du weißt, wie das ist, wenn man eine Sache nicht mehr aus dem Kopf kriegt.«

Jetzt lächelte er. »Ja, leider. Also, was soll ich tun?«

»Grundemann hat doch die Ermittlungen im Fall Grigoleit geleitet. Könntest du ihn bitten, mir den Fundort der Leichen mal zu zeigen?«

Sven runzelte die Stirn und schüttelte den Kopf. »Sag mal, hast du mir gestern nicht zugehört? Wir ermitteln im Fall Jessica, was meinst du, was wir zu tun haben? Und Grundemann erst recht, er hat auch noch die Staatsanwaltschaft und die Presse am Hals.«

»Und Jenny Reichert? Die Tatsache, dass Grigoleit wahrscheinlich unschuldig ist, das kümmert ihn nicht?«

»Das zu allerletzt.«

»Dann ködere ihn. Sag ihm, ich versuchte herausfinden, dass Grigoleit es doch war. Erzähl ihm von den Puppen.«

»Was haben denn die Puppen …«

Barbara seufzte. »Hör zu. Ich bin nach wie vor der Meinung, dass Grigoleit unschuldig ist. Aber sag Grundemann, er hätte einen Puppentick. Den hat er nämlich. Er hatte ein Schlummerle, für das er einen Mitpatienten sogar verprügelt hat, als der es kaputtmachte.«

Sven hielt inne und dachte nach. »Du könntest doch auch allein dorthin gehen.«
»Nein.« Barbara schüttelte energisch den Kopf. »Es muss jemand mitkommen, der damals dabei war. Sonst stolpere ich nur blind in der Gegend herum.«
Sven gab seinen Widerstand auf. »In Ordnung, ich frage ihn. Aber ich werde ihn nicht bedrängen, hörst du. Wenn er beim ersten Mal nein sagt, dann bleibt es dabei.«
»Gut. Danke.« Sie stand auf und goss Sven Kaffee ein.
Als er kurze Zeit später ging, saß sie noch lange am Tisch und starrte vor sich hin. Eigentlich sind das nur Schüsse ins Dunkel, und ich hoffe, dass ich irgendwann irgendetwas treffe, dachte sie. Aber jetzt musste sie schnell einen Treffer landen. Denn noch bestand eine winzige Hoffnung, dass Jessica lebte. Eine sehr kleine Hoffnung, doch sie wollte sie nicht aufgeben.

Barbara war überrascht, als Sven schon mittags anrief, um ihr mitzuteilen, dass Grundemann bereit sei, ihr den Fundort der Leichen zu zeigen – und zwar noch am selben Tag um die Mittagszeit. »Er sagt, er hätte ohnehin heute auf der anderen Rheinseite zu tun und könnte sich eine halbe Stunde Zeit nehmen.«
»Die andere Rheinseite«, auch das hatte Barbara in ihrer kurzen Zeit in Duisburg gelernt, das waren die linksrheinischen Stadtteile, die nach der Kommunalreform 1975 zu Duisburg gekommen waren: das von Krupp geprägte Rheinhausen, das kleinstädtische Homberg, das dörfliche Rumeln-Kaldenhausen und das idyllische Baerl. Die Bürger dieser Gemeinden hatten sich nie daran gewöhnen können, ihre Selbständigkeit an Duisburg verloren zu haben – und so ganz gehörten sie auch für die Alt-Duisburger nicht dazu.
In Baerl wollte Grundemann sie treffen. »Sag bloß nicht

Bärl« hatte Sven ihr erklärt. »Dann bist du überall hier als Fremde geoutet. Das ist ein rheinisches Dehnungs-E. Es heißt ›Barl‹.«
Barbara wartete auf Grundemann in einem Feldweg an der Straße nach Baerl-Binsheim. Hier war es flach, nur der nahe Rheindeich erhob sich über die Landschaft. Niederrhein pur nur wenige Kilometer von Duisburgs Großindustrie entfernt. Grundemann kam mit einem älteren BMW an – offenbar sein Privatwagen. Er kurbelte die Scheibe herunter: »Sie können den Wagen hier stehen lassen. Steigen Sie ein.«
Barbara schloss ihr Auto ab und setzte sich in den BMW. »Tag, Herr Grundemann. Danke, dass Sie sich die Zeit nehmen.«
Er erwiderte ihren Gruß nicht. »Ich mache das nur, damit es nachher nicht heißt, wir hätten damals schlampig gearbeitet bei der Grigoleit-Festnahme. Selbst wenn er Jennifer Reichert nicht umgebracht hat: Die anderen gehen auf sein Konto. Wir haben keinen Unschuldigen geschnappt.«
»Hat Ihnen Heyer nicht von den Puppen erzählt?«, fragte Barbara vorsichtig.
»Ja, das hat er. Aber wenn Sie denken, ich würde Ihnen ein solches Hirngespinst abnehmen, täuschen Sie sich gewaltig. Ich kenne Typen wie Sie, so genannte Spezialisten, LKA, BKA und wo sie sonst noch herkommen. Sie haben alle Weisheit der Welt gepachtet, denken sie. Aber die Arbeit vor Ort, die Überprüfung der Spuren, die Klinkenputzerei, das machen wir.« Er sah ihr direkt ins Gesicht. »Ich weiß, dass Sie Grigoleit für unschuldig halten. Aber glücklicherweise war das Gericht damals anderer Meinung.«
Barbara hätte am liebsten eine Diskussion begonnen, doch dann besann sie sich eines Besseren und beschloss, den Mund zu halten. Sollte Grundemann doch reden, je mehr er erzählte, desto besser.

Sie hielten auf einen kleinen Wald zu, und er stoppte den Wagen kurz vor den Bäumen. »Da geht's lang.« Barbara holte verstohlen Luft. Seit der Ermordung ihrer Freundin Ina in einem Essener Wald, als sie noch ein Kind war, machte jede Ansammlung von Bäumen, die über eine durchschnittliche Parkanlage hinausging, ihr Angst. Es waren keine Panikattacken mehr wie früher, nur ein tiefes, ungutes Gefühl. Und wenn es Herbst war wie jetzt und die Bäume ihre Blätter verloren und überall Laubhaufen herumlagen, war es umso schlimmer.

Grundemann dirigierte sie zu einer Öffnung, die irgendwann mal ein ordentlicher Weg gewesen sein musste. Jetzt war er fast zugewachsen, doch man konnte ihn noch erkennen.

»Der Wald ist größer, als man denkt, wenn man ihn von hier aus sieht«, sagte Grundemann. »Er ist an einigen Stellen nur etwa dreihundert Meter breit, aber fast zwei Kilometer lang.«

Sie marschierten den Weg entlang und kamen nach etwa fünfhundert Metern zu einer Lichtung. »Hier war es.« Grundemann blieb stehen und atmete tief durch. »Hier haben wir ihn gefunden – gerade als er die letzte Erde über die Leiche schippte.«

»Wer hatte ihn gemeldet?«

»Ein Spaziergänger, der zufällig hier vorbeigekommen ist. Er hat sich die Seele aus dem Leib gerannt, um uns zu alarmieren.« Er grinste. »Damals gab's ja noch nicht so viele Handys …«

Barbara ging auf die Lichtung hinaus und sah sich um. Viele kleine Erdhügel waren unübersehbar. Man hatte hier alles umgepflügt auf der Suche nach weiteren Leichen, und dann war buchstäblich Gras darüber gewachsen.

»Wo genau waren die Gräber?«, fragte sie.

»Dort, unter der großen Eiche.«
»Beide?«
»Ja.«
Barbara sah sich den Platz genauer an. Natürlich. Grigoleit hatte ihn mit Bedacht gewählt. Eine Lichtung, damit sie es nicht zu dunkel hatten und Schatten durch den majestätischen Baum.
»Wo ist Grigoleits Hütte?«, fragte sie plötzlich.
»Die steht nicht mehr«, antwortete Grundemann. »Während des Prozesses haben Jugendliche sie abgefackelt.«
»Und wo stand sie?«
»Dort, etwa achthundert Meter in den Wald hinein. Ich zeige Ihnen den Platz.«
Barbara folgte Grundemann auf dem noch engeren Weg durch den Wald. Vor ihnen tat sich eine weitere, kleinere Lichtung auf, aber als Barbara sie betrat, konnte sie sehen, dass sie sich zur linken Seite hin öffnete, der Wald hatte hier wohl seine schmalste Stelle. In einiger Entfernung konnte sie einen Bauernhof erkennen, etwas weiter ein kleines, verhutzeltes Häuschen. »Das kleine ist Grigoleits Elternhaus. Aber es ist schon lange verkauft, die Eltern sind beide tot«, sagte Grundemann.
»Und die Hütte?«
Er deutete auf eine fast kahle Fläche, auf der ein paar Steine lagen. »Etwa da. Sie war so drei mal vier Meter groß.«
Barbara schritt die Fläche ab. Etwas Metallenes ragte aus der Erde: ein kleiner, verbogener Löffel. Sie bückte sich und hob ihn auf. »Es ist ja wirklich nichts übrig«, murmelte sie. Sie drehte sich um und deutete auf den Wald, der anscheinend längst nicht zu Ende war. »Und was ist da?«
»Nichts mehr. Das ist eingezäunt. Irgendeine Naturschutzgeschichte.« Grundemann sah auf die Uhr. »Es tut mir Leid, aber mein Termin …«

Barbara nickte. »Wir können gehen. Danke«, fügte sie mit leiser Stimme hinzu.
»Schon gut. Was haben Sie eigentlich erwartet, hier zu finden?«
»Nichts Konkretes.« Barbara lächelte. Sie erwartete kein Verständnis für ihre Methoden. Wie sollte sie auch erklären, dass es half, einen Täter einzuschätzen, wenn man selbst an diese Orte ging und der Tat nachspürte? Aber dieser Ort erzählte ihr nichts – nichts, was sie nicht schon wusste.
Sie folgte Grundemann auf dem Weg zurück zur ersten Lichtung, die wirklich etwas von einem ruhigen Friedhof hatte. Grigoleit und die toten Mädchen … Ja, das konnte sie sich gut vorstellen. »Waren Sie bei den Ersten, die hier ankamen, als er festgenommen wurde?«
»Ja.«
»Beschreiben Sie es bitte.«
»Es steht doch in den Akten.«
Barbara seufzte. »Ich würde es gern von Ihnen hören. Mit allen Emotionen, die man in so einem Bericht gewöhnlich weglässt.«
Sie gingen weiter Richtung Auto, während Grundemann erzählte: »Man hatte uns alarmiert, jemand hatte den Notruf angerufen. Wir suchten seit Tagen nach Rebecca Fallinski und befragten gerade einen Zeugen in Homberg. Deshalb waren wir noch vor den uniformierten Beamten da. Grigoleit hatte sie schon fast begraben, nur das Gesicht war noch frei. Er war schmutzig und weinte, er weinte und jammerte laut – wahrscheinlich hatte er deshalb auch den Zeugen auf sich aufmerksam gemacht. Offensichtlich tat ihm Leid, was er getan hatte.«
Vor ihnen tauchte das Auto auf. Grundemann öffnete ihr die Beifahrertür und ging um den Wagen herum. Als er hinter dem Steuer saß, meinte er: »Er war ein Häufchen Elend, zit-

terte am ganzen Körper, als wir auf ihn zukamen. Trotzdem schaufelte er verbissen Erde über die kleine Leiche. Er hatte ein sehr tiefes Loch gegraben, das war unser Glück, sonst wäre er längst fertig gewesen. Wir gingen mit gezogener Waffe auf ihn zu und warnten ihn. Es dauerte einen Moment, bis er begriff …«

»Er hat Sie nicht erkannt«, unterbrach ihn Barbara.

Grundemann sah sie irritiert an.

»Ich meine, er konnte Sie nicht sehen. Nach der Brille, die er heute trägt, zu urteilen, war er damals schon halb blind. Oder trug er eine Brille?«

»Nein. Er besaß eine. Jedenfalls wurde sie unter seinen Sachen gefunden, und er trug sie in der Untersuchungshaft und vor Gericht. Sie war uralt, eher eine Kinderbrille.«

»Der Mörder hat die Kinder beobachtet, bevor er zuschlug. Er musste den günstigsten Augenblick abwarten, wenn keine Zeugen in der Nähe waren. Wie, glauben Sie, soll Grigoleit das bewerkstelligt haben?«

»Hören Sie, Frau Pross«, Grundemann klang nun sehr ungeduldig. Er startete den Wagen. »Weder im Prozess noch bei den Vernehmungen war von Beobachten der Opfer die Rede. Nicht einmal sein Anwalt hat etwas dazu gesagt.«

»Weil er ein Stümper war.«

Grundemann hatte gerade geschaltet, fuhr aber nicht los. Er schüttelte den Kopf, als hätte er es mit einer Irren zu tun. »Sie glauben wirklich, alles besser zu wissen, nicht wahr? Grigoleits Verteidiger war Dr. Kamphausen aus Düsseldorf – einer der renommiertesten Anwälte hier in der Gegend. Aber in den Augen der großen Profilerin ist er ein Stümper!«

»Sie haben sich alle blenden lassen, weil Grigoleit bei der Leiche gefunden wurde. Deshalb hat sich niemand mehr Gedanken darüber gemacht.« Barbara versucht versöhnlich zu sein. »Wie ging es weiter?«

»Womit?«
»Sie gingen auf Grigoleit mit gezogener Waffe zu und ...«
»Er warf gehorsam den Spaten weg und ließ sich festnehmen, ohne jeden Widerstand«, fuhr Grundemann fort und setzte den Wagen in Bewegung.
»Sonst nichts?«, fragte Barbara.
»Doch. Als jemand das Kind freischarren wollte, schrie er: Lasst sie doch schlafen, sie muss doch schlafen!«
Das war es also, dachte Barbara. Er wollte, dass die Mädchen Ruhe hatten unter der großen Eiche bei der Lichtung.

Barbara war unzufrieden, als sie wieder zu Hause ankam. Mit dem Ortstermin hatte sie nichts erreicht. Es gab keine neue Idee, wo sie suchen könnte, keine Inspiration, nichts. Sie nahm sich nochmals die Akte vor, ging sie sorgfältig durch. Sie las die Prozessakten. Nichts. Sie saß in einer verdammten Sackgasse.
Kurz vor drei klingelte es. »Ja, bitte?«, fragte sie in die Sprechanlage.
»Ich bin's, Sven.«
Barbara wunderte sich über sein Auftauchen während der Arbeitszeit, doch als er vor ihrer Tür stand, war ihr klar, warum. Neben ihm standen zwei kleine Mädchen, eine mit blonden, unordentlichen Locken, die kleinere mit glatten braunen Haaren.
»Dürfen wir hereinkommen?«
»Klar.« Barbara hatte das Gefühl, dass sie eine Spur zu begeistert klang.
Die Mädchen trotteten schüchtern hinter ihrem Vater in die Wohnung. »Also, das ist Barbara«, meinte er zu den beiden gewandt. »Sie passt jetzt kurz auf euch auf, bis ich wieder da bin.«
»Bis du *was*?«, fragte Barbara entsetzt.

»Es … es tut mir Leid, wenn ich dich so überfalle, Barbara. Aber nach dem verkorksten Wochenende wollte Michi mir noch eine Chance geben. Ich hab den Nachmittag freibekommen, aber da ist noch eine Sache, die ich unbedingt erledigen muss, es dauert nur eine Stunde. Und da dachte ich, ich bring sie so lange zu dir.«

»Also ich weiß nicht.« Barbara versuchte, leise zu sprechen. »Ich finde das nicht gut. Sie kennen mich doch gar nicht.«

»Eben. Eine gute Gelegenheit, dich kennen zu lernen. Michi hat ja auch einen Freund. Bitte, lass uns nachher darüber reden. Je eher ich weg bin, desto schneller bin ich fertig, in Ordnung? Und dann unternehmen wir alle zusammen etwas.« Er küsste Barbara kurz auf die Wange und wollte verschwinden.

»Wie heißen die beiden denn überhaupt?«, fragte Barbara.

»Kelly-Marie und Donna. Bis später.« Und damit war er weg.

Kelly und Donna – Barbara erinnerte sich dunkel an eine Fernsehserie, aus der die Namen stammen mussten – standen im Wohnzimmer und sahen unglücklich aus. Barbara atmete tief durch. »Nun, das ist eine Überraschung. Ihr zwei seid die ersten Kinder, die mich hier besuchen.«

»Wirklich?«, fragte die Ältere.

»Ja. Ich wohne aber auch noch nicht lange hier. Habt ihr Hunger?«

»Papa hat versprochen, mit uns zu McDonald's zu gehen«, sagte die Kleine.

»Und ihr habt keine Lust auf Apfelpfannkuchen?« Barbara betete, dass die Tüte H-Milch, die sie im Schrank glaubte, immer noch da war. »Wisst ihr, wir könnten gemeinsam welchen backen.«

»Wir dürfen selber kochen?« Das Gesicht der Älteren leuchtete auf.

»Sicher. Aber bevor wir anfangen, verratet mir bitte, wer Kelly und wer Donna ist?«
»Sie ist Kelly«, sagte die Ältere. »Donna bin ich.«
Dann folgten sie Barbara in die Küche.

Sven kam nach zwei Stunden wieder. Er entschuldigte sich bei Barbara für die Verspätung, und sie führte ihn in ihre Küche, die sich in ein Schlachtfeld verwandelt hatte. Verstreutes Mehl, verschüttete Milch, dicke Teigtropfen auf der Spüle, Fettspritzer, mehrere Schüsseln, sämtliche Löffel, die Barbara besaß – und mitten drin zwei kleine Mädchen mit Mehl im Gesicht und Teig auf den Kleidern, die vergnügt jede einen riesigen Pfannkuchen mampften.
»Den haben wir selbst gemacht«, verkündete Kelly stolz.
»Ihr ganz allein?«, fragte Sven.
»Barbara hat uns gezeigt, wie es geht. Und auch manchmal geholfen.«
»Du hast sie doch wohl nicht allein an den Herd gelassen?«, fragte Sven besorgt.
»Ich stand ja die ganze Zeit dabei,« meinte Barbara. Auch auf ihren Sachen hatte die Pfannkuchenbäckerei ihre Spuren hinterlassen. »Willst du auch einen? Es ist noch genug da, wir brauchten viel Teig zum Üben.«
»Ja, gut. Und danach machen wir euch zwei Dreckspatzen sauber.« Er grinste Barbara an. »Oder sollte ich sagen, euch drei? Und dann schauen wir uns den großen Martinszug in der Stadt an, ich habe extra Laternen besorgt, eure eigenen sind ja zu Hause.«

Der Martinszug war wunderschön gewesen – Hunderte von Kindern mit bunten Laternen, ein stattlicher Mann auf einem Schimmel vorweg, und zum ersten Mal hatte Barbara eine Mantelteilung sehen können. Als Kind war sie immer

viel zu klein gewesen, um mitzubekommen, wie Martin seinen präparierten roten Mantel mit dem Holzschwert mitten durch teilte und eine Hälfte dem Bettler gab.
Danach war Heyer mit ihnen beim Polizeipräsidium vorgefahren und hatte Donna und Kelly in der Kriminalwache singen lassen. Sie hatten eine ganze Tüte Süßigkeiten von den Beamten dort bekommen.
Jetzt war Barbara zum ersten Mal in Svens Wohnung. Sie war ähnlich karg wie ihre; so etwas hatte sie schon öfter gesehen: bei fast allen geschiedenen Kollegen. Es fehlte einfach die Zeit und das Geld, sich einzurichten.
Sven war dabei, die beiden Kinder ins Bett zu bringen. Sie hatten ein eigenes kleines Zimmer bei ihm. Eine halbe Stunde lang hörte sie die Unterhaltungen der drei, die Geräusche beim Zähneputzen, das Kichern, als er versuchte, Kelly ihren Schlafanzug anzuziehen. Jetzt war es ruhiger.
»Sie möchten, dass du ihnen noch gute Nacht sagst.« Sven war leise ins Wohnzimmer gekommen, und Barbara zuckte zusammen.
»Ich?«
»Ja, sicher. Geh nur.«
Sie stand auf und ging in das Kinderzimmer. Es war wirklich winzig, das Haus stammte aus der Zeit, als für Kinder weniger Raum vorgesehen war als für einen Hundezwinger. Es gab ein Etagenbett, eine kleine Kommode und ein Regal mit Spielzeug – viel mehr Platz war nicht da.
Barbara ging zu dem Bett. Donna lag oben, Kelly unten. Zwei frisch gewaschene Kindergesichter. »Gute Nacht, ihr zwei.«
»Das mit den Pfannkuchen war toll«, sagte Donna. »Bei Mama dürfen wir nie in der Küche spielen.«
»Können wir das morgen wieder machen?«, fragte Kelly.
»Also … ich glaube, ihr seid morgen wieder bei eurer Mama. Euer Papa muss doch arbeiten.«

»Schade. Gute Nacht.«
»Gute Nacht, Kelly. Gute Nacht, Donna. Schlaft gut.«
Barbara ging leise aus dem Zimmer und löschte das Licht. Sven wartete im Flur. »Soll ich die Tür einen Spalt auflassen?«, fragte sie.
Er schüttelte den Kopf. »Nein. Sie sind daran gewöhnt, dass sie zu ist.«
Sie gingen zurück ins Wohnzimmer. »Die beiden mögen dich.«
»Ich habe früher auch die Leute gemocht, bei denen ich die ganze Küche verwüsten konnte. Gut, dass mir das eingefallen ist.« Barbara ließ sich auf die Couch fallen. »Ich behandele Kinder nicht anders als Erwachsene. Ich nehme sie ernst. Ich verstehe auch viel zu wenig von Kindern, um es anders zu machen.«
»Ich finde, du hast es gut gemacht.« Er stand aus seinem Sessel auf und setzte sich neben sie. »Wünschst du dir eigene Kinder?«
Worauf lief diese Frage hinaus? Barbara antwortete nicht sofort, sondern ließ sich einen Moment Zeit. »Nein. Früher nicht und jetzt auch nicht. Immerhin bin ich inzwischen vierzig.«
Sie versuchte, Svens Gesichtsausdruck zu deuten, aber richtig schlau wurde sie nicht daraus. War er erstaunt? Enttäuscht? Oder erwartete er einfach nur eine ausführlichere Erklärung? Sie versuchte es mit der letzten Möglichkeit. »Es ist nicht nur der Job, die Karriere … Ich denke, ich bin einfach nicht dazu geschaffen, mich um ein Kind zu kümmern. Man muss so viel aufgeben dafür. Ich weiß, die meisten Eltern tun es gern, aber ich glaube nicht, dass das auf mich zutrifft. Und dann würde das Kind darunter leiden.«
»Ich kann mir ein Leben ohne Kinder gar nicht vorstellen«, sagte Sven leise. »Das ist so ein unglaublich tolles Gefühl, sie

im Arm zu halten, wenn sie klein sind. Und zu sehen, wie sie sich entwickeln, eigene Persönlichkeiten werden.«

»Reichen dir deine beiden Mädchen nicht?«

»Ich sehe sie doch kaum. Und ich lebe hier allein … Eigentlich hatte ich vor, dir die Wohnung zu zeigen und …« Er lächelte verlegen. »Das ist sehr früh und kommt sehr plötzlich, aber ich dachte … du bist doch ohnehin noch nicht richtig zu Hause in deiner Wohnung. Wir könnten doch …«

»Zusammenziehen?«

»Ja.«

»Das ist wirklich ein bisschen plötzlich. Wir kennen uns doch kaum. Und außerdem …« Barbara suchte vergeblich nach Worten, um ihre Antwort nicht zu hart klingen zu lassen. »Ich weiß nicht, wo ich in ein paar Wochen oder Monaten sein werde. Meine Bewerbungen laufen noch, und ich werde mich auch weiterhin bewerben – ohne Ortsbeschränkung.« Dass sie sich außerdem nicht sicher war, ob sie überhaupt so bald wieder mit einem Mann zusammenleben wollte, verkniff sie sich zu sagen.

»Oh.« Mehr sagte Sven nicht dazu. Doch jetzt war Barbara klar, es war Enttäuschung, die sie eben schon auf seinem Gesicht gesehen hatte. Er wollte wieder eine Familie. Und sie hatte ihm gerade gesagt, dass er sie mit ihr nicht gründen konnte.

»Aber das hast du doch gewusst, Sven. Ich habe damit nie hinterm Berg gehalten, oder?«

»Ich dachte, es würde sich etwas daran ändern, wenn wir …« Er stand plötzlich auf. »Bin ich nur ein Flirt für dich? Ein leicht ausgedehnter One-Night-Stand?

»Nein. Aber ich hatte auch nicht gerade geplant, mich zu verlieben.«

»So, und weil das nicht in deinen Plan passt, wird es eben ignoriert, nicht wahr? Der Plan wird umgesetzt, koste es, was es wolle.« Er begann, im Wohnzimmer auf und ab zu gehen.

Barbara seufzte. »Ich habe drei Jahre hart gearbeitet für diesen Doktortitel. Wie sehen denn deine Pläne für mich aus? Eine Hausfrau, die dir noch ein Kind gebiert?«
Er blieb stehen. »Ich dachte eigentlich, dass wir gemeinsame Pläne machen könnten. Wenn zwei Menschen zusammengehören, tun sie das nämlich. Sie machen gemeinsame Pläne, leben gemeinsam.«
»Bisher war ich nicht besonders begabt darin«, sagte Barbara leise. »Ich kann und will mich nicht darauf verlassen. Ich muss mich auf das verlassen, was ich kann und was ich tun möchte. Und ich möchte als Psychologin und Kriminalistin arbeiten.« Sie versuchte ihn aufzuhalten, als er wieder an ihr vorbeilief. »Ich mag dich, Sven. Ich bin verliebt in dich, und ich bin gern mit dir zusammen. Aber wir kennen uns erst so kurze Zeit, und da willst du, dass wir zusammenziehen? Und dass ich meine Pläne so mir nichts dir nichts ändere und wenn möglich alles für dich aufgebe?«
»Das habe ich doch gar nicht gesagt. Aber du könntest nach einem Job in der Nähe suchen.« Er setzte sich wieder zu ihr aufs Sofa. »Und Kinder ... Na ja, wenn du keine möchtest, dann bleibt es eben bei Kelly und Donna. Es kommt doch nur darauf an, dass wir uns nah sind. Dass wir uns lieben und miteinander verschmelzen ...«
Was für ein Ausdruck. Verschmelzen. Ein einziges Wort, das in Barbara einen Fluchtimpuls auslöste. Aber sie rannte nicht weg, so als könne sie sich damit verraten, wenn sie gleich aufstand und verschwand. »Ist das deine Vorstellung von Liebe?«, fragte sie. »Verschmelzen?«
»Ja, natürlich. Man findet sich, liebt sich, und der eine geht ganz im anderen auf. Du bist die erste Frau seit Michi, bei der ich das Gefühl habe, dass es wirklich klappen könnte.« Er stockte, so als würde ihm in diesem Moment klar, dass er sich geirrt haben könnte. »Siehst du das nicht so?«

»Nein, ganz und gar nicht. Ich bin immer ich, Sven. Zwei autonome Personen treffen sich, teilen zwar vieles miteinander, aber sie bleiben zwei autonome Personen. Und es ist mir sehr wichtig, dass das so ist.«
»Wahrscheinlich hast du nur nie den Mann getroffen …«
In diesem Moment klingelte das Telefon. Sven ging ran. »Ja. Ja, danke.«
»Das war eine Kollegin aus Düsseldorf. Sie wird morgen Jenny Reichert aus Brügge abholen.«
»Hat Jenny ihre Meinung geändert?«
»Zwangsläufig. Jenny hat heute durch großes Glück einen merkwürdigen Verkehrsunfall überlebt, der laut den Kollegen in Brügge durchaus ein Mordanschlag gewesen sein könnte. Sie haben ihr von Christinas Tod erzählt, und das genügte wohl, sie zu überzeugen. Sie hat dann eingewilligt, zurück nach Deutschland zu kommen.«
»Ich sagte ja, dass sie in Gefahr ist …« Barbara setzte sich gerade hin. »Das kann nur Christina Wehlings Mörder gewesen sein.«
Sven hielt inne. »Es hat wohl wenig Sinn, heute Abend noch weiterzureden?«
»Nein, wir müssen warten, bis sie hier …« Barbara brach ab, weil sie merkte, dass er etwas ganz anderes gemeint hatte. Sie stand auf. »Sven, ich glaube, wir haben wohl beide etwas zu verdauen. Ich fühle mich hier sowieso nicht so wohl, wenn die Kinder nebenan schlafen. Ich denke, ich gehe einfach nach Hause. Ich wäre dir dankbar, wenn du ein Taxi rufen könntest.«
»Ja.«
Wenige Minuten später saß Barbara im Taxi und war auf dem Weg nach Hause. Die Erkenntnis, dass sie sich nun besser fühlte, verursachte ihr neues Unbehagen.

5

Als Barbara am nächsten Morgen aufwachte, war das Unbehagen immer noch da. Verdammt, dachte sie. Warum konnte Sven nicht einfach alles laufen lassen und genießen? Musste er sofort ihr ganzes Leben verplanen? Nein, verbesserte sie sich, unser Leben.

Sie hatte keine große Lust, darüber nachzudenken, vor allem, weil sie bei der ganzen Sache ein schlechtes Gewissen plagte, und das ärgerte sie gewaltig. War sie egoistisch und trampelte auf Svens Gefühlen herum? Aber was war mit ihren Gefühlen? War das immer noch so, dass eine Frau in Jubel ausbrechen musste, wenn ein Mann sie zur Mutter seiner Kinder machen wollte?

Der Fall nahm sich ebenso trostlos aus. Ohne großen Elan wühlte sie den Stapel Akten noch einmal durch. Bei den Grigoleit-Akten blieb sie hängen. Wieder las sie sie durch, jede Aussage, jeden Bericht. Und wieder nahm sie sich die Obduktionsberichte der beiden Leichen vor, die man gefunden hatte.

Sie trugen mehrere Unterschriften, was üblich war. Der obduzierende Mediziner hatte unterschrieben und der Leiter der Gerichtsmedizin, dann die Zeugen, ein Staatsanwalt und ein Polizist. Seltsam war nur, dass bei einem so spektakulären Fall nicht der Chef persönlich die Sektion vorgenommen hatte. Vor Gericht war er es aber gewesen, der ausgesagt hatte, Barbara sah extra noch einmal nach, um sich zu vergewissern.

Sie rief Leiß an. »Ich weiß, Sie waren damals schon pensioniert, aber so gut, wie Sie auf dem Laufenden waren … Wissen Sie eigentlich, warum dieser Professor Held die Obduktion nicht selbst durchgeführt hat?«
»Hat er nicht? Ich war eigentlich immer der Meinung.«
»Nein, ein Dr. Brandel hat es gemacht.«
»Ich dachte immer, der hätte nur assistiert«, murmelte Leiß.
»Also, der Bericht sagt etwas anderes. Möglicherweise war Prof. Held nicht die ganze Zeit anwesend«, meinte Barbara.
»Fragen Sie Brandel doch einfach.«
»Ihn fragen?«
»Ja. Er ist Helds Nachfolger, und glauben Sie mir, jeder bei der Polizei war glücklich darüber. Held wusste grundsätzlich alles besser und hielt sämtliche Polizisten für Idioten.«
»Und Sie meinen, ich kann da einfach so anrufen?«
»Sicher.«
»Ja, dann danke schön.«
»Gern geschehen. Wenn Sie etwas herausbekommen, lassen Sie es mich doch wissen, oder?«
»Versprochen.«
Kaum hatte sie aufgelegt, klingelte ihr Telefon. Sie fürchtete fast, es könne Sven sein, aber es war eine Frau, deren Stimme ihr im ersten Moment fremd war.
»Hallo, Frau Pross. Hier ist Silke Wagner. Ich rufe an wegen der Beerdigung. Christinas Leiche ist freigegeben, wir wollen sie morgen begraben.«
»So schnell?«, fragte Barbara.
»Wir haben schon alles vorbereitet, seit wir wissen, dass sie tot ist. Es konnte ja keiner ahnen, dass es so lange dauert, bis wir sie beerdigen können. Wissen Sie, dass Jenny zu uns kommt?«
»Ich hörte davon.«
»Mein Mann ist mitgefahren. Die belgische Polizei sagte, sie

sei nach wie vor nicht kooperativ.« Silke Wagner betete diesen Satz herunter, als hätte sie ihn auswendig gelernt. »Mein Gott, dem Kind muss doch etwas daran liegen, dass ihre Entführung aufgeklärt wird.«

»Aber sie wird doch mit hierher kommen?«

»Ja. Wahrscheinlich hat sie furchtbare Angst.« Silke Wagner stockte. »Ich habe auch Angst, Frau Pross. Sie ist mir doch völlig fremd …« Sie sprach weiter, als erwarte sie nicht einmal einen Kommentar. »Die Beerdigung ist morgen Nachmittag um 15.00 Uhr auf dem Unterbacher Friedhof. Sie können es nicht verfehlen, es gibt nur einen Friedhof da. Auf eine kirchliche Feier haben wir verzichtet, Christina war nicht religiös erzogen. Werden Sie kommen?«

»Ja, Frau Wagner, ich werde da sein.«

Der Gerichtsmediziner Dr. Brandel war ein wirklich unkomplizierter Typ. Er hatte Barbara vorgeschlagen, am nächsten Tag in der Mittagspause zu kommen. Barbaras Magen hatte sich bei dem Gedanken zwar umgedreht – nicht nur einmal hatte sie mit einem Pathologen in der Gerichtsmedizin picknicken müssen –, doch ihr war die Sache zu wichtig.

Glücklicherweise erwartete Brandel sie am Eingang. Er war ein kleiner, drahtiger Mann mit einem runden, fast kahlen Schädel und vielen Lachfalten um die Augen. Barbara kannte die Sorte. Sie erzählten sich Metzgerwitze, während sie an einer Leiche herumschnitten. Brandel schleppte sie dann in ein gutbürgerliches Lokal in der Nähe.

»Ja, ich habe die Sektionen damals gemacht. Held hat nicht einen Schnitt dazu beigetragen. Ich glaube, der war auf einer Tagung.« Brandel teilte mit einem einzigen präzisen Schnitt den Knochen von seinem Kotelett ab.

»Aber er hat den Bericht unterschrieben. Nur, weil er der Leiter war?«

»Ja. Aber auch, weil wir unterschiedlicher Meinung waren.« Barbara, die sich einen Salat bestellt hatte, ließ die Gabel sinken. »Unterschiedlicher Meinung worüber?«
»Nun, die ältere der beiden Leichen war bereits zu verwest, um Aussagen darüber zu machen. Aber die andere war relativ frisch. Und ich hatte in ihren Haaren Reste einer Wasserpflanze gefunden.«
»Wie eindeutig war das?«
»Ganz eindeutig. Gartenteiche sind ein Hobby von mir. Und ich kenne mich mit Wasserpflanzen aus. Dies war eine.«
»Und Held stritt das ab?«
»Nein.« Brandel schob sich Rosenkohl in den Mund. Barbara musste warten, bis er heruntergeschluckt hatte. »Held meinte, das würde die Ermittler nur verwirren. Sie hatten den Mörder auf frischer Tat ertappt, also warum noch unnötige Fragen aufkommen lassen?«
»Zum Beispiel, warum die Leiche im Wasser gelegen hatte?«
»Zum Beispiel.« Brandel orderte mit einer Handbewegung ein zweites Bier. »Ich stand damals kurz vor dem Rausschmiss, weil ich Held zu widersprechen wagte. Und wenn man eine Familie zu ernähren hat, überlegt man sich das schnell. Ich habe die Wasserpflanze herausgestrichen, und Held hat abgezeichnet.« Der Kellner brachte das frische Bier, und er nahm einen tiefen Schluck. »Würden Sie mir denn auch verraten, weshalb Sie so interessiert sind an dem Fall?«
»Weil ich denke, dass Grigoleit unschuldig ist.« Barbara erzählte Brandel, was sie bisher herausgefunden hatte. »Und deshalb glaube ich«, schloss sie, »dass ein gefährlicher Serienmörder immer noch frei herumläuft.«
Brandel atmete tief durch. »Wenn dem so ist – und Ihre Ausführungen sind ja recht überzeugend –, dann war es ein schwerer Fehler, Held nachzugeben, nicht war?«

»Nun, die Polizei hat ja auch nicht gerade nach Beweisen gesucht, die Grigoleit hätten entlasten können.«
»Könnten Sie Grigoleit nicht fragen, wo er die Leichen gefunden hat?«
Barbara seufzte. »Ich fürchte, von ihm werden wir keine Antworten bekommen. Sagen Sie, wären Sie bereit, eine Aussage zu dieser Manipulation zu machen?«
Brandel sah sie nachdenklich an. »Meine Unterschrift steht genauso unter dem Bericht wie Helds. Ich fürchte, das kann ich mir nicht leisten. Tut mir Leid.«
»Ja, ich verstehe.«
Er wollte seinen Ruf nicht aufs Spiel setzen, aber immerhin schien ihm das peinlich zu sein. »Hören Sie, wem wäre damit geholfen? Grigoleit? Wichtig für Sie ist doch nur die Information an sich, oder? Denn Sie wollen doch diesen Mörder finden.«
»Ja, schon gut, Sie haben Recht. Ich bin Ihnen ja dankbar, dass Sie es mir überhaupt gesagt haben.«
Brandel und Barbara verließen das Lokal, ohne zu bezahlen. »Ich habe hier einen Deckel«, erklärte er. Draußen auf der Straße verabschiedeten sie sich. »Außer in der Sache mit dem getürkten Obduktionsbericht werde ich Sie auf jede erdenkliche Art und Weise unterstützen. Ich habe auch Freunde bei der Kriminaltechnik, wenn so etwas anfällt.« Brandel schien es sehr wichtig zu sein, ihr das zu sagen.
»Ja, danke. Meine Freunde bei der Polizei kann man an einer Hand abzählen. Ach … eine Sache könnten Sie mir noch erzählen. Wie war das mit den Spuren von Gewalteinwirkung bei Christina Wehling?«
»Ein paar Freunde haben Sie offensichtlich doch bei der Polizei.« Brandel lächelte. »Ich hatte keine Zeit, mich sofort darum zu kümmern. Die Obduktion wurde von einem Kollegen gemacht, der es auf meinen Posten abgesehen hat. Und

bei ihm pflege ich immer gründlich nachzukontrollieren. Dieses Mal hatte er stümperhafte Arbeit geleistet – was nicht üblich ist.«

»Unter anderen Umständen hätte er diese Spuren sofort gesehen?«

»Nun ja, ein Laie hätte sie nicht erkannt. Aber ein praxiserprobter Gerichtsmediziner schon. Der Kollege hatte wohl einen schlechten Tag. Die Freigabepapiere waren schon unterzeichnet, fast wäre es zu spät gewesen.«

»Dann war es ja wirklich ein Glück, dass Sie eingegriffen haben«, sagte Barbara.

»Ja.« Er lächelte. »Ich hatte natürlich ganz persönliche Gründe dafür.«

»Danach fragt ja niemand mehr.«

»Ich habe Beweise für einen Mord gefunden. Aber nach dem, was ich gehört habe, tut sich nicht allzu viel bei den Ermittlungen. Die hängen alle ihre Kräfte zurzeit in den Fall des vermissten Mädchens. Da ist ja auch noch ein bisschen Hoffnung.«

»Glauben Sie das wirklich?«, fragte Barbara kühl.

»Nein, nicht wirklich. Aber bei Kindern wünscht man sich immer, dass sie noch leben. Mir graut vor dem Tag, an dem ich die Kleine auf dem Obduktionstisch liegen habe. Ich wünsche Ihnen viel Glück bei Ihrem Fall. Ziehen Sie den Mörder aus dem Verkehr.« Und damit war er fort.

Barbara fuhr nach Hause und überlegte, ob sie Sven anrufen sollte, aber der Gedanke behagte ihr nicht. Zu viel stand zwischen ihnen seit dem denkwürdigen Gespräch in seiner Wohnung. Glücklicherweise blieb ihr nicht mehr allzu viel Zeit, zu Christinas Beerdigung zu gehen. In aller Eile zog sie sich dunkle Sachen an und fuhr nach Unterbach.

Die kleine Leichenhalle war voll besetzt, vor allem, weil sich

etliche Fotografen und Reporter im hinteren Bereich drängten. Die Angehörigen waren unter ständiger Beobachtung. Solange die Feier noch nicht begonnen hatte, wurde jede Regung auf Fotos festgehalten. Als Barbara durch die Tür kam, gab es ein oder zwei, die ihre Kameras auch auf sie richteten, und ein Tuscheln ging durch den Trupp. Barbara seufzte. Leider hatten noch nicht alle in Düsseldorf ihr Gesicht vergessen, das nach dem Rottländer-Fall mehr als einmal die Titelseiten der Boulevard-Blätter geziert hatte. Sie suchte sich einen Platz in der Mitte – weit genug weg von den Fotografen, aber nicht zu nah an der Familie.
Barbara hasste es, die Beerdigungen der Opfer besuchen zu müssen. Die Konfrontation mit dem Leid der Angehörigen war hier besonders aufreibend. Silke Wagner wirkte völlig apathisch, Lutz Wagner finster und verschlossen. Neben den beiden saß ein blondes Mädchen mit einem breiten knallroten Streifen im Haar, das Gesicht voller Piercings. Sie trug zwar Schwarz, doch die zerfetzten Jeans, das bauchfreie Top und die Lederjacke machten sie zum vollkommenen Fremdkörper hier. Jenny Reichert.
So eine Dummheit, Jenny in aller Öffentlichkeit zu präsentieren, dachte Barbara. Die Orgel begann zu spielen, und Barbara hatte Zeit, sich umzusehen. Sie kannte niemanden.
Die Feier war kurz, ein professioneller Trauerredner hatte sich sein Geld schnell verdient. Am Grab gab es keine Reden mehr. Der Sarg wurde hinuntergelassen, die Trauergäste warfen ihre Blumen und Erde hinab und patrouillierten an Silke und Lutz Wagner vorbei, um ihr Beileid zu bekunden.
Jenny stand abseits. Wenigstens das, dachte Barbara. Sie reihte sich nicht in die Schlange ein und ging direkt zu Jenny.
»Ich halte es für keine gute Idee, dass Sie hier sind. Die Presse macht Fotos, und irgendein Reporter könnte auf die Idee

kommen zu fragen, wer Sie sind. Und Sie vielleicht erkennen.«

»Wer sind Sie überhaupt?«, fragte Jenny mürrisch.

Noch bevor Barbara antworten konnte, kam Lutz Wagner zu ihnen. Der letzte Trauergast hatte seine Hand geschüttelt, und seine Frau stand immer noch wie versteinert am offenen Grab, gestützt von einem älteren Mann.

»Jenny, das ist Barbara Pross. Sie hat Christina gefunden. Wir sind ihr zu Dank verpflichtet.«

»Ich sagte gerade, dass es nicht sehr klug ist, Jenny hier öffentlich zu präsentieren«, sagte Barbara.

»Das haben wir ihr auch gesagt, aber sie ließ sich nicht davon abbringen. Ein ganz schöner Dickkopf, unsere Kleine ...«

»Ich bin nicht deine Kleine.« Jenny wandte sich ab und ging den Weg zum Ausgang des Friedhofs hinunter.

»Wir haben der Presse gesagt, wir hätten ein Pflegekind aufgenommen. Ich denke, sie haben es geschluckt. Es ist so eine schöne, rührselige Geschichte. Eltern, die zwei Kinder verloren haben, kümmern sich um einen Sozialfall ...«

»Ich würde mich nicht darauf verlassen.« Barbara missfiel das merkwürdige Grinsen, das Wagner zeigte. »Gerade die Boulevard-Geier sind alles andere als blöd oder phantasielos. Und Jenny könnte auch hier in Gefahr sein. Sie sind sich doch darüber im Klaren, dass der Mörder Christinas hinter dem Anschlag gegen sie steckt?«

»So, wie sie dort gelebt hat, könnte es auch ein Dutzend anderer Gründe geben, sie umzubringen.«

»Hat sie eigentlich schon ausgesagt? Oder lässt man ihr Zeit damit?«

Wagner zuckte hilflos die Schultern. »Wir haben keine Wahl. Sie weigert sich strikt, irgendetwas zu ihrer Verschleppung zu sagen. Immerhin behauptet sie nicht mehr, ein belgisches Waisenkind zu sein.«

»Dann hätte es ja auch keinen Grund gegeben, sie aus Brügge herauszuholen«, meinte Barbara trocken. »Dumm ist sie offensichtlich nicht.«
»Nein, bestimmt nicht.« Lutz Wagner lächelte viel sagend. »Das Milieu, in dem sie gelebt hat, hat seine eigenen Regeln, was Schweigen und Reden und die Zusammenarbeit mit der Polizei betrifft. Vielleicht erkennt sie ja, dass diese Regeln hier nicht gelten, und macht doch noch den Mund auf.« Wagner wandte sich um. »Ich muss mich jetzt um meine Frau kümmern.«
Barbara fühlte sich doch gedrängt, Silke Wagner noch die Hand zu schütteln.
»Darf ich vorstellen, Barbara Pross, Rechtsanwalt Dr. Kamphausen, mein Chef«, machte Lutz Wagner sie mit dem älteren Herrn bekannt, der neben seiner Frau stand. In Barbaras Kopf machte es beim Namen Kamphausen deutlich »Klick«: Kamphausen hatte Heiner Grigoleit verteidigt – und offensichtlich hatte er keinen Interessenskonflikt darin gesehen, dass eines der angeblichen Opfer die Tochter seines Mitarbeiters war.
Kamphausen nickte ihr freundlich zu. Schweigend gingen sie über den Friedhof zum Ausgang, wo Jenny bereits wartete. Dort verabschiedete Barbara sich. »Noch etwas, Herr Wagner. Gehen Sie zur Polizei wegen Jenny. Viel können die zwar nicht tun, aber sie können wenigstens ein Auge auf Ihr Haus haben.«
»Glauben Sie mir, Frau Pross, Jenny ist bei uns bestens aufgehoben, wir passen gut auf sie auf. Wir sind doch froh, sie wieder bei uns zu haben.« Er drückte ihr zum Abschied die Hand und ging zu seinem Auto, das auf dem kleinen Parkplatz stand.
Hoffentlich irrst du dich da nicht, dachte Barbara, bevor auch sie in ihr Auto stieg und losfuhr.

Auf der Rückfahrt entschied Barbara, direkt nach Moers zu Leiß zu fahren. Zwar wäre es an der Zeit gewesen, Sven von dem gefälschten Obduktionsbericht zu erzählen, aber Barbara ging ihm vorerst lieber aus dem Weg. Sie fand Leiß im Gemeinschaftsraum der Seniorenwohnanlage beim Skatspielen.
»Es gibt also etwas Neues«, begrüßte er sie. Sie nickte.
»Meine Herren, es tut mir Leid, aber ich habe etwas zu erledigen. Vielleicht steigt Frau Laufen als dritter Mann ein.« Die anderen beiden Alten protestierten heftig, aber Leiß war unerbittlich.
»Wollen die beiden nicht mit einer Frau spielen?«, fragte Barbara.
»Mit einer Frau schon, aber nicht mit einer, die besser spielt als sie.« Leiß kniff ihr vergnügt ein Auge. »Magda Laufen muss hier beim Pfennig-Skat schon ein Vermögen gemacht haben. Also, was ist los? Hat Brandel etwas Interessantes erzählt?«
»Und ob. Die frischere Leiche hatte eindeutig im Wasser gelegen. Er hatte Spuren einer Wasserpflanze in ihrem Haar gefunden, aber Prof. Held zwang ihn, das wieder herauszustreichen, um die Polizei nicht zu verwirren.«
»Dieser verdammte ...« Leiß verkniff es sich. »Ertränkt worden sind die Mädchen nicht, das hätte niemand vertuschen können. Jemand hat sie also im Wasser abgelegt.«
»Und Grigoleit hat sie gefunden, weggebracht und begraben. Ist da in der Nähe eigentlich Wasser?«
»Schauen wir mal auf den Stadtplan.«

Sie gingen hinauf in Leiß' Apartment.
»Etwa hier ist der Fundort.« Leiß deutete auf die Stelle in Baerl, die Grundemann Barbara gezeigt hatte. »Da ist der Rhein ...«
»Ich kann mir nicht vorstellen, dass man sie im Rhein abge-

legt hat. Richtig hineinwerfen ja, aber am Ufer abgelegt? Und wäre Grigoleit so weit gegangen – noch dazu über offenes Gelände?«

»Hmm.« Leiß' Brummen hatte etwas Zustimmendes.

»Was ist mit diesen Seen?«, fragte Barbara.

»Der Waldsee im Baerler Busch ist zu weit weg. Und der Lohheidersee eigentlich auch. Er hätte sie durch Wohnbebauung schleppen müssen.«

»Hier ist auch noch etwas eingezeichnet.« Barbara setzte ihren Finger auf einen winzigen blauen Fleck. »Das könnte fast noch das Wäldchen sein, in dem Grigoleit hauste. Grundemann meinte, es sei größer, als man aufgrund der geringen Breite vermuten würde.«

»Ja, das könnte es sein. Aber es könnte natürlich auch ein winziger Tümpel sein, in dem die Leiche ganz kurz gelegen hat. Kommen Sie mit.«

»Wohin?«

»Heinrich Siepen war Bauer in Binsheim. Der kennt sich da aus – der kannte sogar Grigoleit. Wir sollten ihn fragen.«

Die Befragung Siepens erwies sich als schwierig. Heinrich war stocktaub, weigerte sich aber, ein Hörgerät zu tragen, weil er seiner Meinung nach noch nicht alt genug dafür war, wie Leiß Barbara erklärte. Die einzige Chance war, ihm irgendein Stichwort zu geben und zu hoffen, dass er das Richtige erzählte.

»Hein, im Wäldchen oberhalb des Woltershof, gab es da Wasser?«

»Wasser am Woltershof? Ja, der stand doch fast jedes Jahr unter Wasser.«

»Und das Wäldchen?«

»He?«

»Der Wald?«

»Ne, der nich. Der war ja hinterm Deich.«
Jetzt versuchte es Barbara. »Herr Siepen, gibt es da einen Teich?«
»Da sind Eichen, aber auch viele Buchen.«
»Und ein See?«
»Meinen Se dat Biotop?«
»Ist das ein See?« Barbara schrie fast, und eine Pflegerin steckte den Kopf durch die Tür.
»Alles in Ordnung?«, fragte sie.
»Ja, ja, gehen Sie schnell wieder.« Siepen stand als alter Querkopf mit dem Personal nicht auf bestem Fuß. »Was wollten Sie wissen?«, wandte er sich wieder an Barbara.
»Ob das Biotop ein See ist.« Sie hatte leiser gesprochen, aber Siepen hatte sie verstanden.
»Nur ein Teich. Dat ist Privatbesitz, da kam nie einer hin, war immer en Zaun drum, schon seit den frühen Sechzigern. Aber wir kannten den natürlich von früher. Da ham wir schon als Kinder Froschlaich geholt un so. Der war schon immer ganz zugewachsen, ja. Und dann kam der Zaun drum. Irgendjemand hat mal erzählt, dat wär jetz en Biotop.«
Barbara sah Leiß an, der nickte. »Danke, Hein, du hast uns sehr geholfen.«
»Und nun?«, fragte Barbara, nachdem sie wieder draußen waren.
»Ich weiß, dass Sie am liebsten gleich mit mir losfahren würden, aber wir können nicht so einfach da rumlaufen, wenn das abgesperrt ist – Privatgelände wahrscheinlich. Wie wäre es, wenn Sie Ihren Freund Heyer anrufen würden?«
Barbara zögerte. Leiß hob eine Augenbraue. »Haben Sie Streit mit ihm?«
»Ich fürchte, es ist schlimmer. Sehr verschiedene Auffassungen von einer Beziehung.«
»So, das ist also schon eine Beziehung.«

»Ich bin mir da nicht sicher. Er schon.«
»Und Sie würden am liebsten nicht daran rühren, nicht wahr?«
Barbara war erstaunt über Leiß' Scharfsinn und nickte.
»Sie sollten jetzt einfach Job und Privatleben trennen. Wir müssen in diesen Wald.«

Ein wenig mulmig war Barbara schon, als sie Sven anrief, um ihn zu überreden, sie zu dem Teich im Baerler Wäldchen zu begleiten. Doch er verhielt sich absolut professionell. Er meldete zwar leise Zweifel an der Theorie an, dass dort möglicherweise die beiden fehlenden Leichen im Fall Grigoleit zu finden waren, aber offensichtlich kannte er Barbara inzwischen gut genug, um zu wissen, dass sie zur Not auch ohne ihn suchen würde.
Sie verabredeten sich für den nächsten Morgen. Sven holte Barbara ab. »Nehmen wir uns in den nächsten Tagen nochmal Zeit zu reden?«, fragte er, als sie ins Auto stieg.
»Natürlich. Ich will mich nicht drücken, falls du diesen Eindruck bekommen hast. Aber der Fall …«
»Du weißt, ich habe auch noch einen Fall zu bearbeiten.«
»Gibt es etwas Neues in Sachen Jessica?«
Er schüttelte den Kopf. »Wir arbeiten immer noch Hinweise aus der Bevölkerung ab. Ich habe mich für zwei Stunden abgemeldet, oft kann ich das nicht machen.«
»Das ist eine besondere Situation.«
»Ja. Wenn Gerichtsmediziner Berichte türken, ist das ganz sicher eine besondere Situation.«
Sie fuhren nach Moers und holten Leiß ab. Der wirkte wie ein alter Gutsherr in seinen hohen Gummistiefeln und einer Regenjacke. Auch Barbara hatte sich Gummistiefel besorgt. Lediglich Sven musste mit seinen Turnschuhen über den durchweichten Weg gehen.

Nach Barbaras Treffen mit Grundemann in dem Wäldchen hatte es praktisch zwei Tage durchgeregnet. Jetzt hatte es sich etwas aufgehellt, aber immer noch fiel von Zeit zu Zeit ein leichter Nieselregen.

Im Wald spürte man kaum etwas davon. »Warum ist damals dieser Teil des Wäldchens nicht untersucht worden?«, fragte Barbara Sven. »Hast du irgendetwas dazu herausbekommen?«

»Von Wasser war ja nirgendwo die Rede, und Grigoleit erzählte, dass er in diesen Teil des Waldes nie ging – das wurde von anderen bestätigt. Es gab auch schon Absperrungen, um das Gelände in ein Biotop zu verwandeln. Das ist Privatbesitz, im Gegensatz zum Rest vom Wäldchen.«

»Privatbesitz? Wem gehört es denn?«

»Keine Ahnung, danach habe ich nicht gesucht. Kann ich aber noch herausfinden.«

Sie kamen an der Lichtung vorbei, wo Grigoleit die Mädchen begraben hatte, und wenig später an den Platz, an dem seine Hütte gestanden hatte. Wieder beschlich Barbara das unbehagliche Gefühl, dass sie gewöhnlich in Wäldern überkam. Andere mochten den würzig-moderigen Duft der Blätter im Herbst genießen, für Barbara war es der Geruch des Todes. Wie eine Panikattacke leuchtete in ihr kurz die Vorstellung auf, unter jedem höheren Blätterhaufen könnte eine kleine Hand hervorsehen. Sie atmete schneller. Leiß sah sie besorgt an. »Geht es Ihnen nicht gut?«

»Ich fühle mich im Wald nicht wohl. Aber ich kriege das schon in den Griff.«

Sven ging plötzlich neben ihr und überließ Leiß die Führung. Verstohlen nahm er ihre Hand. Sie war ihm dankbar dafür. »Meine Freundin wurde ermordet, als sie zehn war. In so einem Wald«, sagte sie leise.

Er drückte nur ihre Hand ein wenig fester.

»Wir müssen in dieser Richtung durch den Wald«, meinte Leiß. Trotz seines Stockes schritt er kräftig aus. Es gab keinen Weg, nicht einmal einen Trampelpfad, aber glücklicherweise war hier nur wenig Unterholz. Wie Grundemann gesagt hatte, war das schmale Wäldchen sehr lang gezogen. Ein paar Mal waren sie gezwungen, die Richtung zu ändern, und gelangten fast an den Waldrand. Schließlich entdeckte Sven einen ungepflegten, fast schon überwucherten Drahtzaun.
»Da drüben!«, rief er. Leiß und Barbara folgten.
»Gibt es hier ein Tor oder einen Eingang?«, fragte Barbara.
»Danach habe ich nicht gefragt. Wenn es eines gibt, dann nicht hier, denke ich«, meinte Sven. Der Zaun machte einen weiten Bogen und verlor sich dann im Dämmerlicht des dichter werdenden Waldes.
»Ich denke, wir sollten nicht lange suchen.« Leiß griff unter seine Regenjacke und holte eine mittelgroße Schneidezange heraus. »Wenn wir es ordentlich machen, kann der Zaun ganz leicht repariert werden.«
Es brauchte seine Zeit, bis er Draht für Draht durchtrennt hatte, dahinter ging es weiter wie zuvor, die Bäume standen nur noch dichter.
»Irgendwo muss doch dieser Teich sein«, murmelte Barbara. Sie hatte Svens Hand losgelassen, weil sie hintereinander gingen, um so wenig Schaden wie möglich anzurichten. Plötzlich streckte Leiß, der immer noch voranging, seinen Arm aus, um sie zurückzuhalten. Vor ihm breitete sich eine sumpfige Pfütze aus.
»Ist das etwa der Teich?«, fragte Sven.
»Ich denke, es ist ein Teil davon. Gehen wir dort entlang.«
Sie umgingen die Pfütze und wirklich, kurze Zeit später standen sie an einem großen Teich, Barbara schätzte ihn auf etwa dreihundertfünfzig Meter in seiner größten Ausdehnung und etwa hundert Meter an der schmalsten Stelle. Das

Ufer war rundherum dicht bewachsen und sehr feucht und sumpfig. Sven sank mit seinen Turnschuhen so tief ein, dass der Schlamm ihm über den Schuhrand zu laufen drohte. Sie suchten sich ein etwas trockeneres Plätzchen, von dem aus sie den kleinen See gut überblicken konnten.

»Und nun?«, fragte Sven und blickte angewidert auf seine verdreckten Schuhe.

»Ein guter Ort, um Leichen zu verstecken«, sagte Barbara. »Wenn du ein Mörder wärst, wo würdest du sie hier ablegen?«

»Da vorn.« Sven deutete auf eine kleine Einbuchtung, die fast völlig von überhängenden Bäumen verdeckt war. »Hier kommt zwar ohnehin niemand her, aber sicher ist sicher.«

»Ja, das denke ich auch. Fangen wir dort an.«

Sie gingen zu der Stelle und begannen, den Boden abzusuchen. »Es sind überall solch versteckte Buchten und Inselchen«, meinte Leiß. »Wir sollten unsere Zeit nicht verschwenden und uns aufteilen.«

Sven ging rechts herum am Ufer entlang, Leiß untersuchte die erste Einbuchtung, und Barbara ging weiter entgegen dem Uhrzeigersinn um den Teich. Sie stieß auf einen Bach, nicht mehr als ein Rinnsal, das aber in mehreren Armen zum Teich lief. Als sie eines der Inselchen, die dieses armselige Delta bildeten, betrat, knackte plötzlich etwas unter ihren Füßen. Sie bückte sich und sah einen alten Zweig. Beruhigt stieg sie auf die nächste Insel, dann drehte sie sich noch einmal um. Hier war alles feucht. Sie bückte sich nochmals nach dem Zweig, der schlapp und moderig war. Was hatte da geknackt?

Ihre Fußspur war tief eingesunken im feuchten Grund. Sie sah sich jeden Abdruck genau an. Und dann entdeckte sie etwas Weißes, das ganz knapp aus dem Grund eines Abdrucks heraussah. Sie griff danach und zog kräftig, denn es steckte tief im Boden. Dann hielt sie es in der Hand. Ihr Herz begann zu klopfen. Es war ein Knochen, ein abgebrochener Knochen, klein, kräftig …

»Sven, Herr Leiß! Kommen Sie, ich habe hier etwas!«

Die beiden kamen heran.

»Was ist das?«, fragte Sven.

»Ein Knochen. Ich habe ihn hier gefunden, also bleibt besser da stehen.«

Sven runzelte die Stirn. »Darf ich ihn mal haben?«

Barbara reckte sich, um ihn Sven zu geben. Er nahm ihn und zeigte ihn Leiß. »Könnte der nicht von einem Tier sein?«

»Das wäre ein ziemlich großes Tier«, meinte Leiß. »Ich denke, es ist ein Oberschenkelknochen.«

»Wo hast du ihn gefunden?«, fragte Sven.

Barbara deutete auf das Inselchen, das zwischen ihnen lag. »Da in dem zweiten Fußabdruck.«

Sven trat vorsichtig in ihren ersten Abdruck und beugte sich hinunter. Dabei verlor er fast das Gleichgewicht und machte mit dem anderen Bein einen Ausfallschritt. Wieder knackte es laut und deutlich.

»Heb deinen Fuß da raus«, sagte Barbara. Sie machte einen Schritt auf das Inselchen und beugte sich wieder hinunter. In Svens Fußspur war nichts zu sehen, aber sie begann, vorsichtig im Schlamm zu wühlen. Mehrmals griffen ihre Hände in die Spur, dann erschauerte sie, denn sie hatte eine Struktur ertastet, an der entlang sie den Schlamm wegschaufelte. »Rippen«, flüsterte sie.

»Ich glaube das erst, wenn mir jemand bestätigt hat, dass das Menschenknochen sind«, sagte Sven.

Barbara hatte sich wieder aufgerichtet. »Dann grab doch mal etwa da«, sagte sie fast schneidend. Leiß sah sie an und nickte. Mit etwas Glück musste dort der Schädel liegen.

Sven tat, was sie ihm gesagt hatte. Mit bloßen Händen trug

er die schlammige Erde ab. Er musste nicht lange graben. Eine weiß-graue Rundung wurde sichtbar. Sven zitterte, als er das Ding aus dem Schlamm zerrte: ein Kinderschädel. »Gut«, sagte er fast tonlos. »Rufen wir die Spurensicherung.«

Barbara hatte darauf bestanden, am Fundort zu bleiben, bis die Leute eintrafen. Leiß erklärte sich bereit, mit ihr zu warten, und Sven machte sich auf den Weg, um den Leuten entgegenzugehen.

Sie wussten, es würde noch ein Weile dauern, bis die Kriminaltechniker da waren. »Sehen wir uns noch etwas um«, meinte Barbara. Sie gingen gemeinsam nahe am Ufer des Teiches entlang.

Von Zeit zu Zeit blieben sie stehen, und Leiß stocherte mit seinem Stock herum. Allzu weit wollten sie sich jedoch nicht entfernen, und so schlugen sie einen weiten Bogen in Richtung Zaun zurück. Vor dem Zaun hatte sich das Laub verfangen und aufgehäuft. Barbara schluckte. Von einem Moment zum andern war Ina wieder präsent, tot unter dem Laub, nur ihre kleine Hand sah heraus. Sie begann zu zittern.

»Vielleicht sollten wir doch besser zum Auto zurückgehen. Heyer wird das hier schon machen«, sagte Leiß ruhig.

Barbara schüttelte den Kopf: »Ich schleppe das ohnehin schon viel zu lange mit mir herum. Irgendwann muss ich mich dem stellen.« Sie sah zum Fundort, wo der kleine Schädel lag, und wieder auf das aufgehäufte Laub am Zaun. Dann stutzte sie. War da nicht auch etwas Helles, das sich vom dunklen Braun der Blätter abhob?

»Was ist das?«, fragte sie und ging darauf zu. Leiß folgte ihr. Mit langsamen, zögernden Schritten kam Barbara näher heran. Dann blieb sie stehen und starrte auf das Laub. Es war, als wäre das Bild aus ihrer Erinnerung Wirklichkeit geworden. Aus dem Laub ragte eine kleine weiße Faust. Kein Knochen,

eine richtige, vollständige Faust. Von einem Moment zum anderen zitterte Barbara am ganzen Leib. Leiß drängte sich an ihr vorbei und schob mit seinem Stock das Laub in der Nähe der Hand weg. Ein Arm kam zum Vorschein. Dann bückte er sich und suchte nach dem Kopf. Vorsichtig legte er ihn frei. Barbara konnte nicht aufhören, das kleine Gesicht anzustarren, das zum Vorschein kam. Sie kannte es, sie hatte das Foto oft genug gesehen. »Jessica«, flüsterte sie. Und dann schrie sie es heraus: »JESSICA!«
Leiß nahm sie in den Arm und führte sie ein Stück weg. Barbara fühlte sich winzig neben dem großen, schweren Mann. »Wieder zu spät!«, jammerte sie. »Ich bin wieder zu spät.«
Sie begann zu weinen, krampfartig, ohne jede Kontrolle. Leiß hielt sie fest, und er hielt sie noch, als sie sich übergeben musste. »Tut ... tut mir Leid«, presste sie zwischendrin hervor.
»Ist doch nicht schlimm, Kindchen. Besser, Sie lassen alles raus. Und besser jetzt, als wenn es hier gleich von Leuten wimmelt.« Er holte ein großes Herrentaschentuch aus seiner Jacke. »Nicht gebraucht, nur ein bisschen zerknautscht.«
Barbara nahm es dankbar und schnäuzte sich. »Sie haben also Recht behalten«, sagte sie leise.
»Recht womit?«
»Erinnern Sie sich? Als wir uns das erste Mal trafen, sprachen Sie davon, dass auch Jessica das Opfer dieses Mörders sein könnte.«
»Manchmal wäre ich ganz froh, nicht Recht zu behalten«, sagte er leise.
Sie hockten sich auf einen umgefallenen Baumstamm, ab und zu sah Barbara verstohlen zum Zaun hinüber, wo Jessica lag.

Dort saßen sie immer noch, als Sven mit den Kriminaltechnikern eintraf. Barbara stand auf und ging ihnen entgegen. Sie ahnte, dass sie blass und elend aussah.

Sven sah sie erschrocken an. »Ist etwas passiert?«, fragte er.
»Wir haben Jessica Wolter gefunden. Sie liegt da hinten am Zaun unter dem Laub.«
»O Gott.«
Barbara wandte sich an die Leute von der Spurensicherung. »Sie müssen äußerst behutsam vorgehen. Möglicherweise liegen hier die Überreste von zwölf Kindern aus den letzten vierunddreißig Jahren.«
Der Beamte schluckte. »Das ist dann wohl mehr etwas für Archäologen«, versuchte er einen Scherz.
»Sie sollten da drüben am Zaun beginnen. Das ist Jessica Wolter. Sie kann noch nicht lange tot sein.«
»Gut.« Er sprach sich kurz mit seinen Leuten ab, dann wandte er sich wieder an Sven und Barbara. »Wir sind doch hier am anderen Ende des Wäldchens. Wahrscheinlich können wir von der gegenüberliegenden Seite aus viel näher hier heranfahren. Das würde die Sache vereinfachen.«
»Gehen wir außen am Zaun entlang«, meinte Sven. Er sah Barbara nachdenklich an. »Du und Leiß, wäre es nicht besser, ihr fahrt nach Hause? Ich könnte einen Kollegen bitten …«
»Nein. Ich will dabei sein.« Barbaras Stimme klang wieder ganz fest und bestimmt.
»Bist du dir sicher?«
»Ja.«
Sie gingen an der Außenseite des Zauns um den Teich herum. Auf der gegenüberliegenden Seite war tatsächlich ein Tor, das jedoch mit einem dicken Vorhängeschloss gesichert war. »Wollt ihr den Besitzer erst verständigen?«, fragte Barbara.
»Bescheid sagen müssen wir. Aber der Zaun ist nicht so unersetzlich, ich denke, wir sollten durchgehen.«
»Das wird wohl nicht nötig sein.« Der Kriminaltechniker deutete auf einen Strauch nah am Zaun, aus dem ein Stück Draht hing. Sie sahen es sich näher an und entdeckten, dass

der Zaun hier aufgeschnitten war – und zwar offensichtlich schon seit längerer Zeit.
»Diese Stelle sollten Sie gut untersuchen«, sagte Heyer dem Mann. »Schneiden Sie ein weiteres Loch direkt neben dem Tor rein, und lassen Sie dies hier unberührt.«
Sie gingen noch etwa zwei Minuten in Längsrichtung des Wäldchens und kamen dann an einen Feldweg, der kurz darauf in eine Straße mündete. »Holen wir die Wagen hierher.« Heyer seufzte. »Noch ein Marsch, aber diesmal wenigstens auf der Straße.«

Es dauerte fast eine Stunde, bis die Autos ans hintere Ende des Wäldchens gebracht und dann die Ausrüstungsgegenstände der Spurensicherung an den Teich geschafft worden waren. Man hatte zusätzliche Beamte herbeordert, die die erfahrenen Kriminaltechniker unterstützen sollten – die Funde wegtragen und wegfahren etwa. Hier vor Ort wurde jeder Fachmann gebraucht, und bald traf auch Verstärkung vom LKA ein, die Grundemann wohl angefordert hatte.
Bis zum frühen Nachmittag hatten sie noch fünf weitere Skelette geborgen, meist im verschlammten Uferbereich des Sees. Offensichtlich hatte der Täter seine Opfer hier abgelegt, ohne sie zu vergraben, er hatte sie allenfalls mit Laub bedeckt. Im Laufe der Zeit waren sie tiefer in den morastigen Boden gesackt.
Seit der Mittagszeit hatte nicht sehr starker, aber stetiger Schnürregen eingesetzt. Nach und nach waren alle Beteiligten völlig durchnässt. Einer der uniformierten Beamten war zum Kaffeeholen abkommandiert worden – eine lebenswichtige Aufgabe, fand Barbara, die entsetzlich fror. Aber wenigstens waren ihre Füße trocken.
Während Barbara neben einer neuen Fundstelle stand und dem leitenden Kriminaltechniker Max Erhard vom LKA

zusah, wie er das Skelett freilegte, gellten Rufe von der anderen Seite des Teiches herüber. Barbara machte sich auf den Weg dahin, aber Sven kam ihr entgegen. »Das solltest du dir besser nicht ansehen«, meinte er.
»Warum?«
»Es dürfte Annika Mohr sein, die letztes Jahr verschwunden ist. Kein schöner Anblick.«
Barbara wollte protestieren, aber dann überlegte sie es sich anders. »Du hast Recht. Ich muss mir nicht alle genau ansehen.«
»Willst du nicht doch nach Hause fahren?«
Leiß hatte sich vor zwei Stunden zurück nach Moers bringen lassen. »Ich bin zu alt, um hier nützlich zu sein, und eine Lungenentzündung könnte mich umbringen«, hatte er gesagt. »Ich habe genug gesehen.«
Das Skelett, bei dessen Freilegung Barbara eben noch zugesehen hatte, war in einen Sack gepackt worden und wurde jetzt abtransportiert. Max Erhard begleitete den Transport und schwenkte eine kleine Tüte, als er an Barbara und Sven vorbeikam. »Dieses Armband haben wir bei ihr gefunden.«
»Darf ich mal sehen?«, fragte Barbara.
Es war ein kleines Silberarmband, jetzt ganz schwarz, an dem viele emaillierte Wappen hingen. Barbara hatte als Kind auch so eines besessen. Wo immer sie mit ihren Eltern hinkam, wurde ein weiteres Wappen gekauft und an dem Armband befestigt. Es war nachher ganz schwer, sodass sie es nicht mehr gern getragen hatte. Dieses hier war noch nicht so übervoll. Die Wappen waren noch gut zu erkennen: Krefeld, Düsseldorf, Obersdorf und Cuxhaven. »Das gehörte Katja Rose. Ich kenne es aus den Akten.«
»Katja Rose also?« Erhard notierte den Namen auf einem Zettel und heftete ihn an den Sack. »Eine Identifizierung weniger.«

Barbara sah Sven an: »Meinst du, ich könnte das Armband ein, zwei Tage haben? Ich würde es gern mit zu den Roses nehmen. Es ist nur fair, wenn sie von mir erfahren, dass ihre Tochter gefunden wurde.«

»Nun, es ist ein Beweisstück ...«

Erhard zuckte die Schultern: »Wenn hier wirklich zwölf Leichen liegen, dann braucht die Identifizierung ihre Zeit. Was macht das, wenn das Ding ein paar Tage weg ist?«

Sven nickte. »Gut, dann nimm es. Die Kollegen sind wahrscheinlich ganz froh, wenn sie eine Familie weniger haben, die sie benachrichtigen müssen.«

»Sie können es ruhig aus der Tüte nehmen, wenn Sie wollen«, sagte Erhard. »Fingerabdrücke sind da bestimmt keine mehr drauf.« Dann ging er hinüber zu der Stelle, wo Annika Mohr gefunden worden war. »Fotografiert diese Lochmuster! Ich will präzise Aufnahmen davon, so, wie sie da liegt.«

»Grundemann wird fluchen«, sagte Sven leise. »Jetzt ist es offensichtlich, dass Grigoleit unschuldig ist. Sowohl Jessica Wolter als auch Annika Mohr tragen dieselben Stricknadelmuster wie Grigoleits angebliche Opfer.«

»Wo ist Grundemann eigentlich?«, fragte Barbara.

»Er wollte längst da sein. Hoffentlich hat die Presse noch keinen Wind hiervon gekriegt.«

»Bestimmt nicht. Dann würde es von Reportern nur so wimmeln.«

Barbara deutete auf einen uniformierten Beamten. »Könnte mich einer von denen nach Hause fahren? Ich friere entsetzlich. Ich kann einfach nicht mehr.«

»Ja, mach das.« Sven winkte einen jüngeren Beamten heran, der offensichtlich ganz froh war, dass er diesen grauenvollen Ort verlassen konnte.

»Davon werde ich sicher noch träumen«, meinte er.

Für Barbara war es einfach nur ein Albtraum mehr.

Der Beamte hatte sie zu Hause abgesetzt. Unschlüssig stand Barbara vor der Tür. Frau Reimer kam gerade vom Einkaufen mit einer Tüte vom Mehrmarkt.
»Tag, Frau Pross«, begrüßte Frau Reimer sie. »Stellen Sie sich vor, gerade im Mehrmarkt, da hat die Polizei die Frau Wolter abgeholt.«
Barbara nickte. Morgen würde es ohnehin in allen Zeitungen stehen, deshalb antwortete sie: »Ja. Die kleine Jessica wurde tot aufgefunden.«
»Mein Gott …« Frau Reimer war ehrlich erschüttert. Erst jetzt schien sie Barbaras Aufzug zu bemerken, die völlig durchnässte Jacke und die Schlammspritzer bis in die Haare hinein. »Was ist denn mit Ihnen passiert?«
»Da, wo sie gefunden wurde, war es recht schlammig«, meinte Barbara.
»Ach, Sie waren dabei? Furchtbar, nicht?«
Barbara nickte nur. Plötzlich hatte sie keine Lust mehr, nach oben zu gehen. Ihre Hand in der Jackentasche umklammerte das kleine Wappenarmband. In der anderen Tasche war ihr Autoschlüssel. »Ich muss nochmal weg«, sagte sie zu Frau Reimer und ging zu ihrem Auto.
»Ziehen Sie sich doch erst etwas Trockenes an …«, rief Frau Reimer hinter ihr her, aber Barbara achtete nicht auf sie.

Wenig später fuhr sie auf der A 59 Richtung Süden, auf dem Weg nach Krefeld. Sie wollte den Roses die Nachricht so schnell wie möglich überbringen. Langsam wurde es warm in ihrem Wagen. Sie fuhr viel zu schnell, aber das interessierte sie nicht. Sie bog am Ende der Autobahn rechts ab. Ein paar Mal schon war sie hier in der Rheinaue gewesen, einem sehr schönen Fleckchen in Duisburg. Doch jetzt hatte sie keinen Blick dafür. Vor ihr tauchte das Schild »B 8 Düsseldorf« auf. Und statt geradeaus zu fahren, um zur Uerdinger Rheinbrücke zu kommen, bog sie rechts ab. Sie wusste jetzt, wohin sie wollte. Sie wollte zu Thomas.

Mitten im Berufsverkehr dauerte es eine Weile, bis sie nach Pempelfort kam. Sie war so langsam vorangekommen, dass es im Wagen schon wieder kühl wurde. Einen Parkplatz in der Nähe fand sie auch nicht. Die Kälte war in ihre nassen Sachen gekrochen, als sie vor Thomas' Tür ankam.

Sie klingelte. Keine Antwort. Noch einmal. »Ja?«, fragte Thomas durch die Sprechanlage.

»Ich bin's.« Barbara wusste, es war nicht nötig, ihren Namen zu sagen. Der Türöffner brummte.

Er erwartete sie oben an der Tür. Sie hatte vermutet, dass er wieder geschlafen hatte, aber er machte einen munteren Eindruck.

»Störe ich?«, fragte Barbara.

Er schüttelte den Kopf. »Ich habe geschrieben, aber eine Pause wird mir gut tun.« Dann sah er sie genauer an. »Mein Gott, du musst raus aus diesen nassen Klamotten!«

Barbara antwortete nicht, sie stand immer noch in der Tür. Langsam zog sie ihre Hand aus der Tasche und gab ihm das Armband.

Er betrachtete es lange. »Ihr habt sie also gefunden …«

Sie nickte. »Und acht andere – bis es dunkel wurde.«

Er sagte nichts, atmete nur tief durch. »Wusstest du, dass meine Eltern ihr das Armband geschenkt haben?«

Barbara reagierte nicht, und er schüttelte plötzlich energisch den Kopf: »Jetzt komm doch endlich herein.«

Er nahm ihre Hand und zog sie durch die Tür. Barbara war immer noch wie erstarrt. »Ich habe Jessica Wolter gefunden«, flüsterte sie. »Sie ist tot. Ich kam zu spät.«

Jetzt wollten die Tränen nicht kommen. Sie stand nur einfach da und ließ zu, dass Thomas ihr die nasse Jacke auszog. Dann nahm er sie in den Arm. »Das tut mir so Leid, Barbara. Aber es ist nicht deine Schuld. Es ist nicht deine Schuld.« Er streichelte ihr über den Kopf, und auf einmal konnte sie wieder weinen. Schluchzend folgte sie ihm in die Bibliothek, ließ sich von ihm sanft auf ein Sofa drücken und die Schuhe ausziehen, die eine Dreckspur auf dem hellen Teppich hinterlassen hatten. Er hielt sie, bis sie nicht mehr weinen konnte, und ging dann ins Bad, um die Wanne voll laufen zu lassen. Zurück kam er mit einer warmen Decke.

»Zieh die nasse Hose aus und die Socken …«

Barbara gehorchte. In Unterwäsche und in die Decke gehüllt, saß sie auf dem Sofa und wartete auf das warme Bad.

»Ich wollte selbst zu den Roses fahren und ihnen die Nachricht überbringen. Aber dann dachte ich, du kommst vielleicht besser mit.«

Er nickte. »Ich habe dir ein paar Sachen von mir herausgelegt. Wir können uns noch entscheiden, ob wir heute zu den Roses fahren, wenn du wieder warm und trocken bist.«

»Und sauber«, fügte sie hinzu.

Als sie eine halbe Stunde später aus der Wanne stieg und Thomas' Jeans anzog, dazu einen seiner schwarzen Rollkragenpullover, dachte sie plötzlich an ihre erste Begegnung, als Thomas sie in einer Kneipe aufgelesen hatte. Damals war sie ebenso durchnässt gewesen, hungrig, verzweifelt …

Sie kam aus dem Bad, an den Füßen dicke schwarze Wollsocken, die feuchten Haare aus dem Gesicht gekämmt. Er stand im Flur und lächelte plötzlich sein kleines spöttisches Lächeln. Sie wusste, sie brauchte ihn nicht an damals zu erinnern.

Das Lächeln verschwand wieder. »Wir sollten morgen zu den Roses fahren.« So, wie er es sagte, duldete er keinen Widerspruch, und Barbara fügte sich. Thomas wusste immer, was gut für sie war. Sie hatte sich oft genug darüber geärgert.

»Da steht etwas zu essen in der Küche. Du musst doch hungrig sein.«

Sie saßen zusammen am Tisch, aber nicht schweigend wie sonst. Barbara redete ununterbrochen, sie redete sich alles von der Seele. Wie sie Jessicas Hand aus dem Laub hatte ragen sehen und wie sie es als Déjà-vu empfunden hatte. Wie Leiß Jessicas Gesicht freigelegt hatte … Thomas hörte aufmerksam zu, stellte manchmal eine Frage, vermied es sonst aber, sie zu unterbrechen. Er hatte eine Flasche Rotwein geöffnet. »Du kannst hier bleiben, wenn du magst«, sagte er ganz nebenbei. Und das war es, was Barbara wollte. Sie wollte diesen Abend in vertrauter Umgebung verbringen, wenigstens für eine kurze Zeit die Illusion erleben, zu Hause zu sein.

Für einen Moment kam ihr Sven in den Sinn. Würde er heute Abend vor ihrer Wohnung stehen, müde und gezeichnet von dem grauenvollen Ort, und vergeblich klingeln? Oder ging er nach Hause, weil er sich ihrer nicht mehr sicher war? Er hatte gesagt, sie müssten reden. Wenn er heute Abend reden wollte, würde er sie nicht antreffen.

Nach dem Essen fragte Thomas sie, ob es sie stören würde, wenn er noch ein wenig arbeitete. »Ich bin ein bisschen in Verzug geraten.«

Barbara wunderte sich darüber, weil es bei Thomas' Disziplin in allen Bereichen seines Lebens eigentlich nie zu Terminschwierigkeiten kam. »Nein, mach nur. Ich setze mich vor den Fernseher, das lenkt ein wenig ab.«

Sie ließ sich auf den großen Sitzkissen vor dem Fernseher nieder und begann, sich durch die Programme zu zappen. Offensichtlich hatte sie einen schlechten Abend erwischt – nichts, was sie wirklich interessierte, war auf Sendung. Sie hätte Lust gehabt auf einen tränenseligen Film, bei dem sie nach Herzenslust hätte weinen können, oder eine Slapstick-

Komödie. Stattdessen gab es überall Action und Krimis. Seufzend stand sie auf und ging ins Bad, um nachzusehen, ob ihre Kleider inzwischen trocken waren.

Ihre Jeans hätte sie schon wieder anziehen können. Eigentlich gehörten sie ja in die Waschmaschine. Der Schlamm war mit eingetrocknet. Barbara holte aus der Kammer eine Kleiderbürste und begann, die schlimmsten Spritzer auszubürsten. Viel besser sah die Hose jetzt aber auch nicht aus.

Als sie sich die Hände wusch, fiel ihr Blick auf den Medizinschrank. Sie trocknete die Hände ab und öffnete ihn. Er war immer noch auf die gleiche Weise geordnet wie früher: Oben waren die rezeptfreien Medikamente, Kopfschmerztabletten und Schnupfenmedizin, darunter Vitamine und Ähnliches und im untersten Fach, immer gut erreichbar, Thomas' Herzmedikamente. Barbara kannte jede einzelne Schachtel, wusste, wann er welches Mittel einnehmen musste. Aber dann fiel ihr eine Veränderung auf: Das wichtigste Medikament, das er täglich zweimal einnahm, fehlte. Stattdessen gab es zwei neue Schachteln. Sie nahm sie heraus und sah sie sich genauer an. Eines war der gewohnte Wirkstoff, allerdings in höherer Dosierung, das zweite kannte sie nicht. Sie las den Beipackzettel. »... wird angewendet bei Patienten mit mittlerer bis starker Herzinsuffizienz ...« Kein Zweifel, Thomas' Zustand hatte sich verschlechtert.

Barbaras Herz klopfte bis zum Hals. Wie schlimm war es? Warum hatte er es verschwiegen? Die Antwort auf die letzte Frage war einfach: Sie war nicht da gewesen. Aber selbst wenn sie noch hier gelebt hätte, hätte er es ihr gesagt? Und plötzlich war die Angst wieder da, die sie schon früher öfter überfallen hatte: Angst um Thomas.

Sie beschloss, nichts zu sagen, und setzte sich wieder ins Wohnzimmer. Doch sie fand keine Ruhe vor dem Fernseher, und schließlich ging sie zu Thomas ins Arbeitszimmer.

»Thomas, was ist mit deiner Gesundheit?«
»Mir geht es gut.« Er log. Sie spürte es und konnte es auch sehen, weil er ihrem Blick auswich.
»Ich habe die Medikamente gesehen, Thomas. Sie sind viel stärker als früher. Und neulich! Du sahst ganz grau aus.«
Er lächelte bitter: »Du kannst die Polizistin in dir niemals abschalten, nicht wahr? Aber du hast mir ja schon früher nachspioniert.«
»Wenn es dir nicht gut geht, dann will ich das wissen.«
»Warum?« Er sah sie wieder an, und seine Augen blitzten fast ein wenig aggressiv. »Wir sind nicht mehr zusammen, also warum sollte dich das interessieren?«
Barbara schwieg. Ja, warum sollte es das? »Ich habe dich verlassen, Thomas, das ist wahr. Trotzdem ...«, es fiel ihr sehr schwer weiterzusprechen, weil ihr ein Teil dessen, was sie ihm sagen wollte, erst jetzt bewusst wurde. »Ich ... ich kann nicht mit dir leben. Aber du bedeutest mir immer noch viel, sonst würde ich mich nicht um dich sorgen.« Sie griff nach seiner Hand. »Geht es dir schlechter?«
Er seufzte. »Ja, etwas.«
Sie sah ihm direkt in die Augen, und wieder hielt er ihrem Blick nicht stand. »Verdammt, was willst du hören?«
»Die Wahrheit, Thomas.«
Er löste sich aus ihrem Griff und barg sein Gesicht in den Händen. Barbara wartete schweigend. Irgendwann sprach er wieder. »Ich habe dir einmal gesagt, dass ich mit Disziplin und ein paar Medikamenten steinalt werden würde. Und ich habe dir versprochen, dich nie allein zu lassen.« Er nahm die Hände herunter. »Ich werde dieses Versprechen wohl nicht halten können. Und jetzt muss ich es ja auch nicht mehr, oder?«
Barbara saß wie erstarrt da, unfähig, irgendetwas zu sagen.
Er lächelte schwach. »Es ist nicht so, dass ich sehr bald sterben werde, nicht in ein paar Monaten, sicher auch nicht in

einem Jahr. Und mit ein bisschen mehr Disziplin und stärkeren Medikamenten … Ich werde weniger Kraft haben, schneller ermüden. Vielleicht bleibt es dabei und …«, er zögerte wieder, »… dann gibt es immer noch die Möglichkeit einer Transplantation.«

Barbara musste sich räuspern, bevor sie etwas sagte. »Wie lange weißt du schon davon?«

Er lächelte. »Ich werde mir nie wieder einbilden, etwas vor dir verbergen zu können. Du hast damals nur die falschen Schlüsse daraus gezogen. Ich wusste es schon vor ein paar Monaten.«

»Aber …«

»Ich hatte es dir versprochen, Barbara. Ich wollte dich nie allein lassen. Und ich wusste doch, wie sehr du dir Sorgen machst, wenn es mir mal nicht gut geht, wie sehr dich das mitnimmt. Ich habe versucht, es von dir fern zu halten. Ich wollte dir nicht wehtun. Niemals. Ich bin einfach nicht zum Arzt gegangen, erst als die Routineuntersuchung anstand, vor der konnte ich mich nicht drücken.«

Während er das sagte, hatte Barbara auf die Tischplatte gestarrt. Nun schüttelte sie immer wieder den Kopf und sah nicht hoch dabei. »Du verdammter …« Sie konnte nicht weitersprechen, weil ihr die Tränen kamen. Thomas machte keinen Versuch, sie zu trösten. Als sie sich ein bisschen beruhigt hatte, mischte sich Wut in ihre Trauer.

»Thomas, was war unsere Beziehung eigentlich für dich? War ich nicht mehr für dich als die Nutten und Pennerinnen, die du damals von der Straße aufgelesen und aufgepäppelt hast? Eine Frau, die du umsorgen konntest, aber die dein Leben nicht wirklich mit dir teilte? War ich das für dich?«

»Vielleicht …« Er schluckte. »Vielleicht kann ich es einfach nicht anders zeigen, Barbara. Was kann ich denn anderes tun, als für dich da zu sein?«

»Und verschweigst mir, dass es … irgendwann … nicht mehr so sein wird?«
Er griff nach einem Papiertaschentuch auf seinem Schreibtisch und reichte es ihr: »Hier. Für die Tränen.«
Barbara nahm es und schleuderte es wütend auf den Boden, aber er nahm beruhigend ihre Hand. »Bitte, hör mir zu.«
Es dauerte eine Weile, bis er weitersprach. »Als ich nach dem Routinecheck Gewissheit hatte, dass mein Herz schwächer geworden war … Ich sagte ja, ich hatte es längst geahnt. Aber das war eine merkwürdige Zeit damals. Wir beide waren lange genug zusammen, um uns aneinander gewöhnt zu haben, wir hatten unseren Alltagstrott. Nicht, dass uns das nicht auch gut getan hätte. Du hattest endlich ein paar der Gespenster aus deiner Vergangenheit überwunden und hattest auf einmal viel mehr Interesse daran, Menschen kennen zu lernen, auch auszugehen. Und ich wusste, was mir bevorstand: mein Leben einen weiteren Gang herunterschalten zu müssen, wenn ich eine Verschlechterung wenigstens etwas verzögern wollte.« Er streichelte ihre Hand. »Du warst glücklich, Barbara, so glücklich, wie ich dich nie gesehen hatte. Dein Leben war endlich in Ordnung. Ich …« Er grinste. »Ich hatte nicht das Herz, dir zu sagen, was los war.«
»Hör auf, darüber Witze zu machen,« sagte Barbara, immer noch ein wenig wütend. »Das kann ich ja alles verstehen, aber als es immer schwieriger wurde zwischen uns, warum hast du verdammt nochmal den Mund nicht aufgemacht?«
Er schloss einen Moment lang die Augen. »Du hattest doch schon begonnen, dich von mir zu entfernen. Ich wollte nicht, dass du nur aus Mitleid …«
»Du bist ein Idiot.«
»Ja, mag sein.« Er runzelte die Stirn. »Aber wenn du mir vorwirfst, dir nicht gesagt zu haben, dass ich dich liebe – du hast es mich auch nicht spüren lassen. Nicht oft wenigstens. Dei-

ne Karriereplanung, deine neue Lust am Leben, da war wenig Platz für mich. Du hast dich doch damit begnügt, dass ich einfach nur da war.«

»Dann war ich wohl auch ein Idiot«, sagte Barbara leise.

Eine Weile schwiegen sie und sahen sich nicht an.

»Ich liebe dich, Barbara«, sagte Thomas plötzlich. »Ich liebe dich mehr als alles andere auf der Welt.«

»Ich … ich liebe dich auch.« Barbara hasste sich dafür, dass es ihr so schwer fiel, es auszusprechen, denn es war die Wahrheit, und auch Sven änderte nichts daran. »Was erwartest du jetzt von mir? Du hast mir mit dem Wort Mitleid eine böse Falle gestellt.« Sie stand auf. »Sei mir nicht böse, ich muss erst einmal über alles nachdenken.«

»Solange du willst«, sagte er ernst.

Wie viel Zeit habe ich denn?, dachte Barbara und erschrak über diesen Gedanken. Sie sah auf die Uhr. Es war schon nach zehn. Aber irgendwie brachte sie es nicht fertig, jetzt noch bei ihm zu übernachten. Da war zu viel, das sie verdauen musste.

»Bitte, sei mir nicht böse, Thomas, aber ich kann nicht bleiben …«

»Ich rufe dir ein Taxi. Du hast zu viel Wein getrunken. Morgen hole ich dich ab, und wir fahren nach Krefeld.«

Ein paar Minuten später brachte er sie zur Tür. Er zog sie an sich und küsste sie ganz sanft. Verwirrt ging Barbara durch den Hausflur. Dieser Kuss war vielleicht das größte Wunder an diesem Abend. Und dann fiel ihr Sven wieder ein.

Thomas holte sie am nächsten Morgen gegen zehn ab. Zu ihrem Erstaunen saß auch Annette Hielmann im Wagen. Sie drückte Barbara die Hand. Herr Weise nickte freundlich. Thomas setzte sich zu ihr nach hinten.

»Hast du bei den Roses angerufen?«, fragte sie.

»Nein. Es ist schon so schwer genug.«
Es wurde eine schweigsame Fahrt nach Krefeld, aber Barbara hatte es auch gar nicht anders erwartet. Vor dem Haus der Roses holte sie tief Luft. Thomas berührte nur sekundenlang ihre Hand, aber ihr war, als hielte er sie ganz fest.
Jutta Rose öffnete ihnen.
»Hallo, Jutta«, begrüßte Annette Hielmann sie.
»Frau Rose, ist Ihr Mann auch zu Hause?«, fragte Barbara.
»Ja, er ist oben ...« Jutta Rose wurde blass. »Ich hole ihn.«
Sie setzten sich gemeinsam ins Wohnzimmer, Horst und Jutta Rose auf das große Sofa, Barbara, Annette und Thomas auf die Sessel.
»Wir haben gestern in Duisburg-Baerl die Überreste von acht Kindern gefunden«, begann Barbara. Sie beugte sich vor und reichte Horst Rose das Armband. »Dies fanden wir bei einem der Skelette.«
Rose nahm das Armband, hielt es hoch. Jutta Rose umklammerte den Arm ihres Mannes. »Das ist es. Das ist Katjas Armband.«
Stumm saßen die beiden da. Keine Träne, kein Zittern. Sie konnten es nicht begreifen. Noch nicht.
Für Barbara wurde die Stille unerträglich. »Es tut mir sehr Leid ...«, sagte sie leise.
Jutta Rose schien plötzlich aus ihrer Erstarrung zu erwachen. »Aber das haben wir doch immer gewusst. Niemand hat geglaubt, dass Katja noch lebt. Es ist gut, wenn wir sie endlich nach Hause holen können.« Jetzt schimmerten doch Tränen in ihren Augen. »Wir und die anderen Eltern. Acht waren es?«
»Acht, bis es dunkel wurde. Heute Morgen geht die Suche weiter. Es wird bei einigen schwierig sein, sie zu identifizieren. Außer bei Jessica Wolter und der kleinen Annika Mohr, die letztes Jahr verschwunden ist.«

»Die beiden also auch.« Das waren Horst Roses erste Worte. Seine Stimme klang wie eingerostet.
»Ja. Ich wünschte, ich hätte zumindest den Mord an Jessica verhindern können.« Barbara fuhr sich durchs Gesicht. Thomas beobachtete sie scharf, schwieg aber. »Wir haben jetzt die Leichen und einen Ort, den wir auf Spuren untersuchen können. Aber trotzdem sind wir meilenweit davon entfernt, den Kerl zu schnappen.« Sie blickte den beiden ins Gesicht. »Ich weiß nicht, wo ich suchen soll. Es ist ungewöhnlich, dass so etwas über so viele Jahre geschieht.«
Das Schweigen legte sich wieder bedrückend auf den Raum.
»Vielleicht sollten wir euch jetzt allein lassen«, meinte Annette mit fragendem Blick auch auf Thomas und Barbara. Doch Jutta Rose stand hastig auf: »Nein, bitte bleibt doch. Ich koche uns einen Kaffee.«
Sie schwiegen, bis Jutta mit dem Kaffee kam. Vor allem Horst Rose schien völlig abwesend zu sein. Mühsam kam wieder ein Gespräch in Gang und es drehte sich – wie sollte es anders sein – um den Mörder, der Katja auf dem Gewissen haben musste, und die dunklen Seiten der Menschen. Und zum ersten Mal erlebte Barbara, dass Annette offen über Wolframs sadistische Neigungen sprach. »Ich habe seine Tierquälereien ignoriert. Wenn wieder einmal ein Hamster oder Meerschweinchen tot war, haben wir ein neues gekauft. Dabei hat er damit um Hilfe gerufen. Aber wir haben es nicht wahrgenommen. Alles drehte sich um Thomas.« Sie sah Jutta an: »Schön zu wissen, dass Katja eine normale, glückliche Kindheit hatte.«
Barbara hatte Thomas beobachtet, während seine Mutter diese Dinge über seinen Bruder erzählte. Er nahm es ruhig hin, er hatte sich mit seinen Schuldgefühlen gegenüber Wolfram längst auseinander gesetzt und seinen Frieden mit ihm gemacht.

Horst Rose hatte die ganze Zeit stumm bei ihnen gesessen, doch Barbara glaubte nicht, dass er auch nur ein Wort der Gespräche mitbekommen hatte. Er starrte auf den Schrank, dessen Inhalt er Barbara bei ihrem ersten Besuch gezeigt hatte: den Schrank, in dem sie ihre Erinnerungsstücke an Katja aufbewahrten.

Das Gespräch kam immer wieder auf das unvermeidliche Thema zurück: Wer war der Mörder dieser Kinder? Konnte man ihm auf die Spur kommen?

»Möglicherweise liegt der Fall Marion Riedel anders. Sie passt nicht in dieses Puppenschema«, sagte Barbara. Für einen Moment schwiegen alle. Bei der Vorstellung, es gäbe mehr als einen Mörder, war allen unbehaglich.

Es war Horst Rose, der das Schweigen brach. »Das ist wahrscheinlich«, sagte er leise, und die Art, wie er es sagte, ließ Barbara sofort aufmerksam werden.

»Wieso glauben Sie das?«

»Weil ...« Rose brach ab. »Ich habe das noch nie erzählt. Vielleicht sollte ich es auch nicht.«

»Herr Rose, wenn Sie irgendetwas wissen, das uns weiterhelfen kann ...«

Er seufzte. »Ich könnte mir große Schwierigkeiten damit einhandeln.« Er sah zu seiner Frau hinüber. »Uns beiden.«

»Hat es etwas mit Katjas Tod zu tun?«, fragte sie ihn.

»Ich weiß es nicht. Mit Marion Riedels Tod aber möglicherweise.«

»Barbara ist keine Polizistin mehr«, sagte Thomas ganz ruhig. Wie es seine Art war, hatte er die ganze Zeit mehr zugehört als geredet. »Was du uns erzählst, Horst, wird diesen Raum nicht verlassen, wenn du es nicht willst. Es können Mittel und Wege gefunden werden, es zu nutzen, ohne dass du als Quelle bekannt wirst. Nicht wahr, Barbara?«

Barbara nickte.

Horst seufzte. »Letztlich ist es auch egal, ob man mich vernimmt oder nicht. Diese Dinge liegen schon so lange zurück … Ich muss weit ausholen. Damals war eine gute Geschäftsbeziehung zu Terboom wichtig. Er hatte die besten Kontakte hier am Niederrhein zu Verwaltungen, anderen Firmen. Wenn man hier etwas erreichen wollte, kam man an Terboom nicht vorbei. Ich dachte, das sei alles Verbands- oder Parteiarbeit. Aber als ich ihn näher kennen lernte, kam ich dahinter, dass es etwas anderes war.« Horst Rose stand auf und begann, in dem großen Zimmer auf und ab zu gehen. »Sein Netzwerk, das waren wenige Personen, die aber Schlüsselpositionen besetzten. Und er hatte sie alle in der Hand.«
»Erpressung?«, fragte Thomas.
»Ja, vielleicht war es so etwas wie Erpressung. Aber eigentlich war es viel schlimmer.« Horst Rose blieb stehen und sah seine Frau an. Es dauerte eine Weile, bis er fortfuhr. »Ich habe eine Schwäche … eine Schwäche für junge Mädchen. Lolitas nennt man das wohl.«
Barbara konnte sehen, wie Jutta Rose die Tränen in die Augen schossen. Annette rutschte unbehaglich auf ihrem Sessel hin und her. Solche Dinge kamen in ihrer Welt nicht vor – nicht einmal bei einem Sohn wie Wolfram.
»Ich habe meine Frau betrogen«, fuhr er fort. »Mehr als einmal. Sie weiß davon, einiges zumindest. Es tut mir Leid, Jutta, aber ich muss das erzählen, sonst können sie es nicht verstehen.«
Jutta nickte und versuchte, die Tränen zu unterdrücken. Annette setzte sich neben sie auf die Couch und nahm ihre Hand.
»An einem Abend hatte Terboom uns eingeladen – mich und deinen Mann, Annette, denn es ging um den Bau einer Niederlassung. Leo sollte sie bauen, und wir waren der spätere Hauptabnehmer des Schrotts. Das war nicht der erste gemeinsame Männerabend, den wir miteinander verbrachten.

Da war immer viel Alkohol im Spiel, es wurde viel dummes Zeug geredet.« Er seufzte. »Um den Abschluss zu feiern, lud er uns diesmal in einen Puff ein. Und er erfasste meine Vorlieben ganz schnell.«
Annette blickte betreten zu Boden. War es ihr peinlich, dass ihr so verehrter verstorbener Mann in einem Bordell gewesen war, oder hatte sie längst davon gewusst? Barbara war sich bei ihr nie sicher.
»Jedenfalls rief Terboom mich am nächsten Tag an und wartete mit einer ganz speziellen Einladung auf. ›Ich weiß ja, du magst es jung.‹ Das genügte, um mich hinzulocken.« Er schwieg einen Moment.
»Es war ein kleines Grüppchen, alles brave Bürger von tadellosem Ruf, und man traf sich in einer Art Hinterzimmer auf einem von Terbooms Schrottplätzen. Von außen nichts als eine Baracke, aber innen sehr komfortabel eingerichtet. Dort tauschten sie Fotos aus. Fotos von Kindern, kleinen Mädchen, manchmal auch Jungen.« Er schüttelte den Kopf. »Wenn ich sagte, ich mag junge Mädchen, so waren damit nie Kinder gemeint. Und ich habe immer darauf geachtet, dass sie sechzehn waren …«
Jutta Rose hatte ihr Gesicht in den Händen verborgen und rührte sich nicht, als ihr Mann weitersprach. »Ich war ehrlich entsetzt. Doch jetzt kam ich aus dieser Sache nicht mehr so leicht heraus … Und es blieb auch nicht beim Bildertauschen.«
»Terbooms kleiner Pädophilenzirkel hat Kinder missbraucht?«, fragte Barbara.
»Ja. Nicht gemeinschaftlich. Sie wurden herumgereicht.«
Jutta Rose sprang plötzlich auf. Trauer und Scham auf ihrem Gesicht waren Wut gewichen. »Hast du es auch getan? Hast du mit einem Kind …?«
Er nickte mechanisch. Sie sah ihn an, und dann holte sie zu

einer schallenden Ohrfeige aus. »Du Schwein.« Barbara erschauerte über die Kälte, mit der sie es sagte. Langsam ging Jutta Rose zum Sofa zurück und setzte sich wieder. Kerzengrade und mit höchster Aufmerksamkeit hörte sie ihrem Mann weiter zu.

Rose rieb sich mit der Hand über die Wange. »Es war nur ein einziges Mal. Ich hatte mich immer gedrückt. Und das sah man nicht gern in diesem Zirkel.«

»Ja«, sagte Barbara leise. »So funktioniert das System noch heute. Alle tun es, und auf diese Art kann keiner heraus.«

Horst Rose nickte: »Dann war da eine frühreife Dreizehnjährige, den anderen war sie schon fast zu alt …« Langsam ging er zu einem Sessel und setzte sich. »Mitgehangen, mitgefangen. Wenn ich etwas erzählt oder die Polizei eingeschaltet hätte, wäre ich mit dran gewesen.«

»Wer besorgte die Kinder?«, fragte Barbara.

»Ich weiß es nicht«, sagte Rose und zuckte die Schultern. »Mir war das Ganze so widerlich, ich wollte es gar nicht wissen. Ich erfuhr nur, dass die Gruppe Teil einer größeren Gruppe war und niemand alle Mitglieder kannte. Es war organisiert wie ein Geheimdienst, mit Codewörtern und konspirativen Treffen, sogar Decknamen waren gebräuchlich – nicht innerhalb der Gruppe, man kannte sich schließlich. Ich habe mich immer fern gehalten von den … den organisatorischen Dingen.«

»Geht das heute noch so?« Jutta Roses Stimme war heiser.

»Nein. Das heißt, ich glaube nicht. Ich fiel auf. Jupp Terboom brachte eines Tages Fotos von Marion mit. Von seiner eigenen Enkelin …« Er stockte. »Als Marion dann verschwand, hatte ich ständig die Vorstellung, sie wäre auch so herumgereicht worden wie die anderen. Und dann Katja … Als Katja fort war, ließen sie mich raus. Nicht, ohne mich gehörig einzuschüchtern.«

»Du hattest eine Ahnung, was mit Katja passiert sein könnte, und hast nichts gesagt?« Langsam klärte sich Jutta Roses Stimme wieder. »Wie konntest du nur?«

»Diese Leute waren sehr mächtig. Sie hatten mich großgemacht, und sie konnten mich auch wieder in der Versenkung verschwinden lassen.«

»Was hätte das schon ausgemacht nach Katjas … Katjas Tod?«

Barbara starrte nachdenklich vor sich hin. Ein Kinderpornoring – das könnte eine plausible Erklärung sein. Aber dass diese Leute Katja Rose verschleppen und töten und danach Horst Rose gehen ließen, wenn auch unter Drohungen?

Sie runzelte die Stirn. »Herr Rose, versuchen Sie sich zu erinnern. Der alte Terboom hatte, wie Sie sagen, Bilder von Marion mitgebracht. Als Marion verschwand, wie reagierte er da? Hatten Sie denn das Gefühl, dass er etwas über ihr Verschwinden wusste, dass es in Zusammenhang mit dem Pädophilenring stand?«

Rose schüttelte heftig den Kopf: »Nein, das war nicht so. Er war ehrlich erschüttert. Und ich glaube auch, dass er sich deshalb dafür einsetzte, mich gehen zu lassen. Die Drohungen stammten nicht von ihm, denke ich. Da waren anonyme Anrufe und Ähnliches.«

»Und als Katja verschwand? Ließ da irgendetwas erkennen, dass diese Leute damit zu tun hatten?«

»Nein. Sie waren alle entsetzt.«

»Warum sagten Sie dann zu Anfang, dass Ihre Geschichte möglicherweise Licht zumindest in den Fall Marion Riedel bringen könnte?« Barbara war in ihren üblichen Verhörton gefallen. So etwas war wie Radfahren – man verlernte es nicht.

»Weil … weil … Ich denke, die kleine Gruppe hatte nichts damit zu tun. Aber da war ja noch diese ominöse größere

Struktur, mit der ich nie in Berührung gekommen bin, vielleicht abgesehen von den Drohungen.«

»Und Sie kannten niemand anderen dort als die Mitglieder der Gruppe?«

»Das sagte ich Ihnen doch.«

Barbara atmete tief durch. Sie wollte etwas sagen, doch Thomas kam ihr zuvor. »Du wirst uns die Namen nennen müssen, Horst.«

Rose sah ihn hilflos an. »Aber das geht doch nicht …«

»Was haben wir zu verlieren?«, sagte Jutta Rose scharf. Und dann leiser: »Was haben wir noch zu verlieren?«

»Nein, niemals.« Er setzte sich gerade hin. »Einige sind tot, aber sie haben Erben und Familien, die nichts damit zu tun hatten, denen könnte das leiseste Gerücht den Ruin bringen. Und die, die noch leben, haben Macht genug, uns zu schaden.«

»Bis hin zum Mord?«, fragte Barbara.

»Da bin ich mir ganz sicher. Ich werde nichts sagen.«

»Vielleicht solltest du es dir noch einmal überlegen, Horst«, sagte Thomas leise, aber nachdrücklich. »Es werden immer noch Kinder ermordet. Denk mal an Jessica Wolter.«

»Nein, ich kann nicht.«

»Wir sollten jetzt gehen.« Annette Hielmann war aufgestanden. »Wir müssen respektieren, wenn Horst nicht mehr sagen will.«

»Aber Mutter …« Thomas konnte sehr hartnäckig sein.

»Sie sind unsere Freunde, Thomas. Wir sollten Horsts Entscheidung respektieren. Und ich denke, was er gesagt hat, kann Barbara auch ohne Namen schon weiterbringen.«

Barbara hatte zwar ihre Zweifel, aber sie wusste, wenn Annette etwas wollte, konnte man wenig dagegen tun. Jetzt wollte sie offensichtlich gehen. Sie stand mitten im Wohnzimmer und sah Horst und Jutta Rose an, die zusammengesunken da saßen wie zwei Fremde. »Ihr solltet euch in Ruhe aussprechen. Und vergesst nicht, es liegt alles sehr lange zurück …«

»Ich bringe euch zur Tür«, sagte Jutta mechanisch, aber Annette winkte ab. »Wir finden schon allein hinaus. Beruhigt euch erst einmal.«

Draußen vor der Tür seufzte Annette plötzlich. »Die Geschichte war mir nicht ganz neu«, sagte sie leise.

»Was?« Thomas sah sie entsetzt an. »Woher …?«

»Terboom hatte auch bei deinem Vater vorgefühlt, ob er Interesse an … an diesen Dingen hatte. Sehr vorsichtig. Aber dein Vater hat den Braten gleich gerochen. Später hat sich Horst Rose ihm anvertraut, und er erzählte es mir. Damals hörte ich zum ersten Mal überhaupt von solchen Neigungen. Es war so ungeheuerlich, ich wollte es gar nicht glauben.« Sie seufzte wieder. »Es war eine behütete Zeit.«

»Ja«, meinte Barbara, »und trotzdem hat es das damals schon gegeben.«

»Wirst du der Sache weiter nachgehen?«

Barbara schüttelte den Kopf: »Das ist eher ein Fall für die Spezialisten vom LKA. Heute sind solche Ringe ja anders organisiert, anonymer, alles läuft über das Internet. Vielleicht gibt es ja schon Spuren, die hierher führen. Was er erzählt hat, zeigt zwar, dass unter der biederen Oberfläche manches nicht in Ordnung ist, aber es muss nicht heißen, dass dieser Kinderpornoring etwas mit den Morden zu tun hat. Meiner Erfahrung nach haben wir es eher mit einem einzelnen Täter zu tun. Und wer weiß, wie lange dieser Ring überhaupt existiert hat!«

»Dann denkst du, es nützt dir gar nichts, dass er davon erzählt hat?«, fragte Annette.

»Es ist eine Spur, der ich nachgehen werde. Dieser Mörder,

dieser Einzeltäter hat oder hatte möglicherweise etwas mit den Leuten zu tun. Aber wichtig wird es erst, wenn wir Beweise dafür finden, dass ein solcher Kinderpornoring hier in der Region auch jetzt aktiv ist. Denn Jessica Wolter ist vor etwa zehn Tagen ermordet worden.«

»Es wäre schon viel erreicht, wenn diesen Leuten das Handwerk gelegt würde«, meinte Thomas.

»Aber selbst das wird ohne konkrete Namen sehr schwer werden.« Barbara betrachtete Annette, die mit ihren Gedanken weit weg zu sein schien.

Sie stiegen in den Wagen, in dem Herr Weise gewartet hatte. Barbara bemerkte den besorgten Blick, den Annette auf Thomas warf. Und nicht zu Unrecht, Thomas war blass und sah erschöpft aus.

»Du musst dich ausruhen, Junge«, sagte sie. Diesen zärtlichen Ton bekam ihre Stimme nur, wenn sie sich um ihn sorgte.

»Es geht schon, Mutter.«

Annettes und Barbaras Blicke trafen sich. Und was Barbara in Annettes Gesicht las, war weniger Besorgnis. Es war Angst.

Als Weise sie bei Thomas abgesetzt hatte, ging sie nicht mehr mit hinauf, sondern fuhr gleich nach Hause und rief Sven an. Sie war nicht erpicht auf mögliche Diskussionen, aber sie wusste, sie konnte ihnen nicht ewig ausweichen. Und wenn sie weiterkommen wollte, dann brauchte sie Sven. Sie erreichte ihn an der Fundstelle in Baerl. Er erzählte ihr nichts vom momentanen Stand, versprach aber, vorbeizukommen.

»Ich bin froh, wenn ich hier mal kurz wegkomme«, sagte er leise.

Eine halbe Stunde später stand er vor ihrer Tür. »Du hast den Roses das Armband gebracht?«, fragte er.

»Ja. Gemeinsam mit Thomas und seiner Mutter.«

»Mit Thomas also.« Er ging ins Wohnzimmer. »Wo warst du gestern Abend?«
»Gestern?«
»Ja. Ich rede doch kein Chinesisch, oder?«
Barbara atmete tief durch. »Ich war bei Thomas.«
»Die ganze Nacht?«
»Warum fragst du? Du wirst es ja sicher schon wissen.«
»Ich habe den ganzen Abend versucht, dich zu erreichen, und dann bin ich zu dir gefahren, weil ich dachte, irgendwann müsstest du ja nach Hause kommen. Du sahst so elend aus, ich dachte, du bräuchtest vielleicht eine Schulter zum Anlehnen. Aber die hast du dir ja schon selbst gesucht ...«
Er war verletzt und enttäuscht. Barbara hasste es, sich rechtfertigen zu müssen, aber er hatte ein Recht auf eine Erklärung. »Ich wollte zu Thomas wegen Katja Rose. Und dann stand ich klatschnass vor seiner Tür, und er hat mir ein heißes Bad gemacht. Und als meine Sachen trocken waren, bin ich wieder nach Hause gefahren. Mit einem Taxi, weil ich etwas getrunken hatte. Ich war gegen eins zu Hause.«
Sven schien versöhnlicher. »Nun, ich bin um Mitternacht gefahren, weil ich die Augen nicht mehr aufhalten konnte. Tut mir Leid. Aber wenn es um Thomas geht ...«
»Thomas ist sehr krank.«
»Das weiß ich doch ...«
»Nein, es geht ihm schlechter. Wir haben darüber geredet. Deshalb war ich so lange dort. Aber eigentlich geht dich das gar nichts an, oder?«
Sven schien für einen Moment gekränkt, aber er versuchte sehr, sich das nicht anmerken zu lassen. »Wohl nicht.« Er blickte kurz weg, als er sie wieder ansah, war sein Gesichtsausdruck kühler. »Du sagtest, du hättest Neuigkeiten.«
Barbara nickte und berichtete Sven in allen Einzelheiten von dem, was Horst Rose erzählt hatte.

»Ich hatte auch die Idee, in dieser Richtung zu ermitteln«, sagte er, nachdem er das Ungeheuerliche ein wenig verdaut hatte. Als Vater gingen ihm solche Dinge natürlich besonders nah. »Auch wenn Serienmörder meist Einzeltäter sind – so viele Opfer über eine so lange Zeit …«

»Und?«, fragte Barbara.

»Na ja, Grundemann hat es als Hirngespinst abgetan. Er hat mir geradezu verboten, diese Idee weiterzuverfolgen. Wir hätten genug mit den Fakten zu tun, hat er gesagt, und bei solchen Anschuldigungen, vor allem, wenn sie so vage sind, ist die Gefahr sehr groß, den Ruf Unschuldiger zu ruinieren. Ich habe aber trotzdem beim LKA nachgefragt.«

»Was haben die gesagt?«

»Keine Aktivitäten am Niederrhein, die so weit gehen könnten, dass Kinder entführt oder gar getötet würden. In der letzten Zeit nicht und früher … na ja, da wurden solche Dinge ja noch mehr unter dem Deckel gehalten.«

»Und andere pädophile Aktivitäten?«

Sven machte eine hilflose Geste. »Danach habe ich natürlich nicht gefragt, ich wusste ja auch nicht, was ich jetzt weiß. Und außerdem haben sie nochmals betont, wie eingeschränkt ihre Möglichkeiten sind.«

»Das sind sie wirklich.« Barbara starrte nachdenklich die Wand an. »Aber vielleicht könnte man da ein wenig nachhelfen.« Sie sprang auf und lief zum Telefon.

»Was hast du vor?«, fragte Sven, der ihr folgte.

»Nun, es gibt Leute, die tun all die Dinge, die die LKAs und das BKA nicht dürfen. Und manchmal bitten wir sie um Hilfe.«

»Leute …?«

»Hacker. Hacker mit einer Mission. Die Server, über die die Pädophilen ihre perversen Tauschgeschäfte abwickeln, stehen für unsere Behörden unerreichbar in Osteuropa oder Übersee. Und wenn es diesen Hackern gelingt, einen solchen Server ausfindig zu machen, dann versuchen sie ihn unschädlich zu machen … mit einem Virus zum Beispiel. Es ist zwar ein fast aussichtsloser Kampf, doch alles, was diesen Schweinen schadet, ist gut. Aber die können nicht nur zerstören. Es gibt auch andere Möglichkeiten …«

»Du meinst Trojaner?«

»Ja. Viren, mit denen man etwas ausspähen kann. Und mit den Daten, illegal oder nicht, hätte eine Behörde einen Ansatzpunkt, um den Kerlen hierzulande auf die Schliche zu kommen.«

Sven runzelte zweifelnd die Stirn. »Und du glaubst, das funktioniert?«

Barbara nickte. »Ich rufe eine Freundin beim BKA an, die sich der Hilfe der Hacker schon einmal bedient hat. Sie soll sie bitten, E-Mail-Adressen auszuspähen, die auf die Pädophilen-Server zugegriffen haben. Dann sollen sie das ganze anonym dem LKA schicken, die haben die Möglichkeit, diese Adressen zu entschlüsseln. Mal sehen, was dabei herauskommt.«

Barbara hatte wirklich Glück und erreichte die ehemalige Kollegin. Ein paar Minuten später legte sie auf. »Jetzt geht die Sache hoffentlich ihren Gang.«

Sven stand unschlüssig herum, Barbara wusste, er hoffte auf eine Fortsetzung des Gesprächs. Sie entschloss sich, ihm nicht aus dem Weg zu gehen, wenn er von sich aus anfing. Doch dazu kam es nicht. »Ich muss nochmal zurück zur Fundstelle.«

»Habt ihr weitere Überreste gefunden?«

»Zwei, bis ich wegfuhr. Übrigens – Grundemann wollte dich sprechen. Du solltest ihn anrufen.«

»Ja, werde ich machen.«

»Gut.«

Er strich ihr verlegen über den Arm und ging. Barbara rief Grundemann an.

Die Duisburger Polizei hatte, nun unterstützt vom LKA Düsseldorf, die Suche in Baerl wieder aufgenommen. Barbara war überrascht, als Grundemann ihr eröffnete, dass er sich gegen Lohmann vom LKA persönlich für sie eingesetzt hatte. Sie sollte Dr. Brandel in der Gerichtsmedizin bei der Identifizierung der Überreste helfen. »Sie kennen die Akten wahrscheinlich besser als die Leute, die sie geschrieben haben«, meinte er. Barbara hatte einen solchen Job schon lange nicht mehr gemacht, aber sie willigte ein.
Nach Absprache mit dem LKA waren die Überreste der Kinder nach Düsseldorf gebracht worden, Dr. Brandel kam aber aus Duisburg herüber, um Jessica Wolter und Annika Mohr zu obduzieren. Mehrere Assistenten leerten Stück um Stück den Inhalt der Säcke und Kartons, die von der Fundstelle hergebracht worden waren. Sie ordneten die Knochen anatomisch richtig an, untersuchten sie auf Spuren, aber außer Bissspuren kleinerer Tiere fanden sie meist nichts. Auf Barbaras Anregung hin untersuchten sie die Rippen auf Spuren der Stricknadeln und wurden bei dem einen oder anderen Fall fündig.
Im nächsten Schritt maßen sie so gut es ging Körpergröße und Fußgröße. Dann gingen sie sorgfältig sämtliche Fundstücke aus der näheren Umgebung der Leichen durch: Schuhschnallen, Schmuckstücke, Plastikhaarspangen. Barbara konnte relativ rasch die Identität von drei Funden anhand solcher Hinweise klären. Bei den drei anderen zog sie Leiß' Akten zurate, der damals so klug gewesen war, Zahnarzt-Unterlagen mit zu den Akten zu nehmen. Trotzdem war auch das kein guter Anhaltspunkt, denn bei Kindern, die manchmal gerade erst die Milchzähne verloren hatten, gab

es kaum prägnante Spuren von Zahnbehandlungen. Nur ein weiteres Mädchen, Patrizia Dohmen, konnte so identifiziert werden.

Am späten Nachmittag kam Sven mit drei weiteren Säcken direkt vom Fundort nach Düsseldorf. Vor den Leuten aus dem Labor begrüßte er sie förmlich. »Das sind wahrscheinlich die letzten«, sagte er.
»Aber das sind nur elf. Es müssten zwölf sein.«
»Wir haben seit heute Mittag nichts mehr gefunden«, meinte er. »Die Kollegen haben das komplette Gelände auf links gedreht. Vielleicht wurde noch ein Kind nur verschleppt.«
»Das glaube ich nicht.« Barbara holte die Liste mit den definitiv identifizierten Mädchen. »Wir haben Jessica Wolter und Annika Mohr und dann Luisa Sarvini und Anna-Lena Malschewski, für die Grigoleit verurteilt wurde. Dann Katja Rose aus der ersten Welle in den Sechzigern und Patrizia Dohmen Anfang der Achtziger, als Leiß die Fälle bearbeitet hat.« Sie deutete auf zwei Tische. »Die beiden habe ich noch nicht identifizieren können. Die Spurensicherung muss an den Fundorten nochmal nachforschen, ob sich weitere Anhaltspunkte finden ...«
Der erste der Säcke, die Sven mitgebracht hatte, wurde bereits ausgepackt. Sven folgte Barbara zum Tisch, und Barbara hatte das Gefühl, seine Augen bohrten sich in ihren Nacken. Warum rückte er nicht mit dem heraus, was ihn beschäftigte?
»Wo sind die Fundstücke?«, fragte Barbara und bekam prompt eine kleine Tüte in die Hand gedrückt. Ein paar Plastikperlen fielen ihr ins Auge. Sie blätterte in der Auflistung, die sie sich gemacht hatte. »Das ist Nicole Granzow, ganz sicher. Das Perlenarmband steht in der Beschreibung.«
»Und das da ist Melanie Werdonk.« Sven schwenkte die klei-

ne Tüte, in der sich ein Halskettchen mit dem Namen »Melanie« befand.

Der letzte Fund war schwieriger. »Da fehlen auch ein paar Knochen«, meinte Sven. »Das Skelett lag ganz offen da, halb im Wasser. Möglicherweise haben Tiere etwas weggeschleppt. Jedenfalls gab es keine zusätzlichen Fundstücke, die uns einen Hinweis geben könnten.«

»Nun gut, dann müssen wir hoffen, dass genaue Messungen uns weiterbringen. Eigentlich ist es schon ein Wunder, dass wir so schnell so weit damit gekommen sind.«

»Das ist deine gute Vorarbeit ...«

Barbara überging das Kompliment. »Wenn wirklich eine Leiche fehlt, wer ist es dann? Wir müssen das unbedingt herausfinden, schon der Eltern wegen ...«

»Ich muss wieder zurück nach Duisburg«, meinte Sven. Offensichtlich wollte er sie nicht wieder in ein persönliches Gespräch verwickeln.

»Dann bis bald.«

»Bis bald.« Sven ging zur Tür, drehte sich aber noch einmal um. »Übrigens, wir wissen, wem das Gelände gehört. Das wirst du nicht glauben.«

»Wem?«

»Terboom.«

Es ärgerte Barbara, dass er mit so einer Nachricht ganz nebenbei herausrückte. »Wird er verhört?«

»Grundemann hat ihn ins Präsidium gebeten. Und er lässt dir ausrichten, dass du nicht dabei sein kannst.« Damit war er verschwunden.

An diesem Tag fand sich keine schnelle Lösung mehr. Die Kriminaltechniker suchten am Tag darauf nochmals alles ab, in der Hoffnung, die Überreste des letzten Opfers zu finden, aber es war vergeblich. Genauere Untersuchungen an den

Fundorten der beiden letzten unidentifizierten Opfer brachten noch Material zutage: kaum erkenntbare Stoffreste etwa, das Überbleibsel eines Schuhs, eine Haarspange, die Barbara nicht in den Akten finden konnte. »Solche Haarspangen gab es in den Sechzigern«, meinte sie, als sie sie näher betrachtete. »Wahrscheinlich haben wir es hier mit Marion Riedel oder Renate Festing zu tun. So Leid es mir für die Eltern tut, wir sollten ihnen die Sachen zeigen.«
Barbara wurde erlaubt mitzufahren, als Sven die Eltern aufsuchte. Ihr war auf der Fahrt unbehaglich. Das »Miteinander-reden-Müssen« stand weiterhin bedrohlich über ihnen. Beide blieben betont sachlich.
»Terboom ist schwierig«, warnte Barbara. »Er schirmt seine Schwester ab. Aber ich denke, die könnte uns am ehesten weiterhelfen.«
»Wir fahren nicht in die Firma. Terboom macht heute seine Aussage im Präsidium – in einer halben Stunde.«
Barbara nickte ihm anerkennend zu.
Die Terbooms wohnten in einem größeren alten Stadthaus mitten in Kempen. Als Barbara und Sven klingeln wollten, fielen sie fast über eine völlig abgerissen wirkende junge Frau. Sie blinzelte sie an – die Pupillen waren stecknadelkopfgroß. Mühsam stand sie auf und machte ihnen Platz. Eine etwa fünfzigjährige Frau mit Schürze kam zur Tür. »Hauen Sie ab, Sie Schlampe«, sagte sie schon, als sie die Tür nur einen Spalt geöffnet hatte. Sven hielt ihr seinen Ausweis unter die Nase: »Sven Heyer, Kripo Duisburg, und das ist Dr. Barbara Pross. Wir …
»Oh, entschuldigen Sie, ich dachte, das wäre die Vagabundin … sie lungert schon den ganzen Morgen hier herum. Ich wollte ja die Polizei holen, aber ich weiß nicht, warum, Frau Terboom ist immer so nachsichtig mit ihr.« Sie hatte die Tür jetzt ganz geöffnet und sah Sven und Barbara mit kritischem Blick an.

»Wir möchten Maria Riedel sprechen.«
Sven lächelte freundlich, doch das Gesicht der Frau wurde von einer Sekunde zur nächsten unnahbar. »Einen Moment, bitte. Ich sage Frau Terboom Bescheid.«
»Sagen Sie doch besser gleich Frau Riedel Bescheid.« Barbara klang ruhig und bestimmt, doch die Frau ließ sich nicht beirren.
»Frau Riedel ist nicht gesund. Ich werde mit ihrer Mutter sprechen.«
Sie ließ sie mit einer Geste eintreten, dann mussten sie in dem geräumigen Flur warten. Es dauerte nicht lange, bis eine gepflegte alte Frau zu ihnen kam. Sie trug schlichte, sportlich-elegante Kleidung, doch ihre Ausstrahlung hatte etwas Handfestes, Praktisches. Eine zu Geld gekommene Bäuerin, dachte Barbara. Für eine Endachtzigerin sah sie erstaunlich gut aus.
»Guten Tag, ich bin Thea Terboom«, begrüßte sie Sven und Barbara und ließ sich Svens Ausweis zeigen.
Barbara zuckte bedauernd mit den Schultern: »Ich bin im Moment so etwas wie eine freie Mitarbeiterin, ich bin Psychologin und habe keinen Dienstausweis.«
»Frau Pross ist eine der anerkanntesten Spezialistinnen für Serienmord in Deutschland«, sagte Sven. »Nur ihrer Arbeit ist es zu verdanken, dass wir erstmals eine Verbindung zwischen verschiedenen Vermisstenfällen in der ganzen Region aufzeigen können.«
»Sie meinen den Fall meiner Enkelin?«
Barbara nickte. »Dieser Fall und elf andere. Wir haben die Überreste der Kinder gefunden …
»Ja, ich weiß. Auf unserem Grundstück in Baerl. Man hat meinen Sohn deswegen nach Duisburg zitiert.« Es war Thea Terboom deutlich anzusehen, was sie von diesem Vorgehen der Polizei hielt.

»Wir gehen nicht davon aus, dass er etwas damit zu tun hat.« Sven schlug einen konzilianten Ton an. »Wir brauchen lediglich Informationen über das Grundstück.«
»Dann hätten Sie ihn auch hier oder in der Firma befragen können, statt ihn wie einen Verbrecher vorzuladen.«
»Er ist nicht vorgeladen …«, begann Sven, aber Thea unterbrach ihn: »Mein Mann hatte das Grundstück Anfang der Sechziger von einem Bauern gekauft, das Wäldchen war eigentlich nur Nebensache, es ging um den Bauernhof, er richtete dort einen Schrottplatz ein. Den Teich ließ er einzäunen, weil da immer Kinder spielten. Er wollte nicht verantwortlich sein, wenn eines ertrank.«
»Und so wurde es ein verschwiegenes Plätzchen, um Kinderleichen zu verstecken«, sagte Barbara leise. »Wir versuchen zurzeit, sie zu identifizieren. Wir hoffen, Ihre Tochter kann uns helfen …«
»Meiner Tochter geht es nicht gut«, unterbrach Thea Terboom Barbara abrupt. »Sie ist nicht in der Lage …« Sie stockte, denn hinter ihr war eine Frau aufgetaucht, ähnlich groß wie sie, aber erbarmungswürdig dünn. Sie war jünger als Thea, doch in ihr Gesicht hatte der Kummer so tiefe Linien gegraben, dass man sie eher für Theas um wenige Jahre jüngere Schwester gehalten hätte als für ihre Tochter. Maria Riedel, das wusste Barbara, war jetzt einundsechzig. Sie sah etwas unordentlich aus, wirkte aber keineswegs verwirrt.
»Natürlich werde ich helfen«, sagte sie mit fester Stimme. »Es wird mich schon nicht umwerfen.«
»Dein Bruder möchte nicht …«, versuchte es Thea noch einmal, aber Maria gab scharf zurück: »Ich bin volljährig, und soweit ich weiß, nicht entmündigt. Wenn Jupp etwas dagegen hat, ist es mir egal. Ich will auch wissen, ob Marion unter den Opfern ist. Oder wenigstens helfen, das auszuschließen, damit andere Eltern endlich Gewissheit haben.« Sie sah Bar-

bara an. »Denn das ist es doch, was uns den Schlaf raubt, nicht wahr? Die Ungewissheit.«

Thea seufzte und dirigierte alle ins Wohnzimmer. Für die Vermögensverhältnisse der Terbooms wirkte es bescheiden, kleinbürgerlich. Die Möbel hatten Qualität, stammten aber aus dem Möbelladen um die Ecke.

Barbara holte die Tüte heraus. »Vielleicht haben Sie ein Tablett oder so etwas?«, fragte sie.

Thea stellte kurzerhand ein paar Schnaps- und Likörflaschen neben das Silbertablett, auf dem sie gestanden hatten. Barbara schüttete die Tüte aus. Eine metallene Haarspange mit ein paar gelben Lackresten, ein paar rostige Haarklammern, ein Fetzen Stoff, an dem man gerade noch ein Muster unter dem Schwarz erkennen konnte, und der Rest eines Schuhs.

»Darf ich das anfassen?«, fragte Maria Riedel. Sie stand mit ihrer Mutter über das Tablett gebeugt.

»Sicher. Fingerabdrücke sind da nicht mehr drauf – wenn sie es je waren.«

»Das sind nicht Marions Sachen«, sagte Thea bestimmt. »Zu der Zeit gab es solche Haarspangen, aber sie hatte keine gelbe. Sie war ja ohnehin immer so blass, da habe ich ihr nichts Gelbes angezogen.«

»Ja, du hast Recht, Mutter«, stimmte Maria ihr zu.

Sie sah sich alles genau an, blieb aber wieder bei der Spange hängen. »Sie hatte eine solche Zopfspange. Aber sie trug sie an diesem Tag nicht. Sie hatte die Haare offen und trug ein blaues Band im Haar. Sie hatte sich besonders hübsch gemacht …«

»Davon steht nichts in den Akten. Ich meine, dass sie sich besonders herausgeputzt hatte.« Barbara beobachtete Maria Riedels Gesicht ganz genau.

»Die Polizei hat damals kaum mit mir geredet. Das war Männersache, mein Vater hat das in die Hand genommen.«

»Sie wurden nicht befragt?«
Thea antwortete, noch bevor Maria etwas sagen konnte. »Meine Tochter war schon immer etwas labil.«
»Ja, das war ich wohl.« Maria sah niemanden an, als sie das sagte. »Ich bin magersüchtig, seit ich ein Teenager bin. Nie so schlimm, dass es tödlich wurde, aber schlimm genug. Wenn es ihm zu bunt wurde, hat mein Vater das Essen eben eigenhändig in mich hineingestopft. Als Marion unterwegs war, zum Beispiel. Sonst hätte ich das Kind wohl getötet.«
»Ich glaube nicht, dass sich die Herrschaften dafür interessieren, Maria«, sagte Thea scharf. »Wir konnten Ihnen ja leider nicht helfen«, sagte sie zu Sven und Barbara gewandt. »Haben Sie noch Fragen?«
Barbara hätte noch viele Fragen an Maria gehabt, aber natürlich verstand sie die diskrete Aufforderung zu gehen.
»Besteht noch eine Hoffnung, dass Sie sie finden?«, fragte Maria plötzlich.
»Wenn, dann wahrscheinlich nicht dort, wo die anderen gefunden wurden«, meinte Sven. »Dort wurde praktisch jeder Zentimeter Erde durchsiebt.«
»Möglicherweise habe ich mich geirrt, und Marion wurde das Opfer eines anderen Täters.« Barbara stand auf. »Eines der Mädchen ist auch verschleppt worden und wurde in Belgien gefunden.«
»Sie meinen, sie könnte noch leben?« Maria Riedel sah sie entgeistert an.
»Das ist doch wohl nicht sehr wahrscheinlich.« Theas Stimme fuhr scharf dazwischen. »Bitte gehen Sie jetzt. Und verschonen Sie uns mit solch wilden Theorien.«
Maria ließ sich nicht beirren. »Das ist keine Theorie, Mutter. Sie sagt, dieses Mädchen lebt.« Sie zitterte plötzlich am ganzen Leib.
Barbara seufzte. »Frau Riedel, ich fürchte, Ihre Mutter hat

Recht. Trotz der Tatsache, dass ihre Leiche nicht unter den gefundenen Opfern ist – sehr wahrscheinlich ist es nicht, dass Marion noch lebt. Leider. Das Ganze ist vierunddreißig Jahre her …«

»Aber wenn sie damals nur weggelaufen ist? Alles hinter sich gelassen hat …«

»Sie war elf. Wenn ein Kind in diesem Alter wegläuft, wird es gefunden. Oder es ist tot«, sagte Thea barsch. »Verlassen Sie jetzt sofort dieses Haus. Wenn mein Sohn von Ihrem Auftritt hier erfährt, werden Sie wahrscheinlich reichlich Ärger bekommen.«

»Suchen Sie nach ihr!«, schrie Maria plötzlich. »Bitte, suchen Sie nach ihr …«

Thea schob Sven und Barbara durch die Tür. »Wenn Sie noch etwas wissen müssen, wenden Sie sich an unseren Anwalt, den Namen können Sie in der Firma erfahren. Guten Tag.«

Draußen atmete Barbara erst einmal tief durch. »Also, bevor wir zu den Festings fahren, brauche ich erst einmal einen Kaffee.«

Sie hatte nicht bemerkt, dass die junge Frau, die in der Tür gesessen hatte, an einer Laterne lehnte – nicht etwa lässig, sondern weil sie diese Unterstützung zu brauchen schien. Sie brabbelte irgendetwas vor sich hin und starrte Barbara und Sven an.

»Komm, suchen wir uns etwas«, meinte Sven. Beide bemerkten befremdet, dass die junge Frau ihnen folgte.

Sie fanden ein Café in der Stadt, das jetzt, um die Mittagszeit, ziemlich leer war. Eine alte Dame saß zwei Tische weiter, und zwei Schülerinnen hockten in einer Ecke und sprachen Schulstoff miteinander durch.

Barbara und Sven orderten Kaffee. »Etwas ist merkwürdig an der Sache«, sagte Barbara, während sie umrührte.

»Merkwürdig, dass eine Leiche fehlt, ja.«
»Nicht nur das. Marion Riedel war die Erste, die verschwunden ist. Ihre Mutter sagt, sie hätte sich herausgeputzt ...«
Sven zuckte die Schultern: »Kleine Mädchen tun das doch schon mal, oder?«
»Hast du dir ihr Bild näher angesehen?«
»Nein, nur flüchtig.«
»Die anderen Mädchen waren alle bildhübsch, wie kleine Puppen eben. Aber Marion – die war blass, nicht wirklich hässlich, aber unscheinbar. So eine Puppe gibt es nicht.«
»Dann meinst du, der Fall Riedel gehört vielleicht gar nicht dazu?« Sven schaute auf ihre Tasse. »Hörst du eigentlich nochmal auf zu rühren?«
»Entschuldigung.« Barbara legte hastig den Löffel weg. »Das wäre die logischste Erklärung. Aber ...« Sie runzelte die Stirn. »Wie hat Maria Riedel das ausgedrückt? ›Wenn sie nur weggelaufen ist, alles hinter sich gelassen hat.‹ Eine merkwürdige Formulierung, bezogen auf ein elfjähriges Mädchen.«
An der Tür gab es einen kleinen Tumult. Jemand drängte sich an der Bedienung vorbei, die an die Tür getreten war. Barbara erkannte die junge Drogenabhängige, die vor Terbooms Haus herumgelungert hatte. »Lass mich durch ...«, zischte sie und kam schnurstracks an Svens und Barbaras Tisch. »Haben Sie das Schwein am Arsch?«
»Wen meinen Sie?«, fragte Sven irritiert.
»Jupp Terboom natürlich. Sie sind doch von der Polizei! Geht es ihm endlich an den Kragen?«
Die Bedienung kam mit hochrotem Kopf an den Tisch und stammelte: »Es tut mir Leid ...«
»Halt dich da raus, du Zicke!«
»Weswegen sollten wir denn etwas gegen Herrn Terboom unternehmen?«, fragte Barbara. Sie wusste, sie konnte die aufgebrachte Frau nur beruhigen, wenn sie sie ernst nahm.

»Der Kerl ist ein Kinderschänder! Er …«
Sie sprach nicht weiter, denn die alte Dame war von ihrem Tisch aufgestanden und hatte ihr die Hand auf den Arm gelegt. »Sei still, Kerstin. Du weißt, was dir blüht, wenn du das noch einmal öffentlich behauptest.«
»Das ist mir egal! Ich …«
»Du solltest nach Hause gehen. Und zwar gleich.« Die kleine alte Frau hatte eine solche Autorität in der Stimme, dass alle Aggression von Kerstin abfiel. Sie hatte plötzlich Tränen in den Augen. »Aber … aber …«, stammelte sie.
Die Alte tätschelte ihren Arm. »Ich weiß ja, Kind. Es ist nicht richtig, aber er hat das Gesetz auf seiner Seite. Geh nach Hause.«
»Soll ich die Polizei rufen?«, fragte die Bedienung.
»Nein, natürlich nicht. Kerstin wird jetzt gehen und sich hier vorerst nicht mehr blicken lassen, nicht wahr?«
Kerstin nickte, und dann schob sie die Bedienung zur Seite und verließ tatsächlich das Café.
»Sie müssen entschuldigen«, sagte die Alte. »Das Mädchen ist drogensüchtig und völlig verwirrt.«
»Ich hätte aber schon gern gehört, was sie zu sagen hat.« Barbara war ein wenig verärgert.
»Das ist eine sehr unschöne Geschichte. Darf ich mich zu Ihnen setzen?«
Barbara nickte, und Sven rückte einen Stuhl weiter, um Platz für die Alte zu machen.
»Sie war immer schon schwierig, vor allem während der Pubertät, da wurden ihre Eltern gar nicht mehr mit ihr fertig. Aggressiv und in höchstem Maße rebellisch war sie. Sie hielt bei keiner Lehrstelle durch, arbeitete dann gar nicht. Und dann vor sechs Jahren erstattete sie auf einmal Anzeige gegen Jupp Terboom, der sie angeblich als Kind missbraucht hatte. Sie war da zwanzig, und das Ganze lag schon Jahre zurück.

Der Staatsanwalt war neu hier, wenn er das nicht gewesen wäre, wäre es nie zu einer Untersuchung gekommen.« Sie seufzte. »Hier unternimmt man nichts gegen einen Terboom. Niemals.«

»Kam es denn zu einem Prozess gegen ihn?«, fragte Barbara.

»Wo denken Sie hin! Kerstin wurde wegen übler Nachrede verurteilt. Wenn sie es weiter verbreitet, könnte sie sogar im Knast landen, Geld hat sie ja keins. Danach ist sie dann richtig abgestürzt.«

»Und? Ist denn etwas dran an der Sache?«

Die Alte sah ihr direkt ins Gesicht. »Ich werde mich hüten, etwas in dieser Richtung zu behaupten. Ich denke schon, dass mit Kerstin damals irgendetwas geschehen ist, als sie neun Jahre alt war. Denn sie war eigentlich ein ganz normales, fröhliches Kind bis dahin. Aber ob Terboom etwas damit zu tun hat, wird nie jemand beweisen können. Wissen Sie, wenn das einige Jahre früher passiert wäre, als Jupp selber noch um die Zwanzig war, da hätte ich alles für möglich gehalten. Er war so ein richtiger Rüpel, wenn der Alte nicht in der Nähe war. Er und seine Freunde damals. Die haben einiges angestellt, auch mit den Mädchen ...«

Sie sah zu Boden. Barbara wurde das Gefühl nicht los, sie wusste mehr und hatte gute Gründe zu schweigen. Dann sah die Alte wieder auf. »Entschuldigen Sie bitte, aber für mein Alter habe ich ein ganz ausgezeichnetes Gehör, und als ich mitbekam, dass sie über Marion Riedel sprachen, habe ich noch etwas genauer hingehört. Ich weiß, das schickt sich nicht, aber ich habe so wenig Abwechslung.« Sie lächelte. Ihr Gesicht war das einer Greisin, die in Ehren ergraut war, sie ging ein bisschen gebeugt, war aber offensichtlich hellwach. Ihre Augen wirkten erstaunlich jung. »Sie sind von der Polizei?«

»Ich bin Polizist. Sven Heyer, Kripo Duisburg. Das ist

Dr. Barbara Pross, Psychologin und Spezialistin für Serienmorde.«
Die Alte nickte anerkennend. »Ich heiße Helene Wimmershoff. Ich war hier Hebamme. Aber jetzt bin ich achtundachtzig, schon dreiundzwanzig Jahre Rentnerin. Ich langweile mich zu oft.«
»Hebamme?«, fragte Barbara. »Ich nehme mal an, Sie haben Marion Riedel auf die Welt geholt.«
Helene Wimmershoff nickte. »Marion, aber auch schon ihre Mutter und ihren Onkel – und halb Kempen noch dazu. Auch Kerstin. Bevor Kerstin eben störte, fragten Sie, warum Marion wohl weggelaufen sein könnte.«
»Ja. Haben Sie da eine Idee?« Die Alte sah sich um, um sicherzugehen, dass niemand kam. »Also eigentlich fällt das ja unter die Schweigepflicht. Aber ich bin jetzt so alt, und das alles ist so lange her ... der alte Terboom ist nun auch schon einige Jahre tot ...«
Sven scharrte etwas ungeduldig mit den Füßen.
»Sie müssen mir versprechen, dass Sie das vertraulich behandeln«, sagte Helene Wimmershoff. »Vielleicht hilft es Ihnen, den Fall doch noch aufzuklären, aber es darf nirgendwo erscheinen.«
»Einverstanden«, sagte Barbara. Sven schien das nicht sehr zu behagen, aber er nickte.
»Ich muss ein bisschen ausholen. Sie wissen, dass Maria magersüchtig war?«
»Sie hat es uns selbst gesagt.«
»Sie kam zu mir, damals, als der Arzt die Schwangerschaft festgestellt hatte. Karl Riedel war nicht der Vater, den schleppte der alte Terboom erst zwei Jahre später an.« Sie stand auf und holte ihr Kännchen Kaffee an den Tisch, goss sich eine neue Tasse ein und schlürfte ihn bedächtig. »Ich sagte ihr, Kind, du musst essen. Das Baby stirbt sonst. Gut so,

sagte sie. Soll es sterben. Wenn ich jemanden wüsste, würde ich es wegmachen lassen, ich weiß, dass das geht.«
Helene Wimmershoff sah nacheinander Sven und Barbara ins Gesicht. »Ich weiß, sie hoffte, ich könnte ihr helfen. Aber ich habe nie in meinem Leben eine Abtreibung gemacht, und ich hätte es auch nie getan. Ich begann also, auf sie einzureden. Über das Wunder des Lebens, das da in ihr heranwuchs, und all die wunderbaren Sprüche, die man so parat hat in einer solchen Situation. Und als ich ihr dann sagte, dass das Kind schließlich keine Schuld daran hat, begann sie zu weinen. Nach langem Hin und Her bekam ich es dann aus ihr heraus. Was sie da im Bauch hatte, war nicht nur Jupp seniors Enkel. Es war auch sein Kind. Dieses Schwein schlief mit seiner eigenen Tochter.«
Klare Worte von dieser bemerkenswerten alten Frau. Barbara war ganz heiß geworden. Ein Inzestfall, und sie war sicher, dass alle in der Familie davon wussten – Jupp junior, Thea ... So, wie sich Maria benahm, so offen, wie sie etwa über ihre Magersucht sprach, liefen sie immer Gefahr, dass sie das Familiengeheimnis ausplauderte. Kein Wunder, dass ihr Bruder sie abschirmte und nach außen so tat, als sei sie komplett verrückt.
»Was haben Sie getan, als Sie davon erfuhren?«
»Ich bin zu ihrem Vater gegangen und habe ihn zur Rede gestellt. Ich war couragiert damals – und unglaublich naiv. Na ja, ich wurde als Hebamme automatisch als Respektsperson betrachtet.« Sie lächelte. Sie war noch heute eine Respektsperson. »Was nicht bedeutet, dass ich auch für ihn eine war. Er fiel aus allen Wolken, denn Maria hatte ihm die Schwangerschaft verheimlicht. Ich flehte ihn an, ihr eine Abtreibung zu erlauben oder wenigstens die Freigabe zur Adoption, aber er ließ sich darauf überhaupt nicht ein. ›Sie hat einen kleinen Terboom im Bauch, und der wird bei seiner

Familie aufwachsen.‹ Dass er etwas anderes als einen Sohn gezeugt haben könnte, kam ihm da wohl gar nicht in den Sinn. Und dann drohte er mir, dass ich meine Arbeit verlieren würde, wenn irgendetwas herauskam, und glauben Sie mir, er hatte schon damals viel Einfluss, und ich hatte für meine kranke Großmutter zu sorgen. Also habe ich meinen Mund gehalten, und er begann, Maria das Essen hineinzustopfen, damit sie ein gesundes Kind bekam.«

»War Marion denn gesund?«, fragte Sven. »Ich meine, bei Inzest ist das ja nicht selbstverständlich.«

»Ja, das war sie. Und ich habe Gott dafür gedankt, dass er es wenigstens nicht das Kind büßen ließ.«

Helene Wimmershoff trank den letzten Schluck Kaffee. »Ich habe jetzt fünfundvierzig Jahre lang den Mund gehalten, ich habe damals geschwiegen, und ich habe geschwiegen, als Marion verschwand. Ich bin froh, dass ich es jetzt erzählen konnte.« Sie setzte die Tasse zurück auf das kleine Tablett. »Jetzt sagen Sie mir nur eins: Was hat Marions Verschwinden mit Serienmord zu tun?«

»Es sind mehr Kinder verschwunden – am Niederrhein, in Duisburg, Düsseldorf, Erkelenz … Und wir haben ihre Überreste gefunden. Nur die von Marion Riedel scheinen zu fehlen. Aber durch Ihre Geschichte sehe ich den Fall in einem anderen Licht. Vielleicht hat er mit den anderen gar nichts zu tun.«

Die alte Frau erschauerte. »Schrecklich. Da holt man sie auf die Welt, und irgendein Perverser schlachtet sie einfach ab.« Sie schüttelte nachdenklich den Kopf. »Wenn Sie hinter der Sache mit Marion eine Familientragödie vermuten, werden Sie die Wahrheit nie herausbekommen. Die Terbooms können schweigen. Oder glauben Sie, es würde je ans Licht kommen, wie es Terboom geschafft hat, die Verträge mit all den Konzernen abzuschließen, die seine Firma bis heute groß machen? Thea war lange Jahre meine Kegelschwester und Freundin, und sie musste wissen, dass ich das mit Marias Kind wusste. Wir haben nie darüber geredet, nicht ein einziges Mal.«

Barbara und Sven dankten Helene Wimmershoff und bezahlten. Sie mussten weiter zu den Festings. Im Auto meinte Sven: »Ist schon eine schlimme Geschichte, die uns die Alte erzählt hat. Aber ehrlich gesagt, kann ich mir nicht vorstellen, dass uns das irgendwie weiterbringt. Der alte Terboom war ein perverses Schwein. Er hat seine eigene Tochter geschwängert und sie damit psychisch zerstört. Aber mit den Morden kann er nichts zu tun haben – er ist schon fast zehn Jahre tot.«

»Stimmt schon.« Barbara war, seit sie das Café verlassen hatten, sehr still gewesen. Irgendetwas in ihr hatte sich geregt bei der Geschichte. Ihr Kopf gab Sven Recht. Aber sie hatte gelernt, auf ihre Instinkte zu vertrauen. »Ich kann mir nicht helfen, Sven, seit ich zum ersten Mal in Kempen war, habe ich das Gefühl, dass dies der Ort ist, wo wir weiterkommen. Die glatte Oberfläche, die Terboom uns präsentiert hat – mir und Leiß. Und jetzt das hier … Inzest, eine mysteriöse Geschichte um Kindesmissbrauch, das ist schon ein Umfeld, in dem man sich unseren Mörder denken könnte. Und das Grundstück in Baerl natürlich.«

»Aber Kempen liegt doch schon räumlich nicht im Zentrum der Taten, eher am Rand.«

Barbara schien ihm gar nicht zuzuhören. »Wenn ich eine Verbindung finden könnte …«

Für den Rest der Fahrt war sie dankbar, dass Sven ihr Schweigen akzeptierte und sie in Ruhe ließ. Und auch zwei Stunden später, nachdem Frau Festing die mitgebrachten Fundstücke identifiziert hatte und anschließend zusammengebrochen war und mit dem Notarztwagen abgeholt wurde, war Sven nicht auf ein Gespräch aus. Er kann sehr einfühlsam sein, dachte sie. Vielleicht resignierte er ja auch nur, weil er wusste, dass sie nichts anderes im Kopf hatte als vierzehn tote Kinder.

6

In den nächsten Tagen blieb für Barbara nicht viel zu tun. Die Identifizierungen waren abgeschlossen, und die Ermittlungen konzentrierten sich auf akribische Kleinarbeit, Untersuchungen an den Skeletten und den Fundstücken, Klinkenputzen in der näheren und weiteren Umgebung des Wäldchens. Nach Absprache mit dem LKA hatte man sich geeinigt, lediglich die Auffindung Jessica Wolters und Annika Mohrs bekannt zu geben. Kein Wort über die neun anderen. »Wir wollen die Öffentlichkeit nicht mehr beunruhigen, als sie es schon ist«, hatte Grundemann verkündet. Da saß Barbara noch mit in der Besprechung, jetzt war sie wieder außen vor. Ihr Vorschlag, einen Profiler hinzuzuziehen, stieß auf wenig Gegenliebe, ebenso wenig wie ihre Bitte, Jupp Terboom verhören zu dürfen.

»Der Mann ist lediglich Besitzer des Grundstücks. Der Schrottplatz ist längst stillgelegt, er hat sich seit Jahren nicht um das Gelände gekümmert. Er hat es völlig vergessen, wie er glaubhaft versichert – er meinte, wenn er daran gedacht hätte, wäre es längst verkauft«, erklärte Grundemann. »Frau Pross, Entschuldigung, Dr. Pross, Sie sind keine aktive Polizistin, ich lasse Sie keine Verhöre führen. Wir setzen jetzt auf konventionelle Polizeiarbeit. Die Arbeit eines Profilers haben Sie getan: Sie haben den Zusammenhang zwischen den Fällen belegt und die Leichen entdeckt. Mehr können Sie nicht tun.«

»Suchen Sie nach einem Mann, der jetzt etwa sechzig ist. Er ist unauffällig, vielleicht häufig unterwegs, er hat Zeit, die Mädchen über Tage oder Wochen zu beobachten. Vielleicht ist er arbeitslos, oder ein Freiberufler oder ein Handelsvertreter – vielleicht aber auch Chef einer Firma, der niemanden fragen muss, wenn er nicht anwesend ist. Verstehen Sie, Terboom zum Beispiel könnte …«
»Danke, Frau Pross. Aber wir bevorzugen es zunächst, nach allen Seiten offen zu sein.«
Barbara schwieg für den Rest der Sitzung. Profiler wurden nur gefragt, wenn alle anderen Mittel versagt hatten. Es hatte sich immer noch nichts geändert. Bis dahin, setzte sich plötzlich ein Gedanke bei ihr fest, bis dahin hat er vielleicht noch ein Kind ermordet. Das war die letzte Besprechung, zu der sie gebeten wurde.
Auch privat herrschte Funkstille. Der Kontakt zu Sven erschöpfte sich in Telefongesprächen beruflichen Inhalts. Er unterrichtete sie bereitwillig über Detailergebnisse, die jedoch den Fall nicht weiterbrachten. Er versuchte sogar auf ihre Bitte hin, Kontakt mit der Düsseldorfer Polizei wegen Jenny Reichert aufzunehmen. Aber Jenny weigerte sich nach wie vor, irgendeine Aussage zu machen. »Die Kollegin, die sie mit dem Vater abgeholt hat, erzählte mir, dass er ein sehr eindringliches Vier-Augen-Gespräch mit ihr geführt hat. Er soll sie sogar richtig angeschrien haben. Aber die Kleine hat überhaupt nicht reagiert.«
Barbara überlegte, ob sie selbst versuchen sollte, mit Jenny zu reden. Einmal stand sie sogar vor der Tür in Unterbach, aber die Wagners waren nicht zu Hause. Doch langsam fragte sie sich auch, ob Jennys Verschwinden überhaupt etwas mit den Morden zu tun hatte – dieselben Zweifel nagten an ihr, wenn sie an Marion Riedel dachte.

Der Tod der kleinen Jessica hatte großen Presserummel verursacht. Verängstigte Eltern ließen ihre Kinder nicht mehr auf die Straße. Spendenkonten wurden eingerichtet, um Jessicas Mutter zu unterstützen. Auf dem Parkplatz des Mehrmarktes, wo Jessica immer gespielt hatte, legten die Menschen Tag für Tag Blumen und Spielzeug ab und zündeten Kerzen an. Das Interesse an der Beerdigung der Kleinen war so groß, dass der Pfarrer der katholischen Gemeinde sich entschloss, eine öffentliche Trauerfeier auf dem Marktplatz abzuhalten. »Die Menschen wollen der Familie ihre Anteilnahme zeigen, und sie wollen gewissermaßen auch dem Mörder zeigen, dass sie zusammenstehen. Jessicas Tod liegt wie eine dunkle Wolke über unserem Stadtteil. Öffentliche Trauer könnte sie etwas lichter werden lassen«, erklärte er auf einer Pressekonferenz.

Eine Woche war seit dem spektakulären Fund vergangen. Gerichtsmedizin, Spurensicherer und die Labors hatten gut und schnell gearbeitet, sodass Jessicas Leiche rasch zur Bestattung freigegeben werden konnte.

Barbara drückte der Gedanke an die geplante Trauerfeier schon seit Tagen nieder. Lydia Wolter, Jessicas Mutter, war zu ihr gekommen, nachdem sie sich einigermaßen von ihrem Schock erholt hatte. »Ich weiß, Sie haben das alles nicht getan, um ihre Leiche zu finden. Aber ich danke Ihnen trotzdem dafür.« Sie hatte geweint, und Barbara hatte mit ihr geweint. Und sie hatte die Einladung zur Trauerfeier ebenso angenommen wie Sven, den Frau Wolter am nächsten Tag gefragt hatte.

Jetzt stand sie mit Sven und Grundemann neben der Oberbürgermeisterin, dem Bezirksvorsteher und Vertretern der Parteien in der ersten Reihe auf dem Marktplatz. Der Pfarrer und andere Redner sprachen von dem überdachten Pavillion aus zu der Menge, eine Mikrophonanlage war instal-

liert worden. Der Platz war voller Menschen, die sich bis in die umliegenden Straßen stauten, die Hauptstraße hatte die Polizei absperren müssen. Mindestens tausend, schätzte Barbara, wenn nicht tausendfünfhundert Leute hatten den Weg hierher gefunden, um ihrer Trauer Ausdruck zu geben.
Es war auffallend still. Und wie zum Hohn war dieser 21. November ein ausgesprochen heller und freundlicher Tag, die Sonne schien vom wolkenlosen Himmel.
Der kleine Sarg stand in einem Auto, das direkt neben dem Pavillon geparkt war. Grundemann hatte zähneknirschend dem Sprecher des LKA das Rednerpult überlassen. Als der geendet hatte, war er wohl nachträglich dankbar dafür. Denn dies war das einzige Mal, dass es laut wurde am diesem Tag. Die beschwichtigenden Worte, dass es nur eine Frage der Zeit sei, wann der Täter gefasst würde, veranlasste die Zuhörer zu lauten Buh-Rufen.
In Gedanken war Barbara schon beim Nachmittag, denn da fand Katja Roses Beerdigung statt. Thomas hatte sich bei Barbara gemeldet und ihr den Wunsch der Roses übermittelt, dass auch sie teilnehmen sollte, und sie konnte es ihnen nicht abschlagen.
Die Menge auf dem Platz löste sich langsam auf. Sven und Barbara mussten warten, bis der größte Stau sich gelegt hatte, direkt am Pavillon waren sie mittendrin. »Sehen wir uns heute Nachmittag?«, fragte Sven. Er sah mitgenommen aus. Barbara wusste, die Vorstellung, es könnte eine seiner Töchter gewesen sein, die hier betrauert wurde, machte ihm zu schaffen.
»Ich habe zugesagt, zu Katja Roses Beerdigung zu kommen«, sagte sie leise. »Tut mir Leid.«
Und dann entdeckte sie plötzlich Thomas in der Menge. Er stand zwischen den Menschen, die den Platz verließen, und wie üblich wirkte er wie ein Fremdkörper, als gehöre er

überhaupt nicht dazu. Er wurde nicht angerempelt, der Menschenstrom floss einfach um ihn herum.
Auch Sven hatte ihn gesehen. »Das ist doch Thomas da drüben.«
»Ja. Ich wusste nicht, dass er herkommt.« Sie hoffte, Sven würde ihr glauben, und fragte sich im nächsten Moment, warum ihr das so wichtig war. Wie gewohnt war sie jedem Gedanken an ihr Privatleben in den letzten Tagen ausgewichen, denn es gab ja so viel Wichtigeres zu tun. Und wie üblich hatte sie sich etwas vorgemacht.
Thomas hatte die beiden gesehen und kam zu ihnen herüber. Er grüßte Sven höflich. »Ich wollte dich abholen«, sagte er zu Barbara. »Meine Mutter wird auch mitkommen.«
Barbara sah Thomas scharf an – sah er gesund aus? Sie konnte jedenfalls nicht feststellen, ob es ihm heute besser oder schlechter ging als bei ihrem letzten Treffen. Svens Gesichtsausdruck wusste sie nicht ganz zu deuten. Sie hatte Feindseligkeit vermutet, ein wenig Eifersucht, aber Sven schien eher traurig zu sein.
»Das hier nimmt einen ganz schön mit«, sagte Sven.
»Ja. Aber es tut gut, wenn so viele Leute zusammenkommen«, meinte Thomas.
»Haben wir noch Zeit, einen Kaffee bei mir zu trinken?« Barbaras Vorschlag klang etwas gezwungen, und Sven winkte ab. »Ich fahre ins Präsidium. Wenn du heute Nachmittag nicht da bist, nehme ich mir lieber einen anderen Tag frei.«
»Gut. Ich … ich rufe dich an.«
Thomas und Barbara gingen langsam zur Thionville-Straße. Wenn Barbara Thomas nicht so gut gekannt hätte, hätte sie jetzt Fragen erwartet. Aber wie üblich schwieg er. Auch ihr letztes Gespräch war kein Thema. Thomas war geduldig. Wenn sie reden wollte, würde sie es tun. So hatte er es immer gehalten und sie oft genug damit wütend gemacht.

Herr Weise saß im Wagen und grüßte Barbara. »Wann müssen wir los?«, fragte sie.
»Wir sollten spätestens um halb zwei in Kaiserswerth sein, um meine Mutter abzuholen.«
»Gut. Dann habe ich noch Zeit, mich umzuziehen. Kommst du mit?«
Er schüttelte den Kopf. »Ich warte im Wagen.«

Katja Roses Eltern hatten nur wenige Verwandte und ein paar der engsten Freunde eingeladen. So waren rund fünfzehn Leute bei der stillen kleinen Beerdigung auf dem Friedhof. Kein Blumenmeer, keine Spielzeuge für Katja. Es gab auch keine Nachfeier. Den meisten war beklommen zumute bei dem Gedanken, dass das Kind, das sie hier beerdigten, seit dreiunddreißig Jahren tot war. Die meisten waren froh, nach der traurigen Zeremonie schnell verschwinden zu können. Alle hatten von Jessica Wolter und Annika Mohr in der Zeitung gelesen und konnten sich zusammenreimen, dass die Auffindung von Katjas Überresten damit in Zusammenhang stand. Die Roses sprachen jedoch nicht darüber.
Zuletzt standen sie mit Barbara, Thomas und seiner Mutter Annette allein am offenen Grab. Sie waren gefasst. Wenn sie in den letzten Tagen geweint hatten, dann hatten sie es in aller Stille getan.
»Dreiunddreißig Jahre unseres Lebens haben wir heute mitbegraben«, sagte Jutta Rose leise. »Vielleicht können wir jetzt darüber hinwegkommen.«
Horst schwieg.
»Er glaubt nicht daran.« Jutta lächelte hilflos. »Er sagt, das ändert nichts, dass es jetzt ein Grab gibt.«
»Wir wussten, dass sie tot ist. Das Grab ändert nichts daran, wie ich mich fühle«, murmelte Horst Rose. Die anderen suchten nach einem tröstenden Wort. Niemandem fiel etwas ein.

Jutta Rose befreite sie aus ihrer Verlegenheit. »Kommt ihr noch mit zu uns?«, fragte sie und sah bittend auf Annette.
Seit Thomas' Bruder Wolfram Selbstmord begangen hatte, lebte Annette sehr zurückgezogen. Jetzt bildete sich so etwas wie Solidarität zwischen den beiden Müttern, die jede ein Kind verloren hatten.
Annette sah zu Thomas, und der nickte. »Gern«, sagte sie.
Jutta Rose wandte sich an Barbara. »Sie kommen doch auch mit?«
»Ja, du solltest auch mitkommen«, sagte Annette.
Erstaunt über Annettes freundliche Aufforderung, willigte sie ein.

Als Barbara am frühen Abend nach Hause kam, fühlte sie sich so erschöpft, als hätte sie schwere körperliche Arbeit hinter sich. Die beiden Trauerfeiern und noch mehr das Beisammensein im Hause der Roses, die zähen Gespräche, die nur mühsam in Gang kamen, hatten an ihr gezehrt. Deshalb war sie fast entschlossen, nicht abzuheben, als ihr Telefon jetzt klingelte. Der Anrufbeantworter schaltete sich an, und Heinz Wersten meldete sich. »Hallo, Barbara. Ich habe gerade Nachricht von den Kollegen bekommen, die sich mit Kinderpornographie befassen. Du solltest schleunigst zurück …« Die Verbindung war nicht so gut, wahrscheinlich rief er aus dem fahrenden Auto an.
Barbara war zum Telefon gesprintet und nahm ab. »Hallo, Heinz, was gibt's?«
»Gut, dass du da bist, Barbara. Unsere Internetspezialisten haben gestern Morgen eine anonyme E-Mail erhalten – jedenfalls sind sie nicht in der Lage, sie zurückzuverfolgen. Sie enthielt Listen mit Zugriffen auf einen bisher nicht bekannten Pädophilen-Server, der irgendwo in Osteuropa vermutet wird. Es sind erstaunlich viele Adressen dabei, die hier

in Nordrheinwestfalen lokalisiert werden konnten. Unsere Leute meinten, es könnte nur jemand gezielt Hacker darauf angesetzt haben.«

»Ja, da haben sie ganz Recht.«

»Also steckst du dahinter?«

»Ja. Ich musste wissen, ob Terbooms Pädophilenzirkel bis heute aktiv ist – auf die eine oder andere Weise.« Barbara machte eine Pause. »Ich hätte nur nicht gedacht, dass das so schnell gehen würde. Weißt du eigentlich darüber Bescheid?«

Heinz verneinte, und Barbara erzählte ihm über Horst Roses Enthüllungen. »Das war aber ein absoluter Schuss im Dunkeln«, meinte er.

»Vielleicht führt er jetzt zu etwas.«

»Möglicherweise. Aber die Auswertung kann noch Tage dauern, du weißt, wie langwierig das ist, die Adressen zuzuordnen.«

Barbara runzelte die Stirn. »Glaubst du, das LKA kneift?«

»Ich denke nicht. Die sind sehr heiß darauf, endlich ein paar Ergebnisse präsentieren zu können. Mein Bekannter dort sagte, die Adressenliste sei der Mosaikstein, der ihnen noch gefehlt hat – auch wenn sie illegal ermittelt worden sei.«

»Aber Heinz, da haben sich nur ein paar aufmerksame Bürger an das LKA gewandt, die anonym bleiben müssen, weil unsere Gesetze sie sofort in die kriminelle Ecke schieben, wenn sie selber etwas herunterladen!« Barbara konnte sich den Sarkasmus nicht verkneifen.

»So wollen die Kinderpornofahnder das auch auffassen. Ich hoffe nur, sie finden einen Richter, der das genauso sieht. Aber ich rufe nicht nur an, um dir das zu erzählen, Barbara. Da ist noch eine Sache, und die könnte viel wichtiger werden. Diese Hacker haben, nachdem sie die Adressen hatten, die E-Mails, die über diesen Server gingen, überwacht. Diese

Schweine müssen sich verdammt sicher fühlen, denn es gibt eine Verabredung zwischen Käufer und Verkäufer – in knapp zwei Stunden im Moerser Schlosspark.«

»Und die Kollegen wollen da zugreifen?«

»Ja. Ich habe ihnen geholfen, die Sache mit den Moerser Kollegen abzuklären.«

»Bist du dabei?«

Heinz lachte leise. »Ja. Und wenn du willst, kannst du mitkommen. Ein Paar, das im Park spazieren geht, ist wesentlich unauffälliger ...«

»Wann bist du hier?«

»In zehn Minuten.«

Barbara wartete bereits unten auf der Straße und sprang in Heinz' schwarzen Passat.

»Wie sieht es mit den Ermittlungen bei den Kindermorden aus?«, fragte er.

»Keine Ahnung. Sie haben mich ganz schnell wieder herausgekegelt.«

Heinz seufzte: »Sie lernen es einfach nicht.«

»Ich weiß nicht, ob ich eine große Hilfe wäre. Der Mörder bleibt merkwürdig unkonturiert. Er ist nicht greifbar. Da ist sein Alter und die Tatsache, dass er über so viele Jahre nicht entdeckt wurde. Wenn er einmal gefasst ist, werden wir sicher klären können, warum es so lange inaktive Perioden gab und was zum Abbruch der jeweiligen Welle führte, aber jetzt kann man nur spekulieren.«

»Zum Beispiel, dass er aufhörte, als Grigoleit gefasst wurde ...«

Heinz verließ die Autobahn an der Ausfahrt Moers-Zentrum und fuhr Richtung Innenstadt.

»Ja«, bestätigte Barbara. Sie überlegte. »Das ist wahrscheinlich. Vielleicht war Krolls Festnahme das Ende der Serie in den Siebzigern, auch wenn diese Morde mehr im Aachener

Raum stattfanden. Das müsste ich mal nachprüfen.« Sie seufzte. »Aber selbst die Dinge, die wir konkret wissen – die Ähnlichkeit der Opfer mit Puppen, das kleine Ritual mit den Stricknadeln –, bringen uns ihm nicht näher.«
»Vielleicht solltest du nochmal ganz von vorn anfangen, Barbara, ganz unvoreingenommen.«
»Oder mir eine konkrete Person vornehmen, ganz voreingenommen …«
»Diesen Jupp Terboom.«
»Vieles spricht dafür.«
Heinz kannte sich in Moers gut aus, er parkte am Finanzamt und ging dann zu einem kleinen Durchgang, der zum Schloss führte. »Die Kollegen sind über den halben Park verteilt, und der ist nicht klein. Am wahrscheinlichsten ist aber, dass er vom Kastellplatz am Schloss vorbeigeht – so wie wir jetzt.«
Schon bei Katjas Beerdigung am frühen Nachmittag hatte es sich bewölkt. Nun setzte ein leichter Nieselregen ein, der rasch stärker wurde. Der Park war menschenleer – kein Wunder bei dem ungemütlichen Wetter. Das Schlosstheater spielte nicht. »Einer von beiden ist wohl von hier«, meinte Barbara. »Er kennt den Spielplan und weiß, dass heute Abend hier niemand ist.«
Heinz nickte. Dann legte er den Arm um sie. »Nur zur Tarnung«, flüsterte er.
»Ach, das tut ganz gut.«
»Hast du nicht schon genug Herzen gebrochen?«
»Bist du mir immer noch böse wegen Thomas?«
Er antwortete nicht darauf, drückte sie nur kurz ein bisschen fester an sich.
Langsam gingen sie den Weg entlang, durchquerten nach und nach den ganzen Park. Da Barbara wusste, dass sich hier Beamte versteckt hatten, fiel ihr der eine oder andere

auf, obwohl sie ihre Sache sehr professionell gemacht hatten.
»Ich frage mich, wo Gentrup ist«, murmelte Heinz. »Er ist der Einsatzleiter, aber er mischt viel zu gern selber mit.«
Sie zogen weiter ihre Runden. Barbara schmunzelte innerlich bei dem Gedanken, dass man sie für ein verliebtes Pärchen halten musste. Aber sie war dankbar, so eng umschlungen mit Heinz gehen zu können, denn im Regen wurde es wirklich ungemütlich.
Sie waren gerade wieder auf dem Weg Richtung Schloss, als Barbara plötzlich zusammenzuckte. Ein Mann trat aus dem Gebüsch. »Hallo, Gentrup«, begrüßte ihn Heinz. »Warum hast du uns denn eben vorbeilaufen lassen?«
»Weil ich dich nicht erkannt habe, Wersten. Ich dachte, ihr wärt …«
Heinz deutete auf Barbara. »Ich habe mir Verstärkung mitgebracht, Gentrup. Das ist Barbara Pross, früher beim BKA.«
»Na, dann zeigen Sie mal, was Sie da gelernt haben, und machen sich ganz schnell dünne. Gerade hat ein Wagen mit Düsseldorfer Kennzeichen am Kastell geparkt. Der Fahrer hat eine Plastiktüte bei sich. Wir wollen doch nicht, dass er den Park zu belebt vorfindet, oder?«
»Wo sind …«, setzte Heinz an, doch Barbara zog ihn ein Stück weiter den Weg herunter in ein Gebüsch. Ein kleiner Mann in einem teueren Wintertrenchcoat kam den Weg entlang, den sie gerade genommen hatten. Kurz bevor er sich dem Gebüsch näherte, in dem der Einsatzleiter hockte, blieb er stehen und blickte sich nervös um. »Wenn er da bleibt«, flüsterte Heinz, »dann bringt er Gentrup in Schwierigkeiten. Sie könnten ihn hören, wenn er den Zugriff befiehlt.«
»Erst einmal abwarten.« Barbara beobachtete aufmerksam den Weg, den sie gekommen waren. Dort zeigte sich jetzt ein hoch gewachsener Mann im langen schwarzen Wollmantel.

Als er den Kleinen sah, machte er eine grüßende Handbewegung. »Dudley?«, fragte er.
Der Kleine nickte. »Sie sind Vertigo?«
»Genau.«
Barbara sah, dass die beiden jetzt exakt vor dem Gebüsch standen, in dem Gentrup saß. »Wir müssen was tun, Heinz.«
»Was denn? Wir wissen ja nicht mal, wo die anderen sich versteckt halten.«
»Einer ist schräg gegenüber hinter dem Ilex. Und dann ist da noch Gentrup, das dürfte für den Zugriff ja reichen.« Sie hoffte, Heinz hatte sie verstanden, denn sie konnte nicht riskieren, dass einer der beiden Männer sie hörte. »Wir müssen sie nur ein Stück weglocken.« Sie lief vorsichtig durch das lichte Gebüsch, froh darüber, dass alles so nass war, dass sie keine größeren Geräusche verursachte. Heinz folgte ihr. Barbara schlug einen Bogen zurück auf den Weg, und dann gingen Heinz und sie wieder eng umschlungen Richtung Schloss.
Die beiden Männer sahen sie kommen. Barbara gab Heinz einen Kuss auf die Wange und erreichte so ihr Ziel: Die beiden unterbrachen ihr Geschäft. Sie gaben vor, ebenfalls Spaziergänger zu sein, und nahmen die entgegengesetzte Richtung. Heinz und Barbara taten so, als hätten sie es eilig, ins Trockene zu kommen, und gingen rasch weg, damit die beiden nicht zu weit wegliefen. »Wenn wir um das Schlosscafé herumgehen, können wir sie weiter beobachten.«
Aber im nächsten Moment hörten sie Gentrup »Zugriff« rufen. Als Heinz und Barbara zurückkamen, hatten die beiden die Hände in der Luft – der Große hielt einen braunen Umschlag fest, der Kleine hatte die Plastiktüte in der Hand.
Ein Kollege schaltete eine lichtstarke Taschenlampe an. Der Kleine zitterte am ganzen Leib. »Guten Abend, Herr Stadtrat«, sagte der mit der Taschenlampe, ein Moerser Beamter.

Dann fiel das Licht auf das Gesicht des anderen Mannes – und Barbara stockte für einen Moment der Atem. Der Mann war Lutz Wagner.

»Das glaub ich nicht«, sagte sie zu Heinz.

»Kennst du die beiden?«

»Nur den großen. Das ist Lutz Wagner – Jenny Reicherts Stiefvater.«

Heinz ging zum Einsatzleiter hinüber. »Gentrup, wir sollten beide zum LKA bringen. Wenn der da wirklich ein hiesiger Stadtrat ist, dann ist er bei uns besser aufgehoben. Und der andere, Lutz Wagner, der hat vielleicht mehr Dreck am Stecken, als ein paar Bildchen zu verkaufen.«

Sie gingen in Richtung Kastell. Dort im Licht der ersten Lampen erkannte Wagner Barbara. »Frau Pross?«

Sie nickte.

»Was … was machen Sie hier …«

Noch bevor sie etwas sagen konnte, wurden er und der Stadtrat in einen Transporter gesteckt. Gentrup bedankte sich bei den Moerser Kollegen und deutete auf den Stadtrat. »Seid nicht traurig, ihr habt ihn ja bald wieder«, tröstete er sie mit einem ironischen Lächeln. Zu Barbara und Heinz gewandt, meinte er: »Danke, das war sehr geistesgegenwärtig von euch. Wenn wir besser verkabelt gewesen wären, hätte ich weiter weg …«

»Rede doch kein dummes Zeug. Du greifst doch viel zu gern selber zu.« Heinz gab Gentrup einen freundschaftlichen Rippenstoß. »Behandle den Großen wie ein rohes Ei, und mach nicht den geringsten Fehler. Der ist Anwalt.« Gentrup schüttelte ihnen die Hand und ging dann zu seinem Wagen. Heinz und Barbara nahmen wieder den Weg um das Schloss.

»Kommst du mit nach Düsseldorf?«, fragte Heinz.

Barbara überlegte einen Moment, dann schüttelte sie den

Kopf. »Das ist verlockend, aber ich bin wirklich sehr müde. Das wird doch sicher die ganze Nacht dauern. Aber du hast ein Auge auf ihn, nicht wahr?«
»Ja sicher.«

Heinz hatte sie zu Hause abgesetzt. Es war kurz nach neun, Barbara wollte es sich gerade vor dem Fernseher gemütlich machen, als die Türklingel ging. Sie seufzte. »Ich komme wohl heute nicht mehr zur Ruhe …«
Es war Sven. »Hallo.«
»Hallo. Komm rein. Es gibt etwas Neues.«
»Ja?«
»Die Hacker-Aktion hat sich gelohnt. Sie haben eine Mail abgefangen, in der sich zwei zu einem Geschäft verabredeten.«
»Was? So unvorsichtig sind die?«
»So sicher fühlen die sich.«
Barbara ging ins Wohnzimmer und schaltete den Fernseher aus. »Du glaubst nicht, wer da ins Netz gegangen ist.«
»Doch nicht etwa dein Lieblingsfeind Terboom …«
»Terboom?« Barbara schüttelte den Kopf. »Das wäre allerdings die Krönung gewesen. Nein, es war Lutz Wagner. Er war der Verkäufer.«
Sven sah sie ungläubig an. »Du machst Witze, oder?«
»Nicht doch. Sein Käufer war ein Moerser Stadtrat. Und der sah ganz schön fertig aus. Die beiden werden im LKA in die Mangel genommen.«
»Und denkst du, Wagner hat etwas mit unserem Fall zu tun?«
»Keine Ahnung. Aber vielleicht haben wir da etwas losgetreten. Wenn die Fachleute die Adressen zugeordnet haben, wird so mancher Pädophile hochgehen.«
»Schön.« Sven machte einen unschlüssigen Eindruck. »Glaubst du, wir könnten jetzt über uns reden?«

»Es tut mir Leid, wenn du den Eindruck hattest, ich drücke mich davor.« Barbara wusste, sie klang nicht begeistert.
»Hast du dich denn gedrückt?«
Sie nickte.
»Das habe ich auch.«
Sie setzten sich auf das Sofa, aber Barbara fühlte sich dadurch nicht einen Deut entspannter. Trotzdem musste sie verstohlen gähnen, der harte Tag forderte seinen Tribut. »Entschuldige, Sven. Ich bin einfach müde …«
»Sollen wir lieber ein anderes Mal …«
»Nein. Wenn es dich nicht stört, dass ich manchmal gähnen muss …« Sie streifte die Schuhe ab und legte die Beine aufs Sofa. »Keine Angst, ich werde nicht einschlafen.«
Er lächelte. »Was hat dich eigentlich so verschreckt an dem Abend neulich?«
»Es war das Wort ›verschmelzen‹, glaube ich.« Barbara sah ihm direkt ins Gesicht. »Ich hatte ja angefangen, dir zu erklären …«
»Ja, ich weiß. Zwei autonome Personen.« Die Art, wie er das sagte, drückte seine ganze Ablehnung aus.
»Aber das ist mir sehr wichtig, Sven. Ich bin nie verheiratet gewesen und hatte nur sehr wenige längere Beziehungen. Möglicherweise bin ich sogar … na, so etwas Ähnliches wie beziehungsunfähig. Für mich ist es jedenfalls so, dass ein …«, sie suchte nach Worten und wusste, dass alles, was sie jetzt sagte, das Falsche sein würde, »… ein Agreement zwischen zwei erwachsenen, selbständigen Personen die einzige Art von Beziehung ist, die ich mir vorstellen kann.«
»Ein Agreement?« Man konnte Sven ansehen, dass dies für ihn der denkbar unpassendste Begriff war.
»Zwei Menschen, die sich einig sind, ihr Leben miteinander zu teilen, aber keineswegs ineinander aufgehen wollen dabei – vielleicht trifft es das besser. Mehr will und mehr kann ich

dir nicht bieten, Sven. Ich will mich nicht für dich aufgeben, und ich würde das auch nie von dir verlangen.«

Sven setzte sich mit ratlosem Gesicht hin. »Und du kannst dir nicht vorstellen, dass man das gerne tut? Aus Liebe? Dass man selbst gar nicht mehr wichtig ist, weil der andere zum Mittelpunkt des Lebens geworden ist?«

Barbara zögerte. »Nein, das kann ich nicht, Sven. Aber ich sagte ja, vielleicht bin ich nicht dafür geschaffen.«

»Aber es ist eine Sache der Liebe«, beharrte er.

Sie lächelte traurig. »Dann gehen unsere Vorstellungen darüber aber weit auseinander.«

»So? Und was ist deine Vorstellung?«

Barbara atmete tief durch. So genau hatte sie eigentlich noch nie darüber nachgedacht. Es war eben nie die Frage aufgekommen, ob eine Beziehung, in der sie steckte, Liebe war oder etwas anderes. Mit ihrem Kollegen Philipp war es wohl nicht unbedingt Liebe gewesen, die sie verband. Und Thomas? Sie hatte es ihm gesagt, und es war ihr ernst. Aber was wäre das in Svens Augen?

Sven wartete auf ihre Antwort. »Füreinander da zu sein. Bedingungslos ja zu sagen zum anderen, zu seinen Stärken und Schwächen. Sich für jemanden ganz zu entscheiden und zu wissen, dass er sich ganz für mich entschieden hat. So wie er ist, und so wie ich bin. So wie wir auch bleiben werden. Das ist viel schwieriger, als einfach ineinander aufzugehen.«

»Woher willst du das wissen? Du hast es ja offensichtlich nie getan.« Das klang bitter. Sven sah sie an. »Was du da sagst, dass gilt auch für jede Freundschaft.«

»… Ja.« Barbara setzte sich gerade hin. »Ja, vielleicht ist genau das meine Vorstellung von Liebe. Die perfekte Freundschaft.«

»Und die könntest du dir mit mir vorstellen?«

Barbara hasste sich für den Moment, den sie zögerte: »Ja.«
»Aber sicher bist du dir nicht.«
Das Telefon klingelte, und Barbara war froh, nicht antworten zu müssen.
»Barbara?«
Es war eine Frau, und sie weinte. Barbara brauchte ein paar Sekunden, bis sie die Stimme erkannte. »Annette? Annette, was ist los?«
»Thomas.« Annette Hielmann schluchzte, dann schien es, als wolle sie sich zusammenreißen. »Es ging ihm gar nicht gut heute nach der Beerdigung.«
»Was ist mit ihm?« Barbaras Müdigkeit war von einem Moment zum anderen verflogen. »Er ist doch nicht …«
»Nein. Er ist im Krankenhaus. Intensivstation. Sie untersuchen ihn noch.« Sie schluchzte wieder. »Ich wollte ihn eigentlich nicht allein lassen, aber du kennst ihn ja. Am Abend ist es wohl schlimmer geworden, die Medikamente halfen nicht. Er … er hat sich zum Telefon geschleppt und selbst den Notarzt verständigt. Aber die Wohnung mussten sie dann aufbrechen, da war er schon bewusstlos.«
»Wo liegt er?«
»Im Marienhospital erst einmal, das ist ja gleich um die Ecke.«
»Bist du dort?«
»Ja.«
»Ich komme sofort, Annette.« Sie legte auf.
Als sie wieder zurück ins Wohnzimmer kam, merkte sie, dass sie zitterte. »Sven, es ist etwas passiert …«
Sie setzte sich hin, und Sven, der sie besorgt angesehen hatte, nahm ihre Hand.
»Thomas ist zusammengebrochen. Er ist im Krankenhaus. Das war Annette, seine Mutter … sie hat mir Bescheid gesagt.« Sie sah Sven an. »Sven, sie hat niemanden. Niemanden

außer Thomas. Wir mögen uns nicht sehr, aber ich kann sie jetzt nicht allein lassen.«
»Und Thomas auch nicht«, murmelte Sven. Dann sah er sie an und versuchte ein verständnisvolles Lächeln. »Fahr hin. Du kannst doch fahren?«
Barbara nickte. Das Zittern hatte aufgehört. »Ja. Ich war nur so geschockt. Weißt du, die ganze Zeit, als ich mit ihm zusammenlebte, habe ich Angst vor so einem Moment gehabt.« Sie stand auf. »Ich muss los, Sven. Es tut mir Leid.« Es entstand eine verlegene Pause.
»Sven … ich … ich weiß nur nicht, ob du es dir vorstellen kannst. Das, was du Freundschaft nennst, meine ich. Wir könnten es doch einfach versuchen und herausfinden, was es uns beiden bringt.«
Er stand ebenfalls auf. »Darüber muss ich erst nachdenken.« Seine Enttäuschung konnte er kaum verbergen. »Sieh zu, dass du zu Thomas kommst.«
Sie verließen gemeinsam die Wohnung und verabschiedeten sich vor der Haustür mit einem freundschaftlichen Kuss. Als Barbara im Wagen saß, fühlte sie sich trotz der Sorge um Thomas erleichtert. Was immer jetzt kam, sie hatte die Grenzen abgesteckt, und Sven würde sich darin zurechtfinden müssen oder es eben lassen. Eigentlich nicht sehr fair, dachte sie. Aber wer hatte gesagt, dass es fair war, von ihr zu verlangen, mit ihm zu verschmelzen?
Sie hatte Thomas gesagt, dass sie ihn liebte – ihm, nicht Sven. Und Thomas hatte sie nichts von Sven erzählt. Doch ihr Gefühlschaos zählte jetzt nicht. Jetzt zählte nur, wie es Thomas ging und ob er es überlebte.

Es dauerte eine Weile, bis sie Annette in dem weitläufigen Krankenhaus gefunden hatte. Sie saß in einem Aufenthaltsraum zusammengekauert auf einer gepolsterten Bank. Bar-

bara ging hinein und umarmte sie spontan. Das hatte sie noch nie getan. Annette hielt sich an ihr fest, als würde sie ertrinken. Sie begann zu weinen.
»Wie geht es ihm?«, flüsterte Barbara.
Annette ließ sie los und wischte über ihre verheulten Augen. Sie brachte sogar ein kleines Lächeln zustande. »Es tut mir Leid, ich war so angespannt. Ich wollte dich nicht erschrecken. Er ist schwach, aber außer Lebensgefahr. Er hat sich einfach zu viel zugemutet in der letzten Zeit. Und er muss sich auch erst auf die neue Situation einstellen, herausfinden, wohin sich seine Grenzen verschoben haben.«
Barbara nickte erleichtert.
»Tut mir Leid, wenn ich hier herumheule«, sagte Annette noch einmal.
»Irgendwo müssen die Gefühle doch hin, Annette.«
Eine Schwester kam herein. »Ihr Sohn ist wach, Frau Hielmann. Sie können zu ihm.«
Annette sah Barbara fragend an.
»Geh nur. Du kannst ihm ja sagen, dass ich hier bin«, sagte Barbara.
»Gut.« Annette ging hinter der Schwester her.
Barbara sah hinaus auf den Gang. Sie hasste Krankenhäuser. Sie wusste nicht, wie viel Zeit vergangen war, als die Schwester wiederkam. »Sie sind Frau Pross?«, fragte sie.
Barbara nickte.
»Herr Hielmann würde Sie gern sehen, aber machen Sie es kurz, er ist noch sehr schwach.«
»Ja, sicher.«
Barbara stieg im Vorraum der Intensivstation in einen grünen Kittel und zog Plastik-Überschuhe an. »Kommen Sie«, sagte die Schwester. Annette kam ihr entgegen und drückte kurz ihre Hand.
Thomas lag allein in einem Raum, umgeben von Apparaten.

Es gab keine Beatmungsschläuche, aber das Ganze sah bedrohlich genug aus.

»Hallo«, sagte Barbara und ärgerte sich, dass ihr nichts Besseres einfiel.

»Hallo. Mutter sagte, dass du hier bist. Sie hätte dich nicht aufscheuchen sollen.« Seine Stimme klang leise und heiser. Er war blasser, als es Barbara sich je hätte vorstellen können.

»Sie hat doch niemanden, Thomas. Es sagt doch alles, dass sie ausgerechnet mich gerufen hat. Wie fühlst du dich?«

Er versuchte ein Lächeln. »So schwach, als wäre ich gar nicht mehr da. Ich glaube, selbst wenn ich nicht so verkabelt wäre, könnte ich mich nicht rühren.« Er schloss die Augen. »Es ist so lange her, dass ich mich das letzte Mal so gefühlt habe. Damals stand ich kurz vor der Operation. Ich habe gedacht, das werde ich nie wieder durchmachen müssen.«

»Es wird wieder aufwärts gehen, Thomas. Annette sagte, es bestehe keine Lebensgefahr.«

»Ja. Aber wie weit es aufwärts geht, kann mir jetzt noch niemand sagen. Ich … will nicht so schwach und kraftlos sein. Das ist kein Leben.«

»Warte doch erst mal ab.« Barbara nahm seine Hand. »Sag mir jetzt sofort, dass du leben willst. Auf der Stelle.«

»Kann ich dich damit erpressen?« Er schaffte es tatsächlich, sein ironisches Lächeln hervorzuzaubern.

»Ja, Thomas. Das kannst du.« Barbara sagte es so todernst, dass sich sein Lächeln in Erstaunen wandelte.

»Ich will dich aber nicht erpressen. Ich weiß, da läuft etwas mit diesem Sven Heyer. Du hast die Chance auf eine ganz normale Beziehung mit einem gesunden Mann. Ich will dir das nicht kaputtmachen.«

»Vielleicht beruhigt es dich, dass es momentan nicht danach aussieht, als wäre ich für eine normale Beziehung geschaffen.«

»Halte dir die Option offen«, sagte Thomas ernst.
Die Schwester steckte den Kopf herein, und Barbara nickte ihr zu. »Lass uns darüber reden, wenn es dir besser geht. Und ich will, dass es dir bald besser geht.«
Er nickte und wirkte auf einmal sehr erschöpft. »Kümmere dich ein wenig um Mutter«, bat er.
»Das werde ich bestimmt. Du solltest jetzt schlafen.« Sie beugte sich über ihn und küsste ihn auf die Wange. »Ich komme morgen wieder.«
»Wenn du nicht zu viel mit deinen Morden zu tun hast.«
»Schlaf gut.«

Annette hatte vor der Tür der Intensivstation auf sie gewartet. Sie sah Barbara an und streckte dann ihre Arme aus. Jetzt weinte Barbara.
»So eine Intensivstation ist etwas Schreckliches«, sagte Annette leise. »Aber ich habe von früher her so viel Routine darin.« Sie tätschelte Barbaras Rücken. »Es ist nicht so schlimm, wie es aussieht, glaube mir, Barbara. Es ist auch nicht so schlimm, wie er glaubt. Als Kind hatte er ständig diese Höhen und Tiefen, und nur, weil es fast dreißig Jahre gut gegangen ist, glaubt er jetzt, die Welt geht unter. Er ist nämlich gar nicht so abgeklärt, mein kleiner Junge.«
Sie löste die Umarmung und gab Barbara ein Taschentuch. »Kannst du mich nach Hause fahren?«
»Sicher.«
Als sie im Auto saßen, sagte Annette plötzlich: »Wir beide haben uns nie besonders gut verstanden. Und was damals mit Wolfram geschehen ist und welche Rolle du dabei gespielt hast, werde ich dir nicht verzeihen können, auch wenn ich denke, dass es früher oder später so kommen musste. Aber ich habe eingesehen, dass du Thomas sehr gut getan hast. Und für Thomas würde ich gern Frieden mit dir schließen.«

»Ich glaube, das haben wir schon getan, oder?«, fragte Barbara und drückte kurz ihre Hand, bevor sie den Wagen anließ. Annette nickte und verlor kein Wort mehr darüber.

Barbara hielt direkt vor der Villa in Kaiserswerth. Annette wollte aussteigen, dann zögerte sie. »Barbara, ich möchte, dass du mit hineinkommst. Ich will dir etwas zeigen.«
Ihr Ton duldete keinen Widerspruch. Beide stiegen aus und gingen hinein. Annette orderte Tee bei der Haushälterin, die besorgt gewartet hatte, und verschwand eine Weile im oberen Stockwerk. Als sie wiederkam, hatte sie einen alten Briefumschlag in der Hand.
»Ich hatte meine Gründe, warum ich neulich nicht wollte, dass Thomas Horst Rose überredet, die Namen zu nennen. Er hätte das nämlich geschafft.«
»Ja. Die Hartnäckigkeit hat er von dir.«
Annette lächelte. »Das hat ihm die Kraft gegeben zu überleben.« Sie setzte sich. »Ich habe euch erzählt, dass sich Horst Rose meinem Mann anvertraut hatte. Was er nicht wusste, war, dass Leo auch zu einem Treffen eingeladen war. Nicht in denselben Zirkel wie Horst, das war vermutlich Absicht. Er ist völlig ahnungslos hingegangen und war entsetzt. Dann hat er Terboom seine Meinung gesagt und das geplante Projekt sofort abgeblasen, um deutlich zu machen, dass er nicht erpressbar ist. Und er hat alle Namen und Fakten dieses Abends bei einem Notar hinterlegt, für den Fall, dass ihm etwas passiert. Die Firma Hielmann hat danach nur noch wenig Aufträge am Niederrhein bekommen, aber wir waren groß genug, um das zu verkraften.«
Sie gab Barbara den Umschlag. »Hier ist alles, was du wissen musst. Der Notar hat mir den Brief nach Leos Tod ausgehändigt, Leo hat glücklicherweise nie Gebrauch davon machen müssen. Obwohl ich im Nachhinein denke, es wäre

besser gewesen, er wäre zur Polizei gegangen. Der Kinder wegen.«

Barbara holte die Papiere aus dem Umschlag. Sie waren vergilbt und mit Schreibmaschine geschrieben.

»Hier sind Namen. Der alte Terboom, Karl Winter, Baustoffhändler, Hein Jentgen, Geflügelzüchter, Dietrich Brink, Einzelhändler, Johann Heiden, Zweigstellenleiter der Sparkasse, Günther Heckermann, Amtsrat im Landratsamt Krefeld-Kempen. Außerdem gab es noch zwei Männer, die dein Mann nicht kannte.« Barbara sah Annette an. »Kennst du einen von denen?«

»Ja. Den Baustoffhändler Karl Winter, der ist aber noch vor Leo gestorben. Und diesen Heckermann, der hat jahrelang bei der Kreisverwaltung des Kreises Viersen gearbeitet, nach der Kommunalreform. Der müsste inzwischen auf die Achtzig zugehen. Sieh dir bitte den Brief an, den Leo verfasst hat.«

Barbara las: »*Wir trafen uns im Hinterzimmer auf Terbooms Schrottplatz in Duisburg. Keiner der Männer stellte sich vor, ich kannte die meisten jedoch. Nach einem guten Schluck begannen sie, Bilder auszupacken. Terboom hatte einen besonders dicken Stapel, den er ganz frisch bekommen hatte. Die Bilder zeigten kleine Mädchen, manche keine zehn Jahre alt, in eindeutigen Posen. Die anderen rissen ihm die Bilder fast aus der Hand. Dann erklärte Terboom, dass es bald Frischfleisch geben würde. James B. hätte angerufen.*«

Barbara stockte. »James B.?«

»Ein Codename. Der taucht noch öfter auf.«

Barbara las den Brief zu Ende, in dem Leo Hielmann schilderte, wie zum Teil tausend Mark pro Bild gezahlt wurden – an James B., Terboom schien nur der Mittelsmann zu sein. Schließlich sammelte er Gebote für das Frischfleisch, und mit Entsetzen erkannte Leo, dass damit ein Kind gemeint war – ein Kind, das möglicherweise irgendwo entführt werden sollte und dann von diesen ekelhaften Männern missbraucht wurde. Die Höhe der Gebote bestimmte die Reihenfolge, in der das Kind seinen Peinigern zugeführt werden sollte. An diesem Abend hatte Leo Hielmann nichts zu Terboom gesagt. Aber es gab einen zweiten Brief, in dem er das Gespräch mit Terboom schilderte, als er ihm unmissverständlich klarmachte, dass er mit der Sache nichts zu tun haben wollte. Terboom hatte ihm daraufhin mit Entzug des Auftrages gedroht, woraufhin Hielmann ihm erklärt hatte, dass er gar nicht für ihn arbeiten wolle. Danach hatte Terboom ihn bedroht, und er hatte seinen Anwalt und Notar konsultiert und mit ihm gemeinsam die Sache mit dem hinterlegten Brief als eidesstattliche Erklärung ausgetüftelt.

»Das ist ungeheuerlich«, sagte Barbara. »Dein Mann war ganz schön mutig.«

»Er war reich, er war nicht auf Terboom und sein Spinnennetz angewiesen. Horst Rose war das sehr wohl. Kannst du damit etwas anfangen?«

»Ich denke schon. Ich hoffe, einer von denen wird auspacken.«

»Gut.«

Barbara sah auf die Uhr. »Wenn du nichts dagegen hast, werde ich jetzt gehen. Du kannst mich jederzeit anrufen, wenn du mich brauchst. Oder wenn etwas mit Thomas ist.«

»Sicher. Und danke.«

»Ich danke dir, Annette. Vielleicht werden diese Informationen sehr wichtig für uns.«

Annette brachte sie zur Tür. »Mach dir nicht so viele Sorgen um Thomas. Ich weiß schon, wann es ernst ist. Heute Abend war es ernst, aber er hat es überstanden.«

»Ich hoffe es.«

Sie umarmten sich zum Abschied.

Barbara überlegte, ob sie Sven das Dokument bringen sollte, aber es war kurz vor elf – und so ganz sicher war sie sich auch nicht, ob sie ihn nach dem heutigen Gespräch schon wieder sehen wollte. Sie fragte sich, ob Leiß in seinen langen Dienstjahren vielleicht über diese Leute gestolpert war, und fuhr hin. Sie hatte befürchtet, ihn zu wecken, aber er war gar nicht zu Hause. Barbara fand eine Betreuerin, die ihr den Tipp gab, es in einer Kneipe zwei Straßen weiter zu versuchen. »Sie haben da einen Stammtisch, alles pensionierte Polizisten. Ich glaube, sie treffen sich heute.«
Barbara dankte ihr und machte sich auf die Suche nach der Kneipe.
Als sie Leiß dort gefunden hatte, gab es ein großes Hallo am Tisch. Bemerkungen wie »So verbringst du deine Freizeit« oder »Alter Schwerenöter« waren noch das Geringste. Und sie waren Leiß alles andere als unangenehm.
»Können wir reden?«, fragte Barbara.
»Sicher.« Er stand auf und verabschiedete sich mit einem Augenzwinkern von den anderen. »An der Theke, oder brauchen wir mehr Ruhe?«
»Ich glaube, die Theke ist in Ordnung.«
Leiß vermied es, auf einen Barhocker zu klettern, aber Barbara tat es, damit sie ein wenig höher saß.
»Ein Bier?«, fragte er. »Sie sehen so aus, als könnten Sie es brauchen.«
Jetzt erst wurde Barbara wieder bewusst, wie erschöpft sie eigentlich war. Sie nickte.
»Was war denn los?«
»Ich war heute auf zwei Beerdigungen, bei einer Festnahme und auf einer Intensivstation …«
»Wer?«
»Thomas.«
»Ihr Exfreund?«

»Na ja, Ex…«
Leiß lächelte. »Und Heyer?«
Barbara fuhr sich erschöpft durchs Gesicht und nahm dann einen langen Zug von dem Bier, das die Wirtin gerade vor sie hingestellt hatte. »Wissen Sie, diese Frage trägt nicht gerade zu meinem Wohlbefinden bei …«
»Das wäre ja noch schöner, wenn Sie sich auch noch wohl fühlen würden bei dem Chaos, das Sie verursachen.« Leiß lächelte zwar, aber Barbara wusste, dass er es ernst meinte.
Sie beschloss, das Thema nicht weiter zu vertiefen. »Ich hatte Ihnen doch von Horst Roses Enthüllungen erzählt, neulich am Telefon.«
Leiß nickte.
»Rose wollte keine Namen nennen. Aber heute, nachdem ich Thomas im Krankenhaus besucht hatte, da hat seine Mutter mir das hier gegeben.« Sie zog die Papiere aus dem Umschlag und gab sie Leiß.
Der griff nach seiner Brille in der Jackentasche und begann zu lesen. Als er fertig war blickte er sie über den Rand seiner Brille an. »Wurde schon etwas unternommen?«
»Ich hatte noch keine Zeit, es der Polizei zu geben. Aber die Hacker-Aktion zeigt Früchte. Heute Abend wurden zwei Typen gefasst, die sich per E-Mail zu einem Geschäft verabredet hatten. Es waren ein Moerser Stadtrat …«
»Welcher Stadtrat?«
»Ich weiß den Namen nicht. So ein Kleiner mit ganz kurz geschorenen Haaren, etwa um die fünfzig …«
»Dorenbusch. Dem würde ich das jedenfalls zutrauen.«
»Ich versuche es herauszufinden«, versprach Barbara. »Wenn die Adressen identifiziert sind, wird es eine Menge Hausdurchsuchungen geben. Da werden wahrscheinlich ein paar gutbürgerliche Fassaden hochgehen. Das wäre doch eine

Möglichkeit! Wenn solche Zirkel bis heute existierten – sozusagen vererbt vom Vater auf den Sohn …«
»Sie haben Terboom im Verdacht?«
»Wen sonst? Wir haben in den letzten Tagen erfahren, dass Marion Riedel das Ergebnis einer inzestuösen Beziehung des alten Terboom mit seiner Tochter war. Eine junge Frau in Kempen behauptet, als Kind von Jupp junior missbraucht worden zu sein. Und das Beste kommt noch: Das Waldgrundstück in Baerl haben die Terbooms mit einem Gelände für einen Schrottplatz erworben, der inzwischen nicht mehr betrieben wird. Es gehört ihnen aber immer noch.«
»Nimmt sich die Polizei Terboom vor?«
»Das ist der wunde Punkt. Ich bin im Moment wieder ganz draußen, ich habe keine Ahnung, was sie mit ihm gemacht haben. Allerdings hatte ich den Eindruck, Grundemann packt ihn mit Glacéhandschuhen an.«
»Das ist auch kein Wunder«, meinte Leiß ruhig.
»O nein, kommen Sie mir jetzt nicht mit ›Terboom ist ein mächtiger Mann‹.« Barbara war dabei, sich in Rage zu reden.
Leiß legte ihr die Hand auf den Arm. »Grundemann ist Kempener, wussten Sie das nicht? Er stammt aus einer Polizistendynastie. Großvater Polizist – er kam allerdings nicht durch die Entnazifizierung –, der Vater, beide Onkel …«
Barbara pfiff durch die Zähne. »Dann muss er also befürchten, dass Terboom möglicherweise seine Familie geschmiert hat.«
»Das hat Terboom ganz sicher.«
»Und Grundemann?«
Leiß schüttelte den Kopf. »Das glaube ich nicht. Ich hatte immer das Gefühl, er ist ehrlich.«
Barbara deutete auf das Dokument. »Kennen Sie die Namen, die dort stehen?«

»Den einen oder anderen. Die meisten sind aber tot.«
Barbaras Handy klingelte. »Ja?«
»Hier ist Silke Wagner. Ich ... ich habe ein Problem.«
»Wenn Sie Ihren Mann ...«
»Mein Mann? Nein, nein. Ich meine, das ist schlimm, aber es geht um Jenny.« Sie machte eine Pause.
»Jenny?«, fragte Barbara.
»Ja. Sie ist verschwunden. Kaum hatte sie erfahren, dass ihr Stiefvater festgenommen wurde, hat sie zehn Minuten später das Haus verlassen. Sie ... sie hat gesagt, sie müsse untertauchen, wortwörtlich. Was ist nur mit ihr los?«
»Frau Wagner, Sie müssen zur Polizei gehen. Jenny ist möglicherweise in Gefahr, und nur die Polizei kann sie beschützen.«
»Aber Lutz ... er wollte das nicht, er sagte, das schaffen wir auch so ...«
Barbara seufzte. »Ihr Mann ist erst einmal festgenommen. Bitte, gehen Sie zur Polizei, wenn die Ihnen nicht glauben, dann sollen sie in Duisburg anrufen, wegen Christinas Fall. Ihre Tochter ist drogensüchtig, da wird es nicht so schwer sein, sie zu finden.«
Silke Wagner druckste herum: »Sie hat ein paar hundert Mark mitgehen lassen.«
»Genug, um sich Stoff zu besorgen«, meinte Barbara.
»Oder eine Fahrkarte nach Belgien.«
»Gehen Sie trotzdem zur Polizei. Mehr können wir nicht tun.«
»Ja ... ja, ich denke, das ist das Beste.« Silke Wagner hörte sich an, als würde sie jeden Moment weinen. »Ich will sie nicht wieder verlieren, auch wenn es schwer wird, sie ist so ... so erwachsen, so verbittert.«
»Geben Sie ihr Zeit, Frau Wagner. Und schalten Sie die Polizei ein.«

»Ich werde gleich anrufen, versprochen.«
»Gut.« Barbara steckte ihr Handy weg. »Jenny Reichert ist ausgerissen.«
»So ein unvernünftiges Kind.«
»Ich weiß nicht … Ihr Stiefvater war der andere, der heute Abend wegen der Kinderpornos festgenommen wurde. Meine Güte … die Ereignisse überschlagen sich regelrecht …«
Leiß tätschelte mitleidig ihre Hand. »Gibt es eigentlich etwas Neues im Mordfall Wehling?«
Barbara lachte leise auf. »Wenn elf Kinderleichen aus dem Schlamm gezogen wurden? Wo denken Sie hin.« Sie trank den Rest des Bieres. Eigentlich hätte sie Lust auf mehr gehabt nach diesem Tag, aber sie wollte nüchtern bleiben. Sie musste noch nach Hause fahren, und falls etwas mit Thomas sein sollte …
Wahrscheinlich wirkte sie sehr geistesabwesend auf Leiß, der sie aufmerksam beobachtete. Er sah auf seine Uhr. »Es ist nach Mitternacht. Sie hatten einen harten Tag. Es wird Zeit, dass Sie ins Bett kommen.«
Barbara nickte. »Ich bin wirklich todmüde, aber ich weiß nicht, ob ich schlafen kann … mir geht einfach zu viel im Kopf herum.« Der Fall, Sven, Thomas – alles drehte sich in diesem Moment vor ihrem inneren Auge. Und immer wieder Thomas, der verkabelt und unendlich blass auf der Intensivstation lag. Sie fühlte, wie sie leicht zitterte und Tränen in ihre Augen stiegen.
Leiß tätschelte ihre Hand. Er warf der Wirtin einen Fünfzigmarkschein auf den Tisch. »Für meine Rechnung – und den Rest können meine Freunde vertrinken. Sagen Sie ihnen bitte, ich hätte noch etwas zu erledigen.« Er steckte seine Lesebrille ein, zog Barbara sanft von ihrem Barhocker und brachte sie zur Tür. »Wir sollten ein wenig spazieren gehen.«
Es war sehr kalt geworden, aber zum Glück regnete es nicht

mehr. Die dichte Wolkendecke, die seit dem späten Nachmittag über dem Niederrhein hing, schien endlich ein wenig aufzureißen.

»Nun erzählen Sie mal«, sagte Leiß nur. Und dann hörte er zu. Barbara sprach über Thomas, wie sie ihn kennen gelernt hatte und über ihre gemeinsamen Jahre. Über die letzten Monate und ihren Entschluss, ihn zu verlassen. Über Sven.

»Ist es ein Wunder, dass ich mich in ihn verliebt habe?«

»Was mögen Sie am meisten an ihm?«

Barbara überlegte einen Moment, und dann lachte sie leise. »Seine wirren Haare, sein Lächeln und seine unglaublich blauen Augen.« Sie blickte zu Leiß hoch. »Ist das so verwerflich?«

»Nein. Ganz sicher nicht. Aber reicht das für eine Partnerschaft?«

»Nun, er ist doch mehr als nur so ein Schönling. Er ist freundlich, zärtlich und sehr verantwortungsbewusst. Und weit weniger abgestumpft als die meisten anderen in seinem Job. Und wenn Sie damit andeuten, dass Thomas der bessere Partner wäre ... so, wie es war mit uns beiden, würde da nichts draus.«

Leiß nickte. Sie bogen in eine weitere Nebenstraße ein. »Eine Partnerschaft braucht ihre Zeit. Ruth und ich haben das auch nicht sofort hingekriegt. Das hat schon ein paar Jahre gedauert.« Er schien ganz in Gedanken, als er leise weitersprach: »Wir hatten auch unsere große Krise.«

»Eine andere Frau?«

Leiß sah Barbara erstaunt an, dann lächelte er. »Ja, eine andere Frau. Ruth und ich waren vier oder fünf Jahre verheiratet, ich weiß es nicht mehr genau ...« Er seufzte und schüttelte den Kopf. »Nein, natürlich weiß ich es. Es war kurz nach unserem vierten Hochzeitstag. Da lernte ich eine Frau kennen, im Dienst. Sie war von ihrem Mann verprügelt worden, aber sie war keins von diesen bemitleidenswerten Wesen, die immer wieder zu ihren Peinigern zurückgehen. Er hatte einmal die Hand gegen sie erhoben, und das war's für sie. Sie kannte hier kaum jemanden, deshalb bat sie mich um Hilfe beim Umzug und allem, was so anfiel. Und dann ist es passiert.«

»War sie attraktiv?«

»Nachdem die Blutergüsse abgeklungen waren … Ja, sie war ausgesprochen hübsch. Und auch nicht dumm. Nicht so klug wie Ruth.« Er machte eine kleine Pause. »Aber wenn so etwas passiert, eine Ehekrise, meine ich, dann sind beide Seiten daran beteiligt. Wir … wir versuchten damals verzweifelt, ein Kind zu bekommen. Wir wünschten uns das wirklich sehr. Ihr Arzt sagte immer, das wird schon. Es war Anfang der Fünfziger, sie war schon fast dreißig, das war spät damals für das erste Kind. Der Arzt sagte immer nur, das sei der Krieg, wegen der schlechten Ernährung und es würde sich alles einrenken. Aber dann ist sie heimlich zu einem anderen Arzt gegangen, und der hat festgestellt, dass sie keine Kinder bekommen kann.«

Ein kleiner Park tauchte vor ihnen auf, nicht mehr als eine größere Grünanlage, und der einzige Weg wurde noch gut von der Straße aus beleuchtet. Leiß ging hinein.

»Sie hat es mir verschwiegen, weil sie Angst hatte, ich könnte sie verlassen. Weil ich mir doch so sehr ein Kind wünschte … Damals schien sie mir so weit weg zu sein. Ich dachte: ›So ist das also, wenn man länger verheiratet ist – man treibt voneinander weg.‹ Und genau in diese Phase platzte Veronika.«

»Thomas hat mir auch verschwiegen, dass es ihm schlechter geht. Wie ging es aus?«

Leiß lachte. »Mit einem Riesenkrach. So laut, dass die Straße noch Jahre darüber redete. Irgendjemand hatte mich mit Veronika gesehen und es Ruth gesagt. Mein Gott, haben wir uns angeschrien. Sie hat ihr halbes Aussteuerporzellan nach

mir geworfen. Es kam alles heraus – das mit Veronika und das mit dem ärztlichen Befund. Ich habe dann noch vierzehn Tage auf dem Sofa geschlafen, aber langsam klärte sich alles. Ich habe mit Veronika Schluss gemacht. Und ich habe Ruth klargemacht, dass ich sie nicht verlasse, nur weil sie keine Kinder bekommen kann.« Er sah Barbara ins Gesicht. »Das ist mir nicht leicht gefallen, einen so wichtigen Teil meines Lebensplanes aufzugeben. Danach … danach wurde es dann eine richtige Partnerschaft. Liebe.«
»So einen klärenden Krach hätte es bei uns nie gegeben. Thomas streitet nicht. Das ist sein Charakter – oder vielleicht auch nur seine Erziehung wegen der Krankheit. Ihm wurde immer eingebläut, er dürfe sich nicht aufregen. Und das tut er auch nicht. Er regt sich nicht auf. Wenn es dazu kommen könnte, geht er einfach weg.«
»Dann haben Sie Ihre Konflikte nie ausgetragen?«
»Doch, irgendwie schon. Er …« Barbara suchte nach Worten. »Er kann einem seinen Standpunkt klarmachen ohne Aufregung – und meist auch ohne Worte. Nicht, dass das so oft sein musste. Denn er will mir ja auch nichts aufzwingen. Das ist eine Todsünde. Er mischt sich nicht in mein Leben ein. Meint er zumindest.«
»Ein kluger Mann.«
»Wieso? Liebe bedeutet vielleicht nicht Verschmelzung, wie Sven meint, aber sie bedeutet doch, dass man sich einmischt, oder?«
Leiß blieb stehen. »Und was war, als Heyer begann, Pläne für Ihr Leben zu machen? Thomas weiß wohl, wie Sie darauf reagieren.«
Barbara fühlte sich ein wenig in die Enge getrieben. »Das … das war nicht die Tatsache, dass er Pläne machte. Das waren die Pläne an sich. Familie, Kinder, das ist einfach nicht mein Ding.« Sie seufzte. »Wissen Sie, ich bin überzeugt davon, dass

Sven, wenn er unser Gespräch heute verdaut hat, nicht aufgibt. Er wird zu Kompromissen bereit sein.«

»Und Sie wissen nicht, wie Sie da wieder herauskommen, nicht wahr?«

»Dann sind Sie der Meinung, ich soll zu Thomas zurückgehen?«

»Das ist ganz allein Ihre Entscheidung.«

Schweigend gingen sie weiter und kamen ans Ende des kleinen Parks. Leiß bog links ein.

»Er wird glauben, ich komme nur aus Mitleid zu ihm zurück«, sagte Barbara mehr zu sich selbst und lachte dann resignierend. »Ein neuer Konflikt, fürchte ich.« Sie sah Leiß von der Seite an, hoffte auf eine Antwort, aber er schwieg. »Herr Leiß, wie war das, als Ihre Frau starb?«

Er antwortete nicht sofort, und bevor er es tat, hörte sie einen tiefen Seufzer. »Sie hatte Alzheimer.«

Barbara bereute, ihm die Frage gestellt zu haben, doch er sprach weiter. »Ich musste ja unbedingt bis zu meinem fünfundsechzigsten Geburtstag arbeiten. Was hatten wir für Pläne geschmiedet, wenn ich endlich pensioniert sein würde! Reisen, gemeinsame Freizeitaktivitäten. Aber schon im letzten Jahr vor der Pension wurde sie ein wenig wunderlich. Lauter Kleinigkeiten, Vergesslichkeiten, verlegte Dinge ... manchmal war das eher lustig, so wie die Brille im Kühlschrank.« Er ging jetzt langsamer. »Es schritt sehr schnell voran bei ihr. Schon am Ende meines ersten Jahres als Rentner fand sie ein paar Mal vom Einkaufen nicht zurück nach Hause.« Er fuhr sich mit der Hand durchs Gesicht. »Wir denken immer, der Alzheimer-Kranke kriegt ohnehin nichts mehr mit, aber da ist eine lange Phase, in der er sehr wohl wahrnimmt, wie er abbaut. Sie konnte plötzlich nicht mehr lesen ... und sie hat das Lesen so geliebt. Nächtelang hat sie geweint.«

Barbara schluckte. »Wie lange hat es gedauert?«

»Sechs Jahre. Zuletzt konnte ich sie nicht eine Sekunde allein lassen. Und ihr Tod war eine Erlösung für uns beide.«
In der Ferne tauchten die Bäume vor der Altenwohnanlage auf, und Barbara wusste wieder, wo sie waren.
»Sie war tot, und mein Leben konnte weitergehen. Das klingt hart, nicht wahr? Aber glauben Sie mir, in meinem Alter habe ich viele Freunde und Bekannte begraben. Und Sie können sicher sein, da, wo am Grab und noch Monate später das große Heulen und Zähneklappern war, hatte vorher im gemeinsamen Leben alles andere als Frieden und Liebe geherrscht. Da waren wohl eine Menge Schuldgefühle im Spiel. Ich hatte das nicht nötig. Ruth hätte nicht gewollt, dass ich nur für meine Trauer gelebt hätte. Umgekehrt hätte ich es auch nicht gewollt.«
»Aber Sie denken doch oft an sie?«
»Jeden verdammten Tag.«
Sie waren am Haus angelangt. Leiß sah Barbara im Schein der Lampe über der Eingangstür prüfend an: »Das ist es, nicht wahr? Sie haben Angst, dass Thomas sterben könnte.«
Sie erfasste nur langsam, was er ihr eigentlich sagte, und nickte dann. »Es ist gut möglich, dass er nicht mehr viel Zeit hat. Und selbst eine Herztransplantation schiebt es nur auf.«
Leiß schüttelte den Kopf. »Kindchen, woher wollen Sie wissen, dass er wirklich vor Ihnen stirbt? Sie können einen Unfall haben. Oder selbst krank werden. Oder wieder in die Fänge eines verrückten Serienmörders geraten, das wäre ja nicht das erste Mal.«
»Aber es ist wahrscheinlicher, dass er zuerst stirbt – und vielleicht schon bald.« Barbara spürte die Tränen hochkommen.
Leiß nahm sie einfach in den Arm und streichelte ihr mit seiner riesigen Hand über den Kopf. »Und dann haben Sie sich einmal in Ihrem Leben auf jemanden eingelassen, und er lässt Sie allein.«

Barbara wurde ganz still.
»Noch ist er da«, sagte Leiß sanft. »Und so, wie Sie es geschildert haben, kann das noch eine ganze Weile gut gehen.«
Ja. Es könnte gut gehen. Bis … »Es gibt ja nicht nur Sven oder Thomas«, sagte sie plötzlich und machte sich los. »Ich habe ja noch eine Möglichkeit. Ich könnte einfach weggehen. Ein Job in einer anderen Stadt …« Sie wischte sich die Tränen aus den Augen.
»Dann sind Sie gleich allein und nicht erst später«, meinte Leiß trocken. »Steht da vorn Ihr Auto?«
Barbara nickte.
»Fahren Sie nach Hause, und überschlafen Sie alles. Und tun Sie dann das Richtige.« Er strich ihr über die Hand und lächelte. »Schlafen Sie gut.« Damit ging er ins Haus.
Barbara stand noch eine Weile vor der Tür, bis sie langsam zu ihrem Auto ging. Da war ein Fluchtweg, und das war gut. Thomas oder Sven oder keiner von beiden. Sie atmete tief durch und startete den Motor.

7

Erstaunlicherweise schlief Barbara ein, sobald sie ins Bett gefallen war, und sie wachte erst auf, als am nächsten Morgen das Telefon klingelte. Schlaftrunken ging sie dem Geräusch nach und fand ihr schnurloses Telefon unter ihren achtlos hingeworfenen Kleidern vom Vortag. »Ja?«

»Frau Pross?« Es war eine junge weibliche Stimme.

»Ja.«

»Hier ist Janni Bakker – Jenny. Entschuldigen Sie, wenn ich Sie geweckt habe.«

Barbara war sofort hellwach: »Wo sind Sie?«

»Keine Ahnung. Irgendwo da hinten fließt der Rhein.«

»Sind Sie in einer Telefonzelle?«

»Nein. Ich hab heute Nacht ein Handy geklaut. Aus einem offenen Auto.«

»Sagen Sie mir die Straße.«

»Nur, wenn Sie mich nicht nach Hause bringen. Und nicht zur Polizei.«

»Warum haben Sie mich dann angerufen?«

Jenny schwieg einen Augenblick. »Meine Mutter hatte mir von Ihnen erzählt. Ich denke, da gibt es ein paar Dinge, die ich Ihnen sagen sollte. Ich glaube, dann überlegen Sie sich das mit der Polizei.«

»Also, wo sind Sie?«

»Kann ich Ihnen vertrauen?« Für einen Moment klang Jennys Stimme ängstlich.

Barbara zögerte einen Moment. »Sagen wir so: Ich höre mir Ihre Geschichte an. Und dann entscheide ich, was zu tun ist. Einverstanden?«

»Ja. Hier steht Reeser Straße.«

»Gut. Gehen Sie zu der großen Straße, vom Rhein weg. Sie heißt Kaiserswerther Straße. Dann rechts bis zur nächsten Ecke. Da ist ein Frühstückslokal. Ich hole Sie da ab. Verhalten Sie sich möglichst unauffällig. Ich habe Ihrer Mutter gestern geraten, die Polizei einzuschalten. Man wird bereits nach Ihnen suchen.«

Jenny stieß einen flämischen Fluch aus.

»Tun Sie, was ich sage. Ich bin so schnell wie möglich dort.«

Barbara hatte gerade aufgelegt und wollte ins Badezimmer stürmen, als ihr Telefon wieder klingelte.

Es war Sven: »Mit wem telefonierst du so früh am Morgen?«

»Falsch verbunden.«

»Ich habe nicht viel Zeit. Gerade ist wieder ein Kind vermisst gemeldet worden – das heißt, die Eltern haben es schon gestern Abend gemeldet, ich habe es jetzt erst erfahren.«

»O nein …« Barbara fuhr sich über die Augen. »Ein Mädchen?«

»Ja. Zehn Jahre alt. Es stammt aus Voerde und ist gestern nach dem Spielen nicht nach Hause gekommen. Und wenn du mich fragst, sieht es aus wie eine dieser Kohlpuppen, die mal so in Mode waren, du weißt schon, so ein lustiges Koboldgesicht.«

»Verdammt!«

»Vielleicht solltest du herkommen«, meinte Sven.

»Sven, ich habe noch etwas zu erledigen, ich komme im Laufe des Vormittags. Vielleicht lässt Grundemann mich dann wieder mitarbeiten.«

»Was ist denn so wichtig?«, fragte Sven misstrauisch.

»Thomas«, log Barbara. »Ich fahre seine Mutter zum Krankenhaus.«
Svens Wissbegier war durch ihre Lüge augenblicklich gestoppt. »Na, dann bis später«, sagte er nur und legte auf. Barbara hasste sich dafür.

Sie hatte Schwierigkeiten, unter der Theodor-Heuss-Brücke einen Parkplatz zu finden. Als sie in das kleine Stehlokal kam, war Jenny nirgends zu sehen. Aber ein uniformierter Streifenbeamter deckte sich gerade mit Brötchen ein. Barbara orderte ebenfalls ein Brötchen und Kaffee, als Jenny aus der Toilette kam. Der Polizist hatte gerade gezahlt und verließ den Laden. Jenny sah nach der Nacht auf der Straße nicht gerade frisch aus, und der Versuch, sich auf der Toilette die schwarzen Kajalbalken um die Augen wegzuwischen, war auch nicht sehr erfolgreich gewesen. Sie glich jetzt einem Waschbären.
»Hallo, Jenny«, begrüßte Barbara sie.
»Hören Sie doch auf, mich so zu nennen. Ich bin Janni Bakker, Jenny gibt es schon lange nicht mehr.« Sie sprach einwandfreies Deutsch mit einem leichten flämischen Akzent.
»Also gut, Janni.« Barbara sah verblüfft zu, wie Janni sich ohne lange zu fragen die zweite Brötchenhälfte nahm und hineinbiss.
»Jen… Janni, Sie wollten mir etwas Wichtiges erzählen.«
»Jetzt nicht. Jetzt habe ich Hunger. Bestellen Sie mir noch ein Brötchen?«
Barbara seufzte, kaufte aber noch zwei Brötchen für Janni und sich. Sie ließ sie sich einpacken und nahm auch noch zwei Kaffee in Deckelbechern. »Wir gehen besser zu meinem Wagen.«
Janni weigerte sich strikt, etwas zu sagen, bevor sie aufgegessen hatte. Als sie den letzten Krümel von ihrer Jacke in Bar-

baras Auto geschnippt hatte, war sie endlich so weit. »Er hat mich damals nach Belgien verkauft.« Janni sagte das ganz kühl und abgeklärt. Aus dem Mund eines Teenagers wirkte es auf Barbara fast monströs.

»Lutz Wagner?«, fragte Barbara.

»Wer sonst?«

Barbara sah Janni erwartungsvoll an.

»Also, wir waren allein, damals. Meine Mutter, Christina und ich. Christina und ich hatten zwei verschiedene Väter, Christinas Vater besuchte sie manchmal, aber meinen wollte meine Mutter nicht mehr sehen, ich weiß nicht, was da vorgefallen war.

Sie hatte immer irgendeinen Freund, die meisten mochte ich nicht. Da hatte ich immer das Gefühl, dass wir Kinder störten. Dann lernte sie Lutz Wagner kennen, und bei dem war das ganz anders. Der wollte uns mit dabeihaben, so oft, dass es meiner Mutter schon auf die Nerven ging. Er war Anwalt und hatte viel Geld – zumindest für unsere Verhältnisse. Inzwischen ist er ja noch viel reicher geworden.«

»Wie alt waren Sie, als er Ihre Mutter kennen lernte?«

»Vier, nein, wohl eher fünf. Ich erinnere mich nicht genau. Sie haben jedenfalls schnell geheiratet. Ich habe Blumen gestreut bei der Hochzeit. Meine Mutter war sehr glücklich.«

Barbara kannte solche Geschichten nur zu gut.

Janni fuhr fort : »Ich habe ihn richtig lieb gehabt. Er hat mir viele Geschenke gemacht, mich oft ins Bett gebracht. Mir in der Badewanne den Rücken geschrubbt, mir beim Anziehen geholfen. Eines Abends hat es dann begonnen …« Sie stockte.

»Er hat Sie missbraucht.«

Janni machte eine wegwerfende Handbewegung: »Nur angefasst, er hat nicht mit mir geschlafen.«

»Das ist Missbrauch, Janni. Alles, was du nicht willst, was dir unangenehm ist, ist Missbrauch.« Barbara sagte das leise und vorsichtig, das »du« war ihr herausgerutscht, aber Janni fand es offensichtlich in Ordnung.

»Na ja … im Nachhinein gesehen war das Anfassen wirklich nicht schlimm. Richtig schlimm wurde es viel später.« Sie schwieg. Ein ganz kleines bisschen bröckelte die Fassade von der coolen kleinen Straßenhure.

»Was war mit Christina?«

Janni lachte leise auf. »Christina? Die hat er kaum bemerkt. Ich meine, er hat versucht, das zu verschleiern, aber eigentlich existierte sie nicht für ihn. Das hat sie mir auch gesagt, damals in Brügge.«

Barbara runzelte die Stirn: »Sie hat dich angesprochen?«

»Nein, ich sie. Oder glaubst du, ich merke es nicht, wenn mich jemand auf Schritt und Tritt verfolgt? Ich drohte ihr damit, sie von ein paar Freunden verprügeln zu lassen, da rückte sie damit raus, wer sie war.«

»Wie hatte sie dich überhaupt gefunden?«

»Ein deutsches Fernsehteam hatte einen Film über Dutroux gedreht. Dabei gab es auch Bilder vom Straßenstrich.« Janni seufzte. »Ich habe gewusst, dass es ein Fehler war, mit denen vor laufender Kamera zu reden. Aber ich war ziemlich zugedröhnt, da war mir alles egal. Und das war im letzten Frühjahr, wer dachte denn daran, dass so lange danach noch irgendwas geschieht.«

»Christina hat dich also erkannt.«

Janni nickte. »Sie muss zigmal in Brügge gewesen sein, bevor sie mich gefunden hatte.«

»Kommen wir nochmal zu Lutz Wagner …« Barbara begann langsam zu frieren.

»Als er mit mir geschlafen hatte, war ich acht. Meine Mutter war auf Kegeltour, Christina bekam ohnehin nie etwas mit. Es tat furchtbar weh.« Janni brach plötzlich ab. Die Augen, umrahmt von den dicken schwarzen Balken, füllten sich mit Tränen. Sie schluckte ein paar Mal, dann sprach sie weiter, aber ihre Stimme klang längst nicht mehr so fest. »Im Bett war Blut, eine ganze Menge, wenigstens dachte ich das damals. Ich schrie und weinte, und Lutz wurde plötzlich ganz hektisch. Er versuchte mich zu beruhigen, aber das gelang ihm nicht. Schließlich zog er mir ein Kleid und ein Höschen über und fuhr mit mir zu einem Arzt.«

»Kanntest du den Arzt?«

Janni schüttelte den Kopf. »Mein Kinderarzt war es nicht. Der Arzt gab mir eine Spritze, und als ich wieder aufwachte, war ich in Belgien. Das wusste ich natürlich nicht. Da war ein fremdes Zimmer, und da waren fremde Menschen. Sie waren freundlich. Aber irgendwann gab es einen Mann, der mich so anfasste, wie Lutz es getan hatte. Und einige Zeit später nahm auch er mich dazwischen. Danach wurde ich immer ärztlich versorgt.«

»Immer?«, fragte Barbara entsetzt.

»Ich weiß nicht mehr genau, wie viele es waren. Ich habe nicht mitgezählt. Ich kriegte viele Geschenke zum Trost. Als ich zwölf wurde und meine Tage und langsam Brüste bekam, war das vorbei. Ich wurde von den Bakkers adoptiert. Aber das war ein Scheißleben, da wollte ich nur weg. Mit dreizehn bin ich weggelaufen.«

Sie sah Barbara an. »Ich kann nicht zu meinen Eltern zurück. Jetzt, wo Lutz wegen der Kinderpornos festgenommen wurde, da wird meine Geschichte doch plötzlich glaubwürdig. Er muss mich aus dem Weg räumen, so wie er Christina aus dem Weg geräumt hat.«

»Bist du da sicher?«

»Ganz sicher. Sie wollte ihn zur Rede stellen. Ich habe sie noch gewarnt, ich meine, ich kenne doch solche Typen, denen kommt man besser nicht in die Quere. Vielleicht war er es nicht selber, aber er hat sicher den Auftrag dazu gegeben.«

»Er sitzt doch erst einmal in U-Haft …«, warf Barbara ein. Sie wusste selbst, dass das nicht sehr überzeugend klang.

»Wenn er die Verbindungen hatte, mich zu verkaufen, dann hat er auch die Verbindungen, mich töten zu lassen. Selbst wenn er für längere Zeit hinter Gitter käme.«

»Ohne deine Aussage werden wir nichts unternehmen können.«

»Ich werde nichts sagen, kein Wort. Ich will nur weg.«

Barbara sah sie prüfend an. »Und warum bist du dann zu mir gekommen und hast mir das alles erzählt? Immerhin war ich mal Polizistin, oder wusstest du das nicht?«

»Weil … weil du nachgehakt hast wegen Christina. Und …« Jetzt begann sie wirklich zu schluchzen. »Ich kenne doch niemanden hier. Und das Geld, das ich habe mitgehen lassen, reichte gerade für ein bisschen Stoff.«

»Wo hast du ihn?« Barbaras Stimme wurde hart.

Janni griff in ihre Tasche und zog ein Briefchen heraus. Barbara nahm es. »Du bringst mich in Teufels Küche, weißt du das?«

Janni nickte. »Ich brauchte es.«

»Und wie bist du über die Runden gekommen, seit du in Düsseldorf bist?«

»Meine Eltern hatten mir über ihren Arzt Methadon besorgt … Wenn du mich zur Polizei bringst … ich halte das nicht aus.«

Barbara schwieg. War Janni wirklich glaubwürdig? Oder war sie nur ein raffinierter kleiner Junkie, der mit ihrer Hilfe untertauchen wollte? Aber wenn sie schon Schwierigkeiten hatte, Janni zu glauben, wie würde erst die Polizei reagieren? Die Polizistin in ihr sagte ihr deutlich, sie müsse Janni abliefern. Sie musste aus der Schusslinie, wenn Lutz Wagner wirk-

lich in der Lage war, jemanden zu beauftragen, sie zu töten. Dass er das tun könnte, daran zweifelte Barbara nach Jannis Erzählung nicht mehr.
Die Kälte kroch an ihr hoch, und auch Janni sah verfroren aus. Barbara sah auf die Uhr, es war jetzt fast zehn. »Hör zu, Janni, ich werde dich mitnehmen und dich an einen sicheren Ort bringen. Und wenn es so weit ist, dann musst du deine Aussage gegen Wagner machen. Aber nur, wenn wir ganz sicher sind, ihn festnageln zu können, und du unter Schutz gestellt werden kannst. Bis dahin wirst du untertauchen.«
»Ich dachte, ich könnte bei dir …«
»Auf keinen Fall.«
Barbara startete den Motor und schlug den vertrauten Weg nach Kaiserswerth ein. Ganz wohl war ihr bei dem Gedanken nicht, Janni zu Annette zu bringen, aber da Thomas im Krankenhaus war, blieb ihr nichts anderes übrig.
»Wo bringst du mich hin?«, fragte Janni. Sie wirkte nervös.
»Zu einer Dame. Und wenn ich Dame sage, meine ich das so. Das bedeutet, dass du dich dort benehmen musst. Tu, was sie dir sagt. Sie wird nicht begeistert sein, aber das ist der letzte Ort, an dem dich jemand vermuten würde.«
»Wer ist sie?«
»Die Mutter meines … meines Freundes.«
Wenig später bog Barbara durch das offene Tor in die Einfahrt zur Villa ein. Wagners Haus war sicher luxuriös, aber gegen die Hielmann-Villa wirkte es fast kleinbürgerlich. Janni staunte nicht schlecht.
Die Haushälterin öffnete ihnen und zuckte zusammen, als sie den Teenager in der künstlich zerlumpten Kleidung, mit dem dicken Make-up und den vielen Piercings sah. Sie begrüßte Barbara fast beiläufig und hörte nicht auf, Janni anzustarren.
»Ist Frau Hielmann da? Ich muss sie unbedingt sprechen.«

»Kommen Sie herein, Frau Pross«, sagte die Haushälterin endlich und ließ sie eintreten. »Sie ist im Esszimmer und frühstückt. Sie wollte gleich ihren Sohn besuchen.«
Barbara zog Janni hinter sich her ins Esszimmer. Auch Annette zuckte erst einmal erstaunt zusammen.
»Annette, ich habe nicht viel Zeit. Dies hier ist Jenny Reichert, du erinnerst dich an sie?«
Annette schüttelte verwirrt den Kopf. »Das kleine Mädchen, das vor acht Jahren verschwunden ist und das angeblich von Heiner Grigoleit ermordet wurde.«
»Ja, daran erinnere ich mich. Und sie ist ...«
»Sie ist dieses Mädchen. Sie zieht es allerdings vor, Janni genannt zu werden, das war ihr Name in Belgien. Janni, das ist Annette Hielmann.« Janni streckte schüchtern ihre Hand aus, Annette schüttelte sie und sah immer noch verwirrt aus. Barbara zog einen Stuhl heran und setzte sich. Janni stand wie verloren herum. »Annette, Janni braucht für eine kurze Zeit einen sicheren Ort. Ihr Leben wird bedroht.«
Wie erwartet, hielt Annettes Verwirrung nicht lange an. »Und dann bringst du sie zu mir?«
»Es tut mir Leid. Wenn Thomas nicht im Krankenhaus wäre, hätte ich sie zu ihm gebracht ...« Sie sah Janni an. »Lass uns bitte einen Augenblick allein, ja?«
Sie wartete, bis Janni den Raum verlassen hatte. »Annette, das Mädchen ist erst vor kurzem aus Belgien hierher gekommen, ihre Schwester wurde vermutlich ermordet, weil sie sie dort gefunden hat. Und ihr Stiefvater, der Mann, der sie als Kind missbraucht und nach Belgien verkauft hat, trachtet ihr nach dem Leben. Wenn sie zur Polizei geht, wird ihr kein Mensch glauben, denn der Mann ist ein angesehener Anwalt. Du bist doch ganz allein hier in dem riesigen Haus ...«
»Aber sieh dir doch bloß dieses Mädchen an!«
»Ja, Annette, sie sieht so aus, weil sie drogensüchtig ist und auf

den Strich gegangen ist. Du könntest ihr zeigen, dass das Leben auch andere Seiten hat.«
»Drogensüchtig?« Annettes Stimme wurde schrill.
»Wenn du Thomas' Hausarzt anrufst, wird er sicher eine Möglichkeit finden, ihr zum Beispiel Methadon zu geben. Später muss sie dann einen richtigen Entzug machen … Annette, bitte. Ich wäre nicht zu dir gekommen, wenn es nicht wirklich wichtig wäre. Wir haben doch über die armen Kinder geredet, die in Terbooms Pädophilenzirkel herumgereicht wurden. Genau das ist mit diesem Mädchen geschehen.«
»Schon gut.« Annette lächelte nicht, aber Barbara wusste, sie hatte sie überzeugt. »Hol sie wieder herein.«
Barbara ging vor die Tür des Esszimmers, wo Janni auf einem Stuhl neben der Garderobe wartete. »Sie mag mich nicht. Ich will hier auf keinen Fall bleiben«, begann sie, doch Barbara schnitt ihr das Wort ab.
»Dies ist deine einzige Chance. Oder glaubst du, du wärst in Belgien sicher? Du bist ein Junkie, wenn dich einer finden will, muss er nur dem Stoff nachgehen. Sogar Christina hat dich dort gefunden. Annette ist nicht so schlimm.« Hoffentlich, dachte Barbara. »Hast du dir mal vorgestellt, wie jemand mit deinem Aussehen auf brave Bürger wirkt? Reiß dich ein bisschen zusammen, es ist ja keine Dauerlösung.«
Sie schob Janni wieder ins Zimmer.
»Nun, junge Dame«, sagte Annette. »Es sieht so aus, als würden Sie eine Weile hier bleiben. Die Haushälterin wird Ihnen ein Zimmer herrichten. Es gibt ein paar einfache Regeln in diesem Haus, eine lautet: keine Drogen. Eine andere, dass Sie, solange Sie hier sind, sich etwas weniger auffällig kleiden werden. Das ist zum einen für mich, damit ich es besser ertragen kann, Sie anzusehen, zum anderen auch für Ihre eigene Sicherheit. Haben wir uns verstanden?«

Janni nickte eingeschüchtert. Ganz leise fragte sie: »Was ist, wenn ich einen Schuss brauche?«
»Da werden wir eine Lösung finden. Haben Sie schon gefrühstückt?«
Janni schüttelte zu Barbaras Erstaunen den Kopf. »Nur zwei Brötchen.«
»Dann bitte. Und du Barbara?«
Barbara winkte ab: »Ich habe jetzt keine Zeit dazu. Es ist wieder ein Kind verschwunden.«
»Dann solltest du dir wenigstens ein Brötchen mitnehmen.«
Barbara widersprach lieber nicht und machte sich wenig später mit einem von Annette eigenhändig geschmierten Brötchen auf den Weg. Ganz wohl war ihr bei dem Gedanken nicht, Annette und Janni aufeinander gehetzt zu haben, aber für den Moment hatte sie einfach keine bessere Lösung.

Barbara hastete zum Duisburger Polizeipräsidium. Die gesamte Sonderkommission, inzwischen auf rund hundert Leute angewachsen – Duisburger Ortspolizei, LKA, Kollegen aus den umliegenden Orten –, war dort versammelt. Barbara suchte nach Sven und fand ihn neben Heinz Wersten.
»Hallo, Heinz«, begrüßte Barbara ihn. »Bist du jetzt auch dabei?«
»Lohberg meinte, er braucht jeden Mann hier, und Wagner gehört ohnehin den Pornospezialisten.«
»Ist Lohberg hier?«
»Da vorn, bei Grundemann Er hat jetzt die Leitung übernommen.«
»Hoffentlich kann Grundemanns Ego das verkraften.«
»Grundemann macht seine Arbeit wie jeder andere hier.« Sven schien über ihre spitze Bemerkung verstimmt. »Wie geht es Thomas?«

»Thomas? O … dem geht es besser … etwas besser.«
»Ist etwas mit Thomas?«, fragte Heinz.
»Ja – entschuldige, Heinz, dass ich dich nicht angerufen habe, aber es war schon spät, nach unserem Einsatz. Er ist seit gestern im Krankenhaus. Er wird es überleben, aber sein Herz ist offensichtlich sehr viel schwächer geworden.«
»Von jetzt auf gleich?«
Lohberg hatte sich inzwischen hinter das Rednerpult begeben: »Es wäre nett, wenn die Kollegen da hinten in der Ecke auch zuhören würden.«
Die drei schwiegen und hörten zu, wie Lohberg die Ereignisse schilderte. Die kleine Laura Gerber hatte wie üblich draußen gespielt. In der Regel kam sie nach Hause, wenn es dunkel wurde. Ihre Eltern gingen davon aus, dass sie wegen des schlechten Wetters zu einer Freundin gegangen war. Das stellte sich als richtig heraus, doch sie war gegen fünf von dort weggegangen, damit sie rechtzeitig zu Hause war. Der Heimweg war nur einen knappen Kilometer lang. Die Freundin und ihre Familie hatten sie also als Letzte gesehen.
»Wir können ein Weglaufen ausschließen, das Verhältnis zwischen dem Kind und seinen Eltern war völlig intakt, was uns von mehreren Seiten bestätigt wurde. Nicht ganz ausschließen können wir zurzeit noch einen Unfall. Damit wird sich ein Teil von Ihnen befassen. Der Weg von der Wohnung der Freundin bis zum Elternhaus und die nähere Umgebung werden intensiv abgesucht, Nachbarschaftsbefragungen und so weiter. Das sollten die Voerder Kollegen übernehmen.«
Er nickte einer Gruppe Beamter zu, die direkt vor ihm saß. Danach gab er noch weitere Anweisungen, auch zu den anderen Fällen.
Als er schloss, meinte er: »Herr Grundemann, Sie, Heyer und Wersten möchte ich noch sprechen – Sie auch, Frau Pross.«
Barbara konnte deutlich spüren, dass ihm das sehr schwer fiel.

Sie trafen sich in Grundemanns Büro.
Barbara betrachtete die Bilder der kleinen Laura. »Nun, Frau Pross, passt die Kleine in das Schema?«
Koboldgesicht – das hatte Sven gesagt –, »Kohlpuppe«, und er hatte Recht. Hübsch war die Kleine nicht, aber ihr verschmitztes Gesicht wirkte äußerst anziehend. »Ja, ich denke schon. Ich glaube, dass unser Mann sie hat. Und das beunruhigt mich. Denn es bedeutet, er will uns zeigen, dass er auch jetzt, nachdem die anderen Opfer aufgespürt wurden, Herr der Lage ist. Wir haben es mit jemandem zu tun, der uns entweder tatsächlich überlegen ist – oder mit einem Größenwahnsinnigen.«
»Wollen wir hoffen, dass es Letzteres ist, denn dann ist unsere Chance, ihn zu schnappen, weitaus größer.« Lohberg sah Barbara herausfordernd an. »Nun, was schlagen Sie vor? Wie sollen wir weiter vorgehen?«
»Wir?« Barbara setzte sich. »Ich kann im Moment gar keine Vorschläge machen, Herr Lohberg. Ich bin hier als Privatperson. Als solche wurde ich bald nach den Identifizierungen der Opfer, zu denen ich mich zur Verfügung gestellt hatte, von den weiteren Ermittlungen ausgeschlossen. Laut Herrn Grundemann ist eine Profilerin hier nicht vonnöten.«
»Vielleicht sollten Sie Ihre gekränkte Eitelkeit mal beiseite lassen …«
»Gekränkte Eitelkeit? Ich schütze mich lediglich, Herr Lohberg. Sie wissen zurzeit nicht weiter und wollen mich ins Boot holen, damit Sie einen Sündenbock haben, wenn das nächste tote Kind gefunden wird … und es wird sterben, wenn wir es nicht in den nächsten Tagen finden.« Barbara sah ihm direkt ins Gesicht. »Ich weiß auch nicht weiter, Herr Lohberg, das ist die Wahrheit.«
»Na, dann können Sie ja ebenso gut auch gehen.« Lohberg

war zornesrot geworden, und Barbara stand auf, um zu gehen.

»Halt, Barbara«, sagte Heinz Wersten. »Was ist mit dieser Kinderpornogeschichte?«

»Kinderpornos?« Grundemann stöhnte. »Damit hat Heyer mich schon genervt.«

»Aber als er Sie damit genervt hat, wusste er noch nicht, was wir jetzt wissen.« Barbara schilderte Leo Hielmanns Geschichte.

»Und dafür haben Sie Beweise?«, fragte Lohmann.

»Eine eidesstattliche Erklärung. Leo Hielmann ist allerdings schon seit geraumer Zeit tot. Und noch etwas: Meiner Meinung nach wird Jupp Terboom viel zu sanft angefasst. Und fragen Sie Herrn Grundemann doch mal, warum.«

Grundemann sah sie empört an: »Frau Pross ist ebenso wenig weitergekommen wie wir, und deshalb hat sie sich auf Jupp Terboom fixiert. Der Mann hat nichts zu tun mit diesem Fall.«

»Ihm gehört das Gelände in Baerl. Er wurde von einer Frau beschuldigt, sie als Kind missbraucht zu haben.«

»Dumme Gerüchte.«

»Woher wissen Sie das so genau, Herr Grundemann? Aber als alter Kempener weiß man so etwas, nicht wahr? Oder gehörten Ihr Vater und Ihr Onkel damals zu den Polizisten, die mitgeholfen haben, dass die Sache unter den Teppich gekehrt wurde?«

»Was sagen Sie da?«, fragte Lohmann. »Beschuldigen Sie Grundemann …«

»Ich beschuldige ihn nicht. Ich werfe ihm lediglich vor, in Sachen Jupp Terboom voreingenommen zu sein, das ist alles.«

»Was sagen Sie dazu, Grundemann?«

»Ich glaube einfach nicht, dass er etwas damit zu tun hat. Das ist alles.«

»Ich denke trotzdem, dass wir ihn noch etwas eindringlicher verhören sollten. Wersten, das sollten Sie übernehmen.«
Barbara war zufrieden. Heinz war gut in Vernehmungen, er war ruhig, sachlich, doch wenn er sich einmal festgebissen hatte, ließ er so schnell nicht mehr los. Sie sah Grundemann ins Gesicht, verkniff sich aber den Triumph. »Ich werde dann gehen.«
»Sie wollen also nicht mitarbeiten, Frau Pross?«, fragte Lohberg fast lauernd.
»Ich denke, hier werde ich kaum von Nutzen sein können.«
»Das heißt, Sie werden auf eigene Faust weitermachen.«
Barbara lächelte. »Haben Sie damit ein Problem?«
»Nur, wenn Sie uns in die Quere kommen.«
»Das lässt sich manchmal nicht vermeiden. Wenn ich Ihnen allen hier nicht in die Quere gekommen wäre, lägen die Opfer immer noch in Baerl.« Sie griff nach ihrer Tasche.
»Wir könnten eine Abmachung treffen: Wir informieren uns gegenseitig.«
»Bisher ist das ja wohl nur in eine Richtung gelaufen«, knurrte Grundemann mit einem Seitenblick auf Heyer.
Lohberg dagegen nickte. »Ich denke, so können wir es halten, Frau Pross. Immerhin haben wir ein gemeinsames Ziel: Wir wollen die kleine Laura retten. Was meinen Sie, wie viel Zeit bleibt uns?«
Barbara überlegte kurz: »Jessica ist mindestens eine Woche am Leben geblieben, vielleicht länger. Wenn er sein Schema nicht ändert, haben wir ein paar Tage Zeit – mehr als die üblichen zwölf Stunden jedenfalls. Allerdings weiß ich nicht, ob er sein Vorgehen ändert, nachdem wir seine Opfer gefunden haben.«
Lohberg blickte in die Runde. »Nun, jeder weiß, was er zu tun hat. Mit Ihnen möchte ich noch sprechen, Herr Grundemann.«

Barbara, Sven und Heinz verließen Grundemanns Büro. »Schreibst du mir einen Bericht über Terboom?«, fragte Heinz Barbara.
Sie nickte: »Du hast ihn noch heute Nachmittag. Ich maile ihn dir.«
»Danke. In welchem Krankenhaus liegt Thomas?«
»Noch im Marienhospital. Aber ich denke, sie verlegen ihn so bald wie möglich in eine Spezialklinik.«
»Und wie geht es dir?«
»Ganz gut.« Barbara wollte in Svens Anwesenheit nicht darüber reden, und Heinz' viel sagender Blick machte ihr klar, dass er das verstanden hatte. Sie verabschiedeten sich. »Ich rufe dich an!«, rief er zum Abschied.
Sven hatte nur abgewartet, bis Heinz weg war, dann fuhr er Barbara an: »Wie konntest du das nur tun!«
»Was?«
»Grundemann vor Lohberg so herunterzumachen. Ihn der Korruption zu bezichtigen – das war es doch, was du da angedeutet hast, oder?«
Barbara seufzte. »Ich weiß auch nicht, ob Terboom wirklich der Mörder ist. Aber bis wir jemand Besseren haben, kommt er einem Verdächtigen doch am nächsten, oder? Und du weißt, dass man – gerade mit ihm – nicht weiterkommt, wenn man ihn zu sanft anfasst. Grundemann ist doch vor lauter Respekt fast auf die Knie gefallen.«
»Aber das ist doch kein Grund, ihm zu unterstellen … Wie kommst du eigentlich darauf?«
»Ja, wie wohl? Grundemann ist Kempener, und alle seine Verwandten waren bei der Polizei dort. Das musste mir aber der alte Leiß sagen, sein engster Mitarbeiter hatte ja schön den Mund gehalten.«
»Jetzt bin ich auch noch schuld?« Sven war wirklich wütend.
»Sven, ich habe dich bisher als fähigen Polizisten kennen ge-

lernt. Bist du denn nicht misstrauisch geworden, nach allem, was wir herausgefunden haben? Und seine Weigerung, der Kinderpornographie im Zusammenhang mit dem Fall nachzugehen! Du hast dich doch auch darüber geärgert.«
»Ja, schon, aber … man haut einen Kollegen nicht in die Pfanne. Er hat viel für mich getan.«
»Das weiß ich. Deshalb habe ich es ja auch gesagt, damit du es nicht tun musstest.«
»Wie rücksichtsvoll von dir!« Er war nach wie vor wütend. »Was wirst du jetzt unternehmen?«
»So genau weiß ich das nicht. Ich werde mich wahrscheinlich zu Hause vor meine Wohnzimmerwand hocken und Kindergesichter anstarren, in der Hoffnung, dass mir etwas einfällt.«
»Also ist auch die Superspezialistin ratlos.«
»Ich war selten ratloser als jetzt.« Sie überlegte einen Moment. »Sag mal, das Gelände in Baerl … in der Nähe ist Terbooms Schrottplatz gewesen. Habt ihr euch den angesehen?«
Sven nickte. »Da steht noch eine Art Baracke, und das Areal ist eingezäunt. Wir haben nichts gefunden außer Reifenspuren – möglicherweise von einem Mercedes. Wie alt die allerdings sind …«
»Fährt Terboom einen Mercedes?«
Sven seufzte. »Ja.«
»Dann hat er doch vielleicht gelogen, als er sagte, er hätte das Gelände völlig vergessen.«
»Ich werde es Heinz Wersten sagen, wenn es dich beruhigt. Aber es sind nur Reifenspuren, du weißt doch, dass das so gut wie nichts beweist.«
»Trotzdem danke.«
In diesem Moment kamen Grundemann und Lohberg aus dem Büro. Lohberg verabschiedete sich frostig von ihm und nickte Barbara ebenso frostig zu. Grundemann wartete, bis

er durch die Flurtür gegangen war, und sagte dann knapp: »Kommen Sie, Heyer.« Barbara würdigte er keines Blickes.

Barbara entschied, dass zu viel zu tun war, um Thomas zu besuchen. Heinz hatte Recht, sie musste alle Fakten noch einmal unvoreingenommen durchgehen. Doch zu Hause fiel es ihr schwer, sich auf den Fall zu konzentrieren oder auch nur ihr Wohnzimmer zu betreten. Immer wieder fiel ihr etwas ein, das sie vorher noch tun musste – etwas essen, die lehmverkrusteten Gummistiefel säubern, die seit dem Fund in Baerl im Badezimmer herumstanden. Selbst das Chaos in der Küche zu beseitigen war wichtiger. Sie fürchtete sich vor diesen Kindergesichtern.

Ein Anruf aus dem LKA gab ihr weiteren Aufschub. »Heinz Wersten hatte uns gebeten, Sie zu informieren, wenn etwas Spektakuläres passieren würde«, meinte der Beamte, der sich als Ingo Abraham vorgestellt hatte.

»Hat Wagner ausgepackt?«

»Nein, der ist Anwalt, der weiß, dass er besser den Mund hält. Ich fürchte, wir werden ihn nicht sehr lange hier festhalten können. Das Material ist sichergestellt, es besteht keine Fluchtgefahr – und der alte Kamphausen duzt sich mit jedem zweiten Richter hier in der Stadt. Aber dieser Stadtrat Dorenbusch singt wie eine Nachtigall.«

»Er nennt Namen?«

»Namen, Orte, Fakten, alles, was das Herz begehrt. Es geht den Niederrhein rauf und runter.«

Barbara runzelte die Stirn. »Und Kempen? Gibt es auch Pädophile in Kempen?«

»Komisch, dass Sie danach fragen. In der Tat ist Kempen die Stadt, die er mit am häufigsten nannte. Im Moment kratzen wir unser gesamtes Personal zusammen, um die Kollegen in den Städten zu instruieren. Wir wollen morgen zeitgleich

zuschlagen – sonst geht uns noch jemand durch die Lappen.«
Barbara bedankte sich bei Abraham und bat ihn, sie weiter auf dem Laufenden zu halten. Kempen. Dort war das Zentrum, dessen war sie sich sicher. Aufgeregt ging sie in die Küche und suchte nach einer Tafel Schokolade, doch nach den ersten beiden Stücken legte sie sie wieder beiseite. Sie musste sich zusammenreißen. Es gab keine Ausrede mehr.
Sie ging ins Wohnzimmer, zog das Bild der kleinen Laura hervor, das man ihr im Polizeipräsidium überlassen hatte, und pinnte es an die Wand. Eine weitere Nadel steckte sie in die Nordrhein-Westfalen-Karte. Voerde, Kreis Wesel, Landgerichtsbezirk Duisburg.
Sie hatte die Bilder chronologisch geordnet, jetzt riss sie in einem plötzlichen Impuls alles herunter. »Kempen«, murmelte sie. »Die Orte sind wichtig.«
Die Karte befestigte sie in der Mitte und ordnete dann die einzelnen Fälle darum herum, die frühen nach innen, die späteren nach außen. Verbissen suchte sie in ihren Kisten nach einer dünnen Schnur oder anderen gut sichtbaren Fäden, fand aber nur Kunststoff-Geschenkband. Sorgfältig verband sie jedes Bild mit dem Ort, aus dem das Kind stammte.
Sie zog einen Stuhl heran und starrte auf die Wand. Irgendwo dort musste es eine Antwort geben. Irgendwo dort versteckte sich ein Psychopath mit einem Puppentick, ein Mann zwischen fünfzig und sechzig, unauffällig, beruflich relativ unabhängig, der sich sehr sicher fühlen musste, hatte er doch die Kinder in Baerl zwar an einem verschwiegenen Platz, aber völlig offen abgelegt und scheute sich nicht, ein weiteres Mädchen zu entführen, jetzt, da man sich ihm näherte.
Das Telefon riss Barbara aus ihren Gedanken. Es war Leiß.
»Gut, dass Sie anrufen«, meinte Barbara. »Ich könnte jeman-

den brauchen, der mir beim Nachdenken hilft. Ein weiteres Kind ist entführt worden.«

»O nein! Wo?«

»Voerde.«

»Verdammt. Aber weshalb ich anrufe … Ich wollte die ganze Sache etwas beschleunigen. Deshalb habe ich Regierungsrat a. D. Heckermann heute Morgen einen Besuch abgestattet und ihn mit der Geschichte konfrontiert.«

»Und?«

»Zuerst hat er alles abgeleugnet, aber als ich ihm sagte, dass es eine eidesstattliche Erklärung gibt, wurde er langsam unsicher. Und dann steckte ich ihm, warum Stadtrat Dorenbusch seit gestern Abend verschwunden ist, da klappte er dann zusammen – symbolisch natürlich, obwohl zum körperlichen Zusammenbruch auch nicht mehr viel gefehlt hat. Er ist nicht sehr gesund, aber geistig noch voll da.«

»Hat er Namen genannt?«

»Mir nicht. Aber er wird sie der Polizei nennen. Nachdem ich ihm damit drohte, die Informationen an die Presse zu geben, war er bereit, eine Aussage zu machen. ›Ich bin zu alt, um noch dafür bestraft zu werden‹, sagte er. Außerdem schien es ihm gar nicht zu behagen, dass möglicherweise ein Zusammenhang mit den Kindermorden besteht.«

Barbara überlegte einen Augenblick. »Meinen Sie, das war klug? Trauen Sie denn der Kempener Polizei?«

»Sie werden nicht anders können, als der Sache nachzugehen. Der Mann war immerhin Regierungsrat. Und er deutete an, dass er nicht nur Namen aus den Sechzigern nennen könne. Vielleicht wird so die Lawine losgetreten, die wir brauchen.«

»Die Lawine wird auch so in Gang kommen. Morgen früh greift sich das LKA die Leute, die Dorenbusch verpfiffen hat.«

»Tja, war zu erwarten, dass der Kerl in die Knie geht … Aber Heckermanns Aussagen können auch nicht schaden, vor allem wenn man Vergangenes aufarbeiten will.« Leiß machte eine Pause. »War das eben ernst gemeint? Dass Sie jemanden zum Nachdenken brauchen? Ich könnte zu Ihnen kommen.«
»Soll ich Sie abholen?«
»Nicht nötig. Um die Mittagszeit ist Schichtwechsel im Pflegetrakt. Ich werde jemanden bitten, mich zu fahren.«
Barbara grinste: »Eine hübsche junge Pflegerin, nehme ich an?«
Leiß lachte laut auf. »Ich hatte eher an einen bestimmten schwulen Pfleger gedacht, der ist vielleicht so nett und setzt mich direkt vor Ihrer Tür ab.«

Innerhalb einer Stunde war Leiß da. Er war nur ganz leicht aus der Puste, als er vor ihrer Wohnungstür in der zweiten Etage stand, und stellte seinen Stock im Flur an die Wand.
»Wie geht es Ihnen?«, fragte er.
»Gut. Wirklich. Ich hatte allerdings heute kaum Zeit, über gewisse Dinge nachzudenken. Jetzt geht der Fall erst einmal vor. Möchten Sie einen Kaffee?«
Leiß schüttelte den Kopf und ging hinter ihr her ins Wohnzimmer. »Sie sind in einer Sackgasse, nicht wahr?« Er blieb vor den Bildern an der Wand stehen. »Trotz allem, was Sie herausgefunden haben, gibt es nicht den geringsten Anhaltspunkt – vielleicht abgesehen von Terboom.«
»Ich kann den Täter nicht greifen.« Barbara warf sich aufs Sofa. »Selbst wenn ich davon ausgehe, dass es möglicherweise Terboom ist, kann ich nicht verstehen, wie er tickt, was ihn antreibt, was ihn zwischenzeitlich aufhören ließ. Mal ganz abgesehen davon, dass wir keinen Beweis haben und die Indizien mehr als dünn sind.«

Leiß schwieg und starrte weiter auf die Bilder. Sein Blick ging zu der Karte und zurück zu den Mädchen. Plötzlich schlug er sich mit der Hand vor die Stirn. »Ich Idiot«, sagte er. »Ich verdammter Idiot!«
»Was …«
»Gehen Sie ins Internet, Barbara, www.tms.de. Die Homepage von Terboom Metall Schrott.«
Sie gingen ins Schlafzimmer. Leiß trommelte ungeduldig mit den Fingern, während Barbara sich mühsam einwählte. »Haben Sie kein ISDN?«, fragte er.
Barbara antwortete nicht und startete den sechsten Versuch. Jetzt klappte es. Sie rief die Seite auf.
»Gehen Sie auf ›Standorte‹.«
Barbara klickte, und es baute sich quälend langsam eine Karte auf. Sie starrte auf die Karte, und ihr wurde klar, was Leiß gemeint hatte. Kempen, Moers, Duisburg, Dinslaken, Voerde, Hückelhoven, Erkelenz, Kamp-Lintfort, Krefeld, Neuss, Weeze, Goch … In allen diesen Städten gab es Schrottplätze oder größere Niederlassungen. In allen Städten war die Firma Terboom präsent.
»Es ist so einfach, warum bin ich in all den Jahren nicht darauf gekommen?«, fragte Leiß.
»Sie hatten kein Internet.« Barbara druckte die Karte aus, dann noch die Liste mit den Adressen und rief dann eine Seite mit Stadtplänen auf.
»Ich hole Ihnen die Liste mit den Adressen der Kinder.« Es war ein echtes Vergnügen, mit dem alten Leiß zu arbeiten.

Nach etwa drei Stunden vor dem Computer lehnte Barbara sich zurück und rollte mit den Schultern, um den schmerzenden Rücken zu entlasten. Das Ergebnis ihrer Arbeit war erstaunlich: Bei allen Kindern befanden sich entweder in der Nähe der Wohnorte oder in der Nähe der Orte, von denen

sie wahrscheinlich verschleppt wurden, Niederlassungen oder Schrottplätze der Firma Terboom.
»Wenn das kein Hinweis ist«, murmelte Leiß.
Aber Barbara blickte eher finster drein. »Das ist wieder nur ein weiterer Mosaikstein, der auf Terboom deutet, ohne ihn wirklich zu belasten.«
»Nun sehen Sie mal nicht so schwarz. Immerhin ist es jetzt nicht mehr so abwegig, Terboom in den Mittelpunkt der Ermittlungen zu stellen.« Leiß sah auf seine Uhr. »Ich würde jetzt gern aufbrechen ... Möchten Sie mich fahren, oder soll ich mir ein Taxi nehmen?«
»Nein, nicht nötig. Ich fahre Sie.« Barbara raffte das Material zusammen, lauter Stadtplanausdrucke, auf denen sie die Wohnorte und die jeweilige Terboom-Niederlassung markiert hatten, und steckte es in ihre Tasche. »Ich fahre danach noch ins Polizeipräsidium. Mal sehen, was die dazu sagen.«

Barbara hatte Schwierigkeiten, Heinz zu sprechen, denn er verhörte gerade Terboom und hatte sich jede Störung verbeten. Schließlich konnte sich Barbara aber doch durchsetzen, nachdem sie den Beamten gehörig genervt hatte.
»Ich hoffe, du hast einen guten Grund, mich da herauszuholen.« Barbara hatte Heinz noch nie wütend erlebt, aber der für Außenstehende vielleicht milde wirkende Vorwurf zeigte ihr, dass er weit entfernt von seiner sonst so ausgeglichenen Stimmung war.
»Wie kommst du mit Terboom voran?« Barbara sah Heinz' Gesicht und wusste, sie hätte das besser nicht gefragt.
»Überhaupt nicht. Und wenn ich auch noch unterbrochen werde ...«
»Ich hätte dich nicht gestört, wenn ich nicht etwas für dich hätte, das dich vielleicht weiterbringt.« Sie griff in ihre Tasche und holte die Ausdrucke heraus. »Schau her.«

»Ein Stadtplan von Moers. Und?«
»Hier hat Renate Festing gewohnt.« Sie deutete auf das Kreuz, das sie in den Plan gemalt hatte. »Und hier ist Terbooms Moerser Schrottplatz. Im Umkreis von anderthalb Kilometern.« Sie nahm das nächste Blatt, Kamp-Lintfort. »Sarah Bornheims Wohnung, Terbooms Schrottplatz ...«
Heinz runzelte die Stirn. »Sag nicht, dass in der Nähe jedes Opfers ...«
»Doch. In unmittelbarer Nähe. Abgesehen von Anna-Lena Malschewski in Rheinberg, aber Leiß weiß, dass es in Rheinberg eine Niederlassung gegeben hat, die geschlossen wurde. Na, ist das etwas?«
»Zumindest könnte ihn das ein wenig unter Druck setzen. Aber wenn er weiter cool bleibt, dann können wir ihm auch damit nichts.«
Barbara seufzte. »Ich weiß.«
»Eigentlich ist eine Pause gar nicht übel. Er kann ruhig ein wenig schmoren.«
»Hat er einen Anwalt dabei?«
Heinz schüttelte den Kopf. »Es liegt nichts gegen ihn vor, wir befragen ihn nur zu seiner Nichte und zu dem Grundstück in Baerl. Wenn er da mit Anwalt angetanzt wäre, hätte er sich gleich verdächtig gemacht. Ich möchte ihn auch nicht zu lange festhalten heute. Wenn er das Mädchen hat, darf er nicht den ganzen Tag von ihr wegbleiben, nachher verhungert oder verdurstet sie noch. Möchtest du einen Kaffee?«
Barbara nickte und folgte Heinz zum Automaten.
»Macht er denn den Eindruck, als hätte er das Mädchen?«
»Wenn er es hat, ist er eiskalt.«
Barbara verzog enttäuscht das Gesicht.
»Er ist aber auch nicht arrogant, nach dem Motto: ›Ihr könnt mir alle nichts.‹«
»Dann bist du skeptisch?«

Heinz nickte. »Aber vielleicht irre ich mich. Du hattest immer schon den besten Instinkt von allen.«
»Vielleicht bin ich zu lange raus …«
Sie setzten sich auf eine Fensterbank. »Jetzt erzähl mal, was mit Thomas ist.«
»Er hat sich wohl übernommen in der letzten Zeit.«
»Thomas? Der doch nicht. Wenn ich einen Menschen kenne, der genau über seine körperlichen Grenzen Bescheid weiß, dann ist das Thomas. Er würde sich nie übermäßig belasten.«
»Es geht ihm schlechter, Heinz. Und er hatte mir das verschwiegen. Er hatte Angst, ich würde nur aus Mitleid bei ihm bleiben oder etwas ähnlich Melodramatisches.«
Heinz sah sie prüfend an. »Und? Wärst du deswegen bei ihm geblieben? Oder wirst du deswegen zurückgehen?«
»Ich … ich weiß es nicht. Die Tatsache, dass er es mir verschwiegen hatte, sagt doch alles, oder? Er lässt einfach niemanden an sich heran.«
»Hast du das überhaupt jemals gewollt?«
»Ja, was denn sonst!« Barbara schnappte empört nach Luft. »Wir haben miteinander gelebt.«
»In einer Wohnung. Miteinander konnte man das nicht immer nennen.« Heinz sah Barbaras Blick und fügte hinzu: »Das soll kein Vorwurf sein, ihr seid beide nicht unbedingt der Typ, der jemanden nah an sich herankommen lässt.«
»Es war schon mehr, Heinz. Eine ganze Zeit lang war es mehr. Du hast doch selbst gesagt, wir hatten etwas Besonderes.«
»Ja, das hatte ich gesagt. Da wusste ich aber auch noch nicht, dass zwischen dir und Heyer etwas läuft. Jedenfalls gibt es Gerüchte im Präsidium.«
»Grundemann.«
»Du hast ihn dir nicht gerade zum Freund gemacht. Ist denn etwas dran an der Sache?«

»Ich … wir … ja, schon.« Barbara konnte nicht verhindern, dass sie unter Heinz' Blick rot wurde. »Es hat sich einfach so ergeben. Er ist ein netter Kerl.«

»Und warum läuft der nette Kerl mit hängendem Kopf herum und schmachtet dich von weitem an? Das konnte sogar ich bemerken.«

»Weil …« Barbara seufzte. Es war schwer, Heinz etwas zu verheimlichen. »Weil es nicht so gut gelaufen ist bisher. Und jetzt, die Sache mit Thomas …«

»Du solltest rasch reinen Tisch machen, Barbara, mit welchem von beiden auch immer. Das tut keinem gut.« Er stand auf. »Jetzt werde ich mich weiter mit Terboom unterhalten. Mal sehen, ob er nervös wird, wenn er das hier sieht.«

»Viel Glück.«

»Dir auch, Barbara. Die Femme fatale, die mit Männerherzen spielt, kauft dir keiner ab.«

»Die hab ich auch gar nicht sein wollen.« Barbara sagte das mehr zu sich selbst, denn Heinz war schon den Gang hinunter.

Barbara ging Richtung Ausgang und stieß beinah mit Grundemann zusammen, der gerade aus seinem Büro kam.

»Na, Frau Pross? Jetzt haben Sie erreicht, was Sie wollten, oder?«

»Was meinen Sie?«

»Ich habe gerade einen Anruf erhalten von einem Freund bei der Kempener Polizei. Der alte Regierungsrat Heckermann sitzt dort seit ein paar Stunden, macht merkwürdige Geständnisse und zieht angesehene Bürger einschließlich einiger prominenter Lokalpolitiker in den Dreck. Und dann trudelte ein LKA-Fahnder dort ein und eröffnete, dass morgen etwa zehn angesehene Kempener Bürger unter dem Verdacht des Besitzes oder Handels mit Kinderpornographie festgenommen werden.«

»Gibt es da nicht ein paar Leute, die Sie warnen müssen?« Barbara sah Grundemanns Gesichtsausdruck und bereute gleich, so bissig gewesen zu sein.
»Was denken Sie eigentlich von mir? Ich habe in meinem Berufsleben sicher weniger Vorschriften verletzt als Sie. Sie kennen mich doch gar nicht.« Er war rot angelaufen.
»Tut mir Leid. Aber ich weiß zufällig, dass gerade in Sachen Terboom einiges nicht mit rechten Dingen zugegangen ist. Und ich nehme an, Sie wissen das sogar besser als ich.«
»Der Kollege, der anrief, bat mich um Rat. Er hat mich gefragt, welche Kollegen er besser nicht informieren sollte. Ich bin nicht korrupt, Frau Dr. Pross. Im Gegenteil. In Kempen oder im Kreis Viersen könnte ich jetzt ganz oben in der Hierarchie stehen. Warum glauben Sie, bin ich hier in Duisburg?«
»Entschuldigen Sie. Ich wollte nicht persönlich werden.«
»Doch, genau das wollten Sie. Weil Sie mir vorwerfen, beim Fall Grigoleit geschlampt zu haben. Oder weil Sie einfach gern im Dreck wühlen.«
»Dann glauben Sie nicht, dass an den Vorwürfen zur Kinderpornographie etwas dran ist?«
»Doch, doch«, sagte Grundemann matt. »Aber eine ganze Stadt wird unter diesen Dingen leiden müssen.«
»Und deshalb bleibt das besser unter dem Tisch?« Barbara wurde wieder angriffslustig.
»Es hat nichts mit den Kindermorden zu tun. Und vor allem werden wir dadurch das vermisste Kind nicht finden. Das hat immer noch Priorität, oder?« Damit ließ er sie stehen.
Barbara ballte die Faust. Grundemann hatte auf den Punkt gebracht, was in ihr nagte. Könnten sie Terboom etwas beweisen, falls er der Mörder war? Gäbe es irgendeinen Hinweis auf den tatsächlichen Mörder, falls er es nicht war?
»Herr Grundemann!«, rief sie hinter ihm her.

Er drehte sich um.
»Gehört Terboom zu denen, die morgen festgenommen werden sollen?« Sie ging zu ihm.
»Ja.« Grundemann knirschte fast mit den Zähnen. »Und bevor Sie weiterfragen: Ich wollte es gerade Wersten sagen.«
»Ich will bei dem Verhör dabei sein. Sorgen Sie dafür, dass das möglich gemacht wird.«
»Ich bin nicht Ihr Laufbursche.«
»Soll ich Lohberg selbst fragen?«
Grundemann sah aus, als wolle er etwas sehr Unfreundliches sagen, doch er riss sich zusammen. »Ich werde mit Lohberg reden. Ich rufe Sie an.«

Kurz vor Ladenschluss hatte Barbara endlich ihren Kühlschrank wieder aufgefüllt und dann ihre Waschmaschine angeworfen. Eine gute Ablenkung, denn sie konnte die Ergebnisse der Kinderpornofahnder kaum abwarten. Sie zermarterte sich zwar das Hirn, wie sie sich dem Täter auch von anderer Seite nähern konnte, aber sie kam nicht weiter. Wie sie es auch drehte, es lief immer wieder auf Terboom hinaus.
Ursprünglich hatte sie vorgehabt, Thomas zu besuchen, aber Annette rief an, um ihr mitzuteilen, dass Thomas am Nachmittag in die Uniklinik verlegt worden war. »Sie haben eine Menge Untersuchungen gemacht, wahrscheinlich ist er völlig geschafft. Also mach dir keine Gedanken, wenn du ihn heute nicht besuchen konntest.«
»Wie geht es ihm?«
»Besser als gestern, auch wenn man ihm das kaum ansieht.«
»Und wie läuft es mit Janni?«
»Ich war mit ihr einkaufen. Und Thomas' Hausarzt war da. Wir haben das mit dem Methadon geregelt. Er ist nicht glücklich darüber.«

»Kann er die Vorschriften und Registrierungen umgehen?«
»Er meint ja. Allerdings nicht für lange.«
Barbara hörte dahinter die Frage, wie lange Janni da bleiben sollte. »Hast du Schwierigkeiten mit ihr? Macht sie Ärger?«
»Nein, nein. Sie ist eigentlich ganz zahm.« Annettes Stimme wurde leiser. »Es ist erschreckend, wie dankbar sie für Selbstverständlichkeiten ist. Das Kind hat anscheinend nie ein normales Familienleben kennen gelernt. Auch nicht, bevor ihre Mutter diesen Stiefvater traf.«
»Annette …« Barbara zögerte. »Es wäre gut, wenn du sie ein wenig aushorchen könntest. Je mehr wir wissen, desto besser.«
»Barbara, ich versuche gerade, ihr Vertrauen zu gewinnen. Ich werde aufmerksam zuhören, wenn sie etwas erzählt, aber ich werde sie nicht zum Reden animieren. Sie muss einfach mal zur Ruhe kommen.«
»Du hast ja Recht. Aber wenn sie jemals sicher sein soll vor Lutz Wagner …«
»Ich weiß. Bist du immer so, wenn du dich in einer Sache festgebissen hast?«
»Hat Thomas das nie erwähnt?«
Annette lachte leise. »Doch, hat er. ›Sie ist schlimmer als eine Bulldogge‹, hat er mal gesagt. Wenig charmant, fürchte ich.«
»Dafür ist Thomas nicht der Typ.«
Als Barbara auflegte, lächelte sie noch.

Gegen neun am nächsten Morgen fand sie sich im Polizeipräsidium ein. »Wann geht es los?«, fragte sie Lohberg.
Der zuckte die Schultern. »Das ist Sache der Kinderpornofahnder.«
»Und wo ist Sven Heyer?«
»Der ist in Voerde unterwegs. Es gab da ein paar Hinweise im

Fall Laura Gerber.« Lohberg ließ Barbara stehen und verschwand mit ein paar wichtig aussehenden Leuten in einem Besprechungsraum.
Barbara sah ihm noch nach, als Grundemann an ihr vorbeiging. Bevor auch er den Raum betrat, drehte er sich noch einmal zu ihr um. »Sie sind noch hier?«
»Wieso fragen Sie?«
»Nun, ich dachte, Sie seien in Kempen wegen der Festnahmen. Ich habe Sie jedenfalls dort angekündigt.« Lächelnd schloss er die Tür hinter sich.
Barbara rannte fast zu ihrem Auto und beeilte sich, nach Kempen zu kommen. Als sie bei der Polizei eintraf, wurden gerade ein paar verstört wirkende Leute hereingebracht. Sie meldete sich an.
»Ja, Frau Dr. Pross, man sagte schon, dass Sie kommen. Wenn Sie einen Moment warten würden, Kriminalrat Curtius kommt sofort.«
Wenig später begrüßte sie ein Mann Mitte vierzig mit eisgrauem, dichtem Haar und einem freundlichen Lächeln. »Dietmar Curtius, ich bin hier der Chef. Und Ihnen haben wir wohl das Ganze zu verdanken?«
Barbara nickte und schüttelte ihm die Hand. »Wo ist Terboom?«
Curtius sah sie verständnislos an. »Terboom wurde nach Duisburg gebracht.«
»O nein …« Barbara dachte an Grundemanns konspiratives Lächeln und hasste sich selbst für ihre Dummheit. »Da hat wohl jemand etwas missverstanden. Ich wollte ausdrücklich bei Terbooms Vernehmung dabei sein.«
»Der Duisburger Kollege sagte lediglich, dass er jemanden vorbeischickt, der uns vor den Befragungen noch ein paar Dinge über die Kindermordfälle erzählt.«
»Grundemann?«

»Ja, genau der.«
Barbara überlegte, ob sie wieder nach Duisburg fahren sollte, aber dann entschied sie sich zu bleiben. »Wer führt die Verhöre durch?«
»Unsere Leute. Das LKA hat nur einen Mann hier. Heute sind in vielen Städten Festnahmen und Hausdurchsuchungen.«
»Rufen Sie die Leute zusammen. Was ist übrigens bei der Befragung des alten Regierungsrates herausgekommen?«
»Jede Menge Schmutz. Alte Namen, neue Namen, viele Prominente.«
»Taucht der Codename ›James B.‹ auf?«
»Ja, allerdings. Wir haben versucht, etwas mehr darüber zu erfahren, aber er sagt, dieser Typ wäre nie persönlich in Erscheinung getreten. Er kommunizierte meist per Telefon, oft nur durch einen weiteren Mittelsmann, mit dem er Kontakt aufgenommen hatte. Er hat keine Ahnung, wer James B. sein könnte.«
Barbara überlegte kurz. »Wird der Alte noch einmal vernommen?«
»Eventuell.«
»Tun Sie es auf jeden Fall. Ziehen Sie ihm die Namen jedes dieser Mittelsmänner aus der Nase.«
»Der Mann ist über achtzig …«
»Gerade dann funktioniert das Langzeitgedächtnis doch besonders gut.«
Curtius pfiff durch die Zähne. »Sie glauben, James B. existiert überhaupt nicht, oder? Dass diese Mittelsmänner nur so getan haben … Aber ich muss Sie enttäuschen. Heckermann hat auch einmal einen Anruf von James B. erhalten. Allerdings war ihm nichts an der Stimme oder der Aussprache aufgefallen.«
»Ich sage nicht, dass er nicht existiert hat. Aber es ist doch

nicht abwegig, dass es einer gewesen ist, der mitten unter ihnen war.«
»Gut, ich werde mich darum kümmern. Und heute Nachmittag werden wir noch ein paar Leute befragen, die Heckermann uns genannt hat. Das wird ein Massaker.«
»Wenn die Leute nicht gewarnt wurden.«
»Das wurden sie nicht, keine Bange.«

Eine Viertelstunde später saß eine Hand voll Beamter in einem Besprechungsraum. Barbara schaute in die Runde. »Das sind nicht viele«, sagte sie leise zu Curtius.
»Das LKA hat uns kalt erwischt. Urlaub, Grippe ...« Er wandte sich an seine Leute. »Dies ist Frau Dr. Pross, sie war früher beim BKA und berät zurzeit die Sonderkommission in Duisburg wegen der Kindermorde. Sie hat euch etwas zu sagen, bevor ihr euch die Festgenommenen vornehmt.«
Barbara stellte sich vor den Tisch und war sich wieder einmal bewusst, dass sie in den Augen der jungen Polizisten sehr klein und zierlich wirken musste. »Guten Tag. Das Auffliegen dieses kleinen Pornorings hier ist nicht ganz zufällig. Es gibt Vermutungen, nein, besser Hoffnungen, dass ein Zusammenhang zwischen der Kinderpornoszene und den Morden besteht. Das Ganze ist zwar mehr als vage, aber zurzeit müssen wir nach jedem Strohhalm greifen, vor allem, da gerade wieder ein Mädchen vermisst wird.«
Sie zog ein paar zerknitterte Blätter aus der Tasche, auf denen sie sich Notizen für die Terboom-Befragung gemacht hatte. »Gut. In erster Linie sind die Leute natürlich verdächtig nach § 184, Absatz 3, Verbreitung von pornographischen Schriften, die den sexuellen Missbrauch von Kindern zum Gegenstand haben. Die Hausdurchsuchungen werden bei den meisten genug ans Licht bringen, um sie erst einmal festzunageln. Fragen Sie nach Quellen, anderen Personen, Namen. Das

wird möglicherweise nicht mehr so viel bringen, da die Buschtrommeln in diesen Dingen erfahrungsgemäß sehr schnell sind, aber es gibt einen Überblick über die Größe des Netzwerkes.
Setzen sie den Leuten zu, bohren Sie in Richtung realer Kindesmissbrauch. Denken Sie daran: Für § 184 gibt es meist nur ein paar Monate oder eine Geldstrafe, für § 176, Kindesmissbrauch, kann es unter Umständen bis zu zehn Jahren geben. Könnte ich einen Kaffee haben, bitte?«
Barbara wartete, bis ihr jemand einen Kaffee eingeschenkt hatte, und fuhr dann fort: »Wir haben Kenntnis über einen Pornoring, der Anfang der sechziger Jahre hier existierte. Die treibende Kraft hinter diesem Ring war eine Person, die sich ›James B.‹ nannte. Wir wissen nicht genau, wie lange James B. aktiv war ...«
»Auf jeden Fall noch Anfang der Neunziger«, unterbrach sie Curtius. »Das war die Aussage von Heckermann. Ich vermute, James B. ist dem Internet zum Opfer gefallen, das ist anonymer.«
»Also, fragen Sie nach James B.«, fuhr Barbara fort. »Des weiteren fragen Sie nach Aktivitäten während der jeweiligen Mordwellen.«
Sie trat an die Tafel und notierte die Zahlen. »1966 bis 1969; 1975 bis 1977 – obwohl das nicht hier in der Gegend war –, 1980 bis 1984 und 1991 bis 1994. Jedes Detail könnte wichtig sein.« Sie nahm einen Schluck Kaffee und beobachtete dabei die Beamten, von denen ein paar eifrig mitschrieben. Sie deutete auf einen, der in der ersten Reihe saß. »Es wäre nett, wenn Sie Ihre Notizen gleich allen Kollegen zukommen ließen, geht das?«
Der junge Mann nickte. Barbara lächelte ihm zu. »Vielen Dank.« Sie wandte sich wieder an alle. »Ganz wichtig sind Verbindungen zwischen den Namen, die Heckermann ge-

nannt hat, und den Namen hier beziehungsweise denjenigen, die noch genannt werden.«

»Dazu kann ich jetzt schon sagen, dass zwei der Leute, die festgenommen wurden, auch in Heckermanns Aussage eine Rolle spielen«, erklärte Curtius.

»Dann setzen Sie bitte Ihre erfahrensten Leute auf sie an. Wer wird die beschlagnahmten Dokumente, Dateien und Filme auswerten?«

»Vermutlich wir.«

»Ich werde Lohberg bitten, Ihnen ein paar Leute aus der Soko Jessica abzutreten, je rascher das geht, desto besser.« Sie sprach laut weiter: »Ich nehme an, hier gibt es die Bilder der getöteten Kinder. Wenn Sie das Material auswerten, achten Sie darauf, ob Sie eines der Gesichter dort wieder finden.«

»Frau Dr. Pross …« Der junge Mann mit den Notizen meldete sich. »Ich habe dazu eine Frage.«

»Bitte.«

»Bisher ist nie etwas bekannt geworden über Überfälle oder Kidnapping in Zusammenhang mit Kinderpornos. Sie rekrutieren ihre Opfer aus Abhängigkeitsverhältnissen oder arbeiten sogar mit den Eltern zusammen. Wieso glauben Sie, dass die Pädophilen etwas mit den Morden zu tun haben könnten?«

Barbara seufzte. Das waren genau die Fragen, die sie sich immer stellte, wenn sie allein zu Haus vor den Fotos der Mädchen stand. »Es gibt bisher nur eine sehr, sehr vage Verbindung. Sie steht in Zusammenhang mit … sagen wir mit der Firma Terboom Metall Schrott. Es gibt da erstaunliche räumliche Parallelen. Und dann gibt es eine sehr alte eidesstattliche Erklärung, die Josef Terboom senior mit dem Pädophilenring in Verbindung bringt. Das ist sehr wenig, ich weiß. Aber wir brauchen jeden Hinweis.«

Curtius entließ die Leute.

Barbara schien unzufrieden. »Das sind halbe Kinder.«
»Die werden ihre Sache gut machen, glauben Sie mir. Die sind ehrgeizig und nehmen ihren Job ernst.«
»Sie müssen wirklich einen sehr niedrigen Altersdurchschnitt hier haben.«
»Nun, das liegt daran, dass zufällig viele der älteren Kollegen heute ihren freien Tag haben. Ich muss irgendwie gestern Morgen ein schlechtes Händchen gehabt haben, als ich den Dienstplan für heute geändert habe.«
Barbara sah ihn erstaunt an und lächelte dann anerkennend. »Das war ein kluger Schachzug. Aber die Jungs werden ganz schön hart arbeiten müssen, wenn sie das allein schaffen sollen.«
»Ich wollte kein Risiko eingehen.«
»Deshalb haben Sie sich mit Grundemann beraten, wem Sie trauen können, nicht wahr?«
Curtius seufzte. »Es wird eine Weile dauern, bis ich Ordnung in diesen Laden gebracht habe. Und dann wird die Korruption sich wieder an anderer Stelle Bahn brechen. Das ist so. Aber bei dieser Sache hier soll keiner der Beschuldigten straffrei ausgehen.«
Am Eingang gab es einen kleinen Tumult. Ein großer und offensichtlich sehr aufgeregter Mann wollte hereingelassen werden. »Ich muss eine Aussage machen, un dat sach ich Ihnen, wenn Se mich nich sofoat reinlassen …«
Barbara hatte ihn erkannt. »Das ist Armin Schuster, Terbooms Prokurist. Steht der auf irgendeiner Liste?«
»Nicht, dass ich wüsste.«
»Es tut mir Leid, es hat gerade niemand Zeit«, versuchte der Uniformierte Schuster abzuwimmeln.
Barbara sah Curtius an, der nickte. »Herr Klein, wir kümmern uns um Herrn Schuster. Kommen Sie, Herr Schuster. Wir müssen uns nur ein ruhiges Plätzchen suchen.«

Sie gingen in Curtius' Büro. »Sie kennen Frau Dr. Pross?« Schuster nickte und gab Barbara die Hand. »Was haben Sie auf dem Herzen?«
»Also, es geht um diese ... diese Kinderschänder hier. In der ganzen Stadt wird schon über die Hausdurchsuchungen geredet. Und Jupp Terboom selbst ...«
»Ist festgenommen worden, ja.« Barbara war ein wenig ungeduldig.
Schuster blickte auf den Boden und knetete verlegen seine Finger. »Also, ich weiß, dass es früher so Gruppen hier gegeben hat ... nun, es ging um Kinder. Jupp hat mich auch dabei haben wollen, aber ich wollte mit solchen Schweinereien nichts zu tun haben.« Er sah auf, senkte den Blick aber gleich wieder. »Ich weiß, ich hätte zur Polizei gehen müssen, aber ... er war mein bester Freund, und er hat so viel für mich getan. Ich bin vom Hilfsarbeiter auf dem Schrottplatz bis zum Prokuristen bei TMS aufgestiegen.«
»Daraus wird Ihnen niemand einen Strick drehen«, meinte Curtius leise und verständnisvoll. Barbara wusste, nur so konnten sie Schuster mehr entlocken.
»Da ist etwas ... ich habe da einen Verdacht.« Schuster schien immer nervöser zu werden. »Ich denke, dass diese Leute nicht nur Bilder tauschen.«
Barbara hielt für einen Moment den Atem an. Sollten sie so einfach an die nötigen Informationen kommen?
»Ich weiß nichts Genaues. Aber ...« Schuster nahm sich zusammen und sprach weniger stockend weiter. »Sie müssen wissen, ich bin der Vorsitzende des Vereins ›Ferien für Tschernobyl-Kinder‹. Ich habe ihn 1991 gegründet, als ich erfuhr, wie wichtig es für diese Kinder ist, eine Weile wegzukommen von der verseuchten Umgebung dort. Jeder Monat, den sie hier verbringen, bedeutet ein Jahr länger leben, wussten Sie das?«

Barbara nickte.

»Ich habe wie ein Wahnsinniger geschuftet, um den Verein zu gründen und jedes Jahr Pateneltern zu finden und Spenden für die Reisekosten. Fast alle wichtigen Kempener sind Mitglied in diesem Verein. Und viele engagieren sich auch persönlich.« Armin Schuster senkte die Stimme. »Ich fürchte, der Verein könnte missbraucht worden sein. Ein paar von diesen … diesen Kinderschändern sind Mitglieder. Und mit dem Renommee des Vereins ist es vermutlich nicht schwer, Kinder auch für andere Zwecke aus dem Osten herzuholen.«

»Wie konkret ist Ihr Verdacht denn?«, fragte Barbara. »Können Sie Namen nennen? Wissen Sie von Kindern?«

Schuster schüttelte den Kopf. »Nein, wo denken Sie hin. Wenn ich etwas Konkretes hätte, wäre ich längst zur Polizei gegangen.«

»Nun gut.« Barbara konnte nicht verhehlen, dass sie enttäuscht war. »Wie genau könnte denn ein solcher Kinderschmuggel über Ihren Verein abgelaufen sein?«

»Darüber habe ich natürlich schon länger nachgedacht.« Schuster faltete seine langen Beine unter dem kleinen Stuhl zusammen. »Also, dann und wann fuhren Mitglieder mit Geld oder Hilfslieferungen nach Tschernobyl oder Kiew. Wenn sie dort die richtigen Verbindungen gehabt hätten, dann hätten sie Einreisegenehmigungen für Tschernobyl-Kinder, die man aufgrund des guten Rufs unseres Vereins auf jeden Fall bekommen hätte, für andere Kinder ausstellen und diese hierher bringen können und nach Ablauf der Aufenthaltsgenehmigung wären diese Kinder wieder zurückgebracht worden.«

Curtius runzelte die Stirn. »Sie haben so genaue Vorstellungen davon, wie es funktionieren könnte, und keinen konkreten Verdacht? Wollen Sie uns für dumm verkaufen?«

»Ich konnte es doch nicht nachprüfen. Das kann man nur vor Ort. Aber … Ein bestimmtes Vereinsmitglied fuhr mindestens zweimal im Jahr nach Kiew. Und ich hörte, dass er ein- oder zweimal nach seiner Rückkehr Spielzeug oder Kinderkleidung gekauft hat. Er ist Junggeselle, hat keine Verwandten. Seine Freunde kenne ich, die haben keine Kinder in dem Alter. Aber … das sind ja auch alles nur Vermutungen.«

»Wer war das?«

»Werner Preuß.«

»Ist der hier?«, fragte Barbara.

»Nein …« Curtius hielt inne. »Preuß … Preuß … ich habe den Namen heute schon einmal gehört …«

»Er war lange Jahre der Vorsitzende des Stadtschützenvereins«, meinte Schuster.

»Schützenverein, das ist es. Heckermann hat den Namen genannt, da bin ich sicher.«

»Ich will aber nicht, dass ein Unschuldiger verdächtigt wird, nur, weil ich so eine Vermutung hatte«, warf Schuster schüchtern ein.

»Wir werden ihn nur befragen.« Curtius lächelte Schuster freundlich an. »Die Stadt ist im Moment so in Aufruhr, da wird ein möglicher Fehler gar nicht auffallen.«

Barbara war sich da nicht so sicher, aber sie ließ Curtius gewähren. Jede Möglichkeit musste geprüft werden. Sie wandte sich an Schuster: »Was ist mit Ihrem Freund Terboom? War der auch öfter auf Wohltätigkeitstour?«

Schuster sah sie entsetzt an. »Jupp? Sie meinen, Jupp könnte …?«

»Er hatte einschlägiges Material zu Hause – warum sollte er sich nicht auch real an Kindern vergriffen haben? Immerhin stand er ja mal kurz vor einer Anklage. Und Sie sagten selbst, dass er Sie in den Club aufnehmen wollte.«

Schuster wurde sichtlich unruhig. Er schien nach einem Ausweg zu suchen, aber Barbara setzte ihm weiter zu: »Nun? Wie oft ist er nach Kiew gefahren?«
»Einmal.« Schusters Antwort kam so leise, dass es kaum verständlich war. Er räusperte sich. »Nur ein einziges Mal. Und da war ich auch dabei. Wir waren die ganze Zeit zusammen, und wir haben keine Kinder mitgebracht.«
Barbara ballte die Faust, aber noch bevor sie sie auf den Tisch schlagen konnte, warf Curtius ihr einen warnenden Blick zu. »Lassen Sie es gut sein, wir wissen fürs Erste genug. Nehmen wir uns Heckermann nochmal vor und sehen dann weiter.« Er wandte sich an Schuster. »Vielen Dank, Herr Schuster. Das war sehr anständig von Ihnen, hierher zu kommen. Möglicherweise haben Sie uns geholfen. Es wäre nett, wenn Sie uns weiter zur Verfügung ständen.«
»Ja ... ja sicher. Aber ich weiß nicht viel ...«
Plötzlich fiel Barbara etwas ein. »Sagen Sie, Herr Schuster, waren Sie schon mit Jupp Terboom befreundet, als seine Nichte damals verschwand?«
»Nun ... befreundet ... Wir kannten uns. Sein Vater hatte den Schrottplatz gekauft, auf dem ich arbeitete. Jupp hat dort auch manchmal gearbeitet. Sein Vater wollte, dass er das Geschäft von Grund auf lernt und nicht nur im Büro herumsitzt.« Schusters Gesicht zeigte einen gewissen Stolz. »Ich habe ihm viel beigebracht, damals. Darüber sind wir Freunde geworden. Aber das war, nachdem Marion verschwunden war.«
»Wie hat er auf das Verschwinden seiner Nichte reagiert?«
Schuster sah Barbara verständnislos an. »Er hat getrauert. Wie alle.«
»Getrauert? Ohne zu wissen, ob sie tot ist?«
»Zuerst haben wir sie gesucht. Und gewartet.« Schuster begann wieder, nervös seine Hände zu kneten. »Natürlich hat

niemand gewusst, dass sie tot war. Aber … das sagt doch der gesunde Menschenverstand, wenn ein Kind in dem Alter verschwindet.«

»Wie war sein Verhältnis zu Marion?«

»Das weiß ich nicht. Damals kannte ich ihn ja nicht so gut.«

»Heißt das, Sie haben nie miteinander über Marion gesprochen – auch später nicht?«

»Nein, nie.« Schuster war anzusehen, dass er das Gespräch jetzt noch unangenehmer fand als vorher. »Ich muss jetzt wieder in die Firma. Jemand muss da sein, wenn Jupp weg ist.«

Barbara nickte. »Sicher, Herr Schuster. Sie können gehen.«

Curtius und Barbara begleiteten Armin Schuster noch auf den Gang und sahen ihm nach.

»Warum haben Sie ihm wegen Marion Riedel so zugesetzt?«, fragte Curtius.

»Sie war die Erste. Wenn Terboom etwas mit den Morden zu tun hat, hat er mit ihr angefangen. Und Schuster kennt ihn lange und gut – vielleicht besser als jeder andere.«

»Ich fand seine Antworten nicht besonders auffällig …«

»Nein, da haben Sie Recht«, seufzte Barbara. »Und nervös war er von Anfang an – bei seinem Verdacht ist das auch nichts Besonderes.«

Curtius dachte einen Moment lang nach, dann fragte er plötzlich: »Was ist, wenn Marion Riedel gar nicht zu den Opfern gehört? Soweit ich weiß, wurden ihre Überreste nicht gefunden.«

»Dann haben wir eine Verbindung weniger zwischen Terboom und den Opfern.«

Curtius rief einen seiner Leute, die gerade über den Flur kamen, zu sich und beauftragte ihn, Werner Preuß herzuschaffen und einen Durchsuchungsbefehl für dessen Wohnung zu erwirken.

»Wie wollen Sie das begründen?«, fragte Barbara.

»Ich behaupte einfach, sein Name wäre in einem der Verhöre gefallen und Gefahr sei im Verzug. Oder würden Sie das anders machen?«
Barbara schüttelte den Kopf. »Brauchen Sie mich hier noch?«
»Ich denke, wir kommen klar. Lassen Sie mir Ihre Telefonnummer da. Wenn irgendetwas Weltbewegendes passiert, melde ich mich.«
»Danke!«
Sie verließ Curtius' Büro und beeilte sich, zurück nach Duisburg zu kommen. Vielleicht kam sie noch rechtzeitig zu Terbooms Vernehmung.

Im Duisburger Polizeipräsidium steuerte Barbara als Erstes Grundemanns Büro an. »Er ist nicht hier«, meinte eine Sekretärin, die gerade einen Stapel Akten vorbeibrachte.
»Und wo ist er?«
»Wahrscheinlich bei der Vernehmung von diesem Terboom. Sie sind Frau Dr. Pross, nicht wahr? Wissen Sie, wo die Verhörräume sind?«
Barbara schüttelte den Kopf.
»Na, dann kommen Sie doch mit, ich muss ohnehin in die Richtung.«
Sie brachte Barbara zu den Räumen und öffnete gleich eine Tür – ein Raum, von dem aus man das Verhör verfolgen konnte, ohne gesehen oder gehört zu werden. Und da saßen sie – Lohberg und Grundemann. Heinz führte das Verhör. Ein weiterer Mann hatte gerade den Verhörraum betreten und stellte sich als LKA-Beamter vor, Barbara vermutete, er gehörte zu den Kinderpornofahndern.
»Habe ich viel verpasst?«, fragte Barbara.
»Nein, bisher hatten wir nur Geplänkel.« Lohberg hatte ein säuerliches Lächeln aufgesetzt.

»Und wie lief es in Kempen?«
»Das bleibt abzuwarten.« Barbara zog sich einen Stuhl heran und rückte nah an die Scheibe.
Der LKA-Beamte sagte sein Sprüchlein auf. Terboom runzelte die Stirn. »Was soll das? Vorläufig festgenommen wegen Besitzes kinderpornographischen Materials?«
Heinz' Stimme nahm jetzt einen besonders beruhigenden Ton an. »Es tut mir Leid, Herr Terboom, wir wussten heute Morgen noch nichts davon.«
»Tun Sie doch nicht so scheinheilig! Wenn Sie mich beschuldigen, dann haben Sie doch sicher auch einen Durchsuchungsbefehl.«
»Das war Sache einer anderen Abteilung des LKA. Jedenfalls ist man anscheinend fündig geworden.«
Der LKA-Beamte nickte: »Wir haben umfangreiches Material sichergestellt. Das wird für eine Verurteilung reichen.«
»Vielleicht möchten Sie jetzt Ihren Anwalt anrufen?«, fragte Heinz höflich.
Terboom blieb erstaunlich ruhig. Er rief seinen Anwalt an und wartete dann im Verhörraum. Barbara trommelte mit den Fingern auf der Lehne ihres Stuhls herum.
»Geduld, Frau Doktor«, sagte Grundemann.
»Wenn es nach Ihnen ginge, wäre ich jetzt gar nicht hier, oder?« Sie sah Lohberg an. »Der famose Herr Grundemann hat mich nach Kempen gehetzt heute Morgen.«
»Ich habe nur gesagt, dass ich mich wundere, dass Sie nicht in Kempen seien.«
»Schluss mit den Kindereien.« Lohberg spielte mit einem Zigarettenpäckchen herum. »Gab es denn etwas Interessantes in Kempen?«
»Die Kempener Kripo ist zurzeit sehr dünn besetzt«, meinte Barbara. »Curtius hat jedem, dem er nicht traut, freigegeben,

damit nicht frühzeitig etwas durchsickert. Aber inzwischen steht die ganze Stadt Kopf. Wir haben da in einem Wespennest herumgestochert.«

»Irgendwelche Ergebnisse für unseren Fall?«

»Bis jetzt noch nicht.«

»Das dachte ich mir.« Grundemann warf Barbara einen giftigen Blick zu.

»Möglicherweise sind wir einem tatsächlichen Kindesmissbrauch auf der Spur, genauer gesagt, Menschenschmuggel und Missbrauch. Armin Schuster, Terbooms Prokurist, hat die Vermutung, dass sein wohltätiger Verein, der Tschernobyl-Kinder für die Ferien nach Deutschland holt, zu solchen Zwecken missbraucht worden sein könnte. Curtius geht der Sache nach.«

Der Anwalt traf ein, man gab ihm Gelegenheit, seinen Mandanten allein zu sprechen, dann kamen auch der LKA-Beamte und Heinz zurück, und wenig später saßen die vier sich im Verhörraum gegenüber.

»Bevor Sie große Erklärungen starten«, begann Terboom unvermittelt das Gespräch. »Mein Anwalt, Herr Weiß, hat mich über die Hausdurchsuchungen in Kempen unterrichtet – er war sogar dabei, weil meine Mutter ihn gerufen hatte. Er rät mir, keine Aussagen zur Sache zu machen, ich sehe das jedoch anders. Die Bilder sind bei mir gefunden worden, mein PC wurde sichergestellt. Angesichts dieser Sachlage etwas zu leugnen beleidigt unser aller Intelligenz. Ich hoffe nur, dass ich nicht in Haft muss.«

»Angesichts der geringen Strafe, die Sie aufgrund unserer milden Gesetze zu erwarten haben, wohl kaum«, meinte der LKA-Beamte säuerlich.

»Wir sollten da nicht so voreilig sein.« Heinz' Stimme klang immer noch ruhig, hatte aber einen schneidenden Unterton angenommen. »Das gefundene Material muss vollständig aus-

gewertet werden. Und vielleicht gibt es da Hinweise auf … nennen wir es mal ›Liveaction‹.«
Barbara hatte erwartet, dass Terboom empört oder doch zumindest verunsichert reagierte, aber nichts von dem geschah. Er saß weiter lässig zurückgelehnt auf seinem Stuhl. »Sie werden nichts dergleichen bei mir finden. Ich mag dumm genug gewesen sein, das Zeug mehr oder minder leicht zugänglich aufzubewahren, aber mehr als das habe ich mir nicht zuschulden kommen lassen. Was stellen Sie sich denn unter ›Liveaction‹ vor? Sexorgien mit Kindern in meinem Schlafzimmer, die dann auch noch abgelichtet wurden? Sie können doch nicht so naiv sein.«
Auch Heinz blieb äußerlich ruhig, aber Barbara wusste, dass er unter Hochspannung stand. Wenn es ihm gelingen würde, etwas aus Terboom herauszukitzeln, wären sie vielleicht einen großen Schritt weiter. Sie sah, dass er einen dünnen Packen DIN-A4-Blätter mit der Schrift nach unten vor sich liegen hatte – das mussten ihre Kopien mit den Standorten sein. »Nun, vielleicht finden wir bei Ihnen nichts. Aber es sind ja noch mehr Leute durchsucht worden.«
Terboom lächelte. »Das macht mir keine Angst. Meine Pädophilie beschränkt sich auf Bilder und gelegentliche Besuche bei einer durchaus volljährigen Nutte mit Zöpfen und Ranzen … Und was die anderen betrifft: Was glauben Sie denn, wie die sich heutzutage ihr Frischfleisch besorgen? Wenn sie weniger wohlhabend sind, dann gehen sie Beziehungen zu Frauen mit Kindern ein. Und die anderen, die mit dem nötigen Kleingeld, sind aufopferungsvolle Förderer begabter Kinder und Jugendlicher. Und Sie glauben doch nicht, dass auch nur eine Familie, die so großzügig unterstützt wird, etwas gegen ihren Wohltäter unternimmt?«
Barbara sah angeekelt zu Boden.

»Und woher wissen Sie so gut darüber Bescheid?«, fragte Heinz.
»Im Gegensatz zu Ihnen lebe ich nicht auf dem Mond.«
Heinz wartete einen Moment ab, damit Terboom die Wirkung seiner Antwort genießen konnte. Dann fragte er: »Aber Ihr alter Herr hat sich das Frischfleisch noch auf die altmodische Art besorgt, nicht wahr?«
Jetzt hatte er Terboom aus der Reserve gelockt. »Was …«
»Und Sie selbst haben doch auch schon einmal zugelangt, nicht wahr?« Zielsicher schob Heinz den Satz nach.
»Haben Sie Beweise für diese ungeheuerlichen Behauptungen?«, mischte sich der Anwalt ein.
»O ja, die haben wir. Es gibt eine eidesstattliche Erklärung eines früheren Geschäftspartners. Und es gibt eine Anzeige …«
»Die zurückgezogen wurde.« Terboom lief zornesrot an. »Das Mädchen ist drogensüchtig und in psychiatrischer Behandlung. Die lügt das Blaue vom Himmel herunter …«
»Herr Terboom ist definitiv nicht angezeigt worden, und wenn Sie das hier behaupten, machen Sie sich strafbar«, stellte der Anwalt fest.
»Aber etwas bleibt doch immer hängen.« Heinz rührte noch ein bisschen in der gerade geschlagenen Wunde herum. Er bewegte sich auf dünnem Eis. Juristisch war Terboom damit nicht beizukommen.
»Ich habe mit solchen Dingen nichts zu tun«, stieß Terboom hervor. »Ich weiß, dass ich mich mit dem Besitz dieser Bilder strafbar gemacht habe, aber dieses Risiko war nicht sehr groß.«
Heinz spielte mit den Ausdrucken, die Barbara ihm gebracht hatte. »In der Tat steht auf Besitz von Kinderpornos keine große Strafe. Die Tatsache aber, dass Sie nun mit der Pädophilenszene in Zusammenhang gebracht werden können – ob tatsächlicher Kindesmissbrauch oder nicht –, wirft ge-

meinsam mit anderen neuen Erkenntnissen ein anderes Licht auf eine mögliche Verbindung zu den Kindermorden und der aktuellen Entführung.«
Terboom runzelte die Stirn. »Welche neuen Erkenntnisse?«
Heinz begann, Barbaras Ausdrucke auf dem Tisch auszubreiten. »Jedes Opfer – einschließlich der kleinen Laura Gerber, die zurzeit vermisst wird – stammt aus der unmittelbaren Nähe einer Ihrer Niederlassungen. Ihre Überreste wurden auf einem Gelände, das Ihnen gehört, gefunden. Meiner Meinung nach reicht das für einen Haftbefehl.«
»Aber das ist doch purer Zufall«, begann Terboom, doch sein Anwalt, der während Heinz' Ausführungen nervös hin- und hergerutscht war, hielt ihn zurück. »Herr Terboom, Sie sollten jetzt besser nichts mehr sagen. Wir müssen erst darüber reden.«
»Sie sollten wissen, dass wir einen DNA-Vergleich mit Material von der toten Jessica Wolter beantragen werden. Aufgrund der vergangenen Zeit wird es sicher eine Weile dauern, aber wir werden die Untersuchung früher oder später durchführen können.«
»Das werden wir noch sehen, Herr Wersten …«, begann der Anwalt, aber Terboom unterbrach ihn. »Natürlich stimme ich dem zu. Sie brauchen das nicht zu beantragen, ich werde freiwillig eine Probe abgeben.«
»Herr Terboom …«
»Ich habe nichts zu verbergen, Herr Weiß.« Er wandte sich an Heinz. »Ich würde gern noch heute eine Probe abgeben. Ich weiß, dass die Auswertung sehr lange dauert, und ich möchte, dass diese Farce möglichst schnell vorbei ist.«
»Gut.« Heinz rief zwei Beamte herein und ordnete an, Terboom eine Speichelprobe zu entnehmen.
»Verdammt«, sagte Barbara leise im Verhörraum, während sich die kleine Gruppe nebenan auflöste. Terboom wurde ab-

geführt, Heinz und der LKA-Beamte standen noch herum und tauschten Informationen aus, der Anwalt folgte seinem Mandanten.

»Was hatten Sie erwartet? Sie wissen doch, wie es läuft.« Grundemanns Stimme klang verächtlich. »Glauben Sie, dass ein Mann wie Terboom sagt: Gut, Leute, ihr habt mich erwischt, ich gebe alles zu? Und wenn Sie mich fragen – so bereitwillig, wie der dem DNA-Test zugestimmt hat, kann er nur unschuldig sein.«

»Oder größenwahnsinnig – wie ich schon sagte.« Barbara war wütend. Sie hasste es, vor Lohberg und Grundemann eine Niederlage zugeben zu müssen.

Jetzt mischte Lohberg sich ein: »Glauben Sie immer noch, er könnte unser Mann sein?«

Barbara zuckte die Schultern: »Das ist nicht so unwahrscheinlich. Serienmörder handeln nicht immer rational. Vielleicht glaubt er ernsthaft, er kommt trotz der Analyse davon. Das hat es alles schon gegeben. Haben Sie eigentlich schon einmal darüber nachgedacht, dass wir Laura Gerber vielleicht nie finden, wenn der mögliche Entführer in U-Haft sitzt?«

»Liebe Frau Dr. Pross, wir werden ihn hier behalten, und wir werden ihn verhören. Und wenn er etwas mit der Sache zu tun hat, werden wird das aus ihm herausquetschen. Noch während dieses kurze Verhör lief, haben Beamte begonnen, die Niederlassungen auf der Suche nach dem Mädchen zu durchkämmen. Wir werden sie finden – wenn er sie hat.«

Barbara wusste, dass sie hier nichts mehr tun konnte. »Ich habe etwas Privates zu erledigen und möchte mich eine Weile abmelden.«

»Machen Sie das«, meinte Lohberg. Und man sah ihm an, dass er froh war, sie los zu sein.

Sie traf Heinz auf dem Flur. »Tut mir Leid. Sieht wohl so aus, als hätte er nichts mit der Sache zu tun.«

»Abwarten.« Barbara machte eine wegwerfende Handbewegung. »Er wäre nicht der Erste, der trotz einer ausweglosen Situation den Unschuldigen spielt. Welchen Eindruck hattest du? Du warst schließlich näher dran.«
»Ich glaube, es hat ihn mehr getroffen, als es scheint. Es hat ihn sehr erschreckt, mit den Morden in Verbindung gebracht zu werden. Erst als ich den DNA-Test erwähnte, wurde er wieder ruhiger. Wonach soll ich ihn fragen, wenn ich ihn mir wieder vornehme?«
»Frag ihn nach seiner Kindheit. Sein Verhältnis zur Mutter und vor allem zum Vater.«
»Tierquälereien, Bettnässen?«
Barbara seufzte. »Ich weiß, es klingt wie ein Klischee, aber es ist häufig.«
»Gut. Wir lassen ihn jetzt aber erst einmal ein paar Stunden schmoren, dann verhören wir ihn noch einmal, bevor er dem Haftrichter vorgeführt wird. Bis später – oder kommst du nicht mehr her?«
»Ich denke schon. Bis später.«
Als sie an ihr Auto auf dem Parkplatz kam, sah sie sich verstohlen um und trat dann einmal kräftig gegen den Reifen.

8

Barbara war auf dem Weg zu Thomas. Es war inzwischen Nachmittag, und ihr Magen begann zu knurren. Sie hatte am Morgen nur wenig gefrühstückt. Sie holte sich an irgendeinem Schnellimbiss eine Currywurst, die ihr nicht schmeckte. Das nur halb geleerte Schälchen warf sie in einen Abfallkorb und fuhr dann zur Klinik.

Thomas war allein und längst nicht mehr so blass wie zwei Tage zuvor. Eine Hand war für Infusionen präpariert, und ein einzelner Monitor war noch angeschlossen.

»Schön, dass du kommst«, begrüßte er sie. »Nach dem, was meine Mutter mir erzählt hat, habe ich nicht damit gerechnet.«

»War sie hier? Hat sie Janni alleinge…« Barbara biss sich auf die Lippen. Eigentlich wollte sie nicht, dass Thomas sich Sorgen um seine Mutter machte.

Er grinste nur. »Sie hatte dieses Mädchen bei sich, und sie hat sie ganze Zeit nicht aus den Augen gelassen.«

»Sei mir nicht böse …«

»Böse? Wo denkst du hin! Meine Mutter ist verdammt gut darin, sich um jemanden zu kümmern. Das wird ihr gut tun.«

Barbara beschloss, das Thema zu wechseln, bis sie von Annette erfahren hatte, wie viel Thomas über Janni wusste. Sie setzte sich auf sein Bett. Sein Gesicht erschien ihr noch hagerer als früher, und sie hatte das Gefühl, dass er um Jahre gealtert

war. Nur seine Augen waren wach und aufmerksam wie immer.
»Du siehst müde aus«, sagte er ganz unvermittelt. Barbara glaubte ihm aufs Wort. Die ganze morgendliche Hetze hatte nur wenig gebracht.
»Mutter sagt, es ist wieder ein Kind verschwunden.«
Barbara nickte. »Aber vielleicht sollten wir über etwas anderes reden. Ich möchte dich nicht aufregen.«
Er lächelte, und der ironische Zug umspielte seinen Mund, es war das Lächeln, das Barbara so an ihm mochte, und für einen Moment schien er ganz der Alte. »Also … nicht, dass mich das kalt lässt, aber soweit ich mich erinnere, bist du es, die von solchen Nachrichten immer ganz mitgenommen ist.«
Barbara versuchte auch ein Lächeln, ohne zu wissen, ob es ihr gelang. »Es ist unglaublich viel passiert in den letzten Stunden.«
Sie begann zu erzählen. Nichts Näheres über Janni, aber alles über die E-Mail-Adressen, die Hausdurchsuchungen und die Aussagen des alten Heckermann. »Jupp Terboom ist vorläufig festgenommen. Alle Opfer wohnten in der Nähe einer Niederlassung.«
»Reicht das, um ihn festzuhalten?«
»Nur, wenn es Heinz gelingt, ihn zum Reden zu bringen.«
Barbara seufzte. »Es ist wie verrückt. Wir erfahren Hunderte von unappetitlichen Details, Leute werden verhört, die Soko rotiert … aber wir sind weder dem Mörder noch dem möglichen Versteck der kleinen Laura auch nur einen Schritt näher gekommen. Und die Zeit drängt. Wir haben zwar etwas mehr Zeit, Jessica hat er erst nach etwa zehn Tagen umgebracht, aber wer weiß, ob er Laura aufgrund des Risikos nicht schneller tötet?«
»Du denkst, es ist Terboom, nicht wahr?«

»Er ist der wahrscheinlichste Kandidat. Er ist ein Pädophiler, das steht fest. Das erste Opfer war seine Nichte, alle Opfer wohnten in der Nähe seiner Niederlassungen, und das Gelände, auf dem die Leichen abgelegt wurden, gehört ihm. Aber es gibt keine handfesten Beweise. In Jessicas Körper wurde Sperma gefunden, ein DNA-Test wird Klarheit bringen. Aber leider dauert so etwas.«

Thomas drückte auf den Knopf, um das Kopfteil seines Bettes in eine Sitzposition zu fahren. »Ich bin sicher, keiner, der mit dem Fall zu tun hat, würde sich trauen, dir das zu sagen, aber meinst du nicht, du verrennst dich da in etwas?«

Barbara lachte gequält auf. »Im Gegenteil, das sagen mir alle ständig.«

»Und könntest du dir vorstellen, dass die anderen ausnahmsweise mal Recht haben könnten? Terboom ist doch sicher nicht dumm, spätestens als herauskam, dass ihm das Gelände gehört, hätte er sich absichern müssen, vielleicht sogar fliehen, wenn er wirklich der Täter wäre. Und der Test ... Ich kann nicht glauben, dass er es ist, ganz gleich, wie deine sonstigen Erfahrungen auch sein mögen.«

»Vielleicht hast du Recht. Ich kenne den Mörder immer noch zu wenig, um mir ein Bild machen zu können.« Barbara starrte aus dem Fenster.

Thomas schwieg eine Weile, doch sie fühlte, dass er sie unverwandt ansah. »Was tust du gewöhnlich, wenn du bei einem Fall nicht weiter weißt?«, fragte er sanft.

»Von vorn anfangen. Alle Fakten noch einmal studieren, alle Aussagen lesen. Das Stück suchen, das ich übersehen habe. Und natürlich das Profil immer wieder überdenken – nur: Ich habe kein Profil. Ich habe sein Alter, und das passt auch auf Terboom.«

»Passen die Puppen auf ihn? Passen diese Morde überhaupt auf Pädophile?«

Barbara sah ihn nachdenklich an. »Nur wenn die Kinder sozusagen herumgereicht wurden und nach … Gebrauch getötet und abgelegt wurden. Aber geschäftsmäßige Kinderpornographen entführen nur ganz selten Kinder. Und wenn sie sie getötet hätten, dann hätten sie sie sicher anders entsorgt.«
»Und Terboom hat doch die beste Entsorgungsmöglichkeit von allen. Sein Schrott landet in irgendeinem Hochofen …«
Barbara sah Thomas entgeistert an. »Du hast Recht. Er hätte sie alle im Schrott ablegen können, in einem Altauto in kleine handliche Stahlpäckchen gepresst, und dann ab ins große Feuer. Aber sie lagen an diesem Teich …«
»Wo sie sogar von diesem Grigoleit gefunden und weggeschleppt worden sind.«
»Grigoleit … an den habe ich überhaupt nicht mehr gedacht.«
Thomas runzelte die Stirn. »Könnte der nicht gesehen haben, wie der Mörder die Kinder dort ablegte?«
»Ich weiß nicht. Er war schon damals blind wie ein Maulwurf. Er trägt eine Brille mit Glasbausteinen.«
»Aber irgendwie muss er doch von den Kinderleichen am Teich erfahren haben. Oder ging er regelmäßig dorthin?«
»Nein.« Barbara spürte, wie sie unruhig wurde. »Er hat ausdrücklich ausgesagt, dass er nie dorthin ging.« Sie griff nach Thomas' freier Hand. »Thomas, wenn du Recht hast …«
Seine Mundwinkel zuckten kaum merklich. »Wenn ich Recht habe, dann musst du jetzt ganz schnell weg.« Das Zucken wurde zum Lächeln.
Barbara gab einem plötzlichen Impuls nach und küsste ihn kurz auf den Mund. Danach wurde sie verlegen. »Du sagst es. Ich muss in Langenfeld anrufen.«
Thomas hatte ihren Kuss hingenommen und tat so, als würde er ihre Verlegenheit gar nicht bemerken. »Bevor du hin-

fährst, solltest du in unse… meiner Wohnung vorbeifahren. Da habe ich nämlich ein Schlummerle.«
»Du hast tatsächlich ein Schlummerle besorgt?«
»Ja. Du sagtest doch, du brauchst eins für Grigoleit.«
»Aber das ist doch Wochen her!«
Thomas hob nur die Brauen und lächelte dann wieder – nicht ironisch, nur irgendwie stillvergnügt.
»Danke. Für den Denkanstoß und das Schlummerle. Ich komme bald wieder. Brauchst du etwas aus der Wohnung? Ich meine, wenn ich schon hinfahre …«
»Nein. Aber du wirst etwas brauchen.« Er beugte sich vor und zog die Schublade des Rollschränkchens auf. »Du brauchst einen Schlüssel.«
»Ja, danke. Ich muss jetzt los.« Sie strich ihm über die Wange und verließ das Zimmer. Sie wollte den Schlüssel in ihrer Tasche verstauen und erstarrte plötzlich. Was sie in der Hand hielt, war *ihr* Schlüssel, der Schlüssel, den ihr Thomas am Morgen, nachdem er sie damals aufgelesen hatte, in die Hand gedrückt hatte.

Barbara hatte ihre ganze Überredungskunst aufwenden müssen, um bei Dr. Hansen die Erlaubnis für einen weiteren Besuch bei Grigoleit zu bekommen. Vor allem wollte er sie nicht so schnell zu ihm lassen. »Ich werde einige Zeit brauchen, um ihn vorzubereiten«, hatte er gesagt, doch Barbara hatte ihm die Dringlichkeit sehr klar gemacht.
Es war kurz vor neun, als sie ihren Wagen auf dem Klinikparkplatz abstellte. Hansen hatte sie schon erwartet.
»Grigoleit ist seit Tagen völlig unberechenbar«, sagte er ihr, während sie zum Gebäude hinübergingen. »Seit wir ihm gesagt haben, dass wir ihn für unschuldig halten, ist er in Panik. Er hat Angst, man könnte ihn von hier wegholen.«
»Und? Ist das geplant?«

Hansen schüttelte den Kopf. »Wir werden ihn höchstens auf eine andere Station verlegen und versuchen, ihn an ein bisschen Freiheit zu gewöhnen. Obwohl ich denke, dass das bei ihm kaum eine Wirkung haben wird.« Er sah auf die Plastiktüte, die Barbara bei sich hatte. »Was ist da drin?«
»Meine Geheimwaffe, mit der ich ihn vielleicht zum Reden bringe. Möchten Sie bei dem Gespräch dabei sein? Es wäre mir ganz lieb, Sie kennen ihn besser als ich.«
»Sicher.«
Es war dasselbe Gesprächszimmer, in dem Barbara Grigoleit beim letzten Mal gesprochen hatte. Sie gingen hinein, und nach einem kurzen Anruf brachte ein Pfleger Grigoleit herein. Unschlüssig blieb er an der Tür stehen, sah Barbara an, dann Dr. Hansen.
»Hallo, Heiner. Kennen Sie mich noch?«
Grigoleit sah verlegen auf den Boden. »Ja«, sagte er so leise, dass man es kaum hören konnte. »Du hast mir ein Bonbon gegeben.«
»Setzen Sie sich doch bitte hin.«
Grigoleit macht keine Anstalten, sich zu setzen.
»Heiner, setz dich hin.« Dr. Hansen sagte das ruhig und freundlich, und Grigoleit reagierte sofort. Er setzte sich auf den Stuhl ihnen gegenüber, hielt die Augen aber weiter gesenkt.
Barbara sah Hansen unsicher an, der nickte. »Heiner … erinnern Sie sich, worüber wir beim letzten Mal gesprochen haben?«
»Nein.« Das kam wie aus der Pistole geschossen.
»Wirklich nicht? Wir sprachen über die Kinder.«
Grigoleit begann hin- und herzuwippen. Er atmete schwer. Barbara ließ ihm Zeit. Und plötzlich brach es aus ihm heraus. »Du hast ihnen gesagt, dass ich es nicht getan habe. Und jetzt wollen sie mich hier wegholen.«
»Niemand will Sie wegholen, nicht wahr, Dr. Hansen?«

Hansen bestätigte es.
»Sie wollen nur, dass Sie es hier ein wenig schöner haben«, fuhr Barbara fort. »Vielleicht wollen Sie mal spazieren gehen mit einem Pfleger. Draußen, außerhalb des Parks.«
»Das will ich nicht. Ich will hier bleiben.«
»Heiner, ich muss mit Ihnen noch einmal über die Kinder reden.«
Grigoleit sah weiter zum Boden. Das Wippen hörte nicht auf.
»Sie haben die Kinder gefunden und begraben, so war das, nicht wahr?«
Er nickte unmerklich.
»Wo haben Sie die Kinder gefunden?« Barbara versuchte, leise und sanft zu sprechen, aber es fiel ihr sehr schwer. »War das an dem Teich im Wald?«
»Ja.«
»Waren Sie da oft? An dem Teich?«
Grigoleit schüttelte den Kopf. »Nie.« Das Wippen wurde ein bisschen schwächer. »Das war gefährlich. Bomben … so Löcher von Bomben.«
»Bombentrichter?«
»Ja, Bombentrichter, das hat mein Papa immer gesagt.«
»Aber die Kinder haben Sie dort gefunden?«
»Hmm.«
»Wieso? Warum sind Sie dorthin gegangen, obwohl es gefährlich war?«
Keine Antwort.
»Sehen Sie mich bitte an, Heiner.« Barbara wartete, aber nichts geschah. »Bitte, sehen Sie mich an.«
Langsam hob Grigoleit den Kopf. Er sah ihr kurz ins Gesicht, dann senkte er die Augen.
Barbara war sich trotzdem sicher, dass sie seine volle Aufmerksamkeit hatte. »Warum sind Sie zum Teich gegangen?«

»Na, um das Kind zu holen. Erst das eine. Und später noch eins.«
Barbara atmete tief durch. Jetzt nur keinen Fehler machen.
»Woher wussten Sie denn von den Kindern?« Grigoleit reagierte nicht, deshalb setzte sie nach. »Haben Sie jemanden gesehen, der die Kinder dorthin gebracht hatte?«
Grigoleit setzte zu einem Nicken an, doch es wurde ein Kopfschütteln daraus. »Ich hab nichts gesehen. Nicht richtig.«
»Was heißt nicht richtig?«
Grigoleit deutete auf seine Brille. »Ich konnte nicht gut sehen. War alles … alles …«
»Verschwommen?«, half Hansen.
»Ja.«
»War es denn ein Mann oder eine Frau?«, fragte Barbara.
»Ein Mann. Frauen sind kleiner.«
»Ein großer Mann also.«
»Ja.«
»Und der kam Ihnen nicht bekannt vor?«
»Ich hab ihn doch nicht richtig gesehen …«
»Sein Gang? Oder irgendetwas anderes?«
»Nein. Ich kannte nur die Kinder.«
Hansen legte Barbara seine Hand auf den Arm. Sie nickte.
»Sie haben die Kinder schon vorher einmal gesehen?«
»Nur die Farben.«
»Die Farben?« Barbara runzelte die Stirn. Was bedeutete das?
»Meinst du ihre Kleider, Heiner?« Hansen hatte offensichtlich mehr Phantasie, als Barbara ihm zugetraut hatte. Aber sie waren nackt, dachte Barbara. Die meisten Überreste, die gefunden worden waren, waren bis auf Schuhe und Strümpfe nackt oder zumindest unvollständig bekleidet gewesen. Nur die beiden, die Griogoleit begraben hatte, trugen vollständige Kleidung.

»Die Kleider lagen auf dem Müll. Und die Kinder waren nicht mehr da.«

»Wo waren die Kinder denn vorher?« Barbara spürte, wie ihr Puls sich beschleunigte.

»In der Hütte am Schrottplatz.«

Barbara sah Hansen zweifelnd an. Die Hütte stand noch, obwohl der Platz stillgelegt war, und die Spurensicherung hatte sie ohne Ergebnisse untersucht.

»Er kannte sich dort gut aus«, meinte Hansen. »Er hat Dinge gesammelt und die aus Metall dort eingetauscht. Darüber haben wir oft gesprochen.« Er wandte sich an Grigoleit. »Wo genau hast du sie denn gesehen?«

Es war, als hätte Grigoleit mitbekommen, dass sie an seiner Aussage zweifelten, und nun machte er zu. »Weiß nicht.« Er starrte wieder auf den Boden.

»Heiner, bitte ...«

»Weiß nicht. Kann ich jetzt gehen?«

Hansen beugte sich zu ihr und flüsterte: »Vielleicht wäre es jetzt Zeit für Ihre Geheimwaffe. Sonst kann ich für nichts garantieren.«

»Und wenn er dann völlig abgelenkt ist?«

»So bekommen Sie jedenfalls nichts mehr aus ihm heraus.«

»Ihr redet über mich«, sagte Grigoleit. »Ich mag das nicht.« Er machte Anstalten aufzustehen.

»Heiner, Dr. Hansen hat mich nur daran erinnert, dass ich Ihnen etwas mitgebracht habe.« Sie griff in die Plastiktüte und holte das Schlummerle heraus. Es war nicht besonders schön, das Vinyl hatte sich zu kränklichem Gelb verfärbt, die Haare sahen schmuddelig aus, und der Strampler, den es trug, war ein wenig zu groß. »Das ist für dich.«

Sie schob die Puppe über den Tisch. Es dauerte eine Weile, bis Grigoleit hinsah, aber dann weiteten sich seine Augen. »Mein Schlummerle ...«, sagte er.

»Es ist nicht besonders schön«, setzte Barbara an, aber Hansen schüttelte den Kopf.
»Es sieht genau aus wie sein altes. Das war auch ein wenig ramponiert, er hatte es vom Müll.«
Grigoleit drückte die Puppe an sich und lächelte glücklich.
»Sie haben die Puppe gern, nicht wahr?«
Grigoleit nickte.
»Sie dürfen Sie behalten, wenn Sie mir jetzt helfen. Denn ich brauche Ihre Hilfe.«
Ganz schaffte es Grigoleit nicht, sie anzusehen, doch er war wohl bereit, wieder mitzuspielen.
Barbara hatte das Gefühl, ihr liefe die Zeit davon, wenn sie ihm weiterhin jeden Satz einzeln entlocken musste. Er hatte den Mann, der die Mädchen zum Teich gebracht hatte, nicht erkannt. Aber er wusste vielleicht, wo dieser Mann die Mädchen versteckt hatte. Und möglicherweise war Laura Gerber jetzt dort.
»Heiner, Sie wissen, dass jemand die Kinder getötet hat, nicht wahr?«
»Ja. Ich … ich konnte nichts machen. Sie waren tot. Und da hab ich sie begraben unter dem großen Baum. Da hab ich auch meine Kaninchen begraben.«
»Derjenige, der die Kinder getötet hat, macht das immer noch. Und er hat gerade wieder ein kleines Mädchen geholt. Er wird sie töten, wenn ich sie nicht finde. Das möchten Sie doch nicht?«
Grigoleit schüttelte den Kopf, und als er sie jetzt ansah, hatte er Tränen in den Augen. »Nein, nicht noch mehr tote Kinder.«
»Wir haben die Hütte durchsucht, und wir haben nichts gefunden.«
»Habt ihr unten geguckt?«
»Unten?«

»Das Weinen kam immer von unten.«
»Wo genau hast du das Weinen denn gehört?«
Grigoleit überlegte. »Das war ... wenn man um die Hütte rum ... hinten um die Hütte rum, da war das. Da war ein Loch mit Gitter. Und da haben sie geweint. Ich ... ich hab mich hingelegt, um nachzusehen, und da hab ich die Farben gesehen.«
»Die Kleidchen? Haben Sie mit den Mädchen gesprochen?«
»Ja. Aber die Hütte war abgeschlossen. Der Schrottplatz war ja zu, und ich dachte, wenn der zurückkommt, der sie eingesperrt hat, dann sperrt der mich auch ein.«
»Und Sie haben nichts unternommen?«
»Ich bin zu meinem Papa gegangen, aber der hat gesagt, ich spinne.«
»Heiners Vater hat ihn nie ernst genommen. Er war nur der Verrückte für ihn. Der Mann war schon sehr alt.« Hansen nickte Grigoleit freundlich zu. »Das hattest du ganz richtig gemacht. Du konntest ja nichts dafür, dass dein Vater dir nicht glaubte.«
»Ich bin jeden Tag zu dem Kind gegangen, wenn keiner da war.«
»Hat denn kein anderer das Weinen gehört?«
»Es war laut auf dem Platz. Und hinter die Hütte ging niemand, da musste man um den ganzen Zaun rum.«
Barbara überlegte. »Wer arbeitete denn damals auf dem Schrottplatz? Wer hat Ihnen Geld gegeben, wenn Sie etwas gebracht haben?«
»Viele Leute. Richard und Jürgen und Lorenz. Und manchmal war auch ein Chef da.«
»Kannten Sie den Chef?«
Grigoleit lachte. »Nee, der durfte nicht wissen, dass ich Sachen da hinbrachte.«
Hansen lächelte. »Vermutlich betrieb das Platzpersonal auf

diese Art ein wenig Wohltätigkeit, indem sie Heiner das Zeug abnahmen.«

»Und beim zweiten Kind lief alles genauso?«, fragte Barbara.

»Ja. Aber Papa war da tot. Dem konnte ich nichts mehr sagen.«

Barbara sah Hansen an. »Tja, das wär's wohl. Mal sehen, ob wir dieses ›unter der Hütte‹ finden.«

»Hab ich dir jetzt geholfen? Und dem kleinen Mädchen?«, fragte Grigoleit.

»Ja. Danke, Heiner. Ich versuche das Mädchen zu finden.«

Hansen rief den Pfleger, der brachte Grigoleit hinaus. Als er in der Tür war, drehte sich Grigoleit noch einmal um und wedelte mit dem Schlummerle, ein glückliches Lächeln auf dem Gesicht.

»Das heißt ›Danke‹«, meinte Hansen.

»Ich weiß. Kann man von hier raustelefonieren?«

»Ja. Sie müssen sich aber verbinden lassen.«

Barbara rief im Duisburger Polizeipräsidium an und landete bei Sven. »Ihr müsst nochmal die Hütte vom ehemaligen Schrottplatz in Baerl überprüfen.«

»Die ist schon auf links gedreht. Wo bist du überhaupt?«

»Im Landeskrankenhaus in Langenfeld. Ich habe mit Grigoleit gesprochen. Er hat die Kinder noch lebend gesehen – oder vielmehr gehört. Er sprach von ›hinten um die Hütte herum unten‹.«

»Wie bitte?«

»Es muss etwas unter der Hütte sein. Von außen, außerhalb des Zaunes, sieht man ein Loch mit Gitter. Könnten eure Leute das übersehen haben?«

»Möglich.« Barbara konnte hören, dass Sven aufgesprungen war und seine Sachen zusammensuchte. »Wir werden uns beeilen. Falls die Kleine da ist …«

»Ja. Ruf mich an!«

»Sicher …ach, Barbara …«
Barbara hätte schon fast aufgelegt. »Ja?«
»Das hätte ich fast vergessen. Da hat eine Frau für dich angerufen – anonym. Sie wollte dich unbedingt sprechen, und als ich ihr sagte, dass du nicht da seiest, hat sie wieder aufgelegt.«
»Und du hast nicht versucht, ihren Namen oder ihre Nummer herauszubekommen?«
»Das war nicht nötig. Ich weiß, wer sie war.« Sven machte eine sehr lange Pause. »Ich glaube, es war Maria Riedel.«
»Bist du dir sicher?«
»Sagen wir zu fünfundneunzig Prozent.«
»Gut. Ich werde mal ganz zufällig in Kempen vorbeifahren.« Barbara legte auf. »Drücken Sie uns die Daumen, dass wir das Kind finden … lebend.«
Hansen nickte. »Das war gut eben, wie Sie das Gespräch gerettet haben. Vielleicht ist an Ihnen doch eine Therapeutin verloren gegangen.«
»O nein.« Barbara lächelte. »Ich bin viel zu ungeduldig dafür. Vielen Dank für Ihre Unterstützung.«
»Und jetzt fahren Sie zu dieser Hütte?«
»Nein, das sollten die Kripoleute und die Spurensicherung allein tun. Bis ich dort bin, ist ohnehin alles gelaufen – hoffentlich.«
Sie verabschiedete sich von Hansen und stellte auf dem Weg nach draußen ihr Handy an.

Barbara war schon fast auf Höhe der Ausfahrt Kempen, als Sven sie anrief.
»Und?«, fragte sie.
»Wir haben unter der Hütte einen kleinen Raum gefunden, zwei mal zwei Meter etwa, aus dem Lehmboden gegraben. Wir hatten die Falltür übersehen, weil ein großer Werkstatt-

schrank darüber stand. Der ließ sich aber erstaunlich leicht wegbewegen.«
»Und Laura? Habt ihr sie gefunden?«
»Nein, der Raum war leer. Das heißt …«
»Ja?«
»Es gibt jede Menge Spuren. Die Jungs arbeiten noch dran. Eine Haarspange, eine Gürtelschnalle … Und dann sind da Regale, da hat kürzlich noch etwas draufgestanden, aber jetzt sind sie leer.«
»Was dagegen, wenn ich nachher hinkomme?«, fragte Barbara.
»Nein, natürlich nicht.«
Wenig später bog sie in die Straße der Terbooms ein und konnte ihr Glück nicht fassen: An der Ecke sah sie Thea Terboom und ihre Haushälterin, die langsam die Straße in Richtung Innenstadt hinuntergingen. Maria Riedel war allein.
Es dauerte eine Weile, bis sie die Tür öffnete. Sie sah Barbara erstaunt an.
»Könnte es sein, dass Sie mich sprechen wollten, Frau Riedel?«, fragte Barbara. »Mein Kollege, mit dem ich hier war, glaubt, Ihre Stimme erkannt zu haben.«
Maria Riedel nickte langsam. »Kommen Sie herein. Entschuldigen Sie, wenn ich etwas tranig bin. Aber ich bekomme eine höhere Dosis Medikamente, seit Jupp im Gefängnis sitzt.«
Mit schlurfenden Schritten ging sie voran, führte Barbara aber nicht ins Wohnzimmer, sondern die Treppe hinauf in ihren eigenen Wohnbereich, der aus zwei großen Zimmern bestand. Sie waren mit viel Geschmack eingerichtet und unterschieden sich deutlich vom kleinbürgerlichen Prunk des übrigen Hauses. »Ich kann die Räume da unten manchmal nicht ertragen.«

Barbara sah sich um. »Sehr hübsch haben Sie es hier.« Sie entdeckte ein Bild von Marion. Eigentlich hatte sie das nicht erwartet. »Hat Sie die Sache mit Ihrem Bruder denn so aufgeregt, dass Sie mehr Medikamente nehmen müssen?«
Mit einer kleinen Verzögerung schüttelte Maria den Kopf. »Nein. Wenn er so etwas gemacht hat, dann soll er dafür büßen. Ich wünschte, zur Zeit meines Vaters wäre man ebenso aufmerksam gewesen, was Kindesmissbrauch betrifft.« Sie setzte sich und bedeutete Barbara ebenfalls, sich zu setzen, stand dann aber sofort wieder auf und zog die Schublade ihres Biedermeiersekretärs auf. Sie holte etwas heraus und drückte es Barbara in die Hand. Es war ein Kettchen mit einem Anhänger, der ein emailliertes Raffael-Engelchen zeigte.
»Was ist das?«, fragte Barbara.
»Sehen Sie auf das Foto.«
Barbara drehte sich zu Marions Foto um, und richtig, sie trug dieses Kettchen.
»Das war ihr Schutzengel. Wir hatten alle so eins, sogar Jupp hat als Kind eins getragen. Mutter hatte sie in Kevelaer gekauft und segnen lassen. Die gibt es da heute noch.«
Barbara wusste nicht, worauf sie hinauswollte, und sah Maria fragend an. Die lachte. »O Gott, Sie müssen mich für völlig verrückt halten, nicht wahr? Aber es ist verdammt schwer für mich, meine Gedanken beisammen zu halten. Dieses Kettchen hier ist Marions Kettchen. Es war etwas größer als unsere. Und wissen Sie, wo ich es gefunden habe?«
Barbara wartete, bis sie weitersprach.
»Also, als die die Hausdurchsuchung gemacht haben, da habe ich mich hinterher in Jupps Wohnung geschlichen. Ich habe da so eine Vermutung, dass er versucht, mich entmündigen zu lassen.« Sie lachte auf, und für einen Moment erschien sie Barbara wirklich ein wenig irre. »Kann sein, dass ich mir das

einbilde. Aber mir gehören dreißig Prozent der Firma, und wenn ich sie irgendwann mal verkaufen wollte, könnte ich ihm eine Menge Ärger machen.«
Nein, Maria Riedel war nicht irre. Sie wusste genau, was sie wollte. »Jedenfalls habe ich seine Papiere durchwühlt und einen Umschlag gefunden – da war das Kettchen drin.«
»Ich verstehe immer noch nicht ganz, worauf Sie hinauswollen, Frau Riedel.« Barbara setzte sich gerade hin. »Jupp hatte also Marions Kettchen und weiter?«
»Nichts weiter.« Maria Riedel kam ganz nah an sie heran und flüsterte: »Nur, dass sie es trug.«
»Was?«
»Sie trug es, als sie verschwand. Es wurde sogar in der Vermisstenanzeige erwähnt.«
»Dann glauben Sie, Ihr Bruder …«
»Ja. Jupp hat Marion ermordet. Traue ich es ihm zu? O ja. Er ist der Sohn seines Vaters, und dem traute ich alles zu.«
»Es wird schwer sein, ihm das zu beweisen. Ohne Zeugen, ohne Leiche …«
»… und mit einer Verrückten, die ihn beschuldigt. Ich weiß.« Maria Riedels Hand zitterte, sie hielt sie mit der anderen fest. »Deshalb bin ich auch so wütend. Und deshalb nehme ich so viel Medikamente.« Sie setzte sich, und ihre Augen waren voller Tränen. »Können Sie nicht eine Möglichkeit finden, es ihm zu beweisen? Können Sie nichts tun für Marion?«
Barbara ging zu dem Sessel hinüber, setzte sich auf die Lehne und nahm Marias Hand. »Sie haben sie geliebt, nicht wahr?«
»Ja. Sie war meine Tochter. Wer hat Ihnen erzählt, ich hätte sie nicht geliebt?«
»Jemand deutete an, wer der Vater war.«
Maria schloss für einen Moment die Augen. »Die Hebamme …?«

»Sie hat nicht getratscht. Sie wusste, dass wir wegen der Kindermorde ermitteln, und da war diese Frau, die Ihren Bruder des Missbrauchs beschuldigte.«

»Ja, es stimmt. Ich habe das Kind nicht gewollt. Aber als es dann da war … Das Kind konnte doch nichts dafür. Sie war das einzig Gute in meinem Leben, und er hat sie umgebracht.« Sie begann zu weinen, nur ein wenig, als würden die Medikamente auch diese Reaktion unterdrücken.

»Ich kann Ihnen nicht versprechen, dass wir ihn festnageln können. Sie müssen damit rechnen, dass er nur eine geringe Strafe wegen der Kinderpornos bekommt und nie wegen Marion angeklagt wird. Es tut mir Leid.«

Maria beruhigte sich wieder. »Immerhin sitzt er jetzt, Sie haben Recht. Al Capone haben sie doch wegen Steuervergehen verurteilt, nicht wahr?«

»Ja. Knast ist Knast.«

»Sie müssen jetzt gehen. Mutter und Frau Gerders sind nur kurz einkaufen. Sie kommen sicher bald wieder.«

»Würden Sie mir das Kettchen überlassen?«, fragte Barbara. »Ich verspreche, Sie bekommen es wieder.«

Maria nickte, und Barbara ließ das Kettchen in ihrer Tasche verschwinden. Maria brachte sie wieder hinunter und verabschiedete sich an der Tür. »Gehen Sie schnell, da hinten kommen die beiden. Ich sage, Sie waren von den Zeugen Jehovas oder so.«

Barbara setzte sich rasch in ihren Wagen und fuhr los. In ihrem Kopf arbeitete es. Sie hatte sich schon fast an den Gedanken gewöhnt, dass Jupp Terboom zwar nicht unschuldig, aber doch auch nicht ihr Mörder war. Und nun das. Möglicherweise war er also doch ein Mörder, Marions Mörder. Aber die anderen? Wir müssen den Fall Riedel ganz neu bewerten, dachte sie. Marions Leiche ist nicht gefunden worden, wahrscheinlich hat sie gar nichts mit den anderen Fällen zu tun. Dann war Katja Rose das erste Opfer. Das erste Mädchen, das wie eine Puppe ausgesehen hat.

Der ehemalige Schrottplatz sah aufgeräumt aus, doch die Natur hatte sich ihren Weg gebahnt und verwandelte ihn langsam in eine Brachlandschaft. Auf dem Weg nach Baerl hatte es aufgeklart, und nun lag der Platz in der fahlen Sonne des frühen Novembernachmittags. Die Hütte war eigentlich ein größerer Schuppen mit zwei Eingängen, einem zweiflügligen Tor und einer kleinen Metalltür. Barbara ging außerhalb der Umzäunung um das Gebäude herum und spähte aufmerksam nach dem Loch, das Grigoleit beschrieben hatte. An der Längsseite fand sie es hinter Gestrüpp: Es war etwa dreißig Zentimeter lang, nur zwanzig Zentimeter hoch und mit einem groben Lochgitter verschlossen. Von unten konnte sie die Kriminaltechniker miteinander reden hören.

Sie lief zurück um den Zaun herum zu der Metalltür und stieß fast mit Sven zusammen, der gerade herauskam. »Hallo, das ging aber schnell«, begrüßte er sie, und dann gab er ihr einen schüchternen Kuss auf die Wange.

»Darf ich mal nach unten?«, fragte Barbara.

»Wenn die Jungs dich lassen. Es ist verdammt eng.«

Barbara betrat die Hütte und sah den großen Schrank, den man weggerückt hatte.

»Kaum zu glauben, aber da sind versteckte Rollen drunter angebracht. Das Ding lässt sich so leicht verschieben wie ein Servierwagen.« Sven war ihr gefolgt.

Wo der Schrank gestanden hatte, tat sich nun ein rechteckiges Loch im Boden auf. Ein Kriminaltechniker kniete davor, um einen Karton mit Beutelchen entgegenzunehmen, den ihm ein anderer hinaufreichte. Er erkannte Barbara wieder. »Hallo, Dr. Pross. Haben Sie wieder mal dafür gesorgt, dass wir keine Langeweile haben?«

»Mach ich doch immer wieder gern. Meinen Sie, ich kann mir das da unten mal ansehen?«
»Sicher. Wollen Sie Handschuhe?«
Barbara streifte sich die Plastikhandschuhe über, die er ihr gab, und kletterte dann die primitive Holzleiter hinunter. »Viel gefunden?«, fragte sie Max Erhard, der sich den Raum höchstpersönlich vornahm.
»Die größeren Teile sind da drüben. Aber es gibt auch viele Mikrospuren – Fasern, Haare. Da wird es eine Weile dauern, bis wir überhaupt wissen, wie viele verschiedene Personen hier unten ihre Spuren hinterlassen haben.«
Barbara stellte sich unter die Vierzig-Watt-Birne, die den Raum erleuchtete; sie hing an einem Kabel, das direkt aus der Decke kam. Die Tüte mit der Gürtelschnalle erregte ihre Aufmerksamkeit. »Das stammt vermutlich von Nicole Granzow, es gibt ein Foto, auf dem sie dasselbe Kleidchen trägt wie bei ihrem Verschwinden.« Sie legte den Beutel wieder hin. »Das heißt also, er hat alle Kinder hierher verschleppt, bevor er sie tötete …«
»Haben Sie schon Hinweise, wer es sein könnte?«, fragte Erhard. »Ich habe nämlich das frustrierende Gefühl, je mehr Spuren wir finden, desto weniger wissen wir.«
»Da sind Sie nicht allein.« Barbara sah sich in dem Raum um. Wie Sven es beschrieben hatte, gab es leere Regalbretter. Die Konstruktion war einfach, aber effektiv: Es waren Träger in den Boden gerammt worden, als wäre der Raum ein Stollen, der abgestützt werden musste. An die Pfosten waren Halter genagelt, die die einzelnen Bretter trugen. Das erste lag nur etwa zwanzig Zentimeter über dem Boden. Etwas Schweres hatte er nicht darauf aufbewahrt, die Bretter waren nicht durchgebogen. Es lag eine dicke Staubschicht darauf, nur wo etwas gestanden hatte, konnte man die Farbe des Holzes erkennen. Barbara sah sich die Muster im Staub an.

»Er hat hier etwas abgeräumt, haben Sie Fingerabdrücke gefunden?«
»Nein. Das Regal ist nicht angefasst worden. Und wie Sie am Staub sehen, schon lange nicht mehr. Ich möchte nur zu gern wissen, was er hier aufbewahrt hat.«
»Woran denken Sie?«
»Souvenirs …«
»Leichenteile?« Barbara drehte sich zu Erhard um. »Sie wissen doch, die jüngeren Leichen und die, die Grigoleit begraben hatte, waren alle vollständig.«
Ihr Blick fiel wieder auf die Muster. Zur Wand hin waren sie oval und dann gab es zwei Ausläufer von jedem Oval nach vorn. Barbara stutzte. »Das waren Puppen. Auf diesem Regal saßen Puppen!«
Erhard kam zu ihr, betrachtete das Muster und nickte: »Könnte hinkommen. Es sind …« Er begann, die Abdrücke zu zählen. »Es sind dreizehn Abdrücke. Nein, hier ist der Staub verwischt. Vielleicht ein vierzehnter.«
»Vierzehn Abdrücke – vierzehn Puppen – vierzehn Kinder«, murmelte Barbara.
»Barbara?« Sven stand am Abstieg und rief zu ihnen herunter. »Irgendetwas entdeckt?«
»Ja. Ich komme rauf. Bis später, Erhard.«
»Bis später, Pross.«
Barbara kletterte hinauf und erzählte Sven von den Puppen. »Eine andere Erklärung für die Muster im Staub gibt es nicht.«
»Ja, da könntest du Recht haben. Hat Grigoleit vielleicht noch etwas erzählt, das uns weiterhelfen könnte? Hat er den Mann gesehen?«
»Vermutlich nicht. Das heißt, er hat schon jemanden gesehen, der die Kinderleichen zum Teich brachte, aber er ist ja halb blind, er könnte ihn nicht identifizieren. Er sprach nur von einem großen Mann.«

»Terboom ist groß.«
Barbara seufzte. »Es fällt mir zwar schwer, aber ich glaube nicht mehr daran, dass er unser Mann ist. Die Bereitwilligkeit, mit der er der Speichelprobe zugestimmt hat …«
»Dann sind wir wieder ganz am Anfang?«
Sie verließen die Hütte.
»Das ist der Grund, warum ich nochmals mit Grigoleit gesprochen habe. Ich wollte ganz von vorn anfangen – und mit ihm hat es angefangen.«
»Das ist nicht ganz richtig«, meinte Sven und blinzelte in die Sonne. »Du vergisst Jenny Reichert und den Mordfall Wehling.«
Barbara schüttelte den Kopf. »Jannis einzige Verbindung zu den Mordfällen hier ist die Tatsache, dass sie zufällig zu den Opfern gezählt wurde. Aber das hätte man früher herausfinden können. Sie sah nicht aus wie eine Puppe.«
»Was hat er da unten mit den Puppen gemacht?«, fragte Sven.
»Ich weiß es nicht.« Sie setzte sich auf eine niedrige Mauer, die offensichtlich noch aus der Zeit stammte, als der Schrottplatz ein Bauernhof gewesen war. »Es ist bekannt, dass es Serientäter oft zum Tatort oder den Gräbern ihrer Opfer treibt, um den Moment der Tötung und die Befriedigung dabei noch einmal nachzuempfinden. Unser Täter empfindet vielleicht dasselbe, wenn er die Puppe sieht, die zu dem jeweiligen Kind gehörte. Aber vielleicht sind es auch einfach nur Trophäen.«
»Dann wirft er sie nicht weg.«
»Nein. Er hat sie mitgenommen – dorthin, wo er Laura hingebracht hat. Übrigens, eine Sache hat Grigoleit doch noch erzählt. Er hat ja immer irgendwelche Sachen gesammelt, Sperrmüll und anderes. Die Metalle hat er regelmäßig hierher gebracht, und er bekam ein paar Mark dafür. Die Leute,

mit denen er zu tun hatte, hießen Richard, Jürgen und Lorenz mit Vornamen. Er sprach auch von einem Chef, der schon mal kam, der das aber nicht wissen durfte.«
Sven stöhnte. »Dann können wir uns auch noch Terbooms Personalakten ansehen.«
»Vielleicht erübrigt sich das, wenn wir mit ihm reden.« Barbara stand auf. »Und diesmal will ich wirklich dabei sein, Sven.«
»Na, dann komm.« Er warf ihr einen merkwürdigen Blick zu, den sie nicht recht deuten konnte.
Sie wollten gerade in den Wagen steigen, als Max Erhard aufgeregt winkend aus der Hütte gelaufen kam. »Ich hatte einen Geistesblitz und habe unter das Regal geschaut. Und ich habe das hier gefunden.« Er hielt eine größere Plastiktüte hoch. Es war ein hellblauer Schuh mit einem Pokémon-Bildchen an der Seite. Barbara sah, dass auch Sven ihn erkannt hatte. Der Schuh gehörte Laura Gerber, er war noch fast neu.
»Dann war sie also hier. Was hat ihn wohl bewogen, sie wegzubringen?«, fragte Sven.
»Die Hausdurchsuchungen wahrscheinlich. Er musste damit rechnen, dass Terbooms Besitz besonders gründlich durchsucht wird – genau das hatte Lohberg ja auch angeordnet.« Barbara hatte es jetzt noch eiliger. »Wir müssen so schnell wie möglich mit Terboom sprechen. Wenn uns einer einen Hinweis geben kann, dann er.«

Sie mussten auf Terboom warten, Barbara hatte Sven überredet, das Gespräch in seinem Büro und nicht in einem der Verhörräume stattfinden zu lassen. Zum Glück waren weder Lohberg noch Grundemann im Haus.
»Ich … ich wollte dir noch etwas sagen, Barbara. Unser letztes Gespräch …«

»Ich habe schon gemerkt, dass es ganz und gar nicht das war, was du hören wolltest, Sven.«
Er rutschte auf seinem Stuhl herum. »Wir hatten aber auch keine Gelegenheit, das auszudiskutieren.«
Barbara bemühte sich, ihm in die Augen zu sehen. »Ehrlich gesagt, war ich ganz froh, dass wir das bisher nicht getan haben.«
»Den Eindruck hatte ich auch.« Er griff nach ihrer Hand und streichelte sie. »Ich war ganz schön dumm anzunehmen, dass es nur *eine* Möglichkeit gibt, mit einem Menschen zusammen zu sein. Nur *eine* mögliche Vorstellung von Liebe.«
»Wenn du von deiner überzeugt bist, dann ist es für dich die richtige«, sagte Barbara langsam.
»Und du? Bist du von deiner überzeugt?«
Es dauerte eine Weile, bis Barbara leise antwortete. »Woher soll ich es wissen – es hat ja in meinem Leben nur ganz wenige Beziehungen gegeben. Wie soll ich wissen, welche Gefühle richtig und falsch sind? In dieser Hinsicht bin ich eine blutige Anfängerin.«
Ihre Zweifel schienen Sven Mut zu machen. »Ich habe lange nachgedacht.« Er hatte ihre Hand nicht losgelassen. »Ich will dich nicht verlieren, Barbara. Und ich denke, für mich ist ein Kompromiss möglich … wenn du es auch so siehst.«
»Ich weiß nicht, ob das so gut ist, Sven …«, begann Barbara, dann zog sie ihre Hand plötzlich zurück, denn ein Beamter führte Terboom herein. Beide hatten das Händchenhalten gesehen, und beide trugen die Spur eines Grinsens im Gesicht.
»Wo ist mein Anwalt?«, fragte Terboom.
»Es geht um nichts Weltbewegendes«, sagte Sven.
»Wir brauchen lediglich Ihre Hilfe«, ergänzte Barbara. »Wie Sie wissen, ist ein weiteres Mädchen verschwunden, und wir müssen es finden.«

»Sie denken also, ich kann Ihnen sagen, wo dieses Kind ist?« Terboom lachte. »Wenn ich wirklich der Mörder wäre, ein verrückter, psychopathischer Serienkiller, glauben Sie, ich würde Ihnen das sagen?«
»Vielleicht sind wir ja nicht mehr so überzeugt davon, dass Sie der Mörder sind.«
Terboom sah Barbara direkt ins Gesicht. »Dann lassen Sie mich doch frei.«
»Da ist immer noch die Kinderpornosache.« Sven stand auf und rückte seinen Stuhl herum, sodass er und Barbara Terboom gegenübersaßen. »Morgen ist ein Haftprüfungstermin angesetzt, wahrscheinlich kommen Sie dann ohnehin frei.«
»Eines ist klar, Herr Terboom.« Barbara beugte sich über den Tisch, als wolle sie ihm näher sein. »Auch wenn Sie nicht der Mörder sind – es gibt eine Verbindung zu Ihnen oder zu Ihrer Firma. Die Orte, der Fundort in Baerl ... Es ist nicht auszuschließen, dass Sie den Mörder kennen.«
»Ich soll ihn kennen? Einen Psychopathen?«
Barbara lehnte sich zurück. »Das hier ist nicht ›Das Schweigen der Lämmer‹. Andererseits – hätten Sie Hannibal Lecter erkannt? Dieser Mann hier hat fast fünfunddreißig Jahre lang gemordet, mit sehr langen Abständen dazwischen. Das heißt, er führt ein völlig unauffälliges Leben, ein normales Leben. Vielleicht ist er nicht einmal in seiner Kindheit besonders auffällig gewesen.«
»Und dann soll ich Ihnen sagen, wer es ist? Sie sind doch die Expertin.« Terboom setzte sich ebenfalls entspannt hin und schien eher amüsiert über das Gespräch.
»Ich sage Ihnen jetzt, was ich über den Mann weiß. Er ist intelligent, und er hat noch eine gewisse Kontrolle über sich, denn er konnte bisher immer aufhören und sich auch eine Weile still verhalten. 1969, 1977 und 1984 gab es Ereignisse in seinem Leben, die ihn dazu brachten, aufzuhören – bis er es

nicht mehr aushielt. 1994 hörte er auf, weil Grigoleit gefasst wurde. Ebenso gab es Ereignisse, die die jeweiligen Wellen ausgelöst haben. 1967, 1975, 1980 und 1991. Und er sammelt Puppen. Keine teuren Sammlerpuppen, nein, richtige Kinderpuppen.«

Terboom schüttelte den Kopf. »Da muss ich passen. So einen Menschen kenne ich nicht.«

»Denken Sie doch erst einmal nach«, meinte Sven. »Wer waren übrigens Richard, Lorenz und Jürgen, die auf Ihrem Schrottplatz in Baerl gearbeitet haben?«

Terboom überlegte. »Richard … Richard Meier, denke ich. Er war der Vorarbeiter da, ist in den Ruhestand gegangen, als wir den Platz stillgelegt haben. Und Lorenz … Lorenz …, nein, ich erinnere mich an den Mann, so ein großer Blonder, aber der Nachname fällt mir nicht ein. Der arbeitet noch für uns, auf dem Platz in Moers, soweit ich weiß. Und Jürgen, das muss Jürgen Grote sein, an den erinnere ich mich allerdings. Er hat großen Ärger gemacht, hat gestohlen und dann gegen die fristlose Entlassung geklagt.«

»Wir werden die Personalakten Ihrer Firma durchgehen müssen.« Sven hatte mitgeschrieben.

»Wenn Sie mich meine Sekretärin anrufen lassen, dann können Sie sie ohne Tamtam haben. Mein Ruf und der Ruf der Firma haben schon genug gelitten, da brauchen Sie nicht noch mit einem Durchsuchungskommando anzurücken.«

»Mit dem Richter muss ich aber trotzdem sprechen«, meinte Sven. »Ich denke, wir sind hier fertig.« Er trat auf den Flur, um nach dem Beamten Ausschau zu halten, der Terboom wieder zurückbringen sollte, doch der war verschwunden. »Ist sicher mal für kleine Jungs«, meinte er zu Barbara. »Weißt du was, ich suche mir schnell jemanden, der den Durchsuchungsbefehl wegen der Personalakten erwirken kann. Ich nehme mal an, Herr Terboom, Sie haben nicht vor zu fliehen?«

Terboom schüttelte gelangweilt den Kopf.
»Ich bin gleich wieder zurück.« Sven verließ das Zimmer.
»Das trifft sich gut«, meinte Barbara und wühlte in ihrer Tasche. Sie fand das Kettchen, zeigte es Terboom aber noch nicht.
»Ich hatte den Eindruck, Sie mögen ihn«, sagte Terboom mit breitem Grinsen.
»Ich bin aber trotzdem ganz froh, Sie allein sprechen zu können. Wissen Sie, was mich wundert? Dass wir die Überreste Ihrer Nichte Marion nicht gefunden haben.«
Barbara registrierte eine vorsichtige Steigerung der Aufmerksamkeit bei Terboom. Sie hoffte, genug Zeit zu haben, bis Sven wieder zurückkam.
»Vielleicht deshalb nicht, weil sie das erste Opfer war. Er hat diesen Ort erst später entdeckt.«
»Das ist nicht unwahrscheinlich. Aber es war schon ein unglaublicher Zufall, dass die Leichen in Baerl über so viele Jahre unentdeckt blieben. Meistens werden sie irgendwann gefunden. Und auch Marion hätte entdeckt werden müssen.«
»Er ist eben sehr schlau. Das haben Sie selbst gesagt.«
»Ja.« Barbara lehnte sich zurück, um entspannt zu scheinen. »Aber mir geht auch etwas ganz anderes durch den Kopf. Was wäre, wenn Marion gar nicht sein erstes Opfer gewesen wäre?«
»Sie meinen, er hat schon früher …?«
»Nein, ich meine, Marion ist vielleicht gar nicht das Opfer desselben Mörders. Und Katja Rose ist sein erstes Opfer gewesen.«
Terboom wirkte oberflächlich immer noch ruhig, aber Barbara konnte spüren, wie die Anspannung in ihm wuchs. »Nun, dann … dann werden Sie Marions Mörder nie finden. Das ist ja auch sehr unwahrscheinlich nach vierunddreißig Jahren.«

Barbara nickte. »Nehmen wir mal an, es war ein ganz gewöhnlicher Mord, nicht so eine Tat eines Psychopathen. Und wissen Sie, die meisten dieser ›normalen‹ Morde, wenn sie nicht gerade Raubmorde oder Ähnliches sind, sind Beziehungstaten. Das heißt, Opfer und Täter kennen sich. Oft kennen sie sich sogar sehr gut.«
»Davon habe ich gehört.«
»Und wie könnte so eine Beziehungstat bei einem Kind aussehen? Nun, so traurig es ist, oft ist ein Verwandter des Kindes der Täter. Und wenn ein Sexualdelikt im Spiel ist …«
Jetzt wurde Terboom tatsächlich unruhig. »Worauf wollen Sie hinaus?«
Barbara stellte ihren Ellenbogen auf den Tisch und ließ das Kettchen aus ihrer Faust baumeln. Terbooms Augen weiteten sich, als er es sah. »Woher …« Er sah nach unten. »Die Hausdurchsuchung, oder?«
Barbara ließ es bei der Annahme. »Marion trug das, als sie verschwand. Wie kommt es zwischen Ihre Papiere?«
»Das … das ist nicht Marions Kettchen.«
»Ihre Schwester hat es identifiziert.« Barbara stand auf und ging um den Tisch. »Hören Sie, Herr Terboom. So wie es aussieht, haben Sie Marion umgebracht. Es wäre gut, wenn Sie erzählen, was geschehen ist. Ich gebe Ihnen einen Tipp: Ich bin keine Polizistin, Ihr Anwalt ist nicht hier. Es kann Ihnen also nicht viel passieren.«
»Warum sind Sie dann so erpicht darauf, es zu erfahren?«
»Es könnte für den gesamten Fall sehr wichtig werden, dass wir wissen, was mit Marion geschehen ist.«
Terboom sah sie nicht an. Sie ging zurück zu ihrem Stuhl und beobachtete, wie er mit gesenktem Kopf da saß. Barbara kam es wie eine Ewigkeit vor, bis er endlich sprach, und sie sah ängstlich zur Tür, ob Sven wieder hereinkam.
»Es war ein Unfall.« Terbooms Stimme war ganz leise, gar

nicht der große Chef und Unternehmer, nur ein verunsicherter Mann. »Es war kein Mord. Ich … ich hatte lange auf diesen Tag hingearbeitet, ihr Vertrauen gewonnen. Das war nicht schwer, sie wurde ohnehin nur herumgestoßen. Und ich war ihr großer Held. Wir hatten uns verabredet an dem Baggerloch, das ich ihr gezeigt hatte. Sie hatte sich sogar herausgeputzt, denn ich hatte ihr gesagt, ich würde mit ihr in ein Café in der Nähe gehen.« Er stockte.

»Und weiter?«

»Ich habe sie vergewaltigt, und sie hat sich gewehrt, geschrien … Da hab ich ihr die Hand auf den Mund gelegt.« Er schwieg, sank noch ein bisschen mehr in sich zusammen. Seine Hand zitterte, als er seine Augen abwischen wollte.

»Sie haben sie versehentlich erstickt«, half Barbara.

Terboom nickte und schluchzte jetzt. »Ich war so erregt, ich habe das gar nicht mitbekommen. Und dann … dann …war sie tot.« Er blickte auf. »Es war ein Unfall, Sie müssen mir das glauben.«

»Ich glaube es. Was geschah mit der Leiche?«

»Ich war zuerst ganz panisch, ich wusste nicht, was ich tun sollte. Ich wollte sie in das Baggerloch werfen, aber dann fiel mir ein, dass sie herausfinden würden, ob Wasser in den Lungen war oder nicht.«

»Das haben Sie mit siebzehn gewusst?«

Er nickte. »Fernsehkrimis.«

»Und was taten Sie dann? Wo wurde die Leiche entsorgt?«

»Es war ganz einfach. In einem Schrottauto. Das Auto wurde zusammengepresst, und der Schrott landete in irgendeinem Hochofen. Nichts ist übrig geblieben.«

»Außer der Kette. Warum haben Sie die behalten?«

»Sie war doch geweiht.«

Barbara musste schlucken. Der siebzehnjährige Jupp Terboom tötet seine Nichte, ist gewitzt genug, die Leiche nicht

ins Wasser zu werfen, aber die Kette behält er, weil sie in Kevelaer geweiht worden war. Du musst das nicht verstehen, sagte sie sich.
Terboom zog ein Taschentuch heraus, wischte sich die Augen und schnäuzte sich. »Sie werden mir das nicht beweisen können«, sagte er und wirkte plötzlich wieder ganz ruhig.
Barbara nickte bedauernd. »Ehrlich gesagt, denke ich nicht, dass Ihnen viel passieren würde, wenn wir es könnten. Es ist allerhöchstens ein Totschlag, ein gewitzter Anwalt macht Körperverletzung mit Todesfolge daraus. Und es liegt viel zu lange zurück.«
»Ich würde es trotzdem vorziehen, wenn es nicht weiter verfolgt würde.«
»Sie bereuen Ihren Ausbruch, nicht wahr?«
»Ja. Und ich werde alles leugnen.«
»Trotzdem danke ich Ihnen. Das gibt mir einigen Stoff zum Nachdenken.«
Sven kam herein, den Beamten im Schlepp, der Terboom wieder in Empfang nehmen sollte. »Das war vielleicht ein Akt. Wenn Grundemann und Lohberg nicht da sind, macht hier jeder, was er will.«
»Hast du den Durchsuchungsbefehl?«
»In einer Stunde.«
Terboom räusperte sich. »Wenn Sie erlauben, informiere ich meine Sekretärin.«
»Einverstanden.« Sven schob ihm das Telefon hinüber. Terboom führte ein kurzes Gespräch und gab klare Anweisungen. Als er wieder auflegte, meinte er: »Ich wäre übrigens froh, wenn Sie dieses kleine Mädchen finden. Und ich finde es furchtbar, dass all diese Kinder tot sind.«
»Dann denken Sie nochmal darüber nach, dass der Täter aus Ihrer Umgebung stammen könnte.«
»Das werde ich.«

Er verließ mit dem Beamten den Raum.
»Du scheinst ja interessante Gespräche in meiner Abwesenheit geführt zu haben. Terboom wirkte fast verstört.«
»Ich habe ihm nur ein wenig über Serienmörder erzählt.«
»Und was ist das hier?« Sven hielt das Kettchen hoch, das auf dem Schreibtisch gelegen hatte.
Barbara seufzte. »Ich habe etwas erfahren, Sven, aber ich kann es noch nicht einordnen. Ich werde es dir sagen, sobald es einen Sinn ergibt. Einverstanden?«
»Und die andere Sache wirst du genauso handhaben, nicht wahr?«
»Welche andere Sache?«
»Ich denke, wir hatten eben ein Gespräch …«
»Oh, das …«
»Ja, das.«
Einerseits war Barbara froh, dass Sven wegen des Kettchens nicht weiter in sie drang, aber das Gespräch von eben fortzusetzen konnte nur unschöne Folgen haben. Sie sah Svens Gesicht, sein sonst so anziehendes Lächeln war einer kleinen Zornesfalte gewichen.
»Barbara, mir ist das sehr ernst. Ich liebe dich. Du bist die erste Frau seit Michaela, die mir wirklich etwas bedeutet. Du bist kompliziert, gut, ich akzeptiere das. Ich versuche mich darauf einzustellen. Und ich zeige dir, dass ich zu Kompromissen bereit bin, aber Kompromisse haben immer zwei Seiten.«
Barbara atmete tief aus und ein, bevor sie sich wieder hinsetzte. »Sven, vielleicht ist das kein guter Zeitpunkt, jetzt über diese Dinge zu sprechen. Der Fall …«
»Der Fall kann mal kurz seinen Gang gehen.«
»… und Thomas.«
»Das scheint mir schon interessanter zu sein. Also Thomas. Was ist mit ihm?«

»Er … er ist krank und …«
»Und du bist nicht mehr mit ihm zusammen, oder habe ich da etwas falsch verstanden?« Die Zornesfalte wurde noch ein bisschen tiefer, aber Sven bemühte sich, ruhig zu bleiben.
»Nein, ich bin nicht mehr mit ihm zusammen. Aber er ist … er ist immer noch wichtig für mich. Wenn Michaela krank würde, würde es dich doch auch interessieren, oder?«
Sven nickte. »Du hast Recht. Aber warum habe ich das Gefühl, dass du mir etwas ganz anderes sagen willst?«
»Das will ich gar nicht. Ich wollte dieses Gespräch jetzt nicht führen.«
»Warum nicht?«
»Weil ich denke, hier ist weder der richtige Ort, noch ist es der richtige Zeitpunkt. Aber du bist ja so erpicht darauf, und vielleicht ist es nie der richtige Ort und nie der richtige Zeitpunkt.«
»Ich habe dir ein Angebot gemacht, Barbara. Ich möchte, dass wir es miteinander versuchen. Zu deinen Bedingungen.«
Barbara seufzte. »Das habe ich schon verstanden, Sven. Und ich … ich finde deine Kompromissbereitschaft großartig. Kinder, eine Familie, das ist dir doch wichtig, nicht wahr?«
»Ja. Aber wenn du es nicht möchtest – vielleicht jetzt noch nicht möchtest …«
»Sven. Ich bin vierzig. Und ich werde mir das mit dem Kinderkriegen bestimmt nicht überlegen. Was ich dir sagen will, ist: Es ist alles in Ordnung mit deinen Träumen und Wünschen und deinen Vorstellungen von Liebe. Und wenn du darin Kompromisse machst, ich meine, in Bereichen, die dir so wichtig sind, dann bin ich einfach nicht die richtige Frau für dich. Du würdest todunglücklich, und ich würde mich in Schuldgefühlen zerfleischen.«
Die Zornesfalte war verschwunden. Er sah einfach nur traurig und enttäuscht aus. »So einfach willst du aufgeben?«

»Das ist kein Aufgeben, Sven. Das ist gesunder Menschenverstand.«
»Sag mir eins, Barbara, was bin ich für dich? So ein kleines Abenteuer zwischen Thomas und Thomas? Oder gehst du etwa nicht zu ihm zurück?«
»Das weiß ich noch nicht.« Barbara machte eine nachdenkliche Pause. »Es tut mir Leid, dass ich dir wehgetan habe. Ich habe mir selber auch wehgetan damit. Ich sehe dich an, und da ist ein wunderbarer Mann, der mich auf Händen tragen möchte. Ein sehr attraktiver Mann. Ein Mann, der viel unkomplizierter ist als Thomas. Und gesund. Der mir eine normale Beziehung verspricht. Aber ich muss einsehen, dass ich nicht dafür geschaffen bin. Ich habe mich in dich verliebt, Sven und ich bin es immer noch – ein wenig.«
»Aber Thomas …«
»Ja, ich liebe Thomas«, sagte Barbara ruhig. »Aber ich weiß nicht, ob ich zu ihm zurückgehen werde. Ich bin sehr feige in diesen Dingen.« Sie sah auf den Boden. »Vielleicht gehe ich einfach nur weg von hier – wohin mich mein Job, welcher auch immer, treibt.«
Täuschte Barbara sich, oder sah Sven sie mitleidig an? Er griff nach seiner Jacke. »Dann kümmere ich mich mal um die Personalakten«, sagte er nur und streifte zum Abschied ganz leicht mit der Hand ihren Arm.
Als er gegangen war, schlug Barbara wütend mit der Faust auf den Tisch. Der Schmerz trieb ihr die Tränen in die Augen, und dann war es ganz leicht, ein wenig zu weinen. Sie ließ sich auf den Stuhl fallen, bemühte sich, leise zu sein, und hoffte, dass niemand sie hier überraschen würde. Das Kapitel Sven war beendet.

Sie fuhr mit verheulten Augen zu Leiß, um ihm von den neuen Entwicklungen im Fall zu berichten. Während sie er-

zählte, kochte Leiß ihr einen Kaffee. »Wer von den beiden macht Ihnen denn Kummer, Kindchen?«, fragte er nur.
Barbara lächelte. »Eigentlich sollte ich erleichtert sein. Ich habe Sven gesagt, dass ich keine Zukunft für uns sehe.«
»Der arme Junge!« Aber Leiß lächelte auch. »Ich denke, er wird darüber hinwegkommen.« Er stand auf und goss noch einmal Kaffee nach. »Terboom hat also gestanden, seine Nichte getötet zu haben.«
»Ein offizielles Geständnis wird er nicht machen, das hat er sehr deutlich gesagt.«
Leiß nickte. »Bringt uns das Geständnis weiter?«
»Nicht wirklich …« Barbara rührte in ihrer Tasse. Plötzlich sah sie auf. »Da stimmt irgendetwas nicht. Überlegen Sie mal … Ein Siebzehnjähriger heckt einen perfiden Plan aus, um seine Nichte zu vergewaltigen. Ich bin sicher, er hat nicht daran gedacht, was hinterher geschieht.«
»Er könnte aber auch von vornherein geplant haben, sie zu töten.«
Barbara schüttelte energisch den Kopf. »Terboom ist regelrecht vor mir zusammengebrochen. Ich glaube ihm die Geschichte von dem Unfall. Nicht, dass er sie vielleicht später nicht doch getötet hätte, aber das hatte er nicht geplant. Er ist siebzehn, und er ist in Panik …«
»Und geht hin, setzt die Leiche in ein Schrottauto.« Leiß setzte sich. »Sie haben Recht. Da stimmt etwas nicht. Er hat das möglicherweise nicht allein getan.«
Barbaras Handy klingelte. Es war Sven. Er klang sehr kurz angebunden. »Ich dachte, das interessiert dich. Wir haben die Personalakten, ich habe mir die von den drei Leuten aus Baerl als Erstes angesehen. Und rate, worüber ich gestolpert bin?« Er wartete Barbaras Antwort nicht ab. »Terboom sagte, dass dieser Jürgen Grote gegen ihn prozessiert hat. Und was glaubst du, wer die Firma Terboom dabei vertreten hat? Die

Kanzlei Kamphausen in Person von Lutz Wagner. Es gibt also eine Verbindung zwischen den beiden.«

»Das war zu erwarten, nach der Kinderpornosache.«

»Das ist aber eine Verbindung, die über diese Sache hinausgeht.«

»Ich komme wieder ins Präsidium. Ich würde Terboom gern nochmal sprechen.«

»Ich frage Lohberg.«

»Sven, wenn du mich mit ihm allein reden lässt, erkläre ich dir, was es mit dem Kettchen auf sich hat. Versprochen.«

»Gut.«

Sie schaltete aus. »Es gibt eine geschäftliche Verbindung zwischen Terboom und Lutz Wagner, dem Stiefvater von Janni.«

»Und darüber wollen Sie mit Terboom reden?«

»Nein, ich will natürlich herausbekommen, wer ihm damals geholfen hat.«

»Da gibt es noch eine andere Möglichkeit«, meinte Leiß und holte sich einen Stift. »Wie hieß die Hebamme, die Ihnen so viel über die Familie Terboom erzählt hat?«

»Helene … Helene Wimmershoff.«

»Wie wäre es, wenn wir sie anrufen? So, wie Sie sie geschildert haben, ist sie doch eine wandelnde Kempener Chronik.«

»Gute Idee. Hoffentlich steht sie im Telefonbuch.«

Doch sie hatten kein Glück bei der Auskunft.

»Curtius!«, sagte Barbara plötzlich. »Der könnte das herausbekommen.«

Sie rief bei der Kempener Polizei an, und eine halbe Stunde später rief Curtius zurück. »War nicht ganz einfach, obwohl die alte Dame fast alle hiesigen Kollegen auf die Welt geholt hat. Einer wusste, dass sie in einem Altenheim lebt. Ich gebe Ihnen die Nummer.«

Barbara ließ sich von der Zentrale mit Helene Wimmershoff

verbinden, die hocherfreut über die Abwechslung war. »Ich bin Barbara Pross. Sie erinnern sich? Sie haben mir und einem Kollegen eine Menge über die Terbooms erzählt.«

»Natürlich erinnere ich mich. Suchen Sie immer noch nach diesem Mörder?«

»Ja. Und vielleicht können Sie uns helfen. Sie sprachen davon, dass Jupp Terboom und seine Freunde eine Menge angestellt hätten damals. Mit wem war Jupp Terboom denn befreundet?«

»Als Marion verschwand? Wie alt war er da?«

»Siebzehn.«

Helene Wimmershoff überlegte eine Weile. »Fritz Brentgen … nein, das war später, da waren sie so Mitte zwanzig, der kann es nicht sein … Also ich denke, zu der Zeit ist er immer mit Lutz Wagner herumgezogen – und auch mit Armin Schuster.«

»Lutz Wagner?« Barbara stellte den Lautsprecher an, um Leiß mithören zu lassen. Konnte das Zufall sein? »Der Anwalt?«

»Ja, der ist Anwalt geworden. Ab und an besucht er seinen Vater und fährt dann immer mit einem protzigen Wagen vor. Aber der ist kein gebürtiger Kempener. Sein Vater hat mit einem Bauernhof Pleite gemacht, den hatte der alte Terboom aufgekauft und einen Schrottplatz daraus gemacht.«

»Lassen Sie mich raten: Der Hof stand in Baerl?«

»Ja, genau. In Baerl. Terboom hat ihn gekauft und dem Vater von Wagner eine Arbeit gegeben. Das war sehr anständig von ihm. Immerhin konnte Lutz Wagner studieren.«

»Und der andere war Armin Schuster, der heute Prokurist bei Terboom ist?«

»Ja. Die drei hingen immer zusammen. Ehrlich gesagt, habe ich das nie verstanden, Lutz Wagner und Jupp Terboom, ja, die waren aus demselben Holz geschnitzt, reine Nichtsnutze damals. Aber Schuster, das war immer ein anständiger Kerl.

Der hat oft ausgebügelt, was die beiden angestellt haben. Er ist ja auch ein bisschen älter.«

»Vielen Dank, Frau Wimmershoff, Sie haben uns sehr geholfen.«

Barbara legte auf.

»Was geht Ihnen durch den Kopf?«, fragte Leiß.

»Was schon – drei Freunde, die durch dick und dünn gehen. Und die sich gegenseitig helfen. Und für einen von beiden könnte die Beseitigung von Marion Riedels Leiche der Auslöser gewesen.«

»Was meinen Sie – Wagner oder Schuster?«

»Wagner würde ich es schon zutrauen vor dem Hintergrund seine pädophilen Aktivitäten. Von Schuster weiß ich zu wenig.«

»Sagten Sie nicht, er hätte bei der Polizei Angaben gemacht über einen Missbrauch seines Vereins durch Pädophile?« Leiß schien skeptisch.

»Das wäre gar nicht so unwahrscheinlich, dass ein Täter sich in Ermittlungen einschaltet. In den USA ist so etwas häufiger vorgekommen. Ich denke, ich sollte noch einmal mit Terboom sprechen. Und vielleicht sitzt Wagner noch – obwohl ich das nicht glaube.«

»Dann sollten Sie sich beeilen.«

Barbara war gerade auf die Autobahn gefahren, als ihr Handy wieder klingelte. Es war Annette. Sie klang ganz ruhig, aber das, was sie sagte, brachte Barbara dazu, den Seitenstreifen anzusteuern und die Warnblinkanlage anzuschalten. »Barbara, du musst sofort hierher kommen. Janni hat ihren Stiefvater erschossen.«

»Bei dir? Wann?«

»Vor einer halben Stunde im Wintergarten. Ich kann dir das alles nicht am Telefon erklären.«

»Wo ist Janni?«
»Hier bei mir.«
»Und hast du die Polizei gerufen?«
»Nein, das habe ich nicht. Ich möchte, dass du zuerst herkommst.«
»Ich bin unterwegs.«

Barbara ließ sämtliche Verkehrsregeln außer Acht und raste nach Kaiserswerth – kein einfaches Unterfangen im Berufsverkehr. Die Villa lag still wie immer da, nur ein protziger BMW parkte direkt vor der Tür.
Annette selbst ließ Barbara herein. »Die Haushälterin hat glücklicherweise frei.«
Barbara ging in den Wintergarten. Dort lag Lutz Wagner. Barbara konnte mehrere Wunden ausmachen, die von schlecht gezielten Schüssen stammten. Einer jedoch hatte tödlich getroffen: mitten in den Hals. Eine große Lache Blut hatte sich um die Leiche gebildet.
Janni hockte auf einem der Loomchairs, die Waffe lag neben ihr auf einem zierlichen Tischchen. Sie saß völlig regungslos da.
»Janni …« Barbara versuchte, Jannis Aufmerksamkeit zu erregen, aber es gelang ihr nicht. Sie wandte sich an Annette. »Wie konnte das passieren? Wie hat er sie gefunden?«
»Sie hat es ihrer Mutter gesagt, so viel habe ich herausbekommen. Ich kann sie doch nicht ständig im Auge behalten.«
Barbara runzelte die Stirn. »Janni hat es ihrer Mutter gesagt?«
»Komm mal mit, Barbara.« Annette zog Barbara aus dem Wintergarten. »Deshalb wollte ich, dass du herkommst. Wir müssen dafür sorgen, dass es wie Notwehr aussieht! Denn ich fürchte, sie hat sich das gut überlegt, als sie es ihrer Mutter sagte. Sie rief dort an, weil sie ihrer Mutter nicht zumuten

wollte, sich wieder Sorgen um sie machen zu müssen. Nur ein Lebenszeichen. Und ihre Mutter hat ihr dann wohl gesagt, dass Wagner wieder frei ist. Ich fürchte, in diesem Moment hat sie den Plan gefasst, ihn hierher zu locken. Sie glaubt, dass er sie töten wollte, und sie konnte sicher sein, dass ihre Mutter ihm sagen würde, wo sie ist. Janni ist nicht naiv. Sie wusste genau, was sie tat, als sie es der Mutter sagte.«

Barbara wusste, Annette hatte damit Recht. Und das machte die Sache zum geplanten Mord. »Und die Waffe?«

Annette zuckte die Schultern: »Vermutlich hat sie die schon in Belgien gehabt.« Sie sah Barbara eindringlich an. »Das Mädchen darf nicht wegen Mordes verurteilt werden, hörst du? Vergiss jetzt mal, dass du Polizistin gewesen bist – oder, vielmehr, hilf uns mit deiner Erfahrung, alles richtig zu machen. Um dieses Schwein ist es weiß Gott nicht schade.«

Barbara wollte Annette diesen Plan eigentlich ausreden, doch dann wurde ihr klar, dass das gute Verhältnis, dass sie gerade zu ihr aufzubauen begann, dann endgültig zerstört sein würde. Was Lutz Wagner Janni angetan hatte, mochte keinen Mord rechtfertigen, aber Annette hatte Recht, wenn sie Janni helfen wollte.

»Gut. Ich sehe mir alles an. Aber wir müssen uns beeilen, sonst ist es nicht glaubwürdig.« Einen Augenblick überlegte sie. »Wenn wir Glück haben … Der BMW da draußen ist sein Wagen?«

Annette nickte. Barbara nahm ein Taschentuch, ging zu der Leiche und wühlte vorsichtig in den Manteltaschen. Sie fand die Autoschlüssel. Rasch lief sie hinaus und durchsuchte das Handschuhfach des Wagens. »Bingo«, murmelte sie. Lutz Wagner hatte eine Waffe.

Sie lief zurück. Noch konnte sie der Leiche die entsicherte Waffe in die Hand drücken, immer darauf bedacht, keinen Fingerabdruck zu hinterlassen – nicht auf der Waffe und

nicht auf den Fingernägeln. »Er ist doch höchstens eine halbe Stunde tot. War er es schon, als du anriefst?«, fragte sie Annette.
Die schüttelte den Kopf. »Er war nicht sofort tot. Janni hat mich mit der Waffe bedroht, damit ich den Notarzt nicht anrufen konnte. Erst, als er ganz tot war, ist sie in sich zusammengesunken und hat die Waffe weggelegt. Da habe ich dich angerufen. Dieses Kind hat in aller Seelenruhe bei seinem Todeskampf zugesehen. Mein Gott, so viel Hass!«
»Wer könnte es ihr verdenken. Aber ihn gleich erschießen …«
Barbara sah auf Wagners schmerzverzerrte Züge. Er hatte sicher keinen leichten Tod gehabt.
»So.« Barbara stand auf. »Jetzt hat er eine Waffe, mit der er euch bedroht hat.« Sie ging zu Janni und kniete sich vor sie hin. »Janni. Janni!!!« Sie schüttelte sie ein bisschen. »Kannst du mich verstehen?«
Janni nickte.
»Dann sag was.«
»Er … er ist tot. Er ist endlich tot.«
»Ja. Hör mir zu.« Sie schüttelte sie noch einmal. »Hörst du mir zu?«
Janni nickte wieder, bekam aber mit, dass Barbara das nicht genügte. »Ja. Ich höre dir zu.«
»Wir müssen uns eine Geschichte ausdenken, und dann müssen wir uns alle daran halten. Versteht ihr?« Sie blickte sich zu Annette um, die nickte.
Barbara wandte sich wieder Janni zu. »Er hat euch bedroht … nein, du, Janni, warst gar nicht da, er hat Annette mit der Waffe bedroht. Du warst oben, und dann hast du ihn gehört. Du hattest große Angst. Aber du wolltest Annette helfen, und da hast du deine Waffe geholt, und als er auf dich zielte, hast du geschossen. Hast du mich verstanden?«
Janni nickte.

»Wiederhole es.«
Schleppend wiederholte Janni die Geschichte. Es klang recht glaubwürdig, zusammen mit dem merkwürdig apathischen Zustand.
»Hast du auch verstanden, Annette?«
»Ja. Ich glaube, das ist gut. Eine einfache Geschichte. Wenn man lügt, darf man nicht kompliziert werden.«
Barbara nickte. »So, und jetzt müssen wir uns noch etwas ausdenken, warum ihr mich und nicht die Polizei gerufen habt.«
»Ich … ich bin eine alte Frau. Ich hatte Todesängste ausgestanden und war ein wenig verwirrt. Es schien mir sinnvoll, die Freundin meines Sohnes anzurufen, weil sie mal Polizistin war.«
»Gut. Bleib dabei.« Barbara atmete tief durch. Sie nahm ihr Handy und rief Heinz Wersten an. Sie schilderte ihm, was passiert war – die neue Version. »Heinz, bitte informiere du die Düsseldorfer Polizei, du kennst die Leute da. Ich will hier keinen Rambo haben. Annette und Janni haben genug durchgemacht.«
»Ja, ich werde tun, was ich kann.«
Fünfzehn Minuten später klingelte es. Barbara öffnete. Es waren zwei Zivilbeamte, ein Mann und eine Frau, beide recht jung. »Ela Bach, Kriminalpolizei«, stellte sie sich vor und zeigt ihren Ausweis. »Das ist mein Kollege Thilo Becker.«
»Ich bin Barbara Pross. Frau Hielmann ist die Mutter meines Freundes.«
Ela Bach war nur unwesentlich größer als Barbara, dunkelhaarig – genau die Art Frau, die immer mit ihrem guten Aussehen kämpfte. »Wo ist der Tote?«
»Kommen Sie.«
Die ganze Zeit, während Ela Bach sich die Leiche ansah, mal

Janni, mal Annette Fragen stellte und sich im Raum umsah, beobachtete Barbara sie. Sie ist gut, dachte sie. Hoffentlich hielt ihre Geschichte stand. Aber sie konnte keine Anzeichen von Misstrauen bei der Kommissarin erkennen. Einfühlsam sprach sie mit Janni, fragte, was nötig war, quälte sie aber nicht unnötig lange. »Wir werden Sie von einem Arzt untersuchen lassen und dann mitnehmen. Das Wichtigste wissen wir jetzt, alles Weitere können Sie uns morgen erzählen.«

Der Arzt war schon da und kümmerte sich um Annette. Ela Bach trat zu Barbara. »Und nun erzählen Sie mal. Wieso haben Sie Heinz Wersten angerufen und nicht einfach 110? Sie müssten doch als ehemalige Kollegin am besten wissen, wie das funktioniert, oder?«

»Ich wollte jemanden, der sich nicht wie ein Elefant im Porzellanladen benimmt. Der begreift, dass Janni das Opfer ist. Deshalb habe ich Heinz gebeten …«

»Für ein Opfer wusste sie sich aber gut zu wehren.«

»Wissen Sie, wer die Kleine ist? In ihrem Pass steht Janni Bakker, belgische Staatsbürgerin. Aber ihr richtiger Name lautet Jenny Reichert. Kommt Ihnen der bekannt vor?«

»Natürlich. Der Mord an der Schwester war ja in allen Zeitungen – und ihr Verschwinden und der Grigoleit-Prozess sind ja auch noch ziemlich präsent.«

Barbara erzählte Ela Bach Jannis Geschichte und auch von der Vermutung, dass Lutz Wagner Christina umgebracht hatte. »Janni fühlte sich von ihm bedroht. Deshalb habe ich sie hier versteckt. Leider hat sie das ihrer Mutter verraten, und der Typ tauchte hier auf.«

Inzwischen wuselte der Wintergarten von Leuten, bald wurde die Leiche abtransportiert. So lange blieben Ela Bach und Thilo Becker da.

Barbara brachte die beiden schließlich zur Tür. Becker ging mit Janni schon vor zum Wagen, aber Ela Bach blieb noch in

der Tür stehen. »Das alles hier klingt nach einer plausiblen Geschichte«, sagte sie leise zu Barbara. »Aber vielleicht ist sie ein bisschen zu plausibel … Ich werde mir morgen Janni vornehmen – und Frau Hielmann. Und wenn ich alle Fakten kenne, werde ich mich entscheiden, ob ich sie glaube.« Sie lächelte nicht, als sie Barbara zum Abschied die Hand gab.
Barbara schluckte, als sie Ela Bach nachsah. Noch vor gar nicht so langer Zeit hätte sie genauso gehandelt und verbissen versucht, die Wahrheit herauszufinden. Jetzt hatte sie sie manipuliert.
»Die ist gut, oder?« Annette hatte eine Beruhigungsspritze strikt abgelehnt, obwohl Barbara es lieber gesehen hätte.
»Ja, leider. Wir müssen abwarten, ob wir Fehler gemacht haben. Und wenn wir Fehler gemacht haben, wird sie es herausfinden, ganz sicher. Ich hoffe nur, Janni reißt sich zusammen.« Sie sah Annette an. »Kann ich dich allein lassen? Ich muss noch zum Duisburger Polizeipräsidium.«
»Sicher. Ich wundere mich selber, wie ruhig ich bei der ganzen Sache geblieben bin.«
»Wenn etwas ist, ruf mich an. Ich komme dann sofort.«
»Es wird schon gehen, Barbara. Und danke. Ich weiß, das ist dir nicht leicht gefallen.«
»Schon gut.«

Mit Erschrecken stellte Barbara fest, dass Sven nun schon seit mehr als vier Stunden auf sie wartete. Es war schon fast halb neun. Sie tastete nach ihrem Handy und rief ihn an.
»Wo immer du bist, du kannst dort bleiben«, meinte er knapp. »Nachdem klar war, dass er ohnehin morgen entlassen wird, hat Terboom seinen Anwalt benachrichtigt, und der hat den Haftprüfungstermin beschleunigt. Terboom ist auf dem Weg nach Kempen.«

»Verdammt …«
»Wenn du gleich gekommen wärst …«
»Janni Bakker hat ihren Stiefvater erschossen. Im Wintergarten der Hielmann'schen Familienvilla.« Barbara hatte für einen Moment nicht auf den Verkehr geachtet und wäre beinah ihrem Vordermann aufgefahren. »Es war Notwehr«, fügte sie hinzu, als würde es wahrer, je häufiger sie es aussprach.
»Wie kam Janni … Ach, was frage ich denn. Du tust ja sowieso, was du willst.« Sven klang ein wenig bitter. »Sagst du mir jetzt vielleicht, was es mit diesem Kettchen auf sich hat?«
»Terboom hat seine Nichte getötet. Nein, freu dich nicht zu früh, wir werden das nie beweisen können, und das, was er mir gesagt hat, wird er vor der Polizei niemals wiederholen.«
»Und was bedeutet das für unseren Fall?«
»Zunächst einmal nichts oder wenig. Ich muss ihn unbedingt sprechen. Ich fahre nach Kempen.«
»Das würde ich lassen. Das Haus der Terbooms wird von der Presse belagert, ich vermute, ein frustrierter Kollege hat die Geier unterrichtet. Du kannst es ja morgen versuchen.«
»Und Laura Gerber? Jede Minute zählt.«
»Vielleicht ist es ja ohnehin schon zu spät, Barbara. Heute Abend können wir nichts mehr unternehmen. Fahr nach Hause. Unternimm nichts auf eigene Faust, hörst du?«
»Ja, schon gut.« Barbara schaltete ab. Sie dachte darüber nach, wie die Terbooms auf ihr Erscheinen um diese Zeit reagieren würden, und seufzte. Dann wendete sie den Wagen. Irgendjemand musste Thomas erzählen, was passiert war.

In der Klinik war man nicht erfreut über den späten Besuch, aber Barbara setzte sich durch. Thomas las, als sie hereinkam. Er legte das Buch beiseite. »Da hast du Mutter ganz schön was eingebrockt«, meinte er. »Sie hat mich eben angerufen.

Es muss eine ernste Sache sein, sonst hätte sie nicht riskiert, dass ich mich aufrege.«
»Was hat sie dir erzählt?«
»Irgendetwas von einer Schießerei im Wintergarten. Sie war sehr kurz angebunden.« Er sah Barbara an, fast eine Minute, ohne ein Wort zu sagen. »Es ist wohl besser, wenn ich nicht mehr darüber weiß, oder?«
Barbara nickte.
»Du siehst müde aus.« Er deutete auf das Bett, und sie setzte sich.
»Du solltest vielleicht wissen, dass es vorbei ist mit Sven. Er … er war nicht der Richtige für mich.« Sie lachte. »Vielleicht war es auch umgekehrt.« Sie vermied es, Thomas anzusehen.
»Gut.« Das klang zufrieden. »Ich möchte, dass du zu mir zurückkommst. Und es ist mir völlig egal, aus welchen Gründen du das tust. Mitleid, Gewohnheit, Liebe …«
»Ich habe mich noch nicht entschieden.« Immer noch sah sie ihn nicht an. »Es ist so vieles ungeklärt. Und …« Sie sprach nicht weiter, weil Thomas sie sanft ans Kinn fasste, um sie zu zwingen, ihm in die Augen zu sehen. Er sagte nichts, schaute sie nur an. »Du musst mir schon sagen, was wirklich los ist, Barbara. Ich habe doch wohl eine Chance verdient, damit ich es besser machen kann.«
»Ja, schon …« Sie senkte die Augen. Sie schämte sich so, dass sie sich aus seinem leichten Griff löste und aufstand. »Ich kann nicht darüber reden, Thomas. Ich kann nicht. Und ich will … ich will dich nicht aufregen …«
Für einen Sekundenbruchteil blickte sie ihm ins Gesicht und wusste sofort, er hatte verstanden. Er hatte begriffen, worum es ging, wie gewöhnlich blieb ihm keine ihrer Regungen verborgen, und Thomas wusste sie immer richtig zu deuten. Thomas kannte sie besser als sie sich selbst, das hatte sie fast vergessen. Sein Gesichtausdruck wurde kühl. »Setz dich, Barbara.«

Widerwillig setzte sie sich wieder hin. Er griff nach ihrer Hand. »Warum sagst du mir nicht, wovor du Angst hast?« Er deutete auf das Krankenzimmer, den Tropf, das Überwachungsgerät. »Es ist das hier, nicht wahr? Krankheit, Tod … Davor willst du jetzt weglaufen.«
Barbara nickte stumm.
Thomas stieß ein kurzes, bitteres Lachen aus. »Ich habe mir Sorgen gemacht, du könntest aus Mitleid zu mir zurückkommen – aber es ist genau umgekehrt: Du läufst vor meiner Krankheit davon.«
»Es ist schäbig und feige.« Barbara schluckte. »Ich liebe dich, Thomas. Wenigstens glaube ich das. Vielleicht ist es ja nicht weit her damit, wenn ich daran denke, dich im Stich zu lassen.« Plötzlich kamen die Tränen hoch. »Ich weiß nicht, ob ich das aushalten kann, ob ich ertragen kann, dich zu verlieren.«
Thomas nahm sie in die Arme, sie schluchzte und konnte sich kaum wieder beruhigen. »Ich lebe doch noch, Barbara, ich lebe. Und ich werde noch eine ganze Weile bei dir sein können.«
Eine Schwester steckte den Kopf herein, vermutlich wollte sie Barbara bitten zu gehen. »Raus«, sagte Thomas nur, nicht viel lauter als sonst. Aber die Schwester verschwand augenblicklich.
Thomas streichelte über Barbaras Rücken. Langsam beruhigte sie sich. »Ich weiß nicht, was ich tun soll, Thomas.«
»Ich kann dir nicht raten, ich bin voreingenommen.« Er seufzte. »Ach was. Ich liebe dich, und ich brauche dich. Und ich will dich zurück. Große Versprechen werde ich dir nicht mehr machen, mit dem letzten habe ich gründlich danebengelegen. Nur eins: Solange ich lebe, will ich dich glücklich machen. Wir werden glücklich sein, solange es dauert. Ich bin bereit, aus meinen Fehlern zu lernen.«

»Das nimmt mir nicht meine Angst vor dem Danach. Dann werde ich allein sein.« Barbara hatte sich aus der Umarmung gelöst und starrte auf das dunkle Fenster, in dem sie sich spiegelte.
»Aber es kann schneller oder langsamer bergab gehen mit meinem Herzen. Und es gibt immer noch die Möglichkeit einer Transplantation. Und diese ganze Zeit, die wir miteinander hätten, willst du wegwerfen?«
Barbara suchte in ihrem Gesicht auf der dunklen Scheibe nach einer Antwort, aber es gab keine. Wenn sie bei ihm blieb, könnte sie es ertragen, mit anzusehen, wie sich sein Zustand verschlechterte? Könnte sie ertragen, ihn sterben zu sehen? Und, schlimmer noch, könnte sie ohne ihn leben? Der Überwachungsmonitor begann zu piepsen, Barbara zuckte zusammen, traute sich aber nicht, sich umzudrehen.
»Keine Angst, ich bin nur ein wenig über der Norm, nichts Schlimmes.« Sie spürte seine Hand auf ihrer Schulter. »Ich verstehe dich, Barbara. Ich habe doch auch Angst, mehr, als mir lieb ist. Ich war bereit, dich gehen zu lassen, weil ich weiß, was ich von dir verlange. Ich möchte nicht, dass du gehst, doch wenn du wirklich meinst, dass du weglaufen musst, dann tu es. Aber halte mich bitte nicht mehr hin, denn das tut mir gar nicht gut.«
Sie drehte sich zu ihm um. »Ich werde mich entscheiden, Thomas. Sehr bald, ich werde dich nicht hinhalten. Aber heute Abend kann ich es nicht.«
Er nickte. Er sagte nicht: »Ich dränge dich nicht«, wie er es sonst so gerne tat. Er zog sie nur zu sich, um sie sanft auf den Mund zu küssen.
»Ich verspreche dir, wenn ich das nächste Mal komme …«
»Schon gut. Du solltest jetzt gehen. Dieser Überwachungsmonitor spielt ein bisschen verrückt, die Schwester wird mit mir schimpfen.«

»Wahrscheinlich wird sie eher mit mir schimpfen. Gute Nacht, Thomas.«

»Gute Nacht.«

Die Fahrt nach Hause dauerte lange, denn Barbara musste immer wieder weinen. Sie hasste sich dafür, dass sie nicht aufopferungsvoll und mutig war. Wenn sie Thomas liebte, war ihr Platz an seiner Seite, egal, wie schlecht es ihm ging, und gerade dann, wenn es ihm schlecht ging. Barbara fühlte sich wie eine Missgeburt. Sie liebte Thomas. Sie liebte ihn. Aber warum fiel ihr die Entscheidung dann so schwer?

Zu Hause suchte sie nach einer Flasche Wein. Sie trank sie ganz leer, aber es nützte nichts. Schließlich weinte sie sich doch in den Schlaf.

9

Am nächsten Morgen wachte Barbara mit einem leichten Kater auf. Sie hoffte, dass ein Aspirin nach dem Frühstück die Kopfschmerzen beseitigen würde. Sie musste ständig an Thomas denken und an die Entscheidung, die er von ihr wollte. Und es gab doch so viel zu tun. Laura Gerber war jetzt vier Tage verschwunden. Die Zeit rannte ihr davon.

Kurz nach neun fuhr sie in Kempen an Terbooms Haus vorbei. Es lungerten immer noch ein paar Fotografen vor der Tür herum, nicht viele im Vergleich zu Christina Wehlings Beerdigung. Barbara wurde klar, dass die Terbooms nicht aufmachen würden, solange die Fotografen dort herumstanden. Also rief sie an.

»Ich bin nicht verpflichtet, mit Ihnen zu reden«, sagte Jupp Terboom knapp. »Verschwinden Sie.«

Barbara hörte, dass er auflegen wollte. »Halt, warten Sie bitte. Vielleicht interessiert es Sie, dass Ihr Freund Lutz Wagner tot ist. Er wurde erschossen. Von seiner Stieftochter.«

Das Schweigen am anderen Ende der Leitung sagte Barbara, dass sie die richtige Saite angeschlagen hatte. »Gut. Gehen Sie um den Block herum, da gibt es eine Toreinfahrt, die führt auf unseren Garagenhof. Ich hole Sie da ab.«

Wenig später betrat Barbara den Garagenhof, Terboom erwartete sie am Tor. Es nieselte leicht, aber er fragte, ob sie draußen sprechen könnten. »Ich will nicht, dass Mutter oder Maria irgendetwas davon mitbekommen.«

»Dann lassen Sie uns wenigstens in die Garage gehen.«
Er nickte, zückte einen Schlüssel und schloss das Garagentor auf. Sein metallicblauer Mercedes stand darin. »Irgendwie habe ich immer befürchtet, dass Lutz mal so enden wird.«
»War er James B. in dem Pädophilenzirkel?« Der Gedanke war Barbara gerade gekommen, aber Terboom lachte.
»Weshalb fragen Sie das? Glauben Sie, James B. ist der Serienmörder?«
»Ist das so unwahrscheinlich?«
Terboom lachte immer noch. »Ja. Das ist ein Witz. James B. ist ein Witz. Es gibt nämlich keinen James B., und es hat ihn nie gegeben.«
Barbara fürchtete, dass sie im Moment nicht gerade intelligent aussah. »Aber alle Zeugen sprachen von ihm. Leo Hielmann erwähnte ihn in seiner eidesstattlichen Erklärung, und er tauchte auf, bis das Internet seinen Durchbruch hatte. Da wurde er dann wohl nicht mehr gebraucht.«
»Wie wahr, wie wahr ... Mit einem haben Sie Recht: Lutz hat James B. erfunden. Er las damals viel komisches Zeug über Verschwörungstheorien, Agenten und Spionage. Als er herausbekam, dass mein Vater Geld für Bilder von Minderjährigen bezahlte, da kam er auf die Idee, damit ein Geschäft aufzuziehen. Er hat sich sein Studium damit finanziert – sein Haus wahrscheinlich auch.«
»Nur mit Bildern?«
»Was weiß ich. Ich sagte Ihnen doch, ich habe mit realem Kindesmissbrauch nichts zu tun.«
»Sieht man von dieser Kerstin ab.«
»Dazu sage ich nichts. Wollen Sie nun wissen, wie das mit James B. war?«
Barbara nickte.
»Lutz war James B. Ich war es auch ein paar Mal. Mein Alter war es und noch ein paar Eingeweihte. Das war ein ganz aus-

geklügeltes System. Die Eingeweihten riefen Nichteingeweihte an und gaben sich als James B. aus. Oder sie erzählten, James B. hätte sie angerufen … So ging das. Und es hat ja funktioniert, nicht wahr? So intensiv, wie nach James B. gesucht wird.« Er lehnte sich an den Wagen. »Aber jetzt werden alle Ruhe haben. Man wird sagen, Lutz war James B.«
»Wahrscheinlich.«
Terboom sah ihr direkt ins Gesicht: »Und wird man auch sagen, er war der Serienmörder?«
»Denken Sie denn, dass er es war?«
»Nein. Er hat nur ans Geschäft gedacht.«
Und wenn das mit zum Geschäft gehörte? Wenn er die Kinder herumreichte und dann tötete?, dachte Barbara. Aber sie verwarf den Gedanken wieder. Jemand wie Lutz Wagner hätte ein Kind nicht nach wenigen Tagen umgebracht. Er hätte es so lange wie möglich benutzt, und dann hätte er es vielleicht noch weiterverkauft, so wie er es mit Janni gemacht hatte.
»Eigentlich wollte ich Sie gar nicht nach James B. fragen«, sagte sie in das Schweigen hinein. »Ich habe über das nachgedacht, was Sie vom Tod Ihrer Nichte erzählt haben. Und über das Entsorgen der Leiche.«
Terboom kratzte sich an der Hand. »Ich habe Ihnen alles gesagt.«
»Das glaube ich nicht. Auf welchem Schrottplatz wurde die Leiche abgelegt?«
Terboom zögerte. »Kempen.«
»Wirklich? So ein Risiko sind Sie eingegangen?«
»Ich wusste, was wann herausging. Ich machte gerade meine Lehre.«
»Draußen auf dem Platz? Und wie haben Sie die Leiche dorthin geschafft? Zu Fuß? Auf dem Rad? Ein zehnjähriges Kind vom Baggersee bis zum Schrottplatz? Das sind doch

einige Kilometer.« Barbara wartete nicht ab, bis Terboom etwas sagte. »Sie waren siebzehn, sie hatten noch keinen Führerschein. Wer hat Ihnen geholfen, Herr Terboom?«

Terboom sagte nichts, er starrte nur auf den Boden.

»Sie können natürlich sagen, es war Lutz Wagner. Mit dem sind Sie damals doch immer zusammen gewesen. Ihr bester Freund … Aber der war auch erst siebzehn.«

»Er hatte die Idee. Ich radelte zu ihm, nachdem es passiert war. Ich zog Marion in einen Busch, als ich langsam wieder ein bisschen klarer denken konnte.«

»Wer hat die Leiche transportiert? Wer war der Dritte?«

Terboom seufzte. »Es war Armin Schuster. Aber wenn Sie ihm was am Zeug flicken wollen … Er war immer anständig, er hat sich fast in die Hosen gemacht, aber er hat geholfen. Lutz hatte ihn mitgebracht, mit dem Transporter vom Schrottplatz. Er … er hat ihr auch das Kettchen abgenommen, wissen Sie.«

»Und deshalb ist er vom einfachen Hilfsarbeiter zum Prokuristen aufgestiegen, nicht wahr?«

»Nein. Er hat mich nicht erpresst, wenn Sie das denken. Auch wenn er nicht richtig Deutsch kann, ist er mehr als geeignet für seinen Job – er brauchte nur eine Chance, und die habe ich ihm gegeben. Und er ist der loyalste Mensch, den ich kenne. Er würde für mich und meine Familie alles tun. Er denkt ohnehin kaum an sich, sein Verein, die Kirche, seine Familie, das alles ist ihm wichtiger. Sie haben mich doch in Duisburg gefragt, ob in meiner Umgebung jemand ist, der für diese Morde infrage kommt – Armin wäre wirklich der Letzte, auf den das zutrifft. Lassen Sie ihn in Ruhe.«

»Wissen Sie, dass die Geschichte mit Marion der Auslöser für die Mordserie gewesen sein könnte? Ein Kind ist tot, man lässt es verschwinden, und niemand wird erwischt. Für einen Menschen mit merkwürdigen Phantasien kann das ganz neue Perspektiven eröffnen. Und ein Jahr später muss das erste Kind daran glauben ...«

»Hören Sie doch auf. Merkwürdige Phantasien! Armin hat keine Phantasien. Er ist ... er ist ein Arbeitstier, er ist normaler als normal.«

Es war kalt in der Garage, und durch das offene Tor kam noch kältere Luft herein. Barbaras Atem wurde zu einem Wölkchen. »Kennen Sie ihn überhaupt?«, fragte sie. »Kennen Sie seine Wünsche und Träume? Welche Frauen bevorzugt er?«

»Er ist doch seit Jahren verheiratet. Er hat 1970 geheiratet.« Terboom lachte auf. »Ich hatte auch ein Auge auf sie geworfen. Eine schöne, kluge Frau, drei Kinder ... Einer seiner Söhne ist letztes Jahr gestorben, er war sehr krank.«

Bei der Jahreszahl 1970 hatte Barbara aufgehorcht. Nach dem Mord an Renate Festing 1969 hatte es eine längere Pause gegeben. Das passte. »Wann wurden die Kinder geboren?«

»Warten Sie ... Theresia ist fünfundzwanzig, also wurde sie 1975 geboren. Und die Zwillinge sind viel jünger. Ich glaube, zehn Jahre jünger. Zwei Jungen, der eine war schwer behindert, es gab Schwierigkeiten bei der Geburt. Armin ist damals zu Fuß nach Kevelaer gewallfahrtet.«

Es passte. Barbara hielt fast den Atem an, zwang sich nach außen hin zur Gleichgültigkeit. »Herr Terboom, vermutlich haben Sie Recht. Es klingt wirklich nicht so, als hätte Schuster das Zeug zum Serienmörder. Ich werde mich wohl weiter mit Lutz Wagner und Ihren Personalakten herumschlagen müssen. Haben Sie vielen Dank.«

Barbara rannte fast zu ihrem Auto und rief Sven an. Sie hatte Angst, dass Terboom ihren Rückzieher nicht geschluckt haben könnte und Schuster warnen würde.

An Svens Stelle meldete sich jedoch ein Kollege, den sie nicht kannte. »Die haben sich irgendwo mit den Personalakten vergraben.«

»Können Sie ihn nicht ans Telefon holen?«
»Nein, tut mir Leid, die wollen auf keinen Fall gestört werden. Grundemann hat das ausdrücklich gesagt.«
»Es ist wirklich wichtig.«
Aber der Mann war unerbittlich.
Dann eben noch einmal nach Duisburg, dachte Barbara. Vielleicht beantworteten die Personalakten ja auch die übrigen Fragen.

Barbara traf Heinz Wersten im Eingang des Polizeipräsidiums. »Hallo, Barbara. Sind Thomas' Mutter und das Mädchen o. k.?«
»Ich hoffe es. Diese Ela Bach wird sie sich wohl noch vornehmen.«
»Sie ist nicht umsonst Leiterin des KK 11.«
»Du hast mir die Leiterin geschickt?« Barbara nahm sich zusammen. »Sie war jedenfalls sehr freundlich zu Janni und Annette.« Sie wechselte das Thema. »Weißt du, wo Sven und die anderen die Personalakten auswerten? Ich habe Neuigkeiten und muss unbedingt mit ihm sprechen.«
»Ja. Ich bin selbst auf dem Weg dahin. Sieh mal, was ich hier habe.« Er gab Barbara einen Stapel Fotos, die ihr sehr bekannt vorkamen: Sie zeigten Janni in Brügge und waren ganz ähnlich wie die, die Christa Wehling hatte entwickeln lassen.
»Wo kommen die her?«
»Die hat gerade ein Bote vom LKA gebracht. Als sie Lutz Wagners Haus durchsucht haben, fanden sie die Kamera samt Film, irgendwo versteckt in einem Schrank. Sie haben natürlich gedacht, es wären Kinderfotos darauf, und haben den Film entwickeln lassen.«
»Das ist der Beweis, dass Wagner in Christina Wehlings Wohnung war und die Kamera hat mitgehen lassen.«

»Ja. Praktisch der Beweis für den Mord und das Motiv gleich dazu. Schade, dass er tot ist.«
Barbara nickte, und ihr war ein wenig mulmig. Wenn diese Bilder zwei Tage früher aufgetaucht wären, hätte man Lutz Wagner wegen Mordes verhaften können, und er würde noch leben. Und sie müsste sich keine Sorgen machen, ob ihre Manipulation den wachsamen Augen von Ela Bach standhielt.
»Und was hast du?«, fragte Heinz.
»Ich glaube, ich habe unseren Mann. Aber wir müssen noch ein paar Dinge nachprüfen.«
Sie betraten den Raum, wo Sven, Grundemann und zwei weitere Beamte sich durch Aktenstapel wühlten. »Tag, Frau Dr. Pross«, begrüßte sie Grundemann. »Wollen Sie uns helfen?«
»Eventuell kann ich die Sache beschleunigen. Haben Sie etwas gefunden?«
Sven sah sie nicht an, deutete nur auf den größten Stapel. »Die konnten wir alle aussortieren. Das sind Leute, die im Alter nicht passen oder nur ganz kurz bei Terboom gearbeitet haben.«
»Terboom ist als Arbeitgeber verschrien«, fügte Grundemann hinzu. »Bei ihm arbeiten Leute entweder weniger als drei Jahre oder ihr Leben lang. Und selbst die ganz loyalen müssen damit rechnen, dass sie abgesägt werden.« Er zeigte auf einen anderen, viel kleineren Stapel. »So eine Welle war 1980. Er hat zig Leute entlassen und seine treuesten Kumpane in die Wüste, sprich in die Niederlassungen geschickt. So etwas könnte doch ein Auslöser sein, oder?«
Barbara nickte. »War Armin Schuster auch dabei?«
»Ja.« Grundemann runzelte die Stirn. »Schuster? Sie glauben doch nicht …? Niemals Armin!«
»Sie kennen ihn?«

»Ja, er ist ein guter Bekannter. Als Kinder waren wir befreundet. Na ja, befreundet – er ist älter als ich, aber er hat gern mit den Kindern von der Straße Fußball gespielt.«

Barbara setzte sich. »Wie war seine Kindheit? Glücklich?«

Grundemann schüttelte fast geistesabwesend den Kopf. »Nein, wohl nicht. Sein Vater hat ihn und seine Schwester oft übel geprügelt. Und die Mutter war eine richtige Betschwester, sie hat immer mit Höllenfeuer und dem Teufel gedroht. Aber er war trotzdem ein ganz normaler Junge.« Er stockte.

»Was war denn nicht normal?«, fragte Barbara sofort. »Was ist Ihnen gerade eingefallen?«

»Er hat es manchmal an seiner Schwester ausgelassen. Die beiden haben sich ständig gestritten, aber nicht so harmlos, wie das sonst unter Geschwistern ist. Man hatte den Eindruck, er hasste Gisela regelrecht.«

»Hat er irgendetwas mit ihr gemacht? Sie misshandelt?«

»Wenn, dann drang nichts davon nach außen. Die Familie war sehr eigenbrötlerisch, wenigstens, solange der Vater lebte.«

»Darf ich die Personalakte mal sehen?«

Sven suchte sie aus dem Stapel und gab sie Barbara. »Da sind noch ein paar andere, die vom Alter her hinkämen.«

Barbara reagierte auf den Einwand nicht. Schuster war 1960 fünfzehnjährig als Hilfsarbeiter auf dem Kempener Schrottplatz eingestellt worden.

»Zu dem, was ich herausgefunden habe.« Barbara legte die Akte vor sich auf den Tisch. »Wir werden Jupp Terboom leider kaum einen Strick daraus drehen können, aber mir gegenüber hat er zugegeben, dass er 1966 seine Nichte vergewaltigt und versehentlich dabei erstickt hat, als sie schrie und sich wehrte. Er war in völliger Panik, fuhr aber zu seinem Freund Lutz Wagner, der damals in Kempen lebte.«

»Lutz Wagner? Der Anwalt?«, entfuhr es Grundemann und Sven fast gleichzeitig.

»Genau der. Seinem Vater gehörte übrigens der Bauernhof mit dem umliegenden Gelände in Baerl, er war Pleite gegangen, und der alte Terboom hatte ihm den Hof abgekauft. Gibt es eine Akte Wagner?«
Heinz ging zu den aussortierten Akten. »Wagner, Fritz; Wagner, Frank; Wagner, Wilhelm ... Das könnte er sein. Arbeiter auf dem Schrottplatz in Kempen von 1959 bis 1982.«
»Also da, wo Armin Schuster auch gearbeitet hat. Das passt. Weiter: Weder Lutz noch Jupp hatten einen Führerschein, aber Lutz wusste Rat. Sie holten Armin Schuster dazu, der den Transporter vom Schrottplatz mitnahm. Sie fuhren die Leiche dorthin und setzten sie in ein Schrottauto, das am nächsten Tag zusammengepresst und abtransportiert werden sollte. Der fromme Armin Schuster nahm Marion noch das geweihte Kettchen aus Kevelaer ab, denn das sollte nicht in einem Hochofen landen.« Barbara zog das Kettchen aus der Tasche. »Dieses Kettchen hat Maria Riedel vor ein paar Tagen in den Sachen ihres Bruders gefunden. Sie hat es als Marions identifiziert.«
»Das war der Auslöser ...«, murmelte Sven.
»Ja, genau. Unser Mörder ließ sich ein paar Monate Zeit, wartete immer darauf, dass sie erwischt würden – oder sonst wie bestraft, aber nichts geschah. Im Gegenteil: Der dankbare Jupp Terboom sorgte dafür, dass Armin Schuster aufstieg.« Sie sah in die Akten. »Ein halbes Jahr später versetzte man ihn nach Krefeld, mit höherem Gehalt. Und dort traf er auf Katja Rose, beobachtete sie und tötete sie.«
»Warum sie?«, fragte Grundemann.
»Barbara meint, weil sie aussah wie eine Puppe.« Sven hatte beide Arme auf den Tisch gestützt und hörte Barbara aufmerksam zu.
»Sie sah aus wie eine sehr gängige Sprechpuppe von Schildkröt. Danach ließ er sich etwas Zeit, die Wirkung des ersten

Tötungserlebnisses hielt lange an. Zwei Jahre später tötete er Renate Festing. Zu dieser Zeit war er Vorarbeiter auf dem Schrottplatz in Moers.« Sie lehnte sich wieder zurück. »Den Grund, warum er danach aufhörte, finden Sie auch in der Akte. 1970 ändert sich seine Steuerklasse: Er hat geheiratet. 1975 wurde seine Tochter geboren. Die Geburt des ersten Kindes ist oft von einer Ehekrise begleitet. Das könnte der Grund für die neue Serie sein.«
Barbara nahm die Akte. »Und hier: Beruflich war er weiter aufgestiegen: Er hat die beiden neu erworbenen Schrottplätze im Kreis Heinsberg an die Terboom-Struktur angepasst. Zwei Schrottplätze, zwei Morde. Für das Ende dieser Serie habe ich keine Erklärung.«
»Vielleicht, weil er danach in Kempen gearbeitet hat und er dort nicht morden wollte.« Heinz stand hinter Barbara und konnte in die Akte sehen.
»Möglich …«
»Hast du nicht mal gesagt, es könnte die Kroll-Festnahme gewesen sein?« Sven fuchtelte aufgeregt mit einem Bleistift herum. »Genauso, wie er 1994 aufhörte, als Grigoleit verhaftet wurde?«
»Ja, das könnte sein.« Die anderen nickten zustimmend, und Barbara fuhr fort: »1980 war wahrscheinlich Terbooms Umorganisation der Grund für die neue Mordwelle. Er hatte einen Posten in der Zentrale und wurde abgeschoben …« Sie stockte. »Nach Viersen. Wer sagt's denn. Es passt.«
»Aber er war nur ein Jahr lang dort, dann kam er zurück nach Kempen«, warf Heinz ein.
Barbara nickte. »Die nächsten beiden Morde waren in Kamp-Lintfort und Dinslaken. Und ich denke, die Welle hätte länger angedauert, aber dann kamen seine Zwillinge zur Welt. Einer von ihnen war aufgrund von Geburtskomplikationen schwerstbehindert.«

»Ja. Das hat ihn damals fast aus der Bahn geworfen«, sagte Grundemann leise.
»Es war eine Strafe Gottes.« Barbara sah zu ihm hinüber. »Jupp Terboom sagte, er sei zu Fuß nach Kevelaer gegangen.«
»Das hat er mehr als einmal gemacht. Er ist sehr gläubig, wir haben uns früher schon mal darüber lustig gemacht. Aber Sie könnten Recht haben … danach war acht Jahre Ruhe.«
»Bis der nächste Rundumschlag von Terboom kam«, meinte Heinz. »Das war 1992, und da hat man ihn wirklich in die Wüste geschickt – nach Weeze. Wo er Luisa Sarvini umbrachte.«
»Nein«, Grundemann schüttelte energisch den Kopf. »Er wurde nicht in die Wüste geschickt, er hat nur die Leitung dort für eine Weile kommissarisch übernommen. Ich denke, es war etwas anderes: 1992 ist seine Mutter gestorben. Sie war mit meiner Mutter befreundet, daher weiß ich das so gut. Und damit Sie nicht lange rätseln, was die neue Welle verursacht haben könnte – sein Sohn Frank ist letztes Jahr gestorben. Es war ein Wunder, dass er mit diesen Behinderungen überhaupt so lange gelebt hat.«
Barbara starrte Grundemann nachdenklich an. »Er betrachtete Frank als eine Strafe Gottes – Frank hat für die Sünden seines Vaters büßen müssen. Jetzt ist er tot. Die Schleusen sind offen. Deshalb sind es jetzt schon drei Opfer. Und wenn er nicht gestoppt wird, wird er weitermachen, immer schneller, immer öfter. Ich glaube nicht, dass es diesmal etwas gibt, was ihn zum Aufhören bringt.«
»Es passt alles gut zusammen, Frau Dr. Pross. Aber es könnte immer noch ein Zufall sein. Wir haben keinerlei handfeste Beweise. Wer Schuster kennt, würde ihm das nie zutrauen.« Grundemann war aufgestanden.
Auch Barbara erhob sich. »Dann wollen Sie nichts unterneh-

men?« Es gelang ihr nicht, die deutliche Empörung in ihrer Stimme zu unterdrücken.
»Natürlich werden wir das. Ich werde mit Lohberg entscheiden, wie wir vorgehen. Wir werden mit Schuster sprechen – und ihm eine Speichelprobe abnehmen, damit wir sicher sein können. Wenn er einverstanden ist, versteht sich.« Damit verließ er den Raum.
»Das darf doch nicht wahr sein. Er geht erst zu Lohberg …«
»Barbara, Lohberg leitet die Untersuchung. Ohne ihn geht hier nichts.«
Heinz' vorsichtiger Einwurf besänftigte Barbara nicht. Aber noch bevor sie etwas sagen konnte, meinte Sven: »Komm, Barbara. Wir fahren nach Kempen. Es geht um Laura Gerber. Wenn sie noch lebt, zählt jede Minute.«
»Ihr bringt euch in Teufels Küche!«, meinte Heinz. Dann lächelte er. »Ich werde euch decken. Ich sage, ihr wärt beim Mittagessen oder sonst wo.«

Barbara war Sven dankbar für die Eigenmächtigkeit. In seinem schnellen Honda rasten sie über die A 40 nach Kempen.
»Wohin zuerst?«, fragte er.
»Die Firma. Wo sollte er um diese Zeit sonst sein?«
Doch sie hatten kein Glück. Schuster hatte sich abgemeldet, aber nicht hinterlassen, wo er hinwollte.
»Verdammt,« murmelte Barbara. »Hoffentlich hat Terboom ihn nicht gewarnt, weil ich mich so für ihn interessiert habe.
»Das glaube ich nicht.« Sven überlegte einen Moment, in welche Richtung er fahren musste. Sie hatten sich die Privatadresse geben lassen und fuhren nun zu Schusters Haus im Stadtteil St. Hubert. »Terboom bezeichnet Schuster als loyal, aber er selbst kennt diese Loyalität nicht. Das hast du doch an den Personalakten gesehen. So wie der mit Menschen umspringt …«

Sie fanden das Haus, einen schmucken, nicht allzu protzigen Siebziger-Jahre-Bungalow, und klingelten.
Eine Frau öffnete ihnen – groß, blond, sie schien eher in eine elegante Stadtvilla zu gehören, obwohl sie kaum geschminkt und schlicht gekleidet war. Barbara erinnerte sich daran, dass Terboom gesagt hatte, selbst ein Auge auf sie geworfen zu haben. Kein Wunder. Und zu Schuster schien sie gar nicht zu passen. »Frau Schuster?«, fragte Barbara. Die Frau nickte.
Sven stellte sich und Barbara vor. »Wir suchen Ihren Mann, Frau Schuster. Er ist nicht in der Firma, hat dort aber leider nicht hinterlassen, wo er ist.«
»Was wollen Sie denn von ihm?«
»Es geht um Ermittlungen gegen Josef Terboom.«
Sie lächelte müde. »Kommen Sie herein. Ich sehe mal nach, ob in seinem Computer etwas eingetragen ist.« Sie führte sie ins Wohnzimmer. »Glauben Sie bloß nicht, dass mein Mann ein Wort gegen Terboom sagen wird. Das würde er nie tun, auch wenn der ihm im Laufe der Jahre öfter übel mitgespielt hat. Mein Mann weiß, dass er ihm alles zu verdanken hat, das wird er nie vergessen.«
Auf einem Schreibtisch in der Wohnzimmerecke stand der Computer. »Ich habe meinem Mann gesagt, er soll sich ein Arbeitszimmer in Franks früherem Zimmer einrichten, aber er will, dass alles so bleibt, wie es war. Frank war unser jüngster Sohn, er ist letztes Jahr gestorben.« Sie deutete auf ein Foto, das an der Wand hing und einen Jungen in einem riesigen Rollstuhl zeigte, in dem er mehr hing als saß.
Frau Schuster hatte gefunden, was sie suchte, den elektronischen Terminkalender. »Nein, hier steht nichts. Aber wissen Sie, er macht oft Abstecher zu den Niederlassungen. Er spioniert sie für Terboom aus, parkt in der Nähe und beobachtet, wie die Leute dort arbeiten. Er ist bei den Niederlassungsleitern ganz schön verhasst.« Sie schaltete den Computer wie-

der aus. »Nicht, dass er das gern tut. Aber Terboom verlangt es von ihm.«
Barbara und Sven verabschiedeten sich. Frau Schuster brachte sie noch bis zur Tür. »Tut mir Leid, wenn ich Ihnen nicht helfen konnte. Aber er ist abends meist spätestens um sieben zu Hause.«
Sie bedankten sich und gingen zurück zum Auto. »Und nun?«, fragte Sven.
»Wenn er Laura hat, dann ist sie irgendwo an einem Ort, den er ganz für sich allein hat – so wie die Hütte.«
»Und warum hast du sie nicht danach gefragt?«
»Nachdem du gesagt hattest, wir wären wegen Terboom da?«
Barbara setzte sich in den Wagen. »Wie wäre es mit der Schwester? Wir könnten sie gleich nach der verkorksten Kindheit fragen. Wenn die beiden sich so hassen, rückt sie vielleicht mit ein paar Dingen heraus. Sie scheint ja die Einzige zu sein, die ihn nicht mag.«
»Wenn sich das bis heute nicht geändert hat. Und wie finden wir sie?«
»Ich rufe Leiß an und lasse mir von ihm die Telefonnummer der alten Hebamme geben. Die wird zumindest wissen, ob die Dame noch Gisela Schuster heißt oder verheiratet ist.«

Gisela Schuster war verheiratet, sie hieß jetzt Feindt. Die Adresse kannte Helene Wimmershoff auch, und sie konnte auch gleich erzählen, dass Gisela Feindt von ihrem Mann regelmäßig geschlagen wurde. »Der ist Alkoholiker …«, hatte sie hinzugefügt. Nicht erwähnt hatte sie, dass Gisela Feindt offensichtlich auch gern etwas tiefer ins Glas schaute.
Sie erschien Barbara etwas tranig, als sie ihr und Sven die Tür öffnete. Ihr graues Haar trug sie in einer unverwüstlichen Pudelkrause, und ihr Kittel war alt, geflickt und nicht ganz sauber. »Ich kaufe nichts, verschwinden Sie …«

»Wir möchten Ihnen nichts verkaufen, Frau Feindt. Das hier ist Sven Heyer von der Duisburger Kripo, und mein Name ist Barbara Pross. Wir möchten mit Ihnen über Ihren Bruder sprechen.«
»Armin?« Sie schien nicht zu realisieren, dass die Polizei vor ihrer Tür stand – oder sie war es gewöhnt.
»Können wir hereinkommen?«, fragte Sven mit seinem hinreißendsten Lächeln.
»Nee, nee, dat geht nich. Ich bin froh, dat der Alte gerade schläft, da hab ich meine Ruhe.« Ihre Hoffnung, Barbara und Sven würden jetzt gehen, erfüllte sich nicht. »Na gut, kommen Sie nach hinten, da is unser Gartenhaus.«
Das Gartenhaus erwies sich als hässlicher Schuppen, in dem der gesamte Sperrmüll der Familie zu lagern schien und der nur ein einziges Fenster hatte.
»Wat wollen Sie denn wissen?« Gisela Feindt ließ sich in einem schmutzigen alten Sessel nieder und bot Sven und Barbara das dazugehörige Sofa an.
Svens leicht angeekelter Blick nötigte Barbara, ihm einen versteckten Rippenstoß zu geben. Sie selbst konnte in dem muffigen Raum kaum atmen. »Nun, eigentlich suchen wir Ihren Bruder …«
»Da sind Sie bei mir ganz falsch. Gehn Sie zur Firma oder zu seiner feinen Frau … Hier werden Sie den bestimmt nich finden.«
»Da waren wir schon. Es ist wirklich wichtig.«
»Der Armin und ich, wir können uns nicht riechen, das war schon immer so. Wenn mein Vater mich nicht verprügelt hat, dann hat Armin mich gequält.«
»Hat er Sie geschlagen?«, fragte Barbara in mitleidigem Ton.
»Nee, nur ganz selten – ich konnte mich nämlich wehren. Da hat er eher von mir was übergebraten gekriegt, ich war ja auch die Ältere. Aber er hat alle meine Puppen kaputtgemacht.«

Barbara horchte auf und bemerkte, dass auch Sven aufmerksamer wurde. »Was hat er denn gemacht mit Ihren Puppen?«
»Er wollte immer damit spielen, als er klein war. Aber unser Vater hat ihn dann regelmäßig verprügelt, weil ein Junge nicht mit Puppen spielt. Und dann hat er sie kaputtgemacht. Mit Mutters Stricknadeln. Er sagte, er hätte sie geimpft. Und wann immer ich eine neue Puppe bekam, irgendwann war sie weg, durchlöchert, oder er hatte ihnen die Haare abgeschnitten, die Schlafaugen zerdrückt, sodass sie nich mehr funktionierten … Er war richtig besessen davon. Und jedes Mal hat ihn Vater dafür verprügelt. Dann haben sie mir einfach keine Puppen mehr geschenkt.« Man konnte Gisela Feindt ansehen, wie sehr sie heute noch darunter litt. Sie langte auf einmal neben den Sessel und zog eine angebrochene Flasche Korn hervor. »Wusst ich doch, dat ich den vergessen hab, letzten Sommer. Möchten Sie einen?«
Barbara und Sven winkten eilig ab.
»Ach ja. Sie sind ja im Dienst. Aber Sie haben doch nichts dagegen?« Sie stand auf und holte ein verstaubtes Glas aus dem riesigen Gelsenkirchner Barockschrank, der die halbe Hütte einnahm, pustete einmal hinein und goss sich dann einen Dreifachen ein.
»Und bis heute haben Sie kein gutes Verhältnis zu Ihrem Bruder?« Sven steuerte das Gespräch vorsichtig wieder in eine andere Richtung, was Barbara zwar nicht passte, aber sie wusste, er tat es um Laura Gerbers willen.
»Nee, dat is ein richtiges Schwein. Hat so viel Kohle und bleibt auf dem alten Haus unserer Großmutter sitzen … Dat gehört zur Hälfte mir, aber er rückt es nich raus, weigert sich, es zu verkaufen, dabei is dat abbruchreif.« Gisela Feindt nahm einen kräftigen Schluck aus dem Glas und verzog nicht einmal das Gesicht dabei.
»Haben Sie einen Anwalt eingeschaltet?«

»Glauben Sie, wir könnten uns einen Anwalt leisten? Und dat weiß der genau, der Hund. Wissen Sie, wat der zu mir gesagt hat? ›Ich überlass dir doch nich die Hälfte vom Haus, wo du und dein Kerl dat Elternhaus doch schon versoffen habt.‹ Mein Mann hat geschuftet, damit wir dat Häusken behalten konnten, aber er hat es einfach nich geschafft. Jetzt zahlen wir Miete in unserem eigenen Haus!«
Barbara war während dieser Ansprache eine Idee gekommen.
»Was macht Ihr Bruder denn mit dem alten Haus? Lässt er es einfach verfallen?«
»Er hat gesagt, er braucht es für sein Hobby. Hobby, dat ich nich lache. Der weiß doch gar nich, wat Freizeit is. Der arbeitet doch nur, und wenn er nich arbeitet, dann schuftet er für den Verein.« Zur Bekräftigung schlug Gisela Feindt auf die Lehne des alten Sessels und wirbelte eine Staubwolke auf.
»Waren Sie mal dort?« Barbara brachte den Satz nur erstickt heraus, denn der Staub hatte einen heftigen Hustenreiz ausgelöst.
»Ja sicher, aber da is nix. Alles verrammelt, damit kein Unbefugter reinkann. Dat wär wohl auch gefährlich. Möchten Sie nich doch wat trinken?«
»Nein danke.« Barbara hustete immer noch heftig. »Und wo ist das Haus?«
»Na, in St. Hubert. Nich mitten drin, mehr am Rand. Selbst der Gemeinderat hat sich bei ihm beschwert, weil er dat Grundstück so verkommen lässt. Mein Mann sagt immer, dat Grundstück allein is ein Vermögen wert …«
»Wir würden es uns gern einmal ansehen …«
Gisela Feindt gab ihnen die Adresse, und sie bedankten sich.
»Sie finden doch sicher selbst wieder raus«, meinte sie zum Abschied. Offensichtlich wollte sie gern bei ihrer Flasche im Schuppen bleiben.
»O Mann«, meinte Sven, als sie wieder auf der Straße stan-

Hunderte Augen blickten sie an. Es gab Regale, ähnlich wie die im unterirdischen Raum in Baerl, und überall saßen Puppen, manche vom Sperrmüll, manche neu. Sie waren alle nackt. Als Barbara näher kam, entdeckte sie die Löcher in den Rümpfen: Mal nur zwei oder drei, mal war der ganze Körper durchlöchert.

»Was für eine Sammlung«, flüsterte Sven.

Barbara war zur anderen Seite des Raumes gegangen. Auch hier waren Regale, aber die Puppen, die dort ursprünglich gesessen hatten, lagen davor auf dem Boden wie achtlos heruntergefegt. Barbara betrachtete die wenigen Puppen in diesem Regal und zählte. Es waren vierzehn. Da saßen die große Sprechpuppe, ein Schlummerle, die freche Rothaarige und ganz rechts eine Kohlpuppe. »Erkennst du sie?«

Sven nickte.

»Andere Täter gehen zum Tatort, zum Versteck der Leichen oder auf den Friedhof, um das Tötungserlebnis noch einmal nachzuvollziehen. Das brauchte er nicht. Er hat die hier …«

Plötzlich hörten sie ein dumpfes Geräusch. »Das kam von oben.« Sven hob seine Waffe wieder, und hintereinander gingen sie zur Treppe.

Es war unmöglich, auf der steilen alten Treppe geräuschlos nach oben zu kommen. Sie knarrte und ächzte bei jedem Schritt, den sie machten. Einmal konnte Barbara Sven gerade noch daran hindern, ins Leere zu treten, wo sich eine Stufe in ihre Bestandteile zerlegt hatte.

Er muss uns gehört haben, dachte Barbara. Anderenfalls wäre er taub. Oder … Ein kleiner erstickter Schrei drang jetzt zu ihnen und erstarb sofort wieder.

»Schnell, Sven, es spielt keine Rolle mehr, leise zu sein. Er bringt sie um, gerade jetzt.«

Sie stürmten die letzten Stufen der Treppe hinauf. Oben gab es vier Türen, alle waren nur angelehnt. Und es war hell, denn

im ersten Stock hatte man die Fenster nicht vernagelt, und das Tageslicht fiel durch das Giebelfenster. »Du rechts, ich links«, sagte Barbara.
»Aber du hast keine Waffe …«
»Ich schreie sofort. Los.«
Sven tat, was sie wollte, und kontrollierte die erste Tür rechts. Barbara trat an die linke Tür und stupste sie leicht an. Es war ein Badezimmer. Sie drehte sich zu Sven um, er schüttelte den Kopf. Auch sein Raum war leer.
Mit klopfendem Herzen ging Barbara zur nächsten Tür. Vorsichtig drückte sie dagegen. Der Raum war dunkel, und sie konnte nur schemenhaft wahrnehmen, was außerhalb des Lichtstreifens war, der durch die offene Tür hereinfiel. Sie schrie nicht.
»Lassen Sie sie los«, sagte sie mit erstaunlich ruhiger Stimme.
Sven hatte sie gehört und war sofort hinter ihr. Mit gezückter Waffe ging er auf Schuster zu, der auf dem Bett saß, eine Hand auf dem Mund des kleinen Mädchens. Sie lag in dem Bett und sah aus, als würde sie schlafen.
»Weg da«, schrie Sven Schuster an und griff nach seinen Handschellen. Er zerrte ihn hoch, drückte ihn gegen die Wand und legte ihm die Fesseln an.
Barbara war zu dem Kind gegangen. Entsetzt stellte sie fest, dass es nicht mehr atmete. Für einen Moment war ihr, als sei das Bett mit Blüten übersät, aber das war nur die alte Tagesdecke. Ihr Kopf wurde wieder klar. Sie begann, den Brustkorb des Kindes zu massieren und machte Mund-zu-Mund-Beatmung. Wieder und wieder holte sie Luft und presste ihren Atem in den kleinen Mund.
Ganz entfernt nahm sie Schusters Stimme wahr. »O Gott«, sagte er. »Endlich ist es vorbei.« Sven telefonierte Verstärkung und einen Krankenwagen herbei.

In den kleinen Körper unter ihren Händen kam plötzlich Bewegung. Die Kleine hustete, aber sie atmete endlich.
»Laura«, Barbara wagte nicht, laut zu sprechen. »Laura.«
Laura schlug die Augen auf. »Es ist alles gut, Laura. Niemand wird dir etwas tun. Der böse Mann ist verhaftet.« Sie drehte sich zu Sven um. »Bring ihn doch hier raus.«
Sven tat, was sie verlangte. »Siehst du, er ist weg. Er wird dir nie wieder etwas tun. Bist du in Ordnung, Kleine?«
»Ich will zu meiner Mama.« Lauras Stimme klang noch heiser und zittrig, aber es kam Barbara vor, als hätte sie nie etwas Schöneres gehört. Laura begann jetzt zu weinen, und Barbara nahm sie in die Arme. Sie fühlte die Tränen des Kindes in ihrem Nacken und ihre eigenen, die über ihr Gesicht liefen. Sanft wiegte sie die Kleine. »Alles wird gut. Ich bleibe bei dir, bis deine Mama da ist. Ich lasse dich nicht allein, keine Angst.«
Barbara wusste nicht, wie lange sie so mit Laura auf dem Bett gesessen hatte. Auf einmal war Sven da und legte ihr sanft die Hand auf die Schulter. »Der Krankenwagen ist da. Lauras Eltern sind auf dem Weg zum Krankenhaus.«
Barbara stand auf, Laura immer noch auf dem Arm. Sven musste sie auffangen, weil sie unter dem Gewicht des Mädchen schwankte. »Komm, ich trage sie.«
Aber Barbara schüttelte energisch den Kopf. »Ich schaffe das schon.« Sven beschränkte sich darauf, vor ihr herzugehen, um sie auf der Treppe notfalls aufzufangen. Barbara ließ Laura erst los, als der Arzt sie im Krankenwagen untersuchte. Sie stand draußen und sah dem Wagen nach, der Schuster wegbrachte.
»Bringt ihr ihn nach Duisburg, oder macht ihr es hier in Kempen?«
»Duisburg.«
»Ich komme nach, wenn Laura bei ihren Eltern ist.«

»Ruf Curtius an, der kann dir einen Wagen schicken. Ich muss jetzt los.« Dann umarmte er sie. »Du wärst eine gute Mutter«, flüsterte er ihr ins Ohr, bevor er zu seinem Wagen ging.
Barbara kletterte in den Krankenwagen und hielt Lauras Hand, bis sie im Krankenhaus ankamen.

An Barbara klebten immer noch Spinnweben und Schmutz, als sie drei Stunden später im Duisburger Polizeipräsidium eintraf. Sie hatte das glückliche Wiedersehen der Familie Gerber miterlebt, das Lachen und Weinen. Die Emotionen waren über sie hinweggeschwappt und hatten sie mitgerissen. Barbara fühlte sich wie betäubt davon.
Im ganzen Haus herrschte große Geschäftigkeit. Doch Barbara war sehr überrascht, Ela Bach zu treffen. Sie kam gerade aus einem der Büros und hielt eine dicke Akte in der Hand.
»Glückwunsch«, sagte sie, als sie Barbara erkannte. »Ich höre, Sie haben ihn geschnappt.«
»Danke.«
»Ich habe versucht, mich über den Fall Wehling zu informieren, aber der Zeitpunkt war denkbar ungünstig.« Sie sah Barbara prüfend an. »Können wir kurz reden?«
»Ja. Ich glaube nicht, dass die mich hier bei den Verhören dabeihaben wollen.«
»Ich habe heute nochmals Janni Bakker verhört und Annette Hielmann auch. Ich habe keine Lücken in der Geschichte entdeckt, und was ich von den Kriminaltechnikern bereits an Ergebnissen habe, untermauert die Schilderung des Tathergangs ebenfalls.«
»Na, dann ist ja alles in Ordnung.« Barbara versuchte, nicht allzu erleichtert zu klingen.
Ela Bach runzelte die Stirn. »Ich weiß nicht, ob alles so in Ordnung ist. Ehrlich gesagt, ich denke, es ist etwas faul an der Geschichte.«

»Was sollte denn daran faul sein?«
»Janni ist sehr intelligent, und das Leben auf der Straße war ein guter Lehrmeister in Sachen Überleben. Warum also sollte sie ihrer Mutter, die sie kaum kennt, sagen, wo sie sich versteckt hält?«
Barbara konnte Ela Bach für ihren Scharfsinn nur Hochachtung zollen. Trotzdem schien ihre Geschichte standzuhalten.
»Glauben Sie, sie hat es absichtlich verraten?«
»Ja, genau das glaube ich. Sie hat ihren Vater in die Villa gelockt, um ihn zu töten.«
Barbara schaffte es, ein ungläubiges Lächeln aufzusetzen. »Aber er wollte sie töten. Er hat eine Waffe auf sie gerichtet, und sie hat ihn in Notwehr erschossen.«
»Ja. Daran besteht wohl kein Zweifel.« Es war nicht zu übersehen, dass Ela Bach das ganz und gar nicht passte. Barbara kannte die Situation nur zu gut. Alles scheint klar, nur irgendwo tief drin gibt es eine Ahnung, dass etwas nicht stimmt. Sie hoffte, dass nicht bei den weiteren kriminaltechnischen Untersuchungen noch etwas Überraschendes zutage trat und Ela Bach doch noch die Fakten in die Hand gab, um zu beweisen, dass sie richtig lag mit ihrem Instinkt.
»Nach dem, was er Janni angetan hat, wäre es auch Notwehr gewesen, wenn sie ihn in eine dunkle Gasse gelockt und von hinten erschossen hätte.«
»Denken Sie wirklich so?« Ela Bach sah ihr kurz in die Augen, und Barbara wusste, dass es ihr sehr ernst war. »Dann ist es vielleicht wirklich besser, dass Sie keine Polizistin mehr sind.« Sie ging an Barbara vorbei zum Ausgang. Barbara sah ihr nach, und der letzte Satz rauschte ihr immer noch in den Ohren. Geistesabwesend setzte sie sich auf eine Bank.

Dort fand sie Sven eine halbe Stunde später. Er setzte sich neben sie. Sie fand, dass er erschöpft aussah, weit weg von seinem Sonnenscheinlächeln. »Ich musste da raus«, sagte er. »Ich habe das nicht mehr ausgehalten. Ich hab immer Donna und Kelly gesehen, wenn er von den Kindern erzählte, die er umgebracht hat. Ich habe das Gefühl, ich kann sie nie wieder aus den Augen lassen.«

»Aber er ist gefasst.«

»Und der Nächste?« Er setzte sich so, dass er Barbara ansehen konnte. »Er hat mit den Mädchen gespielt. Keine Sexspielchen oder so etwas, grausame kleine Spielchen, wie Kinder sie manchmal mit ihren Puppen spielen.«

»Sie waren Puppen für ihn.« Barbara nahm seine Hand. Er wirkte so verstört, dass sie das Gefühl hatte, ihn trösten zu müssen.

»Er ... er sagt, er ist dankbar, dass wir ihn geschnappt haben. Er hat gefragt, warum wir nicht früher gekommen sind. Mein Gott, was für Abgründe stecken in diesem Mann! Wie viel Anstrengungen es ihn gekostet haben muss, nach außen hin so normal zu erscheinen. Seine Frau, seine Kinder, die Kollegen, die Leute im Ort, niemand wäre auf die Idee gekommen, dass er ein solches Monster ist. Dabei lief für ihn doch alles gut. Er hat so viel erreicht im Job und finanziell.«

»Ich denke, er hat sich trotzdem immer abhängig und ausgeliefert gefühlt. Sein prügelnder Vater, die ältere Schwester, Terboom, der ihn, wann immer er wollte, entlassen konnte ...« Barbara spürte diesem Gedanken nach. »Selbst seine schöne Frau hätte ihn ja verlassen können. Und die Kinder, das waren die Einzigen, die ihm ausgeliefert waren, mit Haut und Haar bis in den Tod. Da konnte er seine Macht spüren, wenn sie Angst vor ihm hatten, wenn er sich an ihnen verging und sie von seiner Hand starben. Und wenn er das Muster in die Leiche stach, war es immer wieder ein Triumph über seine Schwester.«

Sie schwiegen eine Weile. Dann meinte Sven: »Lohberg möchte, dass du einen Bericht schreibst.«
»Offiziell?«
»Ja, ganz offiziell. Wie sollten sie dich auch aus den Akten heraushalten? Ohne dich gäbe es den Fall nicht mal.«
»Sag ihm, er bekommt ihn in den nächsten Tagen.«
»Und? Was wirst du jetzt tun?«
»Mich duschen, schlafen …«
Sven lächelte. »Mit deinem Leben meine ich …«
Barbara stockte. »Ich … ich denke, ich habe mich entschieden.«
Sie sah in Svens Gesicht und bemerkte Trauer darin. Ich bräuchte nur ein Wort zu sagen, dachte sie. Aber sie sagte es nicht, sondern stand auf. »Ich will Lohberg und die anderen jetzt nicht stören, das Verhör wird sicher noch lange gehen heute. Sag ihnen, ich wäre nach Hause gegangen.«
Irgendetwas trieb Barbara dazu, sich mit einem kleinen Kuss auf die Wange von Sven zu verabschieden, und sie fragte sich den ganzen Weg zum Auto, ob sie ihn damit gequält hatte. Aber sie hatte den ehrlichen Wunsch, dass sie beide Freunde wurden.
»Ich habe mich entschieden«, hatte sie Sven gesagt. Und im Auto wusste sie plötzlich, dass sie nicht nach Hause wollte, keine Dusche und schon gar keinen Schlaf.

Thomas war über seinem Buch eingenickt. Barbara schlich sich in sein Zimmer, schob vorsichtig einen Stuhl zum Bett und setzte sich. Sie wollte ihn nicht wecken, sie wollte nur hier sitzen und ihn ansehen. Sein Gesicht war friedlich und wirkte längst nicht mehr so eingefallen. Während sie Schuster jagte, so kam es ihr vor, war der alte Thomas langsam zurückgekehrt. Ja, sie könnte sich daran gewöhnen, dass sein Leben noch einen Gang heruntergeschaltet werden musste,

dass er körperlich schwächer und anfälliger sein würde. Was sie von ihm brauchte, war immer da, selbst wenn er hier lag: seine gelassene innere Stärke, die ihr Halt gab, seine tiefen Einblicke in ihre Seele, die es ihr ermöglichten, in ihm ihr Zuhause zu finden.
Sie war so in Gedanken versunken, dass sie gar nicht bemerkte, wie er die Augen aufschlug. Das Erste, was sie sah, war sein spöttisches Lächeln, mit dem er ihren Aufzug betrachtete.
»Na, hast du ihn geschnappt?«
»Ja.«
»Es war schon in den Nachrichten …«
Sie stand auf und setzte sich aufs Bett. Sie wusste nicht mehr, was sie eigentlich hatte sagen wollen, plötzlich brach es aus ihr heraus: »Ich habe das Kind gerettet. Ich bin nicht zu spät gekommen. Sie lebt … und wenn sie Hilfe bekommt, dann wird es ihr vielleicht wieder gut gehen.«
Thomas sagte nichts, nahm sie nur in die Arme und ließ sie weinen. Er wusste, was es ihr bedeutete, Laura gerettet zu haben. Es war wie eine neue Chance nach dem Schmidtmann-Debakel.
»Ich habe mich entschieden«, flüsterte sie zwischen zwei Schluchzern. Sie tastete in ihrer Jackentasche herum und zog den Schlüssel von Thomas' Wohnung heraus. Sie machte sich aus der Umarmung los.
Für einen Moment schien Thomas verunsichert, als glaube er, sie würde ihm den Schlüssel zurückgeben.
»Ich nehme dein Angebot an«, sagte sie. Mit den gleichen Worten hatte sie damals in der Kneipe zugestimmt, bei ihm zu übernachten. »Für immer, so lange es dauert.«
»Gut«, sagte Thomas erleichtert.
»Wir dürfen uns aber nie wieder so sehr voneinander entfernen. Und vielleicht … vielleicht braucht es etwas Zeit, bis wir uns wieder so nah sind.«

Thomas sah sie einen Moment lang ernst an. »Ach, Barbara, wir sind uns doch immer nah gewesen. Wahrscheinlich näher, als sich die meisten anderen Paare sind.« Und dann war es wieder da, sein ironisch-spöttisches Lächeln. »Aber es war ein hartes Stück Arbeit zu verhindern, dass du es bemerkst.«

Silvia Kaffke

Messerscharf

Roman

Band 13964

Down and out in Düsseldorf – für Barbara Pross, Serienmordspezialistin beim BKA und zur Zeit auf eigenen Wunsch wegen psychischer Probleme beurlaubt, eine ganz neue Erfahrung. Ohne Geld, in ihrer Depression unfähig, Freunde oder Familie um Hilfe zu bitten, läßt sie sich auf das Angebot ein, das ihr ein geheimnisvoller Mann in einer Kneipe macht: Sie darf bei ihm wohnen, solange sie möchte. Thomas, ihr Gastgeber, versucht seiner Einsamkeit zu entrinnen, indem er verwahrloste Frauen aufpäppelt. Kein Wunder, daß der Exzentriker schnell in Verdacht gerät, der Frauenmörder zu sein, dessen drittes Opfer gerade auf dem Laufband einer Müllsortieranlage gefunden wurde. So findet sich Barbara eher unfreiwillig in einem Undercover-Job wieder. Die gewohnte Tätigkeit hilft ihr, sich aus ihrer Depression zu befreien. Da Thomas ihr immer sympathischer wird und sie nicht an einfache Lösungen glaubt, sucht sie nach anderen Verdächtigen. Dabei macht sie eine für Thomas schmerzliche Entdeckung, durch die der Fall eine dramatische Wendung nimmt. Plötzlich ist sie ganz auf sich allein gestellt...

Alexandra von Grote

Das Fest der Taube

Roman

Band 15488

Weihnachten in der Provence. Kälte und Schneechaos. Eine tote Prostituierte in einem ausgebrannten Wohnwagen, vergewaltigt und erwürgt. Ein Dorf, in dem es viele Geheimnisse gibt. Eine Gruppe von Jägern, von denen alle verdächtig sind. In der Heiligen Nacht geschieht ein weiterer Mord. Schockierendes Beweismaterial und ein archaischer Volksbrauch aus dem Süden Spaniens: das Fest der Taube ...

Der dritte Fall für Kommissarin Florence Labelle.

Fischer Taschenbuch Verlag

fi 15488 / 1